樱桃街

汪淑萍 著

中国文联出版社
http://www.clapnet.cn

图书在版编目（CIP）数据

樱桃街 / 汪淑萍著 . — 北京：中国文联出版社，
2016.10 （2024.1重印）

ISBN 978-7-5190-2164-1

Ⅰ . 樱… Ⅱ .①汪… Ⅲ .①长篇小说—中国—当代

Ⅳ .① I247.5

中国版本图书馆 CIP 数据核字（2016）第 237697 号

樱桃街

著　　者：汪淑萍

出 版 人：朱　庆

终 审 人：金　文　　　　　复审人：王　军

责任编辑：郭　锋　　　　　责任校对：王洪强

封面设计：凤凰树文化　　　责任印制：陈　晨

出版发行：中国文联出版社

地　　址：北京市朝阳区农展馆南里 10 号，100125

电　　话：010-85923033（咨询）85923000（编务）85923020（邮购）

传　　真：010-85923000（总编室）　010-85923020（发行部）

网　　址：http://www.clapnet.cn　　　http://www.claplus.cn

E-mail：clap@clapnet.cn　　　　　guof@clapnet.cn

印　　刷：三河市宏顺兴印刷有限公司

装　　订：三河市宏顺兴印刷有限公司

法律顾问：北京天驰君泰律师事务所徐波律师

本书如有破损、缺页、装订错误，请与本社联系调换

开　　本：700×1000　　　　　1/16

字　　数：292 千字　　　　　印　张：19

版　　次：2017 年 1 月第 1 版　　印　次：2024 年 1 月第 3 次印刷

书　　号：ISBN 978-7-5190-2164-1

定　　价：42.00 元

代序

假如人生是一钵樱桃

——评汪淑萍《樱桃街》的小城镇叙事及其后现代风格

易　刚

这几天心里颇不宁静，酷热。于是看书，读一些曾经红极一时的散文随笔。当我读到"……有一天，孩子不再躲进父亲的书房里了，父亲才突然发现孩子长大了，自己也老了。'If life is a bowl of cherries'（假如人生是一钵樱桃），那么，这钵樱桃是只剩下几枚了"时，不免惶然。这篇颇具深度的文章的题目，叫《假如人生是一钵樱桃》，喏，就是那句浅显的英文，作者叫董桥。我喜欢读他的文章，但也有人并不喜欢。

譬如"70后"某小说家，三年前就曾经在《羊城晚报》（2013年7月26日）发表文章《你一定要少读董桥》，同时他还说："我对后现代的定义非常简单：不关注外在社会，不关注内在灵魂，直指本能和人心，仿佛在更高的一个物质层次回到上古时代。"对此定义，我持保留意见。因为后现代这个概念，包含着解构与重建的双重特性及其复杂含义，它已成为当代文化语境的重要组成部分，对当代文学艺术的发展，产生了不可忽视的深远影响，而且，也许有人还会对"一定要少读董桥"的建议嗤之以鼻。譬如我，譬如我非常仰慕的汪淑萍老师。

汪淑萍是一位既知性又感性的女作家。有时，我们在一起谈文学，也谈读书之乐和创作之艰。最近，她的长篇小说《樱桃街》即将付梓，嘱我写点文字。写什么呢？于是我把原稿囫囵读了一遍，觉得她一以贯之的小城镇叙事还真有点意思了；于是再读一遍，还做了点滴读书笔记，又把人物之间的关系，用细红线理清了，才发觉，这部看似小城镇叙事的小说，其实是非常有意思的，具有后现代风格的叙述文本。

换而言之，《樱桃街》呈现出某些后现代主义的创作风格与艺术倾向，并在叙述方式上，对传统宏大叙事加以了解构，小心翼翼地重建，从而形成了一种后现代风格，一种诸如美国学者查尔斯·纽曼（Charles Newman）在《后现代氛围：通货膨胀时代的虚构行为》（美国西北大学出版，1985）中所说的，是一种只能感受到的后现代艺术氛围。

作为小城镇文学的叙述者，无论是作家汪淑萍，还是她笔下的房三更们，都以颇具后现代性的眼光审视、解构、重建了"小城镇"这一共同生存环境，并发现了隐藏于其中的落后与凝滞，生命与生存，消磨与追寻的内涵和意义。小城镇中的人物并不是蝼蚁，他们具有自己的生存哲学和思维方式，具有与大都市人不同的精神状态：既愚钝又狡黠；既寻常又不凡；既渺小又伟大。在那些看似鸡零狗碎、家长里短的日常经验和日常生活事件里，或多或少就构成了过往历史（微观历史）的一部分。

诚然，小城镇叙事的内容是异彩纷呈的。但作家汪淑萍的叙事重心，更为关注于审视小城镇的文化风貌、渲染小城镇的独特风情、关注小城镇的社会群体、剖析小城镇的道德范式、展示小城镇的生活变迁。这里面，有些是属于"内在灵魂"的挣扎，有些则是"外在社会"的演进。因此，对某小说家"对后现代的定义"的评价，就不是用"简单"二字可以概括的，而是"非常简单"和粗暴。只要认真研读过"美国后现代主义文学代表作丛书"（译林出版社出版），即：《拉格泰姆时代》《天秤星座》《路的尽头》《公众的怒火》和《比利·巴思格特》这五部后现代风格长篇小说的优秀读者，一般都会得出如下严肃的结论：它们无一不是既"关注外在社会"，又"关注内在灵魂"的后现代风格小说的典范。

为了表现小城镇那种特殊的生存境遇和文化氛围，作家汪淑萍和她笔下的房三更们，就选择了后现代主义碎片化的结构形式，借以表现出小城镇空间的总体生存状况。这种碎片化的文本组合结构，恰恰成为了表现小城镇生活的最为贴切的叙述形式，这种碎片形式、思维机制和叙述策略，正好暗合了小城镇日常生活的本质与叙述者后现代意识表达的需要。其中，意义的不确定性和可生成性，使得"小城镇"不在过往历史（微观历史）的禁锢语境中，而成为能够自我调节和适应现代与后现代变化的有机整体。

后现代风格的共同特征之一，就是超越历史。它试图提供一个既包容又开放的视界，它既强调历史文脉对意义生成的规定性作用，又给读者以重新阐释文本的自由和权力。如果我们说，所有"小城镇"都是一个现代化城市的历史文本，那么"小城镇"里的所有历史遗存、生存哲学和思维方式，便组成了文本间的符号和内涵，为文本的可读性提供了丰富的语汇。由于历史遗存、生存哲学和思维方式在"小城镇"中的存量、内容及方式的差异性，这就使得作家汪淑萍笔下的樱桃街这个微观历史文本，可在多种层面上解读和解构，乃至重建。而正是因为它们，构成了《樱桃街》自身特有的后现代叙事风格。

关于后现代风格，英国著名文学理论家伊格尔顿认为："后现代主义是一种文化风格"；"这种艺术模糊了'高雅'和'大众'文化之间，以及艺术和日常经验之间的界限"。（特里·伊格尔顿：《后现代主义的幻象》.P1.商务印书馆，2000）在小说《樱桃街》"摆龙门阵"式的叙述中，艺术的真实，仿佛被颠覆"还原"为日常生活真实；生活的意义，仿佛被消解"还原"为零碎的叙事；人物的主体性，仿佛被抽空"还原"为平常化的现实存在。小说《樱桃街》的文本，将生活在一个小城镇上各式人物的生存样式展现出来。从表面上看，一个个故事或人物是独立的，实际上是有着统一的背景和主题；人物相互照应，形成了互文共在的有机叙述结构和文本整体。从作家汪淑萍笔下的这一条樱桃街，我们可以想到沈从文笔下的湘西，萧红笔下的呼兰河。但是，后两种经典文本，完全是封闭的、传统的社会形态，它们既无现代意识可言，更没有后现代的语境存在。

曾几何时，现代派形而上的"逻各斯中心主义"，使得文学与艺术始终指向建构意义秩序的理性话语方向，思想、真理、逻辑、规则等等成为进入现代派文艺之门的主语码，然而，随着现代社会理性主义危机的步步紧逼，众多文学与艺术的理念，诸如"理性""主体性"等价值体系，均遭到了空前的质疑和颠覆。同时，随着经济和科技的迅速发展，从工业化阶段进入后工业化阶段，我们的社会生活也发生了巨大的变革。与此相应，文学艺术领域亦发生了深刻的裂变，生发出一种被命名为"后现代派"的、比"现代派"更为激进的文化思潮。这种后现代主义手法或后现代风格，以"解构""重建"的眼光审视既往的文化观乃至价值观，最终形成了一种文化话语的全面革新。目前，在哲学、建筑学、文学批评、心理分析学、法律学、教育学、社会学、政治学等诸多领域，均就当下的后现代境况，提出了自成体系的论述与诠释。

后现代主义（Postmodemism）一词，最早出现在西班牙作家费·德·奥尼斯 1934 年辑录的《西班牙与西班牙语美洲诗选》一书中，用来描述现代派文学内部发生的逆动。它是对现代派文学纯理性主义倾向的逆反，甚至是批判，后人即把这类具有对现代派"反动"倾向的作品，冠之为"后现代风格"。这类后现代主义的文化思潮，由于受到 20 世纪 60 年代兴起的大众艺术的影响，即采用非传统的混合、叠加、错位、裂变等手法和象征、隐喻等手段，以期创造一种溶感性与理性、集传统与现代、揉大众与精英于一体的新的艺术风格。

后现代主义，或后现代、后现代风格等等这些已经诞生八十多年的"新词"与术语，对习惯于阅读传统写实小说的中国读者来说，依旧如同坐飞机，感觉一会儿云里，一会儿雾里。关于后现代的定义与特征，从目前来看，依旧是公说公有理，婆说婆有理。德国学者维尔士却坚持认为："后现代最突出的特点是对世界知觉方式的改变。世界不再是统一的，意义单一明晰的，而是破碎的，混乱的，无法认知的。因此，要表现这个世界，便不能像过去那样使用表征性手段，而只能采取无客体关联、非表征、单纯能指的话语。"（自柳鸣九主编：《从现代主义到后现代主义》.P15.中国社会科学出版社，1994）

具体到《樱桃街》这部长篇小说文本，我们（读者）一看就能够读出后现代文化在小说领域的某些风格特征，譬如碎片性、不确定性、世俗化、反讽，等等。这部二十余万字的长篇小说，主要就是以碎片化的形式来结构文本的，而且，在第一章第 1 节里，作家就已经"开宗明义"了：

房三更似醒非醒，生活中的各个片段像走马灯，不停地在梦中出现。少年的、青年的、中年的，甚至，那些没有到来的老年的碎片也有。醒来时，他很想把各种碎片用文字链接起来——像小时母亲给他穿过的百衲衣一样。但他醒来后，那些碎片都像泡沫，一个个被阳光击得粉碎了。

小说文本还存在一部分"文体杂糅式碎片"（如第 48、53 节），以及"视角转换"，即，人称转换（如第 28、29 节）；"元小说"（如第 2、35 节）等叙事策略与技法。聪明的读者越往后面读下去，就会越来越产生一个重大疑问：这部小说，到底是作家汪淑萍的艰辛创作，还是她笔下人物房三更的欢乐自白？抑或还是房三更在自白小说里"插入"了鹅哥的故事？请看第 2 节：

三更决定再给它开个玩笑并给它一打击。他说："我想写樱桃街？那你知道我小说里的主人公谁先出场，谁后出场？"

鹅哥双腿张开，嘴尖朝上，……"房三更，我知道你想写《樱桃街》。……"

……三更告诉鹅哥说："这些天，我总担心有人偷去了我写作的创意。……"

鹅哥告诉三更说："我俩是谁？……你实在没有内容写了，我还可以告诉你我的故事。要不，你把我的故事插入到你的小说里。三更，我诚心诚意地帮助你完成你的写作愿望……"

在整部《樱桃街》里，各种不确定性纷至沓来。譬如，讲的是二妹张贵群的故事，同时也是刘贵群的故事；讲的是詹炳美的故事，同时也是林小玲的故事，等等。直到小说结束时，沈沉香（寒露）到底是不是李屋儿？房三更自己没有答案，就连作家汪淑萍也没有明确告诉我们，读者也就只好自己去寻找答案了。

"寻找"一词，这正是《樱桃街》的主题所在。（房三更）"他拒绝另一个自称也叫李屋儿的女人的劝阻，离家出走去找他真正的李屋儿去了"；"他要去重新开始寻找遗失的过去、正在进行着的现在和不可知的未来。"然而一个事实是，房三更也老大不小了，恰似董桥所言："假如人生是一钵樱桃，那么，这钵樱桃是只剩下几枚了。"这样的找寻，到底有无意义，暂且不论，但是，这样的求索精神，这难道不正是每一个小城镇过去、现在和不可知的未来都已经、正在和即将面临的大问题和方向性选择吗？小城镇的魂，何处安身？小城镇的人，何处立命？房三更固执地寻找李屋儿，但是，骨感的现实社会留给小城镇的丰厚"礼物儿"又是什么呢？

对于某小说家"一定要少读董桥"的建议，也许仅仅只是他个人的理解，咱们都不必当真，因为，作为著名作家的董桥，也曾经创作过一篇名叫《礼物》的散文，我记住了这样的文字："人生是一份一份上天的小礼物堆起来的，有的合心意，有的不合心意，横竖给了你，合意的和不合意的都是你的了，你不能不要，不能退掉，总要欣然接受，释然拥有。"

正因为有了这样的深切感悟和心情文字，那么多的普通读者才能喜欢上董桥。如果把"人生"一词替换成"小城镇"的话，我想，那显而易见的道理也是一样的管用。小城镇曾经的一切，好与坏，是与非，平静与动荡，热闹与静寂，先进与落后，智慧与愚昧，喜悦与忧伤……等等这些反义词，都构成了它过往历史（微观历史）的一部分："总要欣然接受，释然拥有。"

就在结束本文之前，我忽然又想到了《假如人生是一钵樱桃》，董桥在结尾时乐观地写道："我们的社会永远像成长路上的孩子，也需要一钵钵又红又甜的樱桃。"

"可这樱桃，在哪里呢？"作家汪淑萍如是说。

目　录

第十一章

第十二章

第十三章

第十四章

第十五章

第一章

你不能把太阳叫作日怪

住在樱桃街的房三更在母亲的一封密信里得知有一种遗传疾病厉害得很，谁要是得了这种病，他的脚、手臂、脸及所有的肌肉组织，都会在不同的部位形成一种叫胱氨酸的结晶。那结晶淡淡的，薄薄的，连在一起的话，像盐碱地的冰块，透亮透亮。他听说过治疗这个病的药方很奇特，除了吃药，病人得和他相爱的人在一个磁场内相阴阳调剂也许就会好一些。如若不是，那么他就会随着时间的流逝而从头到脚变成石头。一旦变成了石头，钢钎打不烂，錾子打不进，比铁还硬，比钢还坚。当然，这所有的所有都是在母亲留给父亲的信里看到的。不幸的事情到底被证实了，房三更在某天洗澡的时候感觉自己患了这种奇特的病。

事情是这样的，那天，他刚用水把身体打湿，身上忽然就有了一股热气，满身的水珠变成了硬硬的像沙子一样的颗粒状。怎么会这样？水的问题？天花板上掉东西下来了，它们都没有什么变化的呀。他用手一抹，所有的水珠都慢慢变成了像盐一样的结晶，然后形成圆滚滚的珍珠状不说，还亮闪闪的，掉在地上还当当的响。他用水狠劲冲，用手狠劲抠，用刷狠劲刷，用刀狠劲刮，但身上沾满的那些东西就像长在身上一样，粘得紧紧的。房三更怀疑得了他听说的那种怪病，他不由得心里很恐慌。他想，既然得了这种怪病，那么我就有慢慢变成石头的可能。吃什么药？他不知道。和自己相爱的人在一个磁场内阴阳调剂，可老婆李屋儿已经和他离婚好几年了，到哪里去找她啊？想到自己总有一天会变成石头，他真想和她见上一面。

就在他发现身上有奇特颗粒并怀疑有了怪病的当晚，他拒绝另一个自称也叫李屋儿的女人的劝阻，离家出走去找他真正的李屋儿去了。

他不停地走，不停地走……白天走，夜里也走；烈日下走，暴雨下也走。他越走，就离他所住的樱桃街越来越远了。

一只鸟从天上飞过。它的声音在房三更听来，就像是叫"李屋儿……李屋儿……"那声音像绣球，毛茸茸的，好温暖啊。他抬头和它打了一声招呼，继续往前走……

走了一天，他觉得有些疲惫，于是，便靠在路边的一棵樱桃树下休息。

房三更幼时得过小儿麻痹，脚的长短和粗细都不一样。他坐下来的时候，就显得比平时更慢。

他累了。哪知，刚闭上眼睛就有很多人把他围得水泄不通。他不屑于睁开眼睛，不就是叫他回去吗？老子就不回去。老子就是要去找我的堂客李屋儿，啥前妻不前妻的？前妻就不能找了？不去找不去找，她把你骗了你就是不要去找。老子有话给她说，有啥不能找的？房三更你就是不能找。听他们的声音，他就知道他们是余富贵、兰大嫂、蔡大嫂、简正权、张贵群，更有大哥房一茶、姐姐房二弦和弟弟四郎，跑得最快，把他抓得最紧的是一个冒充他前妻的女人，我就是李屋儿，我就是李屋儿，你有眼不识泰山，你还要去找谁啊？房三更摆都摆不脱他们——他向后退，后面是水。他向前走，前面是崖。忽然，他发现前面有了一块石头，他正想躲在石头后面，哪知道这是一块国界线的界碑。追他的人多，他刚跨越了国境线的界碑一步，就有全副武装的人伸手抓住了他的肩膀并用枪抵住他的腰杆。他与对方争辩，说自己真的有证件，真的不是偷越国境，我偷越国境还当着你们的面难道就只偷越一步吗？对方不容他解释，一双手铐向他伸过来。房三更被拘禁了。他害怕得不断祈祷，这是做梦做梦做梦。果然心想事成，他醒来后发现真的是做梦了。他好高兴呀，他高兴不再像刚才在梦里那样做垂死挣扎了。

不幸的是这个梦刚完，第二个梦又接着开始。不过这次梦的内容像电视连续剧长长的不说，还有点八卦有点滑稽：

刘世昌说："房三更，你看那天边的云缺了一块，你能补吗？"

房三更说："当然能！我有啥不能？我用胶水把它们粘上。"

刘世昌说："粘倒好粘，你看这么热的天，你快把狗日的'日怪'给收拾了吧！"

房三更说："日就是日，怪就是怪，你不能把太阳叫做日怪。"

刘世昌说："我说太阳是'日怪'就是'日怪'，它就叫'日怪'，你莫争了。"

房三更说："我不争。可我又不是要箭的弈，我没有箭，我怎么收拾它？不过，我的口袋是上好的牛皮做的。我把这'日怪'装进去用麻线捆起来就是了。"

"吹牛！那你装，你装，你装，我看你装。你捆，你捆，你捆，我看你捆。"

房三更不服输。说："好，你等着。"房三更一瘸一拐地走进家门，拿出一根带钩的竹竿，像钩树上的槐花那样，一刀儿就把太阳这日怪给割下来按进口袋里了。天忽然暗了下来，又霎地亮开。房三更怕它跑，想找根麻线把它捆住，但一时找不到。他便解下长长的裤腰带紧紧握在手里。他对着口袋左缠几转，右缠几转，三下五除二地把这日怪给捆在里面了。不服输的日怪在口袋里叽叽咕咕，先是像打哈欠，后听像是在说话，像是在唱歌，又像是在和谁吵架。房三更想看看这日怪的嘴长在哪里鼻子长在哪里耳朵长在哪里？它一张口发，怎么会发出那么多怪头怪脑的声音？他刚让口袋露了个缝缝儿，哪知，这日怪趾高气扬地冒出一大股热气。房三更刚骂了一声"这狗日的！"想不到日怪"嗖"的一声跳到房三更面前。它既顽皮又捣蛋地对房三更伸出了红红的舌头，接着又用中指和食指作了一个"V"字母，最后张口就"吡"了一声。"吡"完一声后，它还把脑壳左摇摇右摇摇。房三更想，怪了怪了，你这脑壳我在哪里见过？你这舌头我也在哪里看过？对了，像 QQ 聊天时用的原创表情。房三更刚伸出手想捉住它并好好地收拾它一下。谁知，那舌头像火，像蛇，一下就舔到房三更的身上了。他叫了几声："火！火！火！"他一下就摔倒在被烧热了石坎下了。

房三更似醒非醒，生活中的各个片段像走马灯，不停地在梦中出现。

少年的，青年的，中年的，甚至，那些没有到来的老年的碎片也有。醒来时，他很想把各种碎片用文字链接起来——像小时母亲给他穿过的百衲衣一样。但他醒来后，那些碎片都像泡沫，一个个被阳光击得粉碎了。此时的房三更头脑浑浊成一锅糨糊，有的稠、有的黑，有的白，有的黄，稀里哗啦地，当当响。三更感觉日子过得像地坝上那些孩子手里滚动着的铁环，被生活的铁钩子钩得千疮百孔不说，还越来越快，越来越快。房三更眉毛很长，风一吹，白眉掉下来扎到眼睛了。房三更刚用手指拨开它，忽然手顿一下——哎呀，我快五十岁了吧？他现在才发觉，他人生的道路，这才是一个起点——他要去重新开始寻找遗失的过去、正在进行着的现在和不可知的未来。

鹩哥居然可以用古人的诗文提问

忘记是哪一天的事情了。

屋外的鹩哥就像贼一样地溜进来。看三更似醒非醒，它便开始用尖尖的嘴梳理自己的羽翼，然后煽动着翅膀拍打三更的耳朵。它先是小声后是越来越大声地叫道："三更！三更！三更！三更！三更！"它的声音越来越大，越来越大，像是要用高音喇叭把房三更的耳朵吼掉似的。

三更翻了个身，不耐烦地说："哎呀，天都没有亮，这么早，叫我啥嘛！"

"教你学鸟语呀。"

鹩哥刚一说到这里，它接连做了几个三更从来就没有看见过的几个姿势，也哼了几句三更从来就没有听过的音调。鹩哥太极站桩，像人样的用双手抱住自己的肚脐眼下的小腹丹田。三更正想笑话它鸟儿是没有肚脐的，哪知这鹩哥到底没有耐心，一下把声音拉得长长的，酸酸的——啾啾……啾啾……它的翅膀不停地在身上这里摸一下，那里摸一下，用变换无穷的姿势和他交流与亲近。

"老伙计，我们鸟类的语言，水深得很呢。"鹩哥调皮地对三更点点头，头姿是正面的。它的头向左边一歪，又点点头。

三更咳了一声嗽，笑了。鹩哥说："请教三更，你们说的'一夫当关，万夫莫开'是什么意思？"

三更把手指放在自己的嘴边"嘘"了一声。说："你小子，名堂还真多。那你就听我解释，它的意思就是一个人在关口上雄起，即使你来一万个人也是空搞灯儿。"鹩哥说："那么，我再请教'但见悲鸟号古木，雄飞雌从绕林间'又是啥意思？"以为三更答不上，它得意地歪了歪脖子，嘿嘿一笑。三更说："这又啥难的，你给我听好——只看见老鸦在古树上呱呱乱叫，公鸟和母鸟在树林子里扑扑腾腾乱飞。"鹩哥觉得三更的学问太高了，忍不住点头、仰脖表示赞赏。"扑啦"一声，它笑着飞到三更的窗台上吃食儿去了。那些食儿，是它自己衔来的虫儿，还有三更撒的碎米儿。鹩哥边吃边想，这房三更居然懂得鸟语，还能回答它那些怪头怪脑的提问。它把房三更佩服得五体投地。

在房三更眼里，鹩哥居然可以用古人的诗文提问，这是一只与他心灵相通的仙鸟、神鸟。

房三更见他吃食儿，他说："大清八早的，你把我弄醒了，你自己去吃食儿了。讨厌！"鹩哥回过头，想对和它开玩笑的房三更说点什么，忽然，它看见三更向自己伸了一巴掌过来。它睁大眼睛再仔细一看，那双像黑板一样的手板心上写了三个字母："Y-T-J"！鹩哥像小学生拉长声调读了一遍："Y-T-J。"读完后，哈哈大笑。三更说道："笑啥笑？你快给老子我翻译出来，这不只是三个拼音，你知道我要说什么吗？"

考我？这明明就是三个字的拼音缩写嘛！不过，这样的读法太多了。如果按拼音缩写的规律来，"Y-T-J"它可以译成"羊蹄甲""已添加""倚天剑""已提交""熨烫机""一坛酒""一桶金""一条街""樱桃街"……以上这些词都是由"Y-T-J"的拼音打头阵组合而成的。不过，"倚天剑""熨烫机"和"已提交"与三更的生活环境都没有太大的关系。它想了想，最终，鹩哥像观众坐在影院看 3D，等屏幕上音乐响起，然后片名隆重地向自己的头上砸过来。它对三更喊出了三个字："樱桃街"。

三更惊喜异常。他对鹩哥颔首点头，微笑道："对，Y-T-J 就是樱桃街的简称。"

得到三更的表扬，鹩哥得意扬扬地扑腾了几下翅膀，脖子伸了一下，又把脖子缩了回来。三更知道，此时的鹩哥骄傲得不得了。

三更决定再给它开个玩笑并给它一打击。他说："我想写樱桃街？那你知道我小说里的主人公谁先出场，谁后出场？"

鹩哥双腿张开，嘴尖朝上，头与自己的身体呈九十度的中正立身，然后用翅膀打出手语并配合它那尖利的嗓音道："房三更，我知道你想写《樱桃街》。至于写什么内容，这我就不好猜了。我说对了，你偏要说我说错了。我说对了，你硬要说我偏题了。你不写出来，我怎么知道？写什么内容，这不光对我，对你，这也是个未之数。总之，你写出来了我才知道的嘛！三更在心里骂了他一句："你他妈真像只狗……狐狸，你真狡猾！"三更也笑它把"未知数"说成了"味之素"，三更还在这不该骂狗的时间里又大骂了它一声与狗毫无关系的一句粗话：狗……狐狸。

三更重新细品鹩哥叫声的频率、速度的快慢、音调的长短和轻重缓急。鹩哥也聪明，教三更学鸟语的方法也循循善诱。很快，三更和鹩哥的对话就行云流水了。他们能像人与人对话和像鸟与鸟之间的对话那么随便与尽兴了。

三更告诉鹩哥说："这些天，我总担心有人偷去了我写作的创意。我听说，现在居然有了专门偷别人创意和侵犯人家版权的黑公司。"

鹩哥告诉三更说："我俩是谁？说那些。你放心这些事情就是了，不管别人怎样黑，怎么毒，怎么狠，起码，我和你是站在一条线上的，你实在没有内容写了，我还可以告诉你我的故事。要不，你把我的故事插入到你的小说里。三更，我诚心诚意地帮助你完成你的写作愿望，是因为你把我从人类的弹弓下救了出来。"

三更记得，鹩哥那年受伤了，他用两元钱从孩子们的手里把它救了出来并给它治伤。

三更笑道："你不在屋里飞来飞去捣乱就是好的了。你帮我什么忙？你的叫声硬是像高音喇叭，把我的耳朵都震痛了。"

三更醒来，不仅耳朵痛，全身都酸痛酸痛。听听外面，雨下得滴滴答答。鹩哥没有来，它怕雨。三更是单身，朋友又少，自从鹩哥五年前飞来的那天起，他就把鹩哥当成是情人、朋友、知己和兄弟姊妹。只要它飞来，三更有事没事就喜欢和它胡侃几句。

房三更记得鹩哥的身世。可它的身世是鹩哥自己讲的，还是听别人讲的，还是在书上看的，房三更实在是忘记了。鹩哥的婆婆爷爷，外公外婆和爸爸妈妈不是被人用弹枪、石子打死的，就是被农药药死了。最轻的，就是被网网住，后被关在笼子里，吃好的，喝好的，最后全都被"好"死了。

最初，房三更怎么也想不到鹩哥有自己的思想和语言。经过一段时间的交往，两个独立的，互不相干的鸟和人的思想就完全彻底地交合在一起了。

公冶长先生懂鸟语

樱桃街地处长江一小镇边。小镇有小巷，小巷上去是一条弯路，弯路像一根长长的树桩，各自分了好几个枝丫，这枝丫是那枝丫，那枝丫是这枝丫，到最后，这枝丫就接上了上面的新修的公路。

樱桃街的人除了吃奶的、上学的、老年的，人们各持各的手艺去打铁的、做麻糖、给活人当裁缝、给死人做鞋袜花圈，有时，也聚在樱桃街摆摆龙门阵。

过樱桃街也像穿八卦阵，外来者感到有些扑朔迷离有些晕头转向。新来的人对路线不熟悉，闹出的笑话不说，即使一条街上，也有错把那过滤豆浆的布送到裁缝铺去缝制衣服的，有错把麻糖拿去火炉房当棒槌打的，有错把包包丢进垃圾堆里反倒把倒出去的垃圾再提回来的，人们喜好走动，走着走着，就把该做的事情忘记了。樱桃街很太平，住在这里的，大都不关门；即使关门，就关腰门。

樱桃街到了五月，各个岔路的两旁都是白生生的洋槐花。这洋槐树开的花，犹如弹花匠的娇女儿，漫天地抓几把就粘贴在树上，一树的洋槐花不是花，是树上结的棉桃。

房三更最喜欢这树，这槐花的香了。他说槐花瓣像丝绸，要是把这丝绸织成布的话，穿到身上夏天会凉爽死冬天会暖和死。三更研究过这些树，他曾对这鹩哥说："你晓得不晓得？洋槐树可分为国槐、刺槐、龙爪槐、紫花槐，我们这些洋槐，叶椭圆，花成串，叫刺槐。"

　　鹩哥听了，频频点头。平时里，房三更及其喜欢与这鹩哥聊天。他觉得鸟不像人样的狡猾，没有心机，没有提防，想聊啥，就聊啥。想说啥，就说啥。今天的鹩哥，好像是感冒了，看起来，有些无精打采的样子。

　　三更曾经给人说过自己与一只鸟成为朋友的事情。可这事，在櫻桃街当然没有人相信。刘世昌就说过："说那些？是人说人话，是鬼说鬼话。你是人，我相信你那些鸟话？怪头怪脑的，你怎么会懂得鸟儿叽叽喳喳和它那叫声的尖利？"

　　起初，三更还解释——人与鸟只要心灵相通，可以做朋友也可相互信赖的。刘世昌老婆胡杏儿比他小十来岁。她一向与刘世昌夫唱妇随。她说："死三更，我看你脑瓜子有问题，你怎么会懂鸟语？"房三更感觉是秀才遇到兵，有理说不清。他懒得与他两口子解释。

　　可是当胡杏儿说完他"脑瓜子有问题"的时候，她才知道自己不能这么说，女儿刘红二十岁了，可智力有时候还不如三四岁的孩子——当然是有时候。大多数的时候和常人也没有啥两样。

　　三更倒是不在意她的那句话，他心想：鸟是不会说话，可我房三更是谁？我祖先的祖先，祖先的祖先公冶长是我舅舅。他懂鸟语呀！

　　对于公冶长是不是他祖先的祖先祖先的祖先的关系问题，谁都无法考证也谁都不相信。房三更只好给鹩哥讲他有个拐角亲戚懂鸟语的事情：

　　"鹩哥，你知道春秋时的鲁国吗？"

　　"知道！"

　　"你知道公冶长是孔子的弟子之一并排列二十吗？"

　　"知道！"

　　"你知道孔子把自己的女儿嫁给公冶长，公冶长和孔子不仅是师生关系也是翁婿关系吗？"

　　鹩哥的思维到底没有人类复杂，它有些答不上来。可在鹩哥面前，房三更实在想讲讲孔子的女婿公冶长懂鸟语的故事。但故事中，他先是觉得有的内容他可以给鹩哥讲，但有的内容他怕鹩哥知道了说公冶长背信弃义。但转念一想，都春秋战国时的事情了，我和他的关系到底有点八竿子也打不到一处的关系，讲讲也无妨。于是，他就给鹩哥讲有一只叫萧郎的鹞鹰对公冶长说的话。

　　为了还原当时的场景，房三更学着萧郎的声音说："公冶长，公冶长，我告诉你一个可靠的消息。"

　　公冶长是个急性子，哪听得它如此连呼两声。他说："萧郎你有话就说有屁就放，你卖啥关子？"

　　萧郎说："公冶长，你哥子听我说，我们今天就来个君子协定吧。你往南方走。那里有一只才落气的獐子，你找到它后，你吃它的肉，我吃它的肠子怎么样？"公冶长一听，高兴地打了个呼哨，然后就问了详细的地址，再然后他就朝南方奔去。果然，一只前蹄小，后蹄长，耳大，背黄，肚白的獐子，四仰八叉地倒在丛林上。公冶长用手一摸獐的身体，呀！身上还略有温度呢。看样子，果真是才断气的。公冶长再一看，天啊，皮好，肉肥，难得的好獐子。公冶长想，新鲜的一截肠子给萧郎吃了，太可惜了嘛，于是反悔独吞。

　　萧郎毕竟是鸟，它能把公冶长怎么样？虽然有些无可奈何，但它怀恨在心。

　　不久，那只叫萧郎的鹞鹰又来通报有猎可寻了。毫无疑问，公冶长又去了。可远远地，他看见几十个人围成圈在那里议论纷纷。他生怕被别人抢去，于是他老远就喊着："别动，别动，那是我打死的。"拨开人群一看，天啊，地上哪有獐子？那是一具尸体。于是公冶长被扭送到了衙门，并吃了官司。

　　鹣哥听起很过瘾，它说，那我也讲讲公冶长的故事：你所说的公冶长是懂鸟语，虽然人类很推崇他，但我们觉得他很笨，他老是为一些事情坐牢，他实在不划算。

　　鹣哥说：那天，我们的祖先准备到清溪沟吃死人肉。公冶长听我们在商议怎么去法怎么吃法？哪知他就阻难我们说："这死人肉有啥好吃的？还商量啊？"我们在天上飞，脚下的人可多了。人走人路，鸟飞鸟路，我们从来就不搭理那些人。可公冶长就不同了。他遇到一婆婆哭，他就主动问："婆婆你哭啥？"婆婆说："我儿子几天没回来，恐怕他已死了，我不知他在什么地方。"公冶长说："清溪沟那边有个死人，不知道是不是您的儿子？我听见有群鸟在商量要去吃他呢。"婆婆半信半疑。去看，果然是她儿子的尸体。婆婆报告了村中官吏，公冶长被逮捕入狱。狱吏问："你为何杀人？"公冶长说："我没杀人。我是听见那些鸟在说要去清溪沟吃肉，我看婆婆哭，我猜那死人是她儿子。"狱吏也将信将疑地说："试试你。你如果真的懂鸟语，就放了你，如果不懂，你就要杀人偿命。"

公冶长囚在狱中六十天后，一群麻雀停在监狱的栅上叽叽喳喳地叫，公冶长微笑着叫狱吏。狱吏问："公冶长，麻雀叫，你笑啥？"

公冶长说："麻雀们说白莲水边有一辆装粮食的车翻了，拉车的公牛把角折断了也拉不动，撒在地上的粮食太多了，它们要去白莲水边大吃一顿呢。不信你去看。"狱吏立即派人去白莲水边看，果然车翻牛角弯，地上的粮食收拾不尽。

公冶长被放出来了。

因为公冶长，房三更和鹩哥之间好像有了共同语言。

不过，鹩哥提出了一个让房三更比较难堪的问题："房三更，你说公冶长是你的舅舅，多少辈的关系了？他是先人？即使是你舅舅，他懂鸟语关你什么事？"

三更："他懂鸟语就得有传人，我得了他的真传，我当然知道鸟说的什么！"

鹩哥："愚蠢痴呆的三更，你哄我！"

三更："没哄，那是你听不出来。你说我不懂鸟语？笑话了，我不懂鸟语？未必你懂人语？哦，你——说——你——懂，好嘛！好嘛！你说懂，你就懂嘛。那我说一句人语，你给我翻译一下？行不！"

鹩哥："……"

三更："说呀，说呀，说呀。你说得出人语，我也可翻译成鸟语。呵呵，你不会说人语？那就对了嘛，你不会说人语，对不起，我就不能给你翻译了。既然你不懂人语，那你就不能给你翻译。既然你不懂人语，那你就相信我继承了我祖先的祖先的祖先的祖先精通鸟语了吧？"

反应迟钝的鹩哥，不知道该怎么回答他。房三更暗笑，如你鹩哥不懂人语，我能与你聊公冶长？我不懂鸟语，我能与你谈萧郎？

樱桃街的人，对于三更到底能不能与鸟沟通，他祖先的祖先公冶长是不是他的远房舅舅的事情，谁都拿不准。对于房三更的话，樱桃街的人当然谁都不相信，不是一般的不相信，是绝对的不相信。刘世昌就说过："谁相信了房三更的话，谁就是傻子。"谁都不愿意当傻子，当然谁都不愿意相信房三更的话。

鹩哥不怕当傻子，它知道房三更懂鸟语。但鹩哥无法把它知道的信息告诉樱桃街人。

余富贵知道房三更和鹩哥很要好

除了房三更家，余富贵进过樱桃街所有居民的屋里。房三更的家，他也去过，余富贵去他家不是倒屎尿罐子，而是有时从他的窗前过。晚上有时去他家坐坐。

余富贵曾对樱桃街的人讲过房三更和鹩哥之间的事情：

"我听过房三更和他的那只鹩哥喳喳喳喳地对话，我听不懂他们说的是什么。鹩哥名堂可多了，它除了用嘴说，还一会儿张开左边翅膀，一会儿张开右边翅膀；点头，摇头，还会用嘴衔住自己的羽毛，是用姿势助说话吧，它那叽叽喳喳的语言，哪是我一个乡下人能理解的？莫问我，问了我也不懂。"

"房三更怎么和它说话呢？"

"他也叽叽喳喳的，我听不懂。我只晓得三更喜欢摸鹩哥的头。他从头顶顺着羽毛往后抚摸。"鹩哥的羽毛的确像绸缎般滑溜，尾巴像旗杆树得高高，爪子在三更的手板心上踩出了无数的看不见的像竹叶一样的"个"字。平时里，三更嘴里"嘘"的一声响，鹩哥就向窗外飞去。"嘘"的一声响，它又从远处飞到他的手板心上。

樱桃街从 01 号到 145 号，鹩哥从来不飞到其他人家的地盘上去，它只飞到 45 号楼房三更的窗口上。

鹩哥知道三更家的鱼缸在什么地方，也认识墙上的照片是谁谁谁。余富贵说他亲自见过房三更和鹩哥说话："我妈呢？"鹩哥就用嘴去点他妈妈的头。房三更再问"我爸呢？"鹩哥就用嘴点他爸爸的手。还问过照片上房三更的哥哥一茶，姐姐二弦，弟弟四郎，鹩哥都能找出来。好在是隔了层玻璃，不然他们的头呀，手呀都要被鹩哥的嘴啄烂。余富贵说这鸟聪明极了，它的智商绝对不输于五岁的孩子。余富贵说鹩哥也有不如他余富贵的地方，我可进樱桃街的任何一个家庭的屋角里——端夜壶罐子出来倒，然后又把夜壶罐子还到老地方。那只鸟呢，真是没有出息，要在那一棵树上吊死一样，非要飞到房三更那里去。余富贵说他晓得谁谁谁睡在老婆的脚那一头，也晓得谁谁谁是和老婆睡在一个枕头上，他晓得谁谁谁的鞋尖是朝里还是朝外，他也晓得谁谁谁脱下的衣服裤子是放在凳子上还是丢在柜子上或者床边边，甚至，他还晓得谁谁谁家的小金库钥匙放在旧鞋里……余富贵曾提劲说："不是我吹，要说了解各家居民的隐私情况，我比居委会的干部和派出所的所长都熟悉。

余富贵隐瞒了一件事情没有说，他其实很愿意和那只鸟做朋友，但那只鸟从来就没有理过他——他感觉很受伤。

第二章

余富贵，你莫乱说

一天，余富贵悄悄地对房三更说："三更，我说一件事你可能不相信，你晓不晓得黄贵的老婆回娘家那天，黄贵的枕头上睡了一个长头发妖精？"

三更捂住他的嘴说："莫乱说，余富贵，你莫要惹火烧身。长头发妖精？听说现在有假发卖了，长发、短发、粗发、细发、卷发、直发都有卖的，万一……万一他堂客戴个假发啥的，我看你老余还怎么说人家？给你说老余，像你这样说人家男女私情的事，恐怕要出人命的哟！"

"你是说，这长头发妖精是真的在他家里的？"

"我没有说是真的，是你自己在无端地猜测这女人不是黄贵的老婆。小心你说的话被黄贵的老婆晓得了，到时候，你吃不完兜着走哦。"

余富贵听后连连表态："不说了，不说了。我怕。我怕白刀子进去，我怕红刀子出来。我怕樱桃街出了人命案，我怕我说了空话我脱不了爪爪。不说了。"

两人嘻嘻哈哈说笑一阵，就各自干自己的活儿去了。

余富贵过去到了下午三点，便端一个茶杯去樱桃街的"大碗茶"茶楼边喝茶边听竹琴。老余比平常到得早一些。他一坐下来，放下鸭舌帽，先洗了杯子倒了水，然后就摸着脑壳对后进来的一位茶友说：

"哎呀……你们不晓得，我今天爬起来早了，一起来就被樱桃给砸了个包。"为了证实他的话没有掺假，他又用另一只手在头上抹了一把，然后举起手看了看说：

"哎呀……你看我的手，湿淋淋的。闻嘛，嘿，我手上还有樱桃味道。"他伸了一个手指头闻闻后，又尝了尝，然后放在嘴里咂砸嘴说："好甜……好甜……"见没引起人们多大的兴趣，忽然，他用手捂头叫了一声，"哎哟喂，我的脑壳痛起来了。"

"怎么啦？怎么啦？怎么脑壳痛起来了？吃不吃头痛粉？"

"说来你们又不相信，我今天早上起来就被樱桃砸流血了。"

樱桃街从来就没有出现过谁被樱桃砸了流血的事件。

对于樱桃街的名，以刘世昌的父亲刘祥志为代表的老一辈过去就讨论过这里是不是有过满山遍野的樱桃之事。说这事情的起因，是前些年有人在地底下挖出了用樱桃木做的棺材。再一个，几十年前樱桃街真的有两棵樱桃树，说是樱桃小学的校长看中了它，于是派了几个木工，把两棵百年樱桃树砍了，说拿去给小学生做桌椅。

当年，人们虽然心疼这两棵百年老树，可要拿树给孩子们做桌椅，这又是一件积德的事情。于是，樱桃街人最后一次在樱桃树下吃饭、打牌、打毛线、纳鞋底、吹牛耍。可樱桃树砍下来不到半年，才知樱桃树是被镇长拉去给女儿打出嫁的家具了。

房三更给茶馆老板送鞋去，正好听到了余富贵说被樱桃砸了脑壳的事。

房三更说："余富贵，你硬是找些歌来唱哟，你啥时被樱桃砸了脑壳的？还痛？那樱桃，细皮嫩肉的，砸得痛人吗？"

余富贵说："怎么砸不痛？前些时候，你们总说樱桃街没有樱桃树？还说没有樱桃树又哪来樱桃？你们看我的脑壳，明明就是被樱桃砸了的嘛。你问这樱桃从哪里来？你要这样问我，我就没有办法了。是哇，我们这里现在是没有樱桃树，难道没有樱桃树就不容许人家买点樱桃进屋里来给娃儿尝个鲜？尝了鲜的娃儿不懂事，你就能保证他不把樱桃米米从屋头扔出来砸伤了我余富贵？那樱桃虽是细皮嫩肉的，但它的核是硬的，难道就不容许那樱桃核像子弹一样的射出来打伤我的脑壳？那段时间，你们非说这里要有樱桃树，这条巷子才有可能叫樱桃街，难道过去这里就不是卖樱桃的市场？难道这里就不可以住一个卖樱桃的婆婆爷爷姑娘小伙儿？你们看现在这节气，明明樱桃是没有成熟的嘛，可我的头怎么会被樱桃砸了的呢？

莫说你们奇怪，我自己也奇怪。哎哟，我的脑壳被樱桃砸得好痛。你看我的手，湿淋淋的，满手的樱桃味。"说完，他把自己的手在空中甩了几甩，收回手后，又把手指头放在嘴里舔了舔。余富贵走时拿起帽子戴头上，说："别看我是倒粪的，我比你们干净。来，你出来一下。"

余富贵说被樱桃砸伤后，脑壳变得灵光了

房三更跟着出来，余富贵的嘴巴凑到房三更的耳朵说："我还要告诉你一件奇怪的事情——这是我第一个给你说哦，我就是和他们说，他们也不相信我的话。"

"说！啥事？"

"三更，你要小心你那些见不得人的事，我被那樱桃砸伤后，我脑壳变得灵光了。我能知道樱桃街所有人的隐私了。说穿了，我会偷你们的梦了。"

房三更瞪大眼睛："余富贵，我有啥见不得人的事？你晓得我们的隐私？你偷梦？你偷梦去干啥？偷去吃，偷去喝，偷去卖，偷去风干，偷去放些盐巴腌起下酒？余富贵，你除了偷我们的隐私偷我们的梦，你会不会偷人哟？哈哈哈……"

余富贵委屈地说："我说的是真的。你昨天晚上是不做了一个和女人……那个的事情？"

房三更大惊："死老余，你说，你还知道我做了些什么梦？"

"真的要我说出来？"

"说！"

"说了，你不脸红？"

"笑话！我怎么会脸红？"

"梦里，你是不是肆无忌惮地拿起一个竹水枪，向一颗樱桃树洞射去。樱桃树说，'房三更，你用水浇我，就不怕我嫁给你……'你说房三更，樱桃树是不是忽然变成了一个漂亮的樱妹儿。那樱妹儿胸大屁股翘，是不

是反把你吓了一跳，你是不是说'我没有对你无礼吧？我没有对你无礼吧？我是在打水枪我没有对你有啥想法是不是？'你老老实实地说房三更，你是不是醒来，头发湿了，背心湿了，连裤裆也湿透了。"

房三更更是惊得目瞪口呆。他心理的防线让余富贵的一席话冲破了，他忽然吼了一句："余老头，你是人，还是鬼？你怎么知道我梦里的事情？"

余富贵说："你看你，开个玩笑都开不起，我是人是鬼，未必你不晓得？你说我是人，是鬼？我是胡乱猜的。"

三更不能不承认，就算是猜，余富贵也算是猜对了。他早上醒来的最后一个梦就是自己的阳具变成了水枪，水枪里有水，于是，他当着众人的面，举起水枪就乱打人。众人怕水，便四处散开。房三更对余富贵说："我除了用水枪打人外，那你说，我与女人干过其他什么事情没有？"

余富贵说："天啊，房三更，这事情只有你自己才晓得的嘛，你怎么反问起我来了？我说了你又不相信。"

房三更说："我是想女人，但我真的就没有做过非礼女人的事情。即使做了，那是梦……"

刘世昌的女人胡杏儿瘦高个，单眼皮，薄嘴唇，头发在后脑勺上盘了朵花，然后别了个金苹果发夹。她正好路过，见他们争执什么，打了个招呼，就回家去了。她刚进家门，一边系围腰一边用脚踢家里养的那只猫。她对丈夫小声说："刘世昌，你说神不神，余富贵说他的脑壳被樱桃砸伤后，他就说他会偷梦了，你说是不是真的？"

刘世昌秃顶，唇边两撇人字胡，他说："你要相信你就相信，我才不相信他说的那些鬼话！你啥时看见梦被人偷走了的？"

胡杏儿说："依我看，他不是撒谎。这世界，啥稀奇事没有？别的不说，你看蔡大哥，一杯酒都还没有送到嘴里，脚一抖，头一歪，身子落在地上不到十分钟就断了气。你看那方文碧，她想让孙子快点长大，非要用肥皂、生黄豆、生洋芋喂她的孙子不可，还把他的鼻子嘴巴耳朵用毛巾堵住，用气枪塞进肛门，她说想让她孙子像气球一样快点长大，她疯里疯癫的，昨天病发了，闷起脑壳就给她孙儿呼呼呼地打气。要不是我遇到了，我怕孩子被她打气打死了。说近的，你看你屋老汉，不就是怕喝水被噎死吗？一颗樱桃砸了余富贵的脑壳，这有啥奇怪的？"

刘世昌顺手扯了扯胡杏儿的头发说："我说胡杏儿，你别胡说八道好不好？我老汉不是你老汉？这么多年了，你咋还你屋老汉你屋老汉的？你这样说，叫我老汉听到不大好哟！"

"我又没有其他意思。你还计较这个，接到，这是我给你老汉买的药。……看我这嘴！"

"刚才你说方文碧给孙子打气那事情？那是人家方文碧有病。她说的话，做的事情，不是正常人做的。你相信那些？未必你也有神经病？再说，你别把怪事硬往一个病人身上栽。你说余富贵被樱桃砸伤了就会有偷梦的特异功能，狗才相信！"

"哎呀，这余富贵老实，他不会莫名其妙地编樱桃砸了人这事情出来的。即使是编的，编出来又怎么样？被砸的是他，又不是别个。他编出来有什么好处？有问题了，又没有哪个给他报销医药费。不管怎么样，他过他的日子我们过我们日子，各打米烧锅。"胡杏儿本是和他打趣，没有想到他竟会认真，甚至还挖苦她是狗。不过，她觉得刘世昌说得也有点道理，也就不追这樱桃是否砸了余富贵脑壳起了一个包和进入别人的梦里是不是真消息了。

这时，胡杏儿的女儿刘红在喊："妈妈，妈妈。你看我的耳朵里有好大一堆小人儿，针尖那么大。他们追去追来要逼迫我说话，我不想说，他们举起棒子就打我……妈，我的头好痛。妈……你好享福，你有你娃儿我，我的呢？我的娃呢？妈你告诉我，我是谁啊？"胡杏儿急忙捂住女儿的嘴："叫你莫乱说，你非要乱说。你有啥娃儿不娃儿的？你是我女儿啊！你没有娃！医生都说了，你那是叫幻听。"

"我有娃有娃，我就是有娃！我没有乱说。妈妈。我没有乱说哇。你把我娃儿弄死了，我就不是你女儿，我是蝴蝶我是蜻蜓我在天上飞啊飞啊……"

犯病后，胡杏儿的准女婿和亲家一家就遣返女儿回娘家了。是的，刘红只是与对方同居。当时生米做成熟饭，刘世昌和胡杏儿怕人知道，不给任何人提起这事情。他们想瞒住樱桃街所有人——我的女儿没有耍过男朋友，更没有怀过娃儿流过产。

　　孩子是在女儿肚子里就夭折了的，八个月了，是刘红错吃了药。医生检查说这娃儿生下来的话可能有缺陷，她吃了不该吃的药已经不止一次了。刘红不依，非要生下这孩子。她怕人接近她的肚子，她见人就甩石头。准婆婆娘给胡杏儿出主意道："为了防止下次出现这样的情况，不如在给她流产的时候，干脆就一起两锅灶，叫医生给刘红安个环吧，现在年轻人不晓得事项，一上身肚子就大了。她肚子大了又怎么办嘛？我们当大人的要为年轻人作想。"

　　起初胡杏儿不愿意："她娃都还没有生过，你就让她安环？没有这个道理哟。"但想想，女娃子不懂事，万一遇到坏人，她不知道怎么拒绝又该怎么办？哪知刘红刚流产并安环不到一个月，就被赶回娘家来了。

　　刘红流了产，又被安了环，胡杏儿想想是有哪点不对。等她想明白了去闹，准女婿才提醒："孃孃，我和刘红没有扯结婚证啊！再说，她有精神病，她在发病期领结婚证，这在医学上和法律上不准许的哦。"到底医学上和法律上是不是容许结婚，胡杏儿又没有底，但没有扯结婚证却是事实。准女婿一家反悔，自是吃了个哑巴亏。胡杏儿怨恨自己曾把女儿推到火坑里去死了一回。她后悔不该同意刘红早早地就住在了男方家，男方姓任。她当时想的是任家做了点小生意，虽然准女婿的嘴巴有兔唇，但不影响以后的正常生活。哪知道算路不跟算路去，没有想到任家到底容不下刘红的病，把她赶回来了。

　　女儿进屋就摔东西了。为了让她静下来，也怕她说出最近流产的事情，胡杏儿就哄她并给她戴上口罩："幺儿，你戴起口罩好好看哦，真得很好看！来，我们做个游戏怎么样？"

　　刘红说："妈妈，我好人不跟疯子斗。我将就你。来，你帮我戴嘛。"

　　"幺儿，我先用一根绳子把你手和脚都捆起来，一会儿你用绳子捆我，你说怎么样？"

　　"妈，你看你像失去理智一样。一会儿要把我捆起，一会儿又要我吃啥药啊？我听你的话，我吃药。可我在想一个问题，既然你把我的手捆起了，那我怎么捆你啊？妈。你太笨了。"

　　"妈妈是笨啊，还是我女儿聪明啊，来，我们一起做游戏。"

　　女儿信以为真让她妈妈戴上口罩并捆住手和脚，她哄女儿说："吃药，吃药，吃了就好了。吃了我就给你放开。"

胡杏儿转过身就抹眼泪。

刘世昌回来一看，说："给我放开，纸包不住火，这有啥见不得人的？"

女儿安慰父亲说："爸爸乖，你不冒火，我妈妈有病啊！"

天干饿不死手艺人

老余常到房三更的摊子上。

余富贵说："我早上反锁门，钥匙断在锁眼里去了，这是我用钳子把断在锁眼里的那截钥匙夹出来，你照着这个样子给我配把钥匙吧。"

房三更从箱子里找了一把相同大小的钥匙胚子出来，把原钥匙和新的钥匙胚子用老虎钳钳住，比画了钥匙上牙齿的深浅和长度，要不了几分钟，他就把钥匙配好了。

余富贵从裤子口袋里掏出两块钱递给房三更说："天干饿不死手艺人，有个技术硬是好，你看你，动作好麻利。"

"算了算了，都是街坊邻居，你也很少来麻烦我，我帮点忙也没有啥，我收一半吧。"

"开张坐店，人情归人情，你给我做了活儿，这点钱我还是给得起。"两人推辞了阵，一个硬是要拿，一个硬是不收，最后房三更磨不过，还是把两块钱工本费收下了。

余富贵正准备提脚走，房三更忽然问道："老余，你说樱桃把你头砸了个包，你是不是想女人想疯了？来来来，我帮你把鞋子擦一擦，你看好脏。"

余富贵笑了，说："猪八戒倒打一钉耙，昨天我说你想女人，今天你就说我是不是？你看我这条件，我哪敢想女人？你以为谁都像你。"说完，余富贵提起自己的脚儿一看，说："我这鞋，有啥擦的？算了，算了。我擦啥子鞋？我可没有钱给你了。"余富贵边说，边把头凑到房三更的面前请他闻闻："来来来，你那鼻子不是比狗鼻子都还灵吗？你闻闻，我的头有樱桃味道。"

房三更用手一挥，似乎也是要把空气中的什么东西赶跑："不相信！"

余富贵说了三个字："日怪哟！"

三更说："勒索我？"

"勒索你啥了？钱，还是色？妈哟，玩笑都开不得？"

他刚走，刘世昌来了。

刘世昌想把女儿的事情放一放，想起女儿的事情就心烦，他决定今天一定不要提女儿的事情。

刘世昌怕热，就把衣服扣子解掉，直接让风吹到肚皮上。他说："房三更，余富贵这个人，最近是有点扯哟！"

房三更说："啥扯不扯的？我不懂你的意思。"

刘世昌说："别慌，你听我慢慢道来。他可是偷梦的高手，我怕他了，你也得小心。"

接着，刘世昌对房三更讲余富贵：

天一麻麻亮，余富贵又大声武气地喊道：人些，倒罐子了……嚓嚓嚓，嚓嚓嚓，偷吃红薯的老鼠大约是听到余富贵的声音了，它们慌里慌张地钻进我的被窝里去了。我老婆惊叫：耗子……耗子……床上来了。

我说，你乱说，哪有耗子跑到床上来了的，是黄……我的话没有说完，忽地就醒了。我急忙改口说：老婆，你莫乱开黄腔嘛！哪有啥耗子嘛？是黄鼠狼。

她骂我道，砍脑壳的，你刚才又和哪个在乱来？我刚才听你在喊黄幺妹。嘿，我晓得你一夜想的都是黄幺妹。那黄幺妹硬是阴魂不散！你看你看，她都死了好些年了，你心里还牵挂她？啥黄鼠狼不黄鼠狼？你就是睡在我身边的黄鼠狼。

我有短，我当然就不开腔。我只装着开灯找鞋。我对胡杏儿说：算了，你怎么那么小气，你莫和一个死人计较。快，倒罐子的来了，我去开门。

房三更你不晓得，我在梦中真的和我前妻黄幺妹在一起商量生儿子的事情。为了瞒住胡杏儿，我当然不告诉她。

你晓得，一条街的人都知道黄幺妹是难产痛死的。但他们不知道她死前曾睁大眼睛对我说：刘世昌，刘世昌，我没有给你生下儿子来，我死不瞑目。你等我，我下辈子也要嫁给你。我给她抹眼睛，可她的眼睛怎么也闭不上。我说：黄幺妹你安心去，我也不晓得是哪个产后鬼把你缠住了。你走后，我以后天天都想着你念着你，你记住你欠我一个儿子。黄幺妹，你下辈子一定要给我生……我的话没有说完，黄幺妹拉着我的手就闭上了眼睛。她是为我生儿子而死的，死得太可惜了，太可怜了。唉，他是为我刘家传宗接代而死的呀，我俩感情好呀，我对不起她呀……

　　三更你晓得，胡杏儿是当年我妈给找的媳妇。为这事，我多次对胡杏儿说，胡杏儿，我一辈子最对不起的是黄幺妹了。要是黄幺妹不怀孕不生孩子，她就不会走那条路。还好，那时候的胡杏儿还算通情达理，有啥事还不和我计较，可后来……唉，你不知道，我后来不能在她面前提黄幺妹了，白天里不能提她，在梦里也不能和她相会。只要她晓得了，我就栽死在胡杏儿手里。远的不说就说那次吧，那天我提到我梦到黄幺妹了——看我这臭嘴，我啥都要对她说。当我一提到黄幺妹，你猜胡杏儿怎么对我说：刘世昌我给你明说，你要是再提她，我就和你拼了。这屋头，你有她，就没我；你有我，就没有她。为了平息活人与死人之间的战争，我每次都是嘿嘿一笑地哄她高兴。我不哄她我能怎么办？我常常对胡杏儿说；唉，老婆吧，不就是做个梦吗？你莫和一个死人争风吃醋嘛。唉，房三更；我那老婆横呀，不讲理呀，我这么说是我客气，她那么说是她的横。哪晓得胡杏儿说，不准，不准，你的梦也是我的，不许你做她的梦！我说，胡杏儿，你看嘛，做梦这事，又不是我能说了算，不做就不做梦嘛，我以后在你的面前不提她了。也许我记性不好，有时也是我在喝酒后故意气老婆，我常常忘记了她的提醒，我在她面前仍然提到我的前妻怎么样不说，甚至还提到我在梦里和她如何亲热。胡杏儿说：跟老子，你太张狂了，你以为没有法律管你是不是？我好笑：法律？啥法律能管住我的梦？梦，本就是不由人的意志为转移的嘛。

　　三更啊，你莫笑话我，就为一个晚上的梦，我们经常吵架啊，她说日有所思，夜有所梦，要是你不喜欢她，你怎么会梦到她？她的话把我说冒火了。我就干脆不搭理她。见我不搭理她，她只能对我说：刘世昌你各人老实给我坦白，你昨天晚上做了什么梦？你不告诉我的话，总有人告诉我。我给你说，余富贵最近可神了，他看一眼你的眼睛，他就晓得你做了什么梦。我晓得，你昨天晚上又和黄幺妹在一起了。你们要见就见吧，不就是个见面吗？你要是有别的心思，看我不拿刮胡刀宰了你。

我女人够幽默的了哈，她拿刮胡刀宰了我？宰鸡都宰不动。你看她也学会了威胁我。不过三更，我就是怀念黄幺妹，胡杏儿越对我吵吵闹闹，我越是怀念她。她点穿了我藏着的那点心思，我还真有点不好意思了。话不扯远了，三更你听我说，那天听到余富贵的声音，我穿上木拖鞋，踢踏、踢踏、踢踏……的声音前后响了六次后，就停在我家的大门口。我左手按住大门，右手去轻轻地去抽出门闩上插的一颗钉子，钉子一取，锁住左右大门的门闩一拉，吱的一声，门就开了。

我看见余富贵的那一张脸。余富贵放下粪桶和扁担盯着我的眼睛看。我说，老余，我家罐子早满了，可半夜我老婆起来忘记了，一屁股坐下去，满屁股的屎尿。害得我老婆好一顿把我臭骂。我说余富贵你昨天没有来收粪，你到底去哪里了？

哪知余富贵对我耳语道：你闲话少说。我问你，那黄幺妹都死了几年了，你还想着黄幺妹？余富贵说得很诡异，像是晓得我在梦里在和黄幺妹商量生儿子的事情似的。余富贵这一问，我尴尬起来，手脚都不晓得放在哪里了。我只有老实坦白说：莫说这事了，刚才我老婆说我在喊黄幺妹的名字。

余富贵说，我晓得你在梦里和黄幺妹干啥事？你们在商量着要个儿子并在做造儿子的事情是不是？房三更，余富贵这一说，让我好生奇怪。难道他真的能进到我的梦里？我还听余富贵说过，他脑壳被那樱桃砸后，他说他脑壳里装的全都是别人的梦，所有的梦像赶集市的，全都在他脑壳里挤来挤去。

余富贵又说：我像一个盗窃犯得了偷窥病，我尽情地偷看你们梦中五花八门的各种怪事。给你说，你和黄幺妹干的事情，真是干得漂亮啊。她虽然死了，可哪像个死人嘛？你看她那动作，你看她那姿势，你听她叫床的声音……不过，你不要不好意思，我所晓得的这些，是你自己没有防范，我相信你不是故意让我晓得的是不是？但不管怎么样，她过去也是你老婆，昨晚你和她干那事，干得，干得，真的……很漂亮啊！唉，我这把岁数了……我看你俩，真是把我看得心尖尖颤。刘世昌我给你说，以后你那点狗屎事莫让我晓得了，也别让其他人晓得了，更不能让你老婆晓得了。你得把你的梦门关住才是。见你们那样来劲，我是男人我受不了。给你说，你再和黄幺妹那样的话,我非给你老婆检举不可,我要让你老婆批你、斗你,再踏上一只脚叫你永不翻身。

我说,余富贵,大清八早的,你莫说出来吓我。你晓得我做的啥梦?你怎么晓得?

他说,唉,这么说来,你还不相信?你刚才在梦里的事情如若让你老婆晓得了的话,我看你俩要打死人子架。毕竟,她现在是你的老婆而黄幺妹是个没有魂魄的人。

他的话,真让我吃惊不小,但我强装镇静说,余富贵,你去看看医生吧!莫不是你病了?

余富贵说,是呀,我不去看医生的话,我也痛苦。但这医生到哪里去找呢?

我说,余富贵,你太有才了,你居然能让别人的梦钻进你的脑壳里来,你想让我帮你解决这事,好办,那我也帮你问问。

他说,刘世昌,那就只有麻烦你了,我也不想让人家利用梦里的事情和我纠缠不清,免得惹出祸来。唉,我痛苦死了。

我说,你痛苦?你有啥痛苦的?梦本就是属于私有财产,是属于个人隐私,你施了魔法让我们的私有财产和隐私钻进你的脑壳里?我是樱桃街的人,你侵犯了我,就是侵犯了我们樱桃街的人,我们该找你算账才是。唉,我们连梦里的那点隐私都让你晓得了,是可忍孰不可忍。

刘世昌讲完了他和余富贵的故事外,就对房三更说:

"房三更,我和余富贵的交情,非三言两语能说得完。他对我有恩。有恩的原因是前几年我的腿摔断了,不晓得余富贵在哪里找来几个单方,硬生生地就把我给治疗好了。就是这个原因,我把余富贵佩服得五体投地。在我们樱桃街,如果有人对余富贵说三道四的,我总是不饶恕他的,我每次都会站出来帮他说几句话。就那药,我就问起过余富贵,你给我这单方是啥玩意?这么臭,这么熟悉。你说,是啥玩意儿?我想得出来但我说不出来,我不相信你给我的是这玩意儿。余富贵用手指指面前的尿桶。我晓得我用的药方与尿桶有关。他说:我叫你贴你就贴,尿和稻草灰治跌打损伤,这有啥稀奇?你就说你的腿好了没有?我说:好了好了,我贴了不到一周就好了。他说,对了嘛,还有啥不相信的嘛?未必我的家传秘方有错不成？房三更，你说余富贵这人神不神？"

从古到今，也没有见谁丢了梦

胡杏儿和刘世昌去买菜，正好遇到房三更。房三更故意停下问道："胡杏儿，你晓得余富贵会偷梦？你听谁说的他会偷梦？我才不相信。"

刘世昌接话道："前几天胡杏儿说，我还不相信，可后来，我的梦被他偷过。"

房三更大笑不止，说："他是不是偷了你的春梦哟？小心你家胡杏儿吃了你。"胡杏儿吃吃地笑说："依我说，余富贵这人好，他老实又爱帮忙，哪家有个啥事，一叫他就到。再说，一条街，尽是他在做谁都不愿干的事，谁家死了人，是他在抬，谁家有个伤病两痛，是他背起往医院送。家家倒粪罐尿桶也离不开他。"

刘世昌吃醋了。他说："他好！他好！他好！就让他把你养起嘛！"

胡杏儿踢他一脚，说："刘世昌，你说的叫人话？啥养起不养起的？你给老子说清楚。你龟儿小气！"

"哼，老子一辈子都没有在乎过你。"

"哼，老子才一辈子没有在乎过你。"

房三更见他们夫妻二人为这一事争论，他急忙灭火道："我反正是修锁的人，你的梦怕被他偷去了的话，就用锁锁住好了。如果锁坏了，就拿到摊子上我给你修。我修的锁，保证让你既能做美梦也能防余富贵偷去了。你昨天来找我，是因为我太忙了。"胡杏儿听三更这样一说，又给他老公刘世昌一脚："我叫你做黄幺妹的美梦去！还不回去照顾你老汉？"刘世昌的老汉病了几年了，除了两夫妇照顾外，还有母亲游彩华照顾他。不过，母亲也年纪大了。刘世昌不理老婆的那一脚，忽然大笑起来，说房三更这主意是全国第一、世界第二。不过，从古到今，也没有见谁丢了梦，也没有见过谁用锁锁住梦。

胡杏儿回过头来笑道："三更，你若能当真修好梦锁，那你就是锁仙下凡。"

刘世昌说："修门锁的，大张旗鼓地来来去去，都会来找你。至于修你说的那个能锁住梦的锁，这才是鬼扯。不过，如果真的有人来修锁，你一定要收高价钱。这世界上，你是独一无二的能修梦锁的人，来修梦锁的人，也一定是高人，高人与高人相见，一定得多喝酒，喝完酒，然后再对吹。"

三更回嘴道："我能修啥梦锁？我是吹牛。"

回家的路上，胡杏儿说："那件事情就这样算了，还是把刘红送到他家吧！好好的姑娘儿，难道就这样被毁了？"

刘世昌说："你想得出来，又送到那个火坑。都是你惯的。"

胡杏儿说："自己的女儿有毛病，当初也没有给人说，说了，就没有这回事情了。那能怪我？是刘红自己看起的男人，当时人家也没有瞧不起她。"

"唉……这就是她的命了，可我当老爸的，怎么也不服气。"

麻雀飞过都有个影子

鹩哥被工厂里的烟熏了后，精神一直萎靡不振，这天它强打精神说："房三更，我看了你写的故事，这些人的名字虽然我不熟悉，但我知道你说的是樱桃街发生的故事。其实……其实，你目前的构思还乱七八糟，你得理个线索出来，你把这条街的老余、刘世昌、胡杏儿、黄贵、老K、唐果、朱梨园都写进去。还有你的哥哥姐姐和弟弟。"三更说："捉鬼也是你，放鬼也是你。我哥哥姐姐弟弟都可以写，但有的人，我就是不写。太晦气了。"鹩哥摇摇头，自语了一句："你把他们开除了街籍？"

房三更不想写黄贵，也不想写余富贵提到过的黄贵枕头上的黄发女人。黄发女人的名字除了黄贵，樱桃街的人都不知道她姓甚名谁？直到后来黄发女人的死，黄贵的老婆朱梨园才说那女人叫唐果。朱梨园那时在伙食团工作，她早早地去上班，唐果从另一条街悄悄到了黄贵的家。说来凑巧，朱梨园那天走到半路，忽然发现例假该来了，于是就杀了个回马枪想从家里带点带子、草纸之类，没想到没费一枪一弹就把那黄头发女人唐果抓了个现行。朱梨园很大度地对唐果说："睡吧，睡吧！你睡他也是睡，我睡他也是睡，我现在没有瞌睡了，我要上班班了。"唐果跳下床，没来得及穿上衣服就给朱梨园下跪说："师母你原谅我，我不懂事，你大人大量，我下世当牛做马回报你。"黄贵说："你去上班，你去上班。我的事情，你少管。"穿上衣服唐果哭着跑开了。朱梨园却笑嘻嘻地走了。

朱梨园才不像其他女人那样要死要活地哭泣。离开家后，她就去上早班。她的单位在一招待所伙食团。她把门一关，头一昂，立马就去案头上揉馒头。谁都看不出朱梨园的心情的好与坏。她早饭吃了两碗稀饭三个包子；中午饭吃了四两米饭外加一份烧白。到了下午五六点钟，朱梨园又吃了一大碗面，然后和她娘屋的四五个亲戚硬是步行三十里路，把唐果从她打工的一个工棚里叫出来。

他们找到唐果的时候是晚上。唐果正在工棚里洗脚，看样子是想准备睡觉了。朱梨园推开门，唐果刚叫了一声师母，师母朱梨园就从凳子上抓起她的袜子就往唐果的嘴里送。因是热天，唐果身上的衣服薄，几经抓扯，上身就剩下了一个象征性的胸罩。下边还好，好歹也能遮住丑。可就这"还好"，灯光下的皮肤却惹得她的几个亲戚有点不能自控，裤子轮番撑得像帐篷一样。一见这阵仗，朱梨园狠狠地打了她几耳光说："唐果，你这骚妇，老子是忍了好久了！"我一走，你就到。我早知道你的鬼把戏。她把唐果拖着拽着，非要把唐果从碧溪沟解押到樱桃街派出所。走进派出所，已经是凌晨三四点了。

可怜的唐果，布鞋走掉了，头发被揪掉了，手又被朱梨园用绳子绑着。她没有哭，像个被绳子系住的木偶人，她只能任朱梨园时不时给她一脚，忍受朱梨园时不时给她几句不堪入耳的辱骂，只能忍受几个男人时不时地在她身上像摸麻将一样摸几把。

到了派出所，派出所的同志自然给唐果松了绑还给她披上衣服。派出所的人对朱梨园进行了批评。批评的大意是说她不人道，这唐果再怎么样，你也不该把她的衣服脱了让她光着身子走三十里路。直到这个时候，倒像是有人给唐果申冤似的，惹得朱梨园"哇"的一声大哭道："我受的委屈你知道吗？她偷了我老公的心，我要从她的心里挖出我老公。"派出所的人回头问唐果是怎么回事？唐果说："我和我师父没有啥事，师母没有在家，师父病了我就是陪陪他，我睡在他的枕头上我们真的什么都没有干。""你看你看，是你自己承认你和黄贵睡在一个枕头上。"派出所的人没有再表扬朱梨园反把她批评了："朱梨园同志，这样的事情该由我们出面，你看，事情没有调查清楚你就乱说，你这是对唐果的人格侮辱。"

朱梨园一听，看了派出所的人一眼，走到唐果的背后，踢脚就一踹，唐果的腰就向前一弯，双腿跪在了地上。

听说唐果进了派出所，黄贵就找余富贵算账："老余。本来这件事可瞒下去，就是你就是你。你如果不说出去，朱梨园怎么晓得唐果在这里呢？"

余富贵委屈极了，说："我谁都没有说，我只给房三更说过，可房三更也不是个传话筒，他不会到处传话呀？"直到唐果死后好几天，樱桃街的居民才总结到：麻雀飞过都有个影子。要想人不知，除非己不为。唐果是该着，可她怎么也不该死啊！该死的是黄贵，他诱骗他徒弟。

只有朱梨园才知道，唐果不是黄贵的啥徒弟，她是朱梨园的一个远房亲戚，她来找黄贵学怎么做小面，哪知道小面没有学做成，倒是和自己的丈夫好上了。朱梨园觉得唐果的死，自己没有半点责任。

房三更曾经把樱桃街发生的一些事记录在一个小本子上，他称为《樱桃街记》也叫《樱桃街史》。不知道为什么，他怎么也不把黄头发女人唐果和黄贵相好的事情写进他的那个本本上。鹩哥曾经问过他："你怎么不写黄贵和唐果的故事？"房三更对它说："算了，唐果本就不是我们樱桃街的人，她的事让我的心有点发毛……可怜呀，好好的女子。"

鹩哥不同意他的看法："唐果不是樱桃街的人，可黄贵和朱梨园是樱桃街的人，有啥不能写的？"

房三更说："那我想想。"

正在房三更考虑该不该写黄贵与唐果的故事的时候，黄贵找房三更来了。黄贵说："房三更，不管我与唐果怎么样，起码，我和她有一段情，写不写由你，反正人都死了。你不晓得，我这一辈子就喜欢她呀。"说完，他蹲下身子，居然在房三更面前呜呜呜呜哭起来。

是的，唐果死了。唐果后来跳河了，死的原因，樱桃街的人不详。一说，她是因为得了癌症；二说她的丈夫提出离婚她不愿意；三说，她心里放不下黄贵，干脆一死了之，这样才能做到眼不看心不烦。说得更多的是，唐果受不了朱梨园的侮辱，她觉得没有脸再活下去了。

唐果死后，听说黄贵拿了一条烟给为唐果穿丧服的师傅，他说："师傅，师傅，麻烦你把我的照片放在果果的胸膛上，我要和她不分不离。现在唐果'走'了，我活在世上没有意思了。来，这是我的头发、指甲和衣裤，一起和她烧掉吧。"给唐果穿丧服的师傅先是拒绝后是感动，然后就按他说的那样去做。送完葬回来，黄贵和朱梨园最后到底各走各了。唐果没有啥亲人，黄贵给了唐果亲戚一点好处，这事就算告一段落了。

解铃还须系铃人，你得去把老余从乡下请回来

唐果死后，余富贵回老家去了半个多月。

这半个月，樱桃街的正常日子被打破了，一条街的下水道都臭不可闻。房三更打了半斤酒，请黄贵到家里来坐坐。房三更说："解铃还须系铃人，你得去把老余从乡下请回来。他不到樱桃街收粪，你看下水道臭得很。黄贵喝酒喝得个二麻麻的，他说："好，等唐果过了三七，我就去请老余。"房三更不干，说："现在你喝了酒，我们就不说这个事情了。后天下午两点前你没把余富贵请回来，我就找你的事。"

黄贵算了算时间，如果明天早上早点去请他，时间上还来得及。于是，他打算下乡去请余富贵回到樱桃街。余富贵的老家，黄贵去过那里。

黄贵对余富贵说："老余，我问清楚了，那件事情本不关你的事，你大人大量。人都死毬了，我和朱梨园关系本就不好。我给你说实话，唐果是朱梨园的一个远房亲戚。这个唐果呀，嫁个老公她天天挨打。挨打不说，还要给他生娃，唉，她流产流多了，娃也生不出来了。我病了，我老婆从来就不管我，我病了，好几次都是唐果照顾我。那晚她发烧，我就叫她眯一下眼睛，后来我不忍心，就叫她睡一会儿。你说，她也是个病人，她守着我，这叫我怎忍心嘛？那晚上我喝了点酒，我才叫她到我家里来的，哪

晓得感情这个东西就像玻璃，一碰就碎的嘛。老余，要说我和她有什么关系，也没有多大关系，说有关系，就是在她睡熟了的时候，我悄悄地亲了她一下。我当时没有回避你，是我相信你。老余，如今唐果已经死了，是我对不起她，是朱梨园对不起她，我生不能和她在一起，我以后死了，我也要和唐果在一起。老余，你还是跟我回到樱桃街去，我们樱桃街的人离不开你。"

黄贵并没有说是他老婆那天走出去又回来的事情，两人说的虽有些出入，但唐果已经死了，老余也就不追究这狗屁细节。

听黄贵这一说，余富贵也心生不忍。说："有些事情，你还是要相信我，麻雀飞过都有个影子，你和黄头发来往，哪有人不知道的嘛？她喜欢你，你也喜欢她。我晓得，我晓得。但我真的没有对其他人说过。唐果死了，好可怜呀，该死的是朱梨园。"哪知黄贵忽然眼睛一瞪，说："你说谁该死？你说谁该死？"余富贵想起他们毕竟曾是夫妻，自知失言，说："我该死。"

老 K 这人

没有人说得清老 K 为什么叫老 K，大家只知道老 K 和他妻子租住在樱桃街 15 号有好几年了。那天，他一出门就遇到房三更从对面走了过来，见四下无人，老 K 把嘴凑到耳边："三更师傅，你晓得不晓得，我和老余头有点误会。"

"咋了？"

老 K 说他正好尿胀了，他就听到了余富贵在门外大喊。

老 K 起身说："余富贵，老子一辈子都没有挣到那么多大大小小的钞票，你看你一声'倒罐子'，就把老子的钱给洗白了。余富贵，你太无道德了，你连个好梦也不让我做下去。你说，你是不是故意搞破坏？"

余富贵听他这么一说，心里就有些气，说："你以为你很清白是不是？你和你墙上的那个电影明星做的事情你以为我不知道是不是？"

老 K 本也是开个玩笑，听他这么一说，他就有些冒火了："清白？我有什么不清白？老子做人做事从来就清清白白。"

余富贵笑道："不一定吧？刚才你在梦中干了什么事情？你以为我不知道。"

梦中干了什么？老 K 几乎忘记了，他这么一提，就有点印象甚至就有点慌了。他说："你知道什么？你以为我有问题是不是？依我看，你才有问题。我看你是借倒罐子之事为虚，搞间谍特务当破坏分子为实，你该千刀万剐你该挨沙罐遭枪毙才对头。倒粪的，我要问你，你刚才干吗要偷我梦里的钱？好多钱呀，我在银行里都没有见过那么多，你把那么多钱给我洗白了，你为啥要与我过不去？你今天不说个清楚，老子就不放你走。"老 K 说着说着，提起一脚就蹬翻了余富贵的一只粪桶。

余富贵说："老 K 你神了？我啥时偷你钱了？我就是在你梦里偷了你的钱，也正常得很嘛。给你说老 K，这樱桃街的人，从来就没有人用这样的语气和我说话。你来这里才几天？地皮都没有踩热火儿，你跟我啥老子不老子的？你还蹬我粪桶？给你老实说，欺负我的人还没有生出来。"

余富贵话完，他把袖子往手臂上一挽，身子一退，提起脚来猛地一蹬，装满了清水的另一只粪桶"咚"的一声滚到地上来了。余富贵说："老 K，你这狗日的，你和老子比气力大是不是？我把你的钱洗白了？我把你的啥子钱洗白了？我看你是想钱想疯了。退一万步来说，即使我是间谍特务、想当坏分子，想搞啥破坏，那也不和你作对。你怎么连几句玩笑话都开不得？你说我搅醒了你的好梦，可梦里的事，较得真吗？要较真行呀，我今天就和你彻底较真到底。给你说句实话，你跟老子还要感激我，刚才不是我那一声喊，我怕你犯罪了。"

老 K 一愣，说："你说扯了，我犯啥罪哟？"

"嘿嘿，你以为我不知道你干啥吗？你硬是要我说出来你才相信我的话呀。"

老 K 说："我豁出去了，你想说就说，你不说，老子今天就找你的麻烦。"老 K 一拳头伸过去，一下就打在余富贵的鼻子上。"霉！霉！霉！霉死你了。你说！你说！我刚才干了什么？不说，老子再打。"

余富贵一边擦着被挨了打的鼻子一边说，"你这个龟儿，好，是你叫我说的，那我就说！"

"说！我叫你说的。我看你跟老子说些啥？"

"刚才，要不是我及时地喊你的名字阻止你，我怕公安局早就把你抓起来关起了。你晓得不晓得？我看见你想用钱去当诱饵要对墙上那个女明星实施流氓手段；我还看见你在单位做假账。"老 K 听他说他想对那个女明星实施流氓手段就想笑，那本是一张画的嘛，可一听后面的话，他怎么也笑不出了。笑不出来的原因是刚才余富贵一字一顿说了"假账"二字。老 K 一听，脸就红了，就被吓倒了。这两个字让老 K 心惊胆战。老 K 在单位真的做过假账。这事，余富贵怎么晓得？刚才，我在梦里是贪过；那假账，我也还在做。问题是，要是老余叫人真的到我公司来查账，我是不是挨起了？老 K 知道自己在生活上也不检点，他曾找刘世昌下棋，没有想到推门就看到刘世昌的女人胡杏儿洗澡。唉，这，余富贵是怎么知道的呢？

他不知道自己的手该放在什么地方，也不知道脚放在什么地方，他感觉自己是赤身裸体地站在太阳底下，全身上下都是蚂蚁在爬，岂止不自在，连死的心都有了。

老 K 一下就跪在余富贵的面前说：

"饶了我，是我错了！你还我一捶，踢我一脚吧！"

余富贵说："跪天跪地跪父母，多大个事情？你给我下跪？算了，你把我打了就打了。看你那天请我喝过一顿酒的份上，我不和你计较了。不过老子告诉你，在这条街上，我是能走进你们梦里的唯一的人。你不相信问问这条街的人，哪个不晓得这事情呀？你所干的什么坏事，你以为我不晓得？我只是没有对你说。"

就在第二天，老 K 穿戴整齐，自己把自己交给了派出所。陪同他的是房三更和老余。

派出所的人说他态度端正，让他回家以观后效。本次算是投案自首，说梦里的事情，较不得真，但生活中若有违法乱纪的事情，一定要追查下去。至于单位上的假账，那是肯定要查，已经给单位打了电话了。不要走远，有什么事情的话，随叫随到。

老 K 临走时对派出所的同志再次小声地解释说："我真的不是有意看胡杏儿洗澡的，是她自己忘记关门了。门不关，我能看到屋里的一切东西，本想看一下，哪知道我一看就……我就看了一眼，再说，是她不关门，要说有责任，她才有责任，是她在勾引我。"他实在不好说自己看过胡杏儿的女儿洗过澡。

派出所的人说:"随叫随到,你走你走,有你说清楚的时候,你别往人家脑壳上栽赃。"

这件事出了后,樱桃街的人都知道了老K的事情。有人说是余富贵把老K不光彩的事情抖了出来,这还了得,大家强烈要求余富贵辞职,也强烈要求老K给胡杏儿道歉。听说刘世昌要提刀杀他,他不得已,余富贵再次回老家去了。

听说老K被单位来的人调查来调查去,硬是没有调查出什么东西出来。要说假账,是他对他老婆花兰卡做了假账。花兰卡是单位的头,而老K是她单位的职工,全厂加起来,也就是老K、老K老婆花兰卡和老K的几个兄弟伙。当派出所问到老K的情况。花兰卡总结说:"这老K,工作是积极的认真的,虽然他想在单位动心思贪点污占点女人的小便宜,但事实上,我这个'厂长'不追究他,他兄弟伙计不追究就算了。他想占便宜,也是想占点我的便宜,我是他老婆,他怎么占便宜都不为过。不过,老子要和他离婚。"花兰卡这样一说,老K就被派出所放了出来。

老K听说要离婚,慌了,他对花兰卡说:"唉,'公家'的钱,我怎敢贪污怎敢用嘛?你看氮肥厂的烟太大了,我是被氮肥厂的烟给熏晕了。我在生活中没有做过假账,我在我'单位'也没有做过假账,经过这次教训,我以后在梦里也不敢做假账了,我保证规规矩矩,保证把账目做得明明白白。保证把厂长大人侍候周到。"

花兰卡说:"你看着办吧,我要出去一段时间。"

樱桃街人听说花兰卡要和老K离婚这事,大家就怪老余把他们家挑拨了。余富贵说:"你们说些来扯!他们相好我挑拨不开,他们不好我拿绳子也捆不拢。你们怎么怪我?"两人的婚倒是没有离,只是老K从此以后不再管财务。用樱桃街人的话来说,老K从此当上了甩手先生,大门不出,二门不迈,手里握两个银闪闪的钢球,转得个哗哗响。

第三章

他将撕碎了的花瓣儿放在嘴里

余富贵挑着一对粪桶，他那大喊"倒罐子"声音让叫了一夜的灶鸡（蟋蟀）们一下就禁了声。灶鸡不叫了，第二天房三更还骂他："挨刀的余富贵，你尽与我唱对台戏，我梦里正在写诗，你一喊倒罐子，一下就把老子的诗给弄丢了。你看我的诗……我真的想不起来了。"

余富贵对三更说："让我想想，我知道你做的什么梦，我知道你梦里写的什么诗？我帮你接上如何？"

房三更说："麻烦，麻烦。那你给我接上。你看我写到哪里了……"

余富贵回忆并念道："你说'一行写不出诗，二行写不诗，三行四行我也写不出诗。怎么办，怎么办？我用锤子锤，我用锤子敲，终于，我一锤一首诗……一敲一首诗……'狗日的房三更。你这叫啥诗哟？"

房三更说："你不懂。"

余富贵没有进过房三更的屋子。不进他屋子的原因是房三更的家门没有罐子。整条樱桃街，就他一家有一个卫生间，这叫人好不羡慕。不是因为他脚不方便，而是当年搬到这里来住的时候这里就有卫生间。这是一座百年老洋房子，听说是过去洋人住的。

只要余富贵离开樱桃街，房三更的家里就会接待一些内急的人。房三更嫌难得冲水，他常常在这个时候就到自己的鞋摊上去了。

最近，房三更有点怕余富贵了。

房三更做了一个怪头怪脑的梦——和一个既陌生又熟悉的女人缠绵过。虽然他和老 K 一样都是男人，但房三更还是觉得不好意思。不好意思的原因是，那女人有时是胡杏儿，有时是开馆子的蔡大嫂，甚至，有时不是女人，是老 K。

房三更一见老余，他很本能地就提醒老余说："别乱说……"

老余眨眨眼，说："瞒我？"

房三更想，我是该讨个女人了。不过，我这条件，哪个女人愿意跟我这个瘌子呢？三更说："唉，老余，我不是鞋匠，我是诗人。你看，我一锤子锤下去，就捶出一首诗来，要是……要是……我一锤锤出个女人来多好。我没有瞒你。"

老余大笑不已："你那是诗？呸！狗屎！你锤女人？你是想睡女人了。瞒我？"

房三更还记得他刚摆上摊，腻人的槐花香气把他身上每一个空隙都填满了。领口里，袖笼里，裤腰间，裤脚里全都是浓浓的槐花香。他的背正好发痒，痒得就像有蚂蚁钻进了后背。他反剪着手，撩起衣服，把手伸到后背上去抠。用左手，左手够不上。用右手，右手够不上。于是，他只能用手往后脖子下面伸，还是不行。于是，干脆像小时那样把后背顶在槐树上让槐树给他挠挠痒。树儿不会动，房三更会动。他刚一靠上去用了点力，又上下左右摆动了几下，然后又擦了几下，呀，舒服死了！刚让槐树帮他完成了挠痒的任务的同时，他便听见"哗啦啦"的槐树枝拍打门板、窗门的"哐哐"声。习习的花瓣纷纷飘落下来了，瞬时，他的脖子里，摊子上，鞋箱上和凳子上，满是花瓣，他顺手拾起一朵槐花，白白的，嫩嫩的，湿湿的。他想，这风一吹，又没有雨了，这花，真他妈的被浪费了。他捡起一朵花，摘下槐花儿中间的那颗黄色的槐米，轻轻放在了舌尖上。他撕碎了花瓣瓣，放在嘴里。忽然，他的舌头像弹簧，无意中，他狠狠地把自己的嘴咬了一下。他想母亲了。

樱桃街没有樱桃树，但有槐花香

当医生宣布房三更不能站起来以后，章齐风硬是不相信儿子的腿就这么完了。夜里，章齐风看那框了黑边的照片就埋怨："你倒好。你话不说屁不放就那么走了。你叫我带着大大小小的孩子怎么办呀？"三更的腿有毛病，四郎才三岁多。孩子们熟睡后，章齐风愁极了。大儿子一茶在舅舅家就不说了，女儿二弦继续寄宿在学校读书，她独自带着六岁的瘫痪儿子和不懂事的四郎，平时里就找点临时工做。

章齐风下班回家，见三更拖着腿，两手着地在地上往前爬，四郎还在前面拉。她又心疼又生气，提起一根棍子就抽他。

三更用手按着轻飘飘的腿无奈地说："妈，我站不起来。"

"站不起来，我就打。"

"打我，我还是站不起来。"儿子的眼睛又痛苦又倔强。见硬的不行，章齐风又来软的。她弯腰抱着儿子："儿子，现在你有妈，要是有一天妈死了你怎么办？"

三更一边捶腿，一边哭："妈，你不会死。就是你死了，我也站不起来，你看我的脚和他们的脚不一样。"是的，儿子的腿一条长，一条短，粗细也不一样。章齐风有泪花在眼里转。三更不哭了，瞪着眼看章齐风。四郎害怕了，躲在哥哥后面不知所措。

章齐风心疼得真想从楼上跳下去。"跳下去？"章齐风被自己的想法吓了一跳。我一跳，三更不就永远在地上爬了。我一跳，我二弦，我四郎怎么办？还有我的大儿一茶我也放心不下。她甩甩头，试图保持绝对的清醒。

三更不知道章齐风想那些生呀、死呀的问题。他的腿只要一动，钻心地痛。

孩子们在楼下玩，热闹极了。三更好羡慕。三更用手在地上爬，很想向他们"走"去。可他屁股挪动不到半寸，身上就痛。

　　章齐风罩不过三更，只有低头掉泪。不怕挨打的三更就怕妈哭。妈一哭，他心软。为了哄母亲高兴，他从章齐风的手里拖来棍子，试着抱着章齐风的腿站起来。章齐风扶起他，慢慢地让他的脚着地。谁知，他的脚一沾地，脚就像无数的针尖在刺他，三更情不自禁地叫出了声，那声音刺得章齐风撕心裂肺的痛，可她表面上仍然若无表情。三更摸着膝盖那个地方，他说："妈，我这里没有一点力气。"

　　章齐风心软了，哄他道："幺儿你要坚持。医生都说过，只要你脚板还有知觉，你就会站起来。"

　　三更痛得语不成句："我想……走路。我……坚持。"

　　墙上钟的指针，总是围着那个圆转。转呀，转呀，终无尽头。章齐风发现，她的儿子也像她的座钟，每天，她就像指针一样围着三更转。她希望每转一圈，三更腿上的筋骨就像树的年轮长一圈，她希望每转一圈，三更的肌肉就会有弹性而不萎缩。三更在被训练的时候，四郎也会给哥哥拖个板凳来，让三更扶着凳子学习走路。

　　三更先是能站一两分钟，后是能站五分钟了，还能两只手紧紧地贴在墙上，肚皮贴着墙移动脚步。章齐风摇头："这不行，你不能靠着墙走。你得自己走。"

　　三更站在两个凳子的中间。他双手按在前一个凳子上，手一撑，力一搭，双脚提起来，身体就向前移动半步；再回头过来取另一个凳子，放在身体的前面，用力一撑，身体又过去了。如此这般的练习了好多天，他感觉手，脚，腿，比过去有力多了。三更欣喜若狂。

　　章齐风摇头："这叫走路？丢开凳子！"

　　丢了凳子，三更的脚就没有依靠，但脚上的劲倒是比过去增添了不少。不过，他实在记不起摔了多少跤，挨了多少打。章齐风也顾不得儿子的疼痛，她总是叫三更把挨打的次数记住下来，甚至，哪次比哪次多挨了几棍子，哪次比哪次少挨了几巴掌也叫他算出来。不过，摔跤的次数是越来越少了。

　　章齐风给三更按摩揉腿的时候，三更便拿本小人书认字。她说，"三更，你现在如果不读书，将来就是废铁一块，是烂草蛇一根。"三更不想当废铁，也不想当烂草蛇。三更拿起书就翻，不懂就问妈妈。

　　门前的洋槐树长高了，九岁的三更可以不要任何辅助的东西走路了。

虽然有一只脚是要短点，但这已无大碍。三更走路时，他一手按着膝盖，一手背在后面，脚向前挪动一步，他的屁股就随之往上翘一下，头也像鸡啄米似的往地面点一下。章齐风给他打预防针，说："儿子，你走路实在不好看，将来不要怕有人笑话你哟。"

"我走路与别人有啥关系？我就是我。"为了逗母亲高兴，三更还像麻雀一样跳着行走。当然，麻雀是用双脚，而他用的是单脚。后来干脆不学麻雀跳着走，就坚持一手按着膝盖头，一手背在后面，慢慢往前走。章齐风纠正他走路的姿势："双手前后摔着走，别像个小大人似的背着手。"

早就过了上学的年龄了，章齐风送儿子到学校去当插班生。学校的老师袁洪刚对章齐风说："章老师，想当年您还是我老师呢。"章齐风说："那些年我病多，怕误了你们的课，我就辞职了，现在，我放心你教我儿子。"袁洪刚是章齐风第一届的学生，后来他从师范学校毕业出来。他考察了三更的成绩，三更早就超出了他所教的那个年纪的范围，于是就建议给三更跳一级，袁洪刚说："章老师，三更的聪慧真是少见，又勇敢，上天嫉妒他呀，非要把他脚弄残不可。"章齐风说："别人能做的事，我儿子都会做，你不要把他当成残疾学生就行。你如果护他的短，就是害了我儿子。"袁洪刚说："老师你放心，他本就是正常的。"

果然被母亲说中。到了学校有孩子笑话房三更走路的姿势。他们一见到三更就把他编成歌来唱。调子是大家熟悉的《十送红军》，歌词被小孩子篡改得乱七八糟，唱完，他们还学三更背着手按着膝盖头走路的样子。三更早有思想准备，而这些，已对他形成不了多大的压力。不过，毕竟是娃儿，他心情好时，他就面带微笑装着更瘸的样子走给他们看；心情不好时，他就弯着腰，在地上捡块瓦片砖头或者石头向那些嘲笑他的孩子扔过去。

一年下来，家里的墙壁上，全是贴的他的奖状：语文的，算术的，图画的，唱歌的，自然的，都有。有了奖状，三更在孩子群中就有了地位。取笑三更的孩子们见了三更，就抢着给他拿书包，有了好吃的，必定要先给三更吃。三更觉得自己在气势上已压倒了他们，他心里高兴极了。他由此得出了个结论：只有赶上和超过人家，自己才出人头地。章齐风也说："儿子，莫骄傲，你一个残疾娃儿，要比别人吃更多的苦才行。"三更抬头把母亲看了看。

她的话，三更像是听懂了又像是没有懂。

章齐风发现儿子放学很晚。

老师带信来说，三更有时迟到了。章齐风一跟踪，竟然发现三更在上学的时间去给人家补鞋、擦鞋。章齐风明白了三更的心思。他是想证明自己将来能够找到饭吃而不连累家人。章齐风不像别的母亲那样见儿子不上学就追问甚至动用棍棒，她装着对三更逃学的事情假装不知。当袁洪刚把他没上学的事情告诉她的时候，章齐风说："唉，我忙，我留他在家干点活儿，他以为我给你请假，我以为他给你请假了，是误会。"

回家后，正好三更拖了个带轮子的木箱回来了。他当着章齐风的面打开木箱让母亲看，里面有大大小小几把毛刷子和各色鞋油：有咖啡色、黑色、白色的，还有绒布、蜡、水、刀子、剪子等不同工具。三更还把买完工具后剩下的三元钱交给了母亲：

"妈，我以后能自己养活自己了。你不要担心你儿将来会饿死。"

本想揍三更的章齐风一把抱住儿子说："三更，你别怪妈拿棍子抽你，妈是怕你永远站不起来。以后你能找钱养活自己，妈就放心了。不过，儿子你还是得给我上学去。"

三更过去看母亲的脸是圆脸，可不知道什么时候已变成了尖脸？三更说："妈，你答应我去擦皮鞋，我就去上学。"

母亲摸摸他的头，算是答应。

暑假了。天气热得狗都不愿意把舌头缩到嘴里去。狗舌头红红的，伸得老长老长，眼睛盯着冒着水蒸气的太平缸，要不是三更给了它一脚，它真是要把里面的水一口吞到肚子里去。每天，小狗陪三更，三更陪母亲，他们有时给火柴厂糊火柴盒，有时用锯木面加上药物制作两尺来长的纸筒蚊香，有时在榨菜厂里接些剪海椒的活儿到家里加工。都是计件活儿，做多得多，做少得少。接来的活儿都用口袋装来装去，下大力的时候是章齐风，下小力的时候是三更，有时还有四郎。没有这些事情做的时候，三更就提着鞋箱去擦皮鞋。

三更记得，槐树开花时，母亲就喜欢把槐花含在嘴里面。母亲说她喜欢槐花花蕊的味道。

樱桃街没有樱桃树，但有槐花香。

房三更，余富贵是正常的吗

最近，樱桃街的人睡觉可警惕了。他们总要看看门窗是不是关严，门闩是不是钉了插销，他们恰是要防梦被余富贵偷走似的。至于家里的东西，大家一百个放心，值钱的东西在肚子里装不起的，不需要上锁不上锁。

洗猪大肠卖的兰大嫂就不怕余富贵。她很是细心地观察过个子不高的余富贵。尽管大家把他传得神乎其神的，可他和平时没什么两样。仍然是平头，瘦削的脸，穿中山服，戴手袖，系围腰，照常吃饭，照常睡觉，照常抽别人递过来的烟自己递烟给别人抽。兰大嫂把观察的结果对大家公布道："余富贵还是原来的余富贵，余富贵说话做事与过去没有什么不一样。你们不相信，就问补鞋的房三更，余富贵天天都要去房三更那里去转转，房三更说余富贵是正常的余富贵就是正常的。他说余富贵不正常的话，那余富贵就有问题了。"

果真有人去问鞋匠房三更，"房三更，余富贵是正常的吗？"

房三更提起锤锤往凳子上一敲，他大声肯定并反问道："正常啊，余富贵有什么不正常的吗？"房三更的一正答一反问，余富贵就是正常的了。余富贵只要正常，樱桃街巷的尿壶、屎罐就有人来按时倒了。大家都想过，如果他不来，家家户户的屎尿都要倒在下水道里，想想下水道冒起来的那气味，就倒胃口就作呕。

刘世昌说："有文化的人说话不一样，一句可当两句甚至当十句用。房三更说余富贵是正常的，余富贵就是正常的嘛。"既然他是正常人，还有什么要担心的呢？每天，大家该打铁的去打铁，该到猪鬃厂的到猪鬃厂，该到酒厂的到酒厂，该到理发店的去理发店，该去卖菜的就去卖菜，该到学校去读书的就去学校读书，除了吃奶的娃儿，大人小孩子各有事情所做。

到底，有人来向房三更报告余富贵的不正常了。

中午房三更正在给包上拉丝，他忽然听到一个娃儿喊他："三更叔，三更叔，'余神经'把我们吃的水弄脏了。"

房三更说："蔡志气，你怎么喊人'余神经'？他怎么把水弄脏了？"

"余老头儿就是神经。他把粪桶丢在水池里了。"

房三更大惊，有这样的事？

如果不是余富贵后来要离开樱桃街，如果不是走那一天他喝了点酒，恐怕他永远不会对鞋匠房三更忏悔那天发生的事。他说那是他一辈子唯一对不起樱桃街人的事。

余富贵每天都要洗粪桶。他常说："不是我提劲，我这粪桶没有一点臭味。"余富贵的扁担有两朵红绸子，红绸子扎在扁担两头，就像挑了两朵牡丹花。他老家鸡公嘴来人了，高兴呀。客人走时，他便陪客人喝了点酒，酒才多了一分，他就感觉二麻麻昏沉沉，后就习惯性地挑着粪桶到樱桃沟里的下游洗桶去了。

樱桃沟上游的水，甜丝丝，清幽幽。水沟分三道凼子，每道凼子分上水和下水。一道凼子的上水用来做人们的饮用水；下水，人们用来洗菜。二道凼子的上水，用来洗衣洗脚；下水，用来洗刷桌椅抹布，三道凼子的上水洗屎尿罐子，下水流到阴沟里去。余富贵本是朝第三道水流的下水走去。可他的脚情不自禁走向上流的第一道水流。到了那个地方，他把肩膀上的扁担放下来，一下就左一只，右一只的把两只粪桶一个个扔到水流里。两只粪桶在水上像菜叶一样漂呀漂的，一只桶漂向他的脚边，一只桶向下游漂去。余富贵忽然一个激灵，这道水流是大家打来煮饭烧水的，我怎么把粪桶丢了下去。他立即用扁担上的钩子，慌忙地把两只粪桶钩了过来，他生怕人家把这事看到了。这还得了？这会引起樱桃街人乃至所有人的咒骂的嘛。再说，自己还喝这里的水的呢。不要说别人，就连余富贵自己，也被自己的行动吓了好大一跳。唉，我的脑壳今天怎么了？

余富贵刚把粪桶打捞上来，正碰到蔡大嫂的儿子蔡志气放学过路。他见水淋淋的两只桶就在溪流的坎坎边，水里飘着一些杂物。蔡志气很是怀疑地看余富贵，他道："余大爷，你是不是……？"余富贵说："看啥看？你以为我在这里洗粪桶，平时你们家的粪桶都是我倒的。我才没有那么傻，这桶是我刚才从下面提到这里的，这水是喝的。你莫乱想。"

蔡志气没有证据证实他是在池水里洗了粪桶。他说："余大爷，你敢不敢喝一口这水？"

余富贵说："我拉肚子都拉几天了，我干啥要喝这冷不拉唧的水？"蔡志气无奈，只得走了。看着蔡志气越来越走远的背影，余富贵好不容易才松了一口气：我这是怎么了？我怎么把粪桶丢进水池里？

归根到底，他还是怪被樱桃砸过后说话做事与自己的过去不一样了。说话的语速慢了，走路的速度慢了，就连思维也慢了半拍。不过在这时候，他清醒地知道是自己把粪桶丢在洗菜池里。他不敢承认，也不能承认。为了表示不满，有人在他的门上泼过几次大粪。为了证明自己是清白的，余富贵把自己知道的世界上最脏的话，挨个儿地骂了一遍。他最后才说："这水，也是大家喝的水，你以为我想它受到污染？你们以为我在里面洗粪桶？如果我有这个坏心眼，那我天天还和你们的屎尿罐子打交道？你以为我不喜欢香？你以为我分不出来臭？你们哪个敢站出来像我一样天天给你们干下人才干的活儿？"余富贵说得有理。蔡志气抬不起头了，走到哪里，他就被骂到哪里。"志气，以后你的眼睛睁大点，你说的事情好让我们恶心，我们要天天喝那水的哦。"学生蔡志气听了很委屈。余富贵听到这话很高兴。把这事给了了，人们不再怀疑余富贵而都怀疑是蔡志气眼睛看错了。

傍晚的时候，大家端着饭碗在坝子上吃饭。见人多，余富贵像是白天没有发生过什么事情似的，他说："我今天给你们公开说点事情，你们也别偷偷摸摸猜来猜去了。当然，我说的话，信不信由你。以后你们睡觉的时候小心点，不然你们的梦都钻到我的脑壳里来，你们千万要把自己的梦守住，别让我把你们的梦给偷走了。"

"余富贵。你脑壳有问题，你要去医院看一下哟！"

其实余富贵和大家都不知道是房三更在夜里，硬是带人把沟水先引到别处，最后把池子里的水换了。

困惑的刘世昌一家

樱桃街的居民认为樱桃街出问题了——倒罐子的余富贵好几天都没有出现在樱桃街了。他去哪儿了？樱桃街从第一天里没有了余富贵，大家就受不了了。在以后的几天里，一条大街臭熏熏的。大家不能不议论一件事情，余富贵他是病了？是回乡下老家了？还是偷懒想歇息几天？

一周了，大家已经懒得猜了，家家在骂，家家都把罐子往下水道里倒。樱桃街的空气里充满了熏人鼻眼的污秽之气。

胡杏儿公开帮余富贵说话了。她恨极了诅咒过余富贵的人："没有良心的，你站出来噻，大家都晓得了哈，谁死都可以，但不能死余富贵呀！"

刘世昌骂她道："有你这样说话的吗？"

"我死，我死，我死不行吗？"

忽然他们的背后有了声音，刘世昌和胡杏儿一起回头一看，是女儿刘红。他们两人一起把她抱住，生怕她乱说点什么。

女儿说："你们拉住我干啥子？你们不是我妈老汉？是我妈老汉就放开。我的妈老汉不是疯子，你们是疯子。就是你们这些疯子不让我爱，不让我恨！你们说我还是不是自己？你们说我还是不是读书人？好好歹歹，我也是读书人，考大学，这是理所当然的事情，那些监考老师，太火药了，全是不识人才的家伙。可考不起大学别以为是我的错？条条大路通罗马是不是？考不上大学，我一样的有出息是不是？我要当空军陆军海军，我要当空姐房姐楼姐就是不当小姐。你们这些没有人性的家伙，非要逼我去考大学，我不考不考就是不考，如果硬是逼我考我就故意把题做错。我给你们说，凡是要逼我考大学的都是疯子。我不是疯子我就想得开，我不是疯子我就是敢在我身上戳几个洞。你说我是疯人？鬼哟，你相信我是疯子？你们这些说我的才是疯人。不相信我是正常人？那我读几句英语就可证实我不是疯子，我这一辈子最重要的事情就是要证明'I am not crazy, you are crazy.'我不是疯子，你们才是疯子。'I am not crazy, I'm a normal person.'我不是疯子，我是正常人。你们认识雅阁不？他是我的偶像，他是我真正喜欢的男人……雅阁……雅阁，你在哪里啊？"

刘世昌说："红，我们回家去，你奶奶呢？谁是雅阁？"

"我把奶奶杀了。可谁把雅阁杀了，脑花四溅。是石头，是河水。"

此时的刘世昌如果是千里眼，他就能看到他的屋子里鸡毛掸子只剩下一根棍子。一屋子的鸡毛噗噗地屋子中央到处飞，他的母亲游彩华一边打扫屋子一边念叨："哪世作的孽呀？哪世作的孽呀？我活得好好的，哪有像刘红说的我被杀了呢？可雅阁是谁啊？"

刘世昌和胡杏儿迷糊了。胡杏儿知道是女儿的病犯了，也知道她不可能杀她奶奶，家里的刀具，都是锁起了的，没有钥匙，女儿拿不到。

夫妻俩拉着女儿的手向回家的路上走去。

路上，胡杏儿问刘世昌："女儿天天都要用马桶，余富贵总不会活到一百年，要是有一天不再给我们倒粪，我们该怎么办呀？我们全街的人应该联合起来修个大化粪池是不是？不能直接把粪水倒进下水道，下水道的屎尿臭熏熏地流到长江，那长江下游的人还喝不喝水？"

刘世昌说："我没有想那么多，我是在想等我们俩这老疙头死了后，刘红该怎么办？谁是雅阁，雅阁是谁？"

刘红说："这有啥担心的？没有人倒罐子我给他们倒。担心我没有人管？没有人管你们就给我活到两百年，如果你们不活到两百年，那你们先买包耗子药把我药死算了！疯子疯子疯子，你们硬是不如我这正常人想得开。"

刘世昌夫妇哭笑不得，心想，幺儿，谁能活到两百年啊！夫妻俩得意的是刘红这次没有对外人说过她生过娃儿的事情。

修个超级联排座式厕所，你们看怎么样

大家商量来商量去，都说如果要修厕所，那就要按人口收费，人口多，拉屎拉尿多，当然就得多出钱。最后就找房三更商量——中心问题是：我们各家各户要一起出钱修个厕所。如果修的话，是按一家一户收费呢？还是按各家的人口收费？讨论没有结果：人口多的，说按户头收；人口少的，说按人口收。最后决定找房三更。他不用公厕，他说话会公道一些。

房三更说："要修就修呀！可我一不是领导，二我是残疾人。你们看我的腿，走路都不方便叫我怎么做主？但这事我肯定支持，要修大家出钱，修就是了。如果大家推选我带头，我带个头就是了。你看樱桃街那边那个厕所就干净就利索。余富贵现在没有来倒粪，的确就是个问题，大家晓得，

三天赶一场，茅厕打拥堂，现在的茅厕早上好打挤。既然现在是这个情况，我们何不给管区写个申请，申请批准了的话，就请上级拨点款来。再说，上级机关也该管这个事情的嘛。"

大家都觉得这样处理好极了，虽是给管区添了点麻烦，但家家户户节约了。

毕竟是樱桃街的大事一件，三更把这事情也写进小说里了。想想，又划掉了。

管区接到大家签名的修公共茅厕的申请，讨论来讨论去，终于劝说孤寡老人水大娘把地皮贡献出来。管区的安排是先请她搬到养老院，养老院的所有的费用全由管区安排，有吃，有喝，有人陪吹牛儿。至于后事，她就不管了。这话说出后，当然也有好事者道："人都死了，她的后事，她能管啥呢？"

"反正余富贵以后也要百年，有了厕所，我们就不担心以后谁给我们倒不倒粪的问题了。"

管区领导说："放心，放心！樱桃街的这些问题都是小问题，等以后条件成熟了，修个最好的超级联排座式厕所，比外国的厕所还漂亮。你们看怎么样？"

"那都好哟，我们的尿罐子、屎罐子以后都可进博物馆了。"

"好啊，余富贵倒罐子的使命完成了。他该回去享清福了。"

房三更说："话不能这样说，那几年要是没有余富贵，你们的屎尿怎么就没有见你们自己解决？他走到哪里去了？未必要给你请假？人，总有自己的事情嘛。"

刘世昌说："是呀，谁个没有事情嘛？不过，他这一走，我们就太不习惯了。房三更你不晓得，我昨天还梦到余富贵回来了。他回来，背了好大一背红萝卜哟，一家发一个，一家发一个，我得到的红萝卜，最大了。"

余富贵失踪了。于是就报了个警。年轻警察愣了一下，说："好！我知道了。"

它把我写小说的灵感带走了

房三更的小说没有写完，他就再也不想写了——我的朋友死了。我所喜爱的鹩哥死了。我亲爱的灵魂陪伴者已经死了。它把我无法遏制的灵感带走了。

房三更最后一次见它飞来的时候，鹩哥说："我最近头晕，身体出了点毛病，也许……以后……我不会再来了。"说完，鹩哥头一偏，腿一软，翅膀一张，就死了。

房三更怎么也不相信它死了。他捧着它的尸体，对着不远处那高高的烟筒说："烟子烟啊烟子烟，是你龟儿子把我的鹩哥熏死了，我以后和你不共戴天。"房三更在那一天里，逢人就讲起鹩哥的死，他说他像中毒死前的症状，喉咙痛，口干舌燥后就发烧，然后头皮乌青再慢慢扩散到全身。鹩哥一死，房三更三天三夜吃不下饭，几天几夜睡不好觉，再也找不到这么乖巧的鸟儿了。他一门心思都在回忆和它相处的点点滴滴。三天了，鹩哥的眼睛还看着他。他像当年抹母亲的眼睛那样，想把鹩哥的眼睛抹闭眼，但不行，它仍然大睁着眼。他不得不把鹩哥装在一个宽大的鞋盒子里，里面铺满了新棉花，还浓重地给它洒了香水并盖上一层红布。扎紧盒子后，三更把盒子带到河边，想用沙盖上，再把它给掩埋了。刚撒了把沙再盖子上，忽然盒子里就有了细细的声音，三更仔细一听，惊呆了。这鹩哥活了？死了三天三夜啊，它活了？

他把鹩哥带回家细心地照顾它。三更不再让它动脑筋，也不再让它见人。它不吃不睡也不叽叽喳喳。一天天气晴好，三更对手心里的鹩哥说："鹩哥呀，鹩哥……你陪了我几年了，我想你留下，但留不住你了……你飞远些吧，你飞远些。你要飞到一个只有水草和花香的地方，那里才没有污染没有伤害……唉，可惜我没有翅膀，如果我有翅膀，我一起和你飞……去吧，总有一天，我会来找你的……"一滴眼泪挂在鹩哥的眼睛上，三更用手帕给它擦了擦，又抓了几颗小米喂它，鹩哥不吃，稳稳地站在三更的手板心上，他见它把一对翅膀合拢来抱在胸前，然后很是慎重地点了三个头。三更情不自禁泪流满面，于是人鸟依依，难舍难分，它腾地一下飞起来，在三更的头上高高地盘旋了三转，最后，头也不回，向远处飞去……

余富贵才回来不久，又失踪了

余富贵背了很多稀奇怪古的豆豆角角回来了。他一家发几颗，他说这些东西可吃，也可种在土里当花儿。他说他不放心樱桃街，说樱桃街的屎尿罐子没有他的话，那你们把屎尿倒在沟沟里不成？他还说这些天把大家给打扰了。不断解释说进入你们梦中的事情其实都是我胡乱猜的而你们就当真了——不过也太巧了。余富贵这次回来话特别多，他告诉大家一个惊人的消息："前段时间有人给我介绍了个老对象，哎哟……我都六十岁了，那女人比我大五岁，别说啥子大不大的嘛，有女人喜欢我就够了。给你们说句悄悄话，才见了一面，她就不准我走。可是，可是……我觉得有点不对眼，我就回来了。你们不晓得她那双眼睛呀，我一说走，她的眼眶都红了。我想起都难过呀。"

听了他的话，樱桃街的人反而有些不好意思。胡杏儿先说："余大哥，这门亲事还是要得哟，你看你与人家才一见面，人家就对你有意思。余大哥你还是要答应人家才好哈。"

"我一身臭熏熏的，算了算了，好女人留给别个，我喜欢樱桃街，我喜欢这街上的女人，如果说我对你们没有用，那我就去找她了哟。"

余富贵这样一说，整个樱桃街就沸腾起来，说余富贵真是有情义呀，屎尿罐子还能代替女人的情和爱呀。兰大嫂给了余富贵一捶，说："老余老余，你怎么没有用哟？你看你一走，我们家家户户那个急呀，你不晓得，我们还报了警的哟。"

余富贵一听，心里自然高兴："你们这一说，别以为就讨了我的好。兰大嫂，今天不洗猪肠子了？"

兰大嫂五十多岁，男人死了，娃儿在外读书，她空了就在蔡大嫂的豆花馆打杂。据说她喜欢余富贵但她从来就不承认，不过，确实也有人见过余、兰二人眉来眼去。

余富贵一回来，管区领导就对组长房三更和副组长刘世昌说："唉，不是老余回来不修茅厕了，是水大娘家的人际关系出了问题。要说她家，过去本是没有亲戚出现，而现在她侄儿侄女起码有了三十多个。他们都说地皮是不准拿出来的，水大娘是他们的亲人，亲人老了，她的生活问题和养老问题应该由他们来解决，不过，解决问题要花钱，钱得拿地皮来换不说，还要补两套房子给他们这些继承人。现在这个事情该怎么办？我们还没有想好办法。既然现在余富贵回来了，那厕所的事情就暂时放一下，樱桃街的卫生问题还是由余富贵负责吧，收来的大粪，都送到乡下当肥料去。"

刘世昌说："我家有病人，即使修个厕所他也去不了。反正他也享受不了你们的高级茅厕。你们修不修，是你们的事情。不过，修，总比不修好。没有地皮？还两套房子？水大娘总不会活两百岁吧，等吧。办法总会有的。"

房三更说："玩笑少开。吃喝拉撒也是我们樱桃街的大事。好在，我家还有一个勉强能解决拉撒问题。大家还是要想其他办法。"

茅厕是修不成了，樱桃街的人失落得很。碰到老余，就少不了要问余富贵："这几天你没有在，可把我们急坏了。茅厕修不成了。我们就继续积肥吧！"

余富贵嘿嘿笑："你们不是担心我把你们的梦偷走了吗？我回来了。我不走了。小心一点哈，我晓得你们晚上做了啥子梦哟。哦，听说，用人大粪做肥料不行了，国家不容许了。""那……自古潲水喂猪，大粪当肥料的嘛！未必留下来狗吃？"

余富贵才回来没有三天，忽然一个女人找上门来，硬生生地说老余是她男人。然后她又硬生生地将老余拽走了。胡杏儿见过了那女人。她说：那女的，舒舒气气的，穿得也干干净净，余富贵见了她，骨头就像软了似的，一脸都是笑，他是该和那女人一起走，他若然不和她一起走，余富贵是要后悔的。你们不晓得，那女人见了我，也是笑了一笑，虽然已经上了一把年龄了，可看起来也才六十边边的样子。依我这眼睛看，她年轻时还是长得很好看的哟。她很像谁？她很像我记忆中的一个演员……樱桃街的人都在猜想，那女人，是和余富贵见过面的女人吧？

自这以后，余富贵在樱桃街，从此就失联了。

余富贵离开樱桃街后，听说兰大嫂几天都没有吃饭。有人问起这事，蔡大嫂打掩护说："她感冒了，她吃啥饭，你们莫东想西想的。"胡杏儿说："感冒？啥感冒啊？兰大嫂对余富贵有情有义你不知道啊？有好几次，我都见到兰大嫂往余富贵的包包放一盒烟。"兰大嫂不置可否，就是笑。笑着笑着，眼泪都笑出来了："开这些国际玩笑，我看得起他哟？"说完，她居然当着樱桃街人的面哭了。后来听说，兰大嫂到底有些后悔，她和余老头两人都怕一怕的，都不挑明，这个缘分就错过了。

樱桃街知道了孤寡老人水大娘的一点最新消息，她在城里的确是没有一个三亲六戚。那些来套近乎的，全都是假的。不过，她已经找到幸福，和一个老头子恋爱了，老头儿有个儿子，那儿子下决心要把水大娘的房子拆了，再在原地皮上修个两楼一底的房子，水大娘和老头搬家到老头子的旧居去做，新建的房子要给自己的孙子结婚用。

刘世昌和胡杏儿最近有点高兴，他们的女儿刘红又有人看上了。具体的情况怎么样？媒人说得等对方消息。

胡杏儿回头看女儿的脸，白皙的皮肤有了一些红润，手背上都有一些酒窝了。

第四章

房三更，你的广告不怀好意哟

房三更把洋槐树上挂的方形塑料牌子取下来，准备另换一块长方形的木牌子。木牌子的底色是红色的，厚墩墩的色块像是给广告词们铺了一块高贵的红地毯。字们抬头挺胸，高傲地接受顾客们的注目礼。木牌上的字当然是房三更写的——换锁心换钥匙换拉丝换鞋跟修钟表修雨伞换沙发！

除了叹号，所有的字都写得伸伸展展，笔笔舒舒气气，一点也不像他的腿长一截短一截，也不像他的肩膀，一边高，一边低。

刘世昌对着房三更很暧昧地笑笑："房三更，你的广告不怀好意哟。"

"说啥？我的广告不怀好意？我没有看出来！"

"哈哈，这像锤子一样的惊叹号，你说，你表达的啥呀？色得很！这会叫顾客乱想的嘛！"

"刘世昌你太夸张了，我没有那'色'的意思，你各人想歪了，把好好的广告牌和叹号想成了男人那东西。你就不能想点好的？"

因为环境，牌子不能横着挂。牌子只能竖着挂在树身的一颗钉子上。这是房三更前几天想出来的。

"站远点，站远点，你看看这牌子挂歪了没有？"刘世昌还没有站远，房三更又问道，"这牌子，我是说的这牌子，你远看的话，真的像啥？你跟老子老实说。"

"像啥？正像他妈的锤子！"

房三更后来发现这块牌子，果真有点像男人胯下的那东西。但他嘴里否认道："锤子！你真是想歪了。要是叫我说的话，它像个大叹号，像个长了舌苔的舌头，像个长了黄斑的鼻子，像……避孕套，像……钟摆。"房三更刚一否定完，心里就后悔了，唉，不就是一块木牌子嘛，我怎么联想到那些东西？

刘世昌为房三更的想象感到无比的惊奇，听他这么一说，他觉得还真是有点像他所说的东西。他心想，你这个死三更，你怎么想出这些怪头怪脑的东西。而刘世昌嘴里却说："不像不像，你说的都不像，在我看来，还是像锤子的嘛。你不信站在我的这个角度看。"刘世昌边说边又退了几步。

刘世昌在房三更的隔壁住，他的烟摊在马路对面，正好和房三更的摊子面对面。马路不宽，行人和车辆都不多。尽管刘世昌的年纪比房三更大，只是两人无多少生意的时候，便亦荤亦素，以荤带素，斗嘴取乐。

因为大家都要在早上忙着做生意，他们就在说笑几分钟后，就忙着摆摊子了。

房三更的修鞋柜上有一个不用电池的小收音机。那是房三更买二极管，调谐器，耳机，磁性天线装的收音机，磁性天线上套有可滑动的硬纸套，硬纸套外缠绕了若干圈细小的漆包铜丝；他还请人帮忙在洋槐树上绑了一根竹竿，竹竿顶上有一个用铁丝做得像蜘蛛网一样的天线，并用电线一端连接网状铁丝，另一端从竹竿引下来接在收音机的外接天线上。在那个年代那条樱桃街上，房三更的那个收音机，算是独一无二。这收音机虽然只收一两个台，但他总是打开。没有生意的时候，他把耳机戴上自己欣赏，有顾客的时候，他给顾客欣赏。每当那个时候，房三更就取下耳机抬头对顾客说："听吧，听得清呢！"顾客来了就是客，房三更除了聊手里的活儿，他也会主动找话和顾客聊上几句最近天气怎样怎样。

"爸爸……老汉……刘世昌……"

"刘红……你怎么来了？"

"我要找你们算账，你们给我找的男人呢？"

"老大不小的了，说啥话呢？真不知道害羞！"

"爸爸你老封建，我都是生过一个娃儿的人了，爸爸一点儿也不通情达理。"

胡杏儿追上来，连声对房三更说："对不起，她病犯了。"

"啥病不病的？你们才有病。"

房三更说："刘红，乖啊，跟你爸爸和妈妈回去！"

刘红边走边回头说："房叔，你好帅啊！你要找个好媳妇啊！你看我好不好啊？"

看你嘴壳子硬不硬

房三更正想回答她，哪知生意就来了。

顾客是老同学简正全。他手提一双鞋来补。他比房三更胖，比房三更矮，也比房三更大几岁，在家都是老婆说了算。简正全抗议过老婆当家，但以失败而告终。

他曾在樱桃街的街口开过一个性用品专店，没有想到开业才三天，店里的东西就莫名其妙地被人偷了不说，店子也被人给砸了。简正全想报警又怕弄巧成拙，毕竟没有办执照啊。正在焦虑时，没有想到他老婆丰玉霞说："老不死的，卖那些东西？砸得好，砸得妙，砸得老子哈哈笑。"她的话，气得简正权想拿拳头捶他几拳："你说啥？你说啥？卖的钱，我又没给别个，你怎么幸灾乐祸？"丰玉霞："是嘛，我当时说了不开这种店你又不听，还情趣？情你妈个无趣。性用品？性用品？性你妈个卵品！偷吧！砸吧，老子安逸死了。"丰玉霞因父亲做生意给她留了点钱，她想放点权给简正权，哪晓得简正权不经商量就开个"情趣店"。权力放出去，情趣品走进来。丰玉霞大为光火，按她的意思，办个执照，开个正儿八经的小医药店。哪知男人挂羊头卖狗肉，他口头上虽然答应了，而真正开业却是卖那些她想不到情呀趣的登不上大雅之堂的男女之用的怪东西。就是这件事情，把她气得要死。

简正权的店子被砸后就想报警。丰玉霞说："折财免灾，算了算了，那点东西老娘不在乎。"无奈，简正权只好和老婆商量，再找舅子借点钱，老婆拿点钱，干脆开个卖老婆喜欢吃的油炸大饼铺。哪知这店铺一开，没有想到他老婆勤快得很，吃得多，干的活儿也多，见钱哗哗地数，她高兴得再也忍不住了。她对简正权悄悄说道："老简老简，你晓得不晓得那'情趣店'是谁偷的？谁砸的？给你说，那些东西全都是老子找人偷的。店子，也是老子找人砸的。你心痛那钱，心痛那店，你就勤快一点。"简正权边数边卖烧饼的钱，笑嘻嘻地说："老婆呀，你怎么一点儿也没有情趣哟！"

丰玉霞那时正拿着剪刀。忽听他一说，她丢下手里的钱，猛地一刀就往他的手背上插去。好在简正权躲得快。自此以后，简正权不再提开"情趣店"的事情，而开了一个像武大郎那样的烧饼铺。烧饼有肉看得见，味道鲜美，香味溢满樱桃街。

这天，简正权他一出来就对房三更说："房三更，你看我俩老同老学的，你怎么还没有见老？"

房三更答道："我都过四十好几岁了，不老就是怪物。我是瘸子，就会干个手工活儿。哪像你一天早上烧饼，下午晚上就烟、酒、孙！"

简正全说："房三更，我孙子还不到两岁，他就晓得拿遥控板开电视就会背唐诗了，你趁早，还是娶个媳妇吧！有了媳妇，你回家有个知冷知热的不说，生个娃儿一天和你笑语连天和你逗乐才好玩。房三更，结得媳妇了哟，你看我都当爷爷了，你还没有当老汉。"

房三更手里正捏着胶管往鞋边挤胶水，管子嘴嘴里冒了个泡儿出来后，房三更很快就把胶水对着裂开的缝，稍微用力，胶水就滴到鞋缝里去了。房三更听了老简的话，说："简同学，你是哪壶不开提哪壶，你莫来热我。你笑我这光棍？我没有女人哪来儿子？没有儿子哪来孙子？没有孙子哪个喊我外公喊我爷爷？你看我，早上挤了泡屎尿出来后，就开始挤牙膏漱口，后就挤眼药水点了眼睛，再出来挤鞋油挤胶水，你以为谁都像你抱着堂客挤奶水？"

简正全说："玩笑少开，我堂客都当婆婆了，哪里来的奶水挤？你想堂客了，这事好办，以后我托人给你介绍一个就是了。"

"对头，这才是我们老同老学说的话嘛，你当然得给我介绍一个。简同学，那，这个面子我就给你了。"

房三更心里乐乐的。老同学真是希望他好，他明白。刚想和老同学聊点什么，可他忽地抬眼，见简正全望着自己的腿出神，房三更就多心了。心想，你现在才晓得我是瘸子吗？瞧不起我这瘸子吗？唉！想到这里，挤出的胶水不像胶水倒像灭火机的泡沫，把窜起来的一点喜悦就给扑灭了。

房三更说："老同学，我这残疾人，有哪个背时女人跟我生娃儿哟？我是说起耍的，你莫笑我。我和你是开玩笑的。"房三更拿着手里的钉锤往鞋子上的掌子一敲，自顾自地干活儿了。

简正全哪管他说这些，提起手来，把食指甲放在拇指肚子上，"啪"地一下弹了出去。

房三更定睛一看，简正全是用手指弹那从洋槐树上吊下的一条虫儿。刚才它死死地粘在了房三更的裤子上。简正全一边用手捉虫一边说："喂，房三更，刚才你说啥？你以为我在笑话你，说老实话，你脚脚儿上有几条筋，胯下的雀雀儿长得啥样？小时又不是没有看过，我是看你脚上有条虫儿在爬，你看嘛。"

房三更低头看他手里捉起一条虫儿，就晓得是自己多心了。他忽地就不好意思了："呀，这虫儿真大。"

简正全说："女人跟不跟男人这鬼事情，是缘分，你等着吧。缘分来了，你就是穷得像根棒槌，人家也愿意抱着你当神。说那些，你现在没有媳妇，是缘分没有到。我等着吃你的喜糖哦。"

"格老子，这辈子有女人跟着我的话，她就是个尿罐，我也把它当个神来供起。"

"房三更，我晓得你这人，听得出来。你还是想女人哈？说那些！到时你有了女人才晓得锅儿是铁打的。到时我再看你嘴壳子硬不硬？供起？我怕她把你弄来用绳子吊起哟。哈哈。"

我今天算是爬起来早了

简正权走后，鞋摊来了个女人。这女子高跟鞋，穿一条红黄白三色交错的短裙子。她用袖子擦擦椅子，然后口吐莲花两个字："擦鞋。"

女人坐下来了。

三更说："左脚！"女人伸出右脚。

三更说："右脚！"女人伸出左脚。

"右脚！"

"左脚！"

女子先是不配合，后就开始点哪只脚，她就出哪只脚了。三更擦得正顺手，接下来的事情让三更想不到。她轻轻地摸房三更的头，后又下去拉他的臂膀。房三更装傻不理，继续在她的那双鞋上下功夫。哪晓得这可惹毛了这女子："吧，你怎么瞎起个眼睛哦，你看你看，你刚才那一刷子，把我的白袜子给弄脏了哟？"

房三更看了看，女人的尼龙袜仍然是白白的，哪里给她弄脏？房三更说："对不起！对不起！我注意点。没有弄脏的哟。"

大约女人深知伸手不打笑面人的道理，她没有过多的纠缠下去。不过，房三更像往常那样把手一伸，顺嘴说了句："两块。"女人说："要钱？要你妈的火钳？刚才你的眼睛看哪里了？你说，你说，你说呀？"

房三更道："我看哪里？我看哪里了？我啥都没有看的呀？"

"没看？没看怎么擦鞋呀？"

"我就看你的鞋呀。你看你的袜子，我没有给你弄脏。你觉得我把它弄脏了，我不收工钱就是了。"

"没有看？没有看？你刚才就是看我裙子下面的部位了。没有看？你怎么说要少收我的钱？你看连你自己都觉得有短了。"

房三更不知道如何是好。

"看你就不是一个好人。你拉我裙子了，你拉我手手了，你摸我臂膀了，你摸我脚背了，你就是个流氓。你以为你是好人？好人就不在这里擦皮鞋了！"

房三更的火直往上冒："我不是好人？我不是好人？我去偷？我去抢了？我凭劳动吃饭我怎么不是好人了？你今天得给我说清楚。我是擦皮鞋的，我怎么就不是好人了？你莫要走，莫要走。今天我得讨个公道，我啥时流氓你了，你血口喷人！"房三更边说，边把手里的刷子丢在地上，然后就把自己的围腰解下来，再然后，就脱下一件衣服说："你想看看流氓长成啥样吗？那我就脱给你看。"

女子一见，抬头就喊："流氓，流氓，来抓流氓呀！"

很快，鞋摊周围就围了好几个人。

简正权办完事刚好转来，他问道："房三更，我才离开这里一会儿，你怎么成流氓了？"

房三更气得要死。"跟老子，说我是流氓。老子现在就是流氓。你过来，你过来，老子今天就流氓你。"

刘世昌笑着劝道："房三更你平时那么斯文，你今天是怎么了？你今天遇到个妖怪了？我给你说，我没有见过这么不要脸的女人。"

刘世昌的摊子离房三更近，他猜到了事情的一些原委。他指着那女子的鼻尖就骂："你是哪里来的白骨精，打死了我，我也不相信房三更是那样的人，你这女人，你擦鞋就擦鞋，你不要诬赖好人，快拿工钱，拿了钱你各人爬远些。"

女人说："狗拿耗子多管闲事，女人和男人吵架，有你这样帮男人的？"

她回头仍然指着房三更的鼻子说："你说你说，你没有看我裙子下面的部位？那你歪起头看啥子？"

房三更说："我给人擦皮鞋，就直起个脑壳像木偶人？我的脑壳长在我的颈子上，我的眼睛长在额头上，你管得我看啥？我想看啥就看啥，我才懒得看你那破裙子破部位。"

女人说："你们都听好，都听好，他娃没有看我裙子下面的破部位？那他怎么知道我的下面是破部位？你还说你没有看。"

为了证实房三更看了她的破部位，女人撩起裙子的一角给周围的人看，果真，她裙子的里衬，真的一处是撕裂了一条口的。于是，两人更加大声吵起来，一个说没有看，一个说他就是看了。逗得四周的人大声喝彩道：

"看了，看了，看了，我们大家都看了。"

"没看，没看，没看，我们大家都没看。"

"要看，要看，要看，我们大家还要看。"

女子很委屈，躲到一边哭去了。

刘世昌劝慰房三更说："你今天遇到个疯人院逃出来的神经病。算了算了，你莫和这女子怄气。"回头见女子哭，刘世昌又劝道："妹儿，房师傅不收你工钱了，你各人穿起你的破鞋走路。"那女子一听这话，立马就转过身来，抓住刘世昌就打："啥破鞋、破鞋的？你骂哪个？你骂哪个？我就是要给钱，就是要给钱，我没有擦鞋的那几个钱吗？说那些！"女子从胸膛里掏了两块皱皱巴巴的钱出来，气冲冲地丢在鞋摊上。然后很快又用手抓起来，几下就把那钞票撕掉了，她一边撕一边骂道："你们都看到的哈，这钱，我是给了的。"她的话一完，手一扬，一把零钞就在空中飞飞扬扬。

人群里忽地钻出个短发女人，她一把拉开骂咧着的女人道："哎呀，梁春之，你心头是不好过，你的气别往鞋匠身上撒呀，他又没有惹你，你何必嘛，你莫欺负一个残疾人。"这个叫梁春之的女人"哇"的一声哭着跑开了，她边哭边说："流氓、流氓、流氓，老子最恨天下的男人了，都是焖了良心的，男人的心被狗吃了。今天你这瘫子该倒霉，我一起来心情就不好，是你各人撞在我的枪口上了。我其实不是骂你，我是骂我家那不要脸的那口子。"

房三更哭也不是笑也不是，他只能强装笑脸，说："好了妹儿，你回去和你老公好好说，你今天骂了我，就算你出了口恶气了，两口子住一屋，哪有不牙齿碰到舌头的。我不见你气就是了。你各人想开些。给，这钱我来粘起，就算这张是给我的工钱，这张我还你，就算你撕了个空气。"短发女人劝慰道说："都不要说了。下次我们多来照顾你生意就是了。"

两个女人一走，房三更就细声念叨："莫来了，莫来了。我今天算是爬起来早了！"

简正权和刘世昌说道："别听她的，她们肯定是一伙儿的，你房三更今天没有上她的当，不然你娃被骗得惨。"

房三更忽然感觉自己的手臂和头，一阵发麻。不过他嘴里说："别老往人家的坏事上想，或许她们说的是真的。"房三更朝着她们离去的那边望了望，然后回过头来说："你们靠边一些，我要用我的锤子写诗了。"简正权和刘世昌明白，他说的写诗了，就是他准备开工了。

胡杏儿见刘世昌在这里，她把他拉一边说："李家那边送了两个腿子肉来，你说咋办？"

"先不收他们的礼。收了，我们有些事情不好说。实话实说？未必她给任家那边怀过一个娃儿事情也给对方说？"

"就怕久了瞒不住。"

简正权不知道他们夫妻二人在议论啥，一起喊道："要说就大声说，干吗要做起那个偷偷摸摸的样子？"

房三更说："可能是说他们的女儿的事情。听说最近老犯病。看来是有人给他们提亲了。"

他用笔把白天想的，全都乱七八糟地画在虚构的纸上

房三更的鞋摊生意最近有点好。有的说钉掌，换跟，有的说锯下鞋尖再重塑一个圆头的。房三更才不管，只要自己能做的接过活儿就低头做。不过，他至今心理上也过不了这个坎，他老是惦记有人骂他是流氓的事情。为了不被人误解他是一个借擦皮鞋而实施流氓手段的男人，房三更就尽量在和女人们打交道的时候小心翼翼。要看，就多看几眼顾客们交到他手里的钱。就因为房三更的这点点细心，房三更还无意中发现了一个使用假钞的团伙。他巧妙地和那人周旋，终于帮助公安系统侦破了这个案件。

事后，和三更吵架的那个女子就再也没有来过，但闲散时，房三更老是想起这个女人。有一次聊天，房三更对刘世昌说："跟老子，以后老子见了女人就躲远一些。以后遇到女人的生意，老子不做行不？"

"做，要做哟！做手艺的，是凭本事，哪能见钱不找呢？"

到了晚上，房三更想起那个骂他的女人。房三更好委屈，他从来就没有受过这样的侮辱。为了记住这次教训，房三更在心里虚构了那一女子的肖像画。肖像画只有面部，面部上的脸一边黑一边白，黑的一边是男人，白的一边是女人，分界线是从额头鼻子嘴巴下巴划下来。房三更的笔是那只给别人粘贴鞋子用的胶水。他东一笔西一笔的画，画到最后，他突兀地在她的左边脸上画了对乳房，在右边脸上画了一个屁股。她甚至还给她画了胡子，那胡子不是真的胡子，像刷把，硬硬的，像扫把，宽宽的。他不知道为什么要这样画，他只是用笔把白天想的，全都乱七八糟地画在虚构的纸上，这是一个他不能入睡的晚上。因为这个虚拟中的女人一直在喋喋不休地骂他是流氓流氓。房三更无法证明自己不是流氓，想到的是到隔壁

刘世昌家里坐坐。

刘世昌家里有客。一个年轻人。小西装，分头，手里拿着一个玫瑰红的摩托车安全帽。

年轻人见房三更，便打了个招呼："叔叔，我上次还到你摊子上来配过钥匙呢。"

刘红打岔说："房叔，你看这李小哥哥真帅，你看我和他就应该是两口子，你不要怪我直说，我愿意跟他走，我看不上你了。"

刘世昌说："你这女娃儿，硬是没规矩。"

房三更很尴尬地说："你们有事，我先走了。"刘世昌很难堪地对他笑笑："空了我们喝一杯。"

刘红说："房叔你要走就走吧，你走了，我在我小李哥哥面前我就是没有规矩了。我要握他的手亲他的嘴，还要……老汉我给你说，以后我的婚事不要你们定，上次我结婚不是你们给我定的么？我记得我怀过一个娃娃的？哼哼，没门，这次，我怎么也不怀了，怀了，你们又想法不让我生下来。"

完了完了，刘世昌和胡杏儿在心里暗暗叫苦。

刘世昌对一直拿着摩托帽的小李说："孩子，事情你都晓得了，我们也不绕弯子，事情就这样，她就是这大一句小一句的，这事情，你决定吧。"

小李说："叔叔，孃孃，没有啥定不定的呀，我本就是从这里过路，是进来看看叔叔孃孃的。这不，挺好的嘛。"

楼下很快就了摩托声，胡杏儿在楼上喊："小李，你把带来的东西拿走啊！"

回答她的是楼下传来的摩托声。

刘红在家里号啕大哭："我没人要了，我没有人要了。我没有人要，妈……我要跳楼了！"

胡杏儿给她倒水吃药。说："千万别那么想啊，世界上就是我女儿最最乖啊！我认识的男人，没有一个配得上你啊！你相信，以后有好的男娃在等我们啊。"

第五章

我说话就是堂屋里扛竹竿，直来直去

余富贵一走，有关他的故事就逐渐少了到近几个月就没有了。

厕所改修过了。改建的费用是社区拿的钱，地皮是原址。樱桃街的人对现在的厕所可满意了。起码，它与过去最大的不同是楼上楼下两层，楼上是女用，楼下是男用。这是樱桃街有史以来最让大家想不到的豪华厕所。不过，外人进去一次要收费两角，樱桃街的居民免费。

话说房三更前一晚吃了早上剩下的麻辣凉拌茄子，想丢又觉得可惜，就试着多吃了那么几筷子。真是无巧不成书，房三更果真早上一起来就拉肚子了。在起床后到摆上摊子的两个小时里，房三更记得应该是第七次或者是八次往家里卫生间跑。还好，刚才吃了几颗痢特灵后又吃了几个小蒜杀菌。虽说肚子仍然有些不对劲，但仍然比早上起床那会儿好多了。

到摊子后，房三更本是忘记了上茅厕的，回头，见一只狗提起脚儿在树下撒尿，看着看着，他身体也有了想尿尿和想去茅厕的反应。

房三更依然还坐着。他刷了刷自己的鞋子，然后便解围腰。忽然，摊子一震，他感觉有什么东西把摊子狠狠地踢了一脚。他本是低着头的，然后就顺声音看过去。凭他职业鞋匠的眼光，他知道踢摊子的是一只黑色猪皮女鞋的鞋尖。

鞋尖发白发毛，好像很久都没有擦过了。房三更顺着鞋尖看上去，一把粗大的长辫子刚好搭在女人高耸着的胸膛前。就是这无意中的搭配，房三更感觉女人正咧着嘴对他微笑，他打量了一下这长头发女人，她黑皮肤，高个子，颧骨高，嘴唇薄。从她眼角的皱纹上看，女人不少于四十岁，至少，和自己的岁数差不多。房三更认为自己对女人没有多大的研究，二是听人说女人的年龄总是与实际年龄不大挂钩——这主要是与她的穿着打扮、气质风度和营养保健有关，从房三更的分析上，女人的打扮一般般，营养一般般，风度——无。他不太喜欢这女人。这世界上，哪有与人打招呼先用脚踢的啊？这女人是不是有点强横专制？

房三更心想，遇到了哟，刚摆上摊子就有人来踢我摊子，今天的生意恐怕不好了吧。

房三更内急，就准备去方便方便。

女人说："师傅，你莫见我来了就走。我有事找你。"

房三更手拿围腰说："大姐，找我有啥事？"

"啥大姐不大姐的？我是堂屋里扛竹竿竿，说话就直来直去。"

"巧了，我也是直来直去的人。哦，不好意思，我拉肚子，我马上就来。"

"就一句话，我问了就走。"

"真的不好意思。你等我一会儿……我要上茅厕！"

"就一句。我问了就走。"

"快问……"

"听说你想讨老婆了，我来给你介绍一个，同意不同意你一句话。"

她的话，像瓶塞子，一下就把房三更屎急尿急给堵上了——房三更吓死了。世界上有这么直接的女人？房三更看她的眼神怪怪的。

女人说："你干吗这么看我？女人该有的我都有，不该有的我都没得。你干啥子把眼睛瞪像牛卵子那样大？"房三更想，这女人，咋这么说话？此时的房三更不只是想走，而是必须要走。他想叫对面的刘世昌帮忙看一下摊子，可刘世昌的摊子前，除了两条互献殷勤的狗，再也没有人来帮他照看一下摊子了。刘世昌去了哪里呢？常言"水火不留情"，他从小就听说过活人曾被尿憋破膀胱而死的事情，这茅厕，他是非去不可。房三更立马岔开她的话题并求助于她说："大姐，你帮我看一哈儿摊子，我真的要去茅厕，我马上就回来。"

"大姐？我有多大？好难听。快去快回！"

房三更像得到了特赦令，立马朝厕所那边拐去。

才拐了几步，房三更忽然"哎呀"了一声，这女子我不认识她，我怎么叫她帮忙看摊子呢？我那木箱箱里还有几十块钱在里面的嘛。他猜测女人正坐在他的位子上拿着一只皮鞋上下翻看或是顺手拿起一个锤子这锤锤，那锤锤。房三更给自己一个嘴巴并骂自己道：真他妈的小气！有谁看得上你那点点屁钱？可这女人是谁？给我介绍一个？我又不认识她。再说，即使要给我做媒，也是有个过渡的嘛，你看她一点过渡都没有就给我直接说了——有位师傅想讨老婆。有啥是不是的？老子该回答他一句：是！是有人想讨老婆！

房三更解了手，一脚高一脚低地向鞋摊那边走去。

女人果真帮他看着摊子。房三更道了声谢便假意找东西，看到自己的钱还在那木箱箱里。凭直觉，房三更觉得自己还是有点不相信这个女人。如果相信她，自己也不会去偷看自己的钱还在不在。

女人抱着二郎腿坐在房三更旁边的那个椅子上，看那些拉丝、钉子、铁掌和线线索索。房三更熟练地系上围腰，一手拿着钳子，一手提鞋，他要准备给顾客换鞋跟了。女人见房三更无语，又踢起脚把他的鞋摊蹬了一脚：

"喂！师傅，回答我的话！"

房三更"砰"的一锤子锤在鞋钉上，然后他抬头问道："啥话？我忘记了。问我？"

女人说："你真是'水仙不开花——装蒜'。"说完后她看看四周说，"这里除了你，我没有和别个说话，当然我是问你。"

房三更一惊，真有主动找上门来的女人？他怕她来骗他的，他很快就回答道："没有。没有。哪有这事情哟？"

女人很肯定地说："就是有人给我说你想讨老婆了。"

"哪有这样的事情哟？就是想讨婆娘，也不是这样讨的嘛。我看你是毛遂自荐哟。"

女人不懂啥叫毛遂自荐。她说："师傅，你莫说得那么文绉绉的，我这人说话，是竹筒里爬长虫，直出直入，你看我怎么样？"女人用手指拨开遮住半个脸的长发，一双杏仁眼像麻雀窝里掏出来的两个煮熟的蛋，一下就要滚出来似的。房三更看出来了，这双眼睛充满情欲的诱惑和渴望温存的期盼。女人相貌还好，就是脖子上有点皱纹。如果我是她，围上一条围巾就能遮住瑕疵。除了看二姐和母亲，房三更是第一次近距离看一个女人和听女人说这么多话。

女人发现了房三更的收音机。她指着收音机道："哟！哟！哟！现在哪个老土还在听这个老古董？早该拿去丢了！现在买一个收音机才几十块钱！哟！你好土，好土。真是笑死我了！"情不自禁，她的手在树上连拍了好几下。没想到她的手反被拍痛了。

房三更的脸有点挂不住，他不晓得该怎么回答这个扭到他不放的女人。他把锤子敲得山响。

女人继续笑。她笑他那个破旧的收音机，她笑他走路的样子一瘸一拐。她的腮帮子笑酸了，牙笑掉了，眼笑眯了，腰笑成虾了，树上的洋槐花笑得憋不住，花蕊像嘴，一张，一朵朵落满全身，后掉落在地上了。

房三更说："男笑贫，女笑娟，你吃了笑鸡婆汤呀？这是我过去买材料装的收音机，这是个念想是个纪念，我才舍不得丢。"

"师傅，你晓得不晓得，你该换换脑子了。"

女人一会儿站一会儿坐，很是不自在的样子。她忽然弯下身给房三更耳语道："死老公，我留下来了哟！……我真的留下来了哟！"

一听叫他"死老公"，房三更呆了，傻了，愣了。"死"是咒，"老公"是亲，咋搞起的嘛？他慌忙回避道："大姐，你莫拿我开玩笑。别的玩笑还行，这个玩笑我开不起。你走，你走，我做生意了。"房三更想，哪有天上掉下个林黛玉的？现在骗子太多了，我得提防才是。房三更的脸先是红了，后是蜡样的黄。他才不相信爱情像火箭"刷"的一声就飚到他的面前。他咬了一下指头：我是在做梦？

看房三更的窘态，女人差点笑断肠子笑断气："唉呀呀！我说你是老公你就是我老公呀？你看你嘛，真是肚脐眼打屁腰颤，你是癞蛤蟆吃天鹅肉，你想得美，想得甜，你想得宽，想得远！不就是个玩笑吗？我看你连玩笑也开不起，输不起，玩不起，耍不起。"她伸出一个小指头，说，"你一个大男人，怎么是这个哟？我瞧不起！我瞧不起！我瞧不起！你还叫我大姐？大姐？大姐？大姐我有多大？一点也不晓得哄女人高兴。"

房三更慌忙道歉："对不起大姐，真是对不起……哦，妹儿，真是对不起！"

女人停止了笑："这还差不多，你是该叫我妹儿才是。"她把自己的包也从肩头上取下来，对房三更说："麻烦，麻烦，帮我擦点油。"

房三更一边擦油一边在心里骂自己：我没有出息？我连玩笑也开不起？不过，这样的玩笑开得起开不起有啥关系呢？再说，你不是天鹅，我也不是癞蛤蟆，我也不是啥肚脐打屁腰颤。说我土，我就土。土，又有啥子不好呢？没有土，种得出来庄稼？长得出来粮食？没有土，能盖猪圈牛圈，能盖上高楼大厦？要叫我评价的话，你才土。你土得自己找上门来给人当媳妇。土得第一次见面就叫人老公。哼，看我们哪个没有出息？

三更帮她擦完油，后又把擦了油的包递给她，吐了泡口水在地上，系上围腰又开始干活儿了。

胡杏儿陪着刘红在街上走，看到房三更，刘红非要挣脱胡杏儿的手往房三更方向拱。胡杏儿把她死死拉住不放。但刘红仍然腾出一只手来，眯着眼给房三更做了个长长的飞吻。

抱着收音机，靠着大槐树闭上眼

太阳挂在洋槐树上，浓密的影子把房三更的摊子罩成了一团，房三更觉得自己像玻璃罩子里的一个灯蕊在里面燃烧。中午到了，该吃午饭了。一点到了，两点也快到了，这女人抱着收音机，靠着大槐树闭上眼，好像听得很入迷。房三更不好自己去吃饭，也不好问这女人吃不吃饭。房三更也想过，如果要留她吃饭，那就必须自己办招待，如果她说请客吃饭，那自己就坚决不去。忙了半天，肚子确实是有点饿了。

女人见房三更的眼光朝她看，她顺势就拉住房三更的膀子说："哥子，哥子，老公，老公，你没有安心请我吃饭哟？"

"给你说了，叫你莫乱喊你偏要乱喊。哪个说的？顿把豆花饭还是没有问题的，你莫把我看得那么小气。"

　　"那我就不客气了，我们就随便吃点啥。"房三更平时是自己带饭，当然有时也吃馆子。但吃馆子的话，就得请人看摊子。帮房三更看摊子回数最多的自然就是刘世昌。恰好，刚从医院看病回来的刘世昌走到房三更的摊子前。

　　"回来了？我正等你回来，我去吃饭了。"

　　"我不回来，你就不吃饭了？"刘世昌的嘴巴在回答房三更的问话时，他的眼睛却看正拉着房三更膀子的女人。女人看了一眼刘世昌，她就偏朝别处看去，硬是显出一副爱理不理人的样子。

　　刘世昌不喜欢这女人。他觉得女人的这神态是在和自己挑战。

　　因对该女人印象不好，刘世昌的脸上就多了一块乌云。女人对刘世昌也没有好颜色，脸色也黑黑的。

　　房三更忽然感到热血上涌，耳根子"轰"的一声发起烧来，自己的手臂还被这女人拉住的。遭了，刘世昌一定是误会了。房三更用手拨开女人的手，对刘世昌说："没吃饭吧？算了，摊子今天就不找人看了，我拿油布遮倒，你和我们一起去吃饭吧。刚才胡杏儿和你女儿来过。"虽然他话是这么说，可房三更心里想的是：刘世昌，你黑啥脸嘛？这又不是我堂客。你看你那眼睛像牛卵子那么大，给你说，这女人叫啥名字我都不晓得。

　　刘世昌才不听三更的。他听说他女儿和胡杏儿一起来过，不觉一惊，她怎么出来了？不是叫她在家里吗？但他不表露这件事情出来也不回答和不和他们一道去吃饭的事。他用鼻子"哼"了一声后，然后嘴里"喊"了一声，说："我女儿是和她妈一起去逛逛。格老子房三更，这才几个小时？你娃就把一个女人弄到手了。房三更，你给我老实坦白，你是用哪种手段悄悄咪咪地就整了个女人来？你家里藏了个堂客，居然你还不给我说？房三更，你太不够朋友了，有了堂客，酒都不请一顿，重色轻友的嘛。你说，你说，你们是啥子关系？"

　　"老刘，你莫乱说，她连我女朋友都不是，怎么又成了我堂客了哟？"就因房三更在最后情不自禁地"哟"了一声，他的手臂被女人狠狠地揪了一把。

　　女人仰起头，然后像是开玩笑，又像是很认真地对刘世昌说道："我刚才叫他哥子了，叫他老公了，你说我们是啥子关系？"

房三更感觉手臂火辣辣的痛，他的脸烧得像灶膛里的火："你硬是不怕笑！我啥时成了你老公了？你说我们是啥子关系？老刘，你莫听她的，她喜欢开玩笑。"

刘世昌听了那女人的话，哪听房三更的解释，他一下像吃了炮子壳，说："我怎么晓得你是啥子关系？格老子！还老公老公的？"女人看了他一眼，就笑了："你会晓得我们是啥关系的！我们是两口子。"

"两口子？说些来扯！房三更的事，我啥子不晓得？你靠边些。我不想和你说话。"

房三更无可奈何，只有对着刘世昌傻笑："她说起耍的。老刘你莫听她的。不就是个玩笑吗？"

刘世昌嘀咕道："我看你俩都快穿一条裤子了。我上午不就去看了个小毛病？你房三更咋就在这个空空儿里把媳妇都搞定了？两口子？两口子？啥两口子？"刘世昌摇摇头。

房三更回头对女人说："以后说话注意点，你看嘛，你把我朋友都得罪了。"

"啥注意不注意的？我说的没有错。你就是我老公，是我情哥哥。他是啥人？要管我？"

"邻居加朋友！赛过亲兄弟的邻居朋友。本来按年龄，他还算我长辈，但我们仍然愿意以哥子相称的朋友。"

为了打击刘世昌，女人更加得意了，她说："老公老公，我饿了！"

房三更站起来，拉女人朝厕所那个方向走去。那个方向，当然也是他们去吃饭的方向。

胡杏儿带着女儿又转回到这里了。刘世昌说："早点回去吧，刘红都饿了。"

刘红见到房三更的背影，她喊道："房叔叔，房叔叔，你要不要我……？"

刘世昌和胡杏儿难堪死了。胡杏儿说："她问你要不要她的书。"

刘红说："不是不是，我是问房叔叔要不要我这人？"

房三更说："回去休息哈，回去休息哈，胡杏儿，你牵好她的手。"

走远了，刘红还频频回头朝房三更这边看："房叔叔……"

房三更想，遭了，这娃儿硬是可惜了。

女人说："疯了哇！"

房三更说："乱说，人家哪里在疯？"

雷都不打吃饭人，你追啥嘛

房三更像平时那样点了豆花，还点了一个炒猪肝和小白菜。他说："喂，妹子，你看你还吃点什么？"

女人不客气，接过菜单看了看，接下来就点了黄瓜、肥肠、烧白、煮肉片、宫保鸡丁儿。房三更平时称老板娘为蔡大嫂。蔡大嫂不屑地看了女人一眼，说："不是我要留起各自吃哈，够了够了，你两个吃不完！"女人说："有你这样做生意的？怕顾客吃多了？吃不完我们打包嘛。老板你各人去做你的事，莫担心我们吃不完。"

蔡大嫂说："好，你们慢吃，你们慢吃。"说完，不屑地看了房三更一眼。

房三更才动了几筷子，说："我不饿，你慢慢吃吧！"

蔡大嫂故意走到房三更面前说："房师傅，你今天好大方，欢迎你天天照顾我生意。"房三更咧着嘴笑："要来，要来。"房三更又对女人说："你多吃点，多吃点，不然浪费了。"

女人边吃边说："雷都不打吃饭人，你追啥嘛？唉，本想点个鱼香肉丝，我刚才忘记了。"房三更说："要吃就点嘛，莫来头！"

女人说："算了，节约点。"

桌子上的菜果然没有吃完。女人喊了一声："老板，我打包。"她的话一完，只听"哐"的一声响，蔡大嫂丢了个像洗脸盆那样大的盆盆儿在桌子上，然后伸手对女人说："押金，二十！"

女人不满："啥态度嘛。这点东西拿这么大一个盆盆儿。"说完，她转头对房三更说："老公！拿押金！"蔡大嫂吓了一跳，指着这女人问："房师傅，这是你媳妇？"房三更笑笑，不答。蔡大嫂又递给他一个小碗，可剩下的菜又装不完。女人有气不便说，蔡大嫂捂着嘴笑。房三更和女人出门，听蔡大嫂在后面说："有些人的眼睛睁大点哟！莫让鬼牵起走哟。"

"哼。说打包，她态度还不好耶，一会儿拿一个大盆盆，一会儿拿个小碗碗，逗我要哟，呸！老公，我们走。"

"唉，叫你莫乱喊。"

"喊都喊了，老公老公老公！"

"哗"的一声响，蔡大嫂一盆水泼了出来。

这楼一叫樱桃街 45 号，二叫花公馆

女人回到房三更的摊子上。

太阳从槐树的这边转到了那边，最后，落到远山对面的那个山头不见了，天阴下来了。房三更想收摊了，可又想起有个顾客说来拿鞋，可怎么还不来呀？他担心顾客恐怕今天不来了。他在树上贴了张纸条：如有急事，请打电话……676767。女人跟着他回家。

路是青石板，巷有点深。房三更不走了，站了下来。房三更说："喂，我家就在这楼上住，房子旧是旧了点，不过，我很喜欢。我和我的哥哥、我姐姐，我弟弟都是在这里生的。"

女人不喜欢听他这些。她只顾自己数楼层。层数不高，底楼一层，两层楼房共有三层。这家伙，三层楼都是青石柱。连门槛、门坊、门窗都是大青石。遗憾的是，门坊上面的匾阁处有用锉子锉过的痕迹，她实在不知道过去这上面写的是什么。蜘蛛网、灰尘、瓦砾，残破的木窗、东拉西扯的电线确实是与这幢中西合璧的建筑有点不搭调。

她很想靠在柱廊感受一下过去那些有钱人享受过的奢华地方。忽然她心里一动，这里是我的家该多好呀。有了这心思，她忽然觉得这石头柱子、石头门槛都变得亲切起来。她仿佛觉得这里的一切和她有了那么一点亲密关系。她顺手摸了一朵石刻雕花，然后把手放在鼻子尖一闻，似乎还有香香的味道似的。然后就跟着手里提着工具包的房三更上楼。

上了一楼二楼，脚步都没有停下来。到了三楼，房三更就把钥匙拿出来。他说："喂，你看。我们这幢房子没有人收拾，好脏。"楼道上堆了木柴、

煤球、灰笼、到处都晾满了衣服。

"呀，老公，你这房子好高大好大。我从来就没有见过这么好的屋子，你家好宽哟。"房三更纠正道："这哪是我一家的？就是这一层楼，也有好多人家住呢，我家就是其中一间。这房子过去姓廖，解放初，姓廖的跑了。跑之前，他把房产证给他亲戚。哪知后来姓廖的回来后，房子早被他亲戚卖了，现在，姓廖的还在和他亲戚打官司。"

女人不喜欢三更说这些。她说："老公，你说那些？我说这房子就是你一家的就是一家的。反正，这幢楼，都是你家的。"

"喂，我不是你老公！叫你老公听到不好。我给你说，我们这楼有个好听的名字，一叫樱桃街 45 号，二叫花公馆。"

"花公馆？名字倒是好听，可惜房子旧了一些。"

"旧。才值钱。"

房三更拿出钥匙开门。进门，两人倒是一起弄晚饭，烧开水。热好中午打包回来的冷菜，再加个菠菜汤。在他俩做饭的过程中，尽管房三更多次抗议，女人仍称房三更为"老公"。既然抗议不成功，房三更就称女人为"喂"。

女人从包里摸出了一小瓶酒，她递给三更说："这叫一口香，不能喝多。"

房三更说："还没有喝，就叫我不要喝多？啥酒？"房三更揭开瓶盖，干脆就喝了一大口。晚饭后，房三更说："喂，我说个小家子话，你从上午到现在，午饭也吃了，晚饭也快吃完了，你留在这里快一天了，你不回去？"

"我不叫'喂'。我有名字。我回哪里去？我来就是要跟你的。"

房三更这下真的吓到了。他说："喂，你神都神了！你跟我？我连你的名字都不晓得。"

"名字也是问题？叫我二妹，叫我二妹。二妹是我要名。我们那里，大家都这样叫我。"

"贵姓？"

她顿了一顿，像是忽然想起自己的姓。她答道："不贵，我姓张，你叫我张贵群好了。"

房三更笑着纠正她说："哦！你应该说'免贵'才是。"

隔壁刘世昌的女儿又在大声喊道："我是刘胡兰，我是江姐，我是顾城，我是海子……我是文化人，胡杏儿，你告诉我，你是谁？我是谁？"

"刘红，我是你妈妈啊！你怎么叫我胡杏儿？我知道，你是文化人，你是文化人……"

隔壁的房三更摇了摇头："唉……"

"房师傅……房师傅……"楼下有人大声喊。

"来了……来了！"房三更放下碗筷，从窗门伸出头，拿起顾客的鞋就下楼。

顾客说："你平时收摊晚，今天早收，有客了？回家喝酒？"

"没客。我刚喝一口，你就来了。"

送走了拿鞋的。房三更洗完手端起酒杯就对女人说："喂！你看……你刚才说你叫二妹，刚才一打岔，我把你名字搞忘记了。你叫……啥名呢？你身份证……"

女人不给房三更身份证，说："你神了哟！哪有刚谈恋爱要朋友就查人家身份证号码的？你以为我是骗你的，你以为我是吃了你的饭非要跟着你是不是？给你说老公，我就不给你看。吃菜，吃菜。"女人像在自己的家里招待客人。

房三更愣了，然后半玩笑半认真地说："鬼都笑出尿来了哟。我和你谈恋爱了？和你要朋友了？我是忘记你刚才说的名字了。"

"你记到，我叫二妹，叫张贵群。"

叫她张贵群，太正规了，叫二妹，又太亲近了。房三更选了一个折中的名字，然后很忐忑地叫了她一声："张二妹……你老公？……"

"哎，好俗。好吧，你叫我张二妹。给你说，我过去是有老公。我和他离婚了。我离了，你说我现在还有老公吗？如果说有老公，现在……现在，我老公就是你了。老公！老公！"

房三更小声道："我哪有资格当你老公？早八早的。我们才认识。哦，张二妹，你的娃儿多大了？"

"大的读初中，跟他老汉。小的八岁，跟他外婆。"

"张二妹，我……残疾人，谈恋爱……我真的很怕。你不晓得，小时，我无意看了一个女娃子蹲在地上撒尿，哪晓得后来就有人骂我是流氓。我这人，一朝被蛇咬，十年怕井绳。还有那天，又一个女人故意找我的茬，我弯腰给她擦鞋，哪晓得她又骂我是流氓。"

"老公，哪个和你说这些，我是问你，要是我和你……我这人，最大的优点就是直接。我才不愿意和一个不喜欢我的人耍朋友，我要你像我一样的直接回答我。"

"回答你啥？……我和你耍朋友？"

"搞定，就是这个意思。你同意了。果然直接！"

"张二妹，我这样说了吗？我可没有说，你看我腿是瘸的。我走路做事都不方便。你看我条件也不好。谈恋爱，耍朋友，都是大事，这样的事情，哪能一下就决定了呢？张二妹，这是个大事，你各人要考虑好。我是好心好意地提醒你，我这人，实话实说。"

"啥实话实说嘛？瘸怎么了？瘸就不是男人？就不过日子了？我吃啥后悔药？要吃后悔药，也是你才吃后悔药。哟！房三更，你莫忙，你给我站端正点，站远点。好了！你让我仔细瞧瞧。我给你说房三更，你好像……电影里……我熟悉的一个人哟……你还是叫我二妹吧！别'张'了'张'的，一点儿不亲热。"

两人边聊边喝。不知不觉把"一口香"喝干了。有点透不过气，他把门押个缝。这个时候，他正听到隔壁有一个女生在喊："妈，你快去给我找个男朋友啊……"

接着又是胡杏儿的声音："唉，我女儿我晓得，刘红是心疯啊，她的病，只有男人能治疗。世昌，我们真得快点给她找个男朋友。"

刘世昌叹了口气。然后听他"呸"的一声。房三更关上门，心里一紧。

他们说我像著名影星高仓健

房三更虽照过镜子，仍然没有女人告诉他到底长得怎么样。他晓得有人说他像电影《追捕》里的日本影星小田刚一高仓健，可房三更觉得自己不像他那样沉默寡言，也不像高仓健那样身材匀称，长得也没有他那样俊朗。为了证实别人对他长相的评价，房三更曾问过弟弟四郎自己像不像高仓健。四郎说："像是有点像，只可惜你站起就不像了。你的肩膀一边高一边低，他的肩膀是全世界电影界的伟大骄傲。"对于弟弟的回答，房三更还是满意的。不说全像，有个基本像就够了。那部电影房三更看过，凡是有人说他像电影里的那个主演，不管那人让不让他喜欢，他都会很高兴。房三更觉得自己的发型，服饰，笑容，不是学的当年的高仓健，他俩本就像是同一个模板倒出来的。他自己也常想，那个高仓健，是他像我了，还是我像他呢？不过话又说回来，像过去像过来，他像我我像他，都是差不多的嘛。

听了二妹的话，房三更的虚荣心像火苗，一下就飚了上来。他说：

"二妹，我一个残疾人，鼻子小，眼睛小，腿又瘸，不过，你看我的相貌帅吧？你看我真的像谁？"

"像谁？像明星嘛。哦，对了，就这样叫我，你叫我二妹。"

"二妹，他们说我像日本著名影星高仓健，不过，他是大明星，万众瞩目，我一个鞋匠，我怎么能和他比？不过，他们就说我长得像他。其实叫我看，高仓健他还不行，他看起太冷酷了。我热情，我是个热情的人。二妹，你说是不是？"

"热情？我在你身上没有看到半点热情。你冷血！冷血！冷血！你冷得像条蛇。"

房三更只是嘿嘿嘿地笑："哎呀，你说到哪里去了嘛，按你这么说，我就非得流氓了？"

二妹退后一步说："看你那点出息！没有哪个说你是流氓，才说你像电影里的人，你看你人就飘起来了，就飞起来，就拽起来了。你以为你真的是大明星呀？我要说的是……你像电影里的坏人！"

"坏人？你才是坏人……你才是坏人，你才是坏人……"房三更一步步朝她逼去，说，"二妹，你晓不晓得……你一直在勾引我。"

二妹指着他的鼻尖说："是你勾引我！"

房三更辨别不出谁先勾引谁了。他说："是我……就是我……"酒壮色胆，房三更飘飘然地站起来，把手伸到桌子对面去。

"喂，鞋匠，你醉了，我们才相识，你怎么就这样放肆？"

房三更的舌头大了，麻了，他竭力把话拉伸展，可他的话像打了个疙瘩，弯来绕去的才说："我是好……男人，是……"他把手伸过去，伸过去，再伸过去。脚没有站定，"轰"的一声就倒在了地上。

才一会儿，房三更的鼾声就和二妹收拾锅盆碗盏的声音交织在一起了。二妹去推他推不动，去拉他拉不动。二妹想了想，干脆就在地上放了床被子，把他一拉一卷，他整个人就被顺理成章地包裹起来了。

在二妹眼里，城市里的月亮像是得了感冒，无精打采的光从窗外照射进来，地上的房三更，像睡熟了的白毛狗发出均匀的鼾声。房三更的鼾声，像白日里店铺里拉的姜糖，固执地把这夜晚拉得长长的，细细的，还扭来扭去。一只蛐蛐像是和谁打招呼，引得隔壁的一只鸡咕咕咕地说了几句梦话，然后就悄无声息地休憩了。

二妹把鼻子凑到房三更嘴边闻闻，是一股醪糟味并带着曲酒的香。这味道与丈夫夏明全身上的味道差不多。二妹想，这房三更喝不得酒，一瓶没有完，就把他整得个要死不活的，他的酒量，哪像自己的男人整个一斤八两的也不会醉。二妹气力大，到底还是生拉活扯地把房三更弄到床上去了。她听说过酒醉死人的事情，这男人，会不会被酒醉死了呢？但愿他不要出事，又观察了好大阵子了，鼻孔有气，但他的确是连身都没有翻一个的意思。二妹有些责怪自己，千不该，万不该，不该让这男人喝这么多酒的啊！说来说去，还是怪自己，疯癫癫的，为什么要拿出这瓶酒呢？

二妹又一次把手放在他的鼻孔前，还好，有气呢。

第六章

他居然把和梁春之交往的事情告诉我

二妹哪睡得着觉。身边男人的鼾声让她的思绪飘到很远很远……

怪都怪夏明全，也怪都怪我这火炮性格。如他不和那女人发生那些事情，如我对那些事睁只眼闭只眼，保证就没有今天的事情。

唉，要是早知道他和那臭女人的事，我拉她去跳河了。只不过，我又不是未来先知，我怎么知道后来发生的很多事情？

我们大花地，土多田少，近几年开发，村里的农民拿着补偿款都进城买了房子。我也是鬼迷心窍，我出主意叫夏明全先拿补偿款做点生意，我们先搬到我母亲家住段时间，等赚了钱，搞装修买家具啥都有了再搬回去。哪承想他就在那段时间认识了梁春之。

他说那是在夏明全和梁春之都有点醉了的时候，说不上谁主动谁被动，听口音，是家乡人。一来二去，顺理成章，两人就成了那种关系。当然，这中间哪些是真的，哪些是假的，只有夏明全这个砍脑壳的才晓得。

夏明全对我是这样说的："二妹，男人在外做生意，啥都需要打理。你想找钱，未必不先投点资？就是钓条鱼，也要用鱼食儿的嘛。"闲下来我也孤独，想你的时候，你又没有在。对于这件事情，我不是怪你，你也有些责任。如果当时我叫你和我一起做生意，那死女子也插不进来。二妹你不晓得，在我和她发生那种事情后，这事大家本就没有放在心上，那本就是昙花一现是逢场作戏。其实，我和她的关系断都断了。哪晓得这事不久后的几个月，我和你说的那个臭女人竟然在厕所前相遇了。我和她的事情，一点也不瞒你，我把实情老老实实地告诉你。就当我是坦白从宽。梁春之说：哥儿，你看城头这么大一个地方，我们居然在厕所相遇，这不是缘分叫什么？太好耍了。我说缘是没有多少缘，但粪（份）倒是有点。她说哥儿，开玩笑吃得饱吗？算了。我俩，啥关系呀？其他的我就不和你吹了，我今天怎么也得给你透露点消息，我最近在做生意，你猜，我赚了多少？我说别给我说这些，你要是遇到坏人，你的口袋就被洗白了。她说你不是外人。我当然要说给你听。你呀，你是胆子小脑花少，你太傻了嘛。你看我找钱，就像在地上捡地木耳采野花，想有多少有多少。如果你进来和我一起，把这生意做大做强大家发财，哥儿，你说是不是？"

夏明全太欺负人了，他居然把和梁春之交往的事情像告诉外人那样告诉我。他说："二妹，不怕你多心的话，我和她真的就是这样的。"

好像我是木偶人。夏明全继续给我讲他和梁春之的事情。他说：

"给你说二妹，你别生气，你就当听别人的故事。我所做的一切，都是为了我们。我夏明全也是不好骗的。为了巴结她，我还对梁春之说：'哪有那么好找的钱哟。如果真的是那样的话，我和我老婆投点资还是没说的，男子汉大丈夫的嘛，家里也是我说了算，我说投资就投资，我说要买啥就买啥，我那堂客，在家里叫她站起不敢坐起，叫她坐起不敢站起。我那堂客头发长见识短，赶你一半的能干也赶不上，她呀，要是有你十分之一的能干就好了哟。好在她在家，掌握不到一分钱的大权。'二妹，我这样说，不是贬低你，我是想你拿钱出来投资，我在她面前这样说是想她同意加我到她的股里去。无论我怎么说，我是想给你找点钱回来才是真的，我真的不是故意贬低你的，我这样对她说你不要见气。"

夏明全一解释，我的那个气呀，真是不打一处来，我咒他，骂他，揪他，撕他，甚至想杀他的心都有了，但都等于零圈圈。夏明全一点儿也不接招。他继续讲他和她的故事：

"哥儿，你莫在家里天天跪搓衣板，你是在我面前提劲的！"

"哄你是小狗，我说的是真的！"

"那就好，那就好，我们两人都是实在人，来来来，我们拉个钩，就算是订合同了。"我们各自伸出了个么指头，像虾子一样弯了弯，然后就狠狠地钩在一起拉了拉。梁春之说："来来来，我们盖个章。"说完，她又伸出了大拇指，我也伸出了大拇指，然后大拇指对大拇指，两个指头对在一起，算是铁板上钉了钉。

梁春之说："哥儿，你真是好汉！我们的合同就算订好了哟，办完了事，我们去撮一顿。"

"二妹，那天饭后，我给你打电话说老表回来了，他留我在那里住一晚。对于我在老表家住一晚的事情，你一点儿也不怀疑，你还说：'你要住的话，还是把你那个臭脚洗干净一点，免得叫你老表笑话你。'这一晚上我去哪里了？当然只有梁春之晓得了。二妹，如果我不喜欢你，我和梁春之在一起的事情我谁都不会说。除了你，就是别人拿把枪抵在我脑壳上，我也不会说出这样的事情，你以为我说出我和她偷情的事情是光荣的吗？呸！呸！呸！才不是。我是在向你坦白。我是想把事情的真相全部告诉你，我真的是上她的当了。二妹你要原谅我，不要怪我。既然我坦白了，你也要对我从宽处理。"

我记得夏明全回家就先洗衣服后洗碗，忙碌得没有一点空。我正想问他为什么这么勤快？哪知道他故意装着我的语气道："夏明全，你要老实坦白，你是不是在外面做了对不起我的事情？你今天怎么这么勤快？我认为你昨天晚上不是在老表家！我给你说……我是高兴！"

他捏着鼻子变了嗓音说："二妹二妹，你想不想找大钱？"

我说："夏明全，你格老子脑壳发烧哟？"

"乖二妹，昨天我遇到个财神菩萨了。她是我多年前的同学，她见我穿这样的衣服这样的皮鞋，你不晓得她有好生难过。她说她要在短时间给我们脱贫，她想在短时间里让我们过上和她一样的好日子，你说怎么样？我本想昨天就告诉你的，哪晓得老表又回来了，我晓得你讨厌我老表，不然我昨天就叫你过来和我们一起喝酒了。"

"我不喜欢你那个老表，我烦他。我给你说过几次了，你那个老表色得很，一有机会，他总是我身上挨挨擦擦，想吃我豆腐想揩油不是？呸，啥老表哟！烂表，破表，霉表，死表。

"夏明全我给你说，老娘我就是要防着点。惹毛了我，我也让你戴个绿帽子。"

拿出十万块钱出去投啥资？我吓得张大了嘴巴半天落不下来。"十万？你龟儿是不是做死相？老子这十万来得容易吗？这是全家的老底子，是我们的搬迁补贴费，将来，干啥都要靠这笔钱，别人想来骗我都没有门，想不到是你个龟儿子来骗我？我这个家，不是我顶起，你想有这点钱，呸！呸！呸！你做梦吧！我不能把这钱给你！"我的眼睛有火，我生怕点燃了那个放存条的地方。我急忙就转过头对他连哄带吓："夏明全，我晓得你也想为家里好，但不是这样的为法。给你说，让我把钱给你，这是万万不可能的。给你说，我要提高警惕，过去我以为骗子离我很远，哪晓得骗子天天和我睡一个枕头。夏明全你滚！你爬！哎哟喂，要是家里没有一分钱就好了哟……你这龟儿子夏明全哟……是哪个卖屁眼的编法子来套我们的钱哟？给你说夏明全，你要拿钱出去，老子就跳河死。"

我喊天叫地，试图阻止夏明全拿这笔款子去投资。

夏明全急忙蒙住我的嘴，声音放得低低的。他说："你看，你看，别人晓得了好笑人嘛。你看一说到钱，就像死了你妈老汉要了你的命一样，我们是谁？我们是打破脑壳也镶得拢来的两口子。说那些，如果我是骗你的话，老子就买块豆腐来一头撞死算了。你信不信？"

他像真的要去撞豆腐一样。他接着说道："二妹，二妹，这世界上你谁都不要相信你就是要相信我。我是谁？我是你老公呀。你以为我家的钱是纸币不成？你以为你老公我是瓜娃子不成？别人来套我？休想？套我的人还没有生出来，想套我？嘿嘿，我还想套别个哟，乖二妹，你在家里等着我找钱回来，到时，你买个机器来慢慢数钱吧！刷刷刷刷……刷刷刷刷……到时你会说，'哎呀哎呀，都怨你，都怨你，是你害得我数钱数到手抽筋，是你害得我数钱的机器烧坏好几台，夏明全你这个龟儿子，夏明全你这个死老公，都是你害人害机器，哇，我有好多好多用不完的钱啊！'"

我忍不住眼泪往下流。那钱是房子换来的，我们这里就要拆迁了。要是没有钱，我们该怎么办嘛。我的眼泪越流越多，声音也越哭越大声。把这十万拿出去。我想起这事就窝心。十万呀！要是没有钱，我们该怎么办嘛？房子即将拆迁，大人娃儿住哪里呀？夏明全左说医不好我，右说也医不好我。于是，他站在边上便模拟数钱的姿势。他先用手指沾了点口水，然后很麻利地用几个手指不停地做数钱的动作。接着，他又模拟我的声音说："呀，老公，我们好多钱呀！"忽然"嘣"地一响，他模仿机器碰电爆炸了的声音。夏明全大笑。他说这是点钞机数钱数多了，数得点钞机都承受不住而爆了。夏明全说："二妹二妹你太没有眼光了，我该锻炼你成事的本领了，以后，我三天两头就要让你听到我家点钞机爆的声音，你会说'哎哟！哎哟！我捆钱把手都捆痛了！这点钞机一爆，我这还没有数完的钱该怎么办哟？'"

我说："夏明全，你是走满天下不满一升，看你也不是个有钱人，有钱人，那钱还有数吗？用秤称算了，用尺子量尺寸算了。或者，干脆随便拿进拿出。"

以为我消了气，夏明全当然是按他的计划去投资，去做他和梁春之的"生意"去了。

我会消气？我怎么会消气？不给，他就不给好脸色啊！

我给了他十万。十万，我好心痛这十万呀！就是这十万，毁掉我的家呀！夏明全你这个披着人皮的狼，一切都是你害的……

房三更没有要醒的样子。唉，他是喝多了。唉，鞋匠，你千万不要死哦，你死了我脱不了爪爪啊。

我给他盖了一下被子。

隔壁有摔东西的声音，还有哭泣声和温柔的说话声，谁啊？

很快，所有的声音消失了。

以下这些事情，我没有看到我就没有发言权。夏明全说给他妹妹听，他妹妹，我小姑子，转述给我听。她说夏明全和梁春之的矛盾就是在拿钱出去的那天就开始的：

"我哥费了九牛二虎之力才从你那里弄出钱来。他说十万元钱全都是十元一张的。十万元好大一捆钱哦，他先用报纸，后用牛皮纸一层层地裹起，然后又放在一个布包里。我哥像抱着一个几代单传的婴儿，很是虔诚地递给梁春之。他等待着梁春之表扬他在你那里弄来了钱。哪晓得梁春之一解开布包，再用眼睛打量了一遍后，就说：'呀，哥儿，你怎么才抱这点点钱来呀？现在我们这么好的收益，你少说也要投个二三十万的嘛，这点点钱，这点点钱，这也算钱？'

"我哥说：'说那些，我这咋就不是钱了呢？我先给你十万嘛。春之我给你说，在家里，我媳妇全听我的，我一说投资，她硬是没有一点意见，她是举双手双脚赞成，不过……不过……丑话说在前头哟，虽然我把钱拿出来，但我家那位也是只不好惹的母老虎。你得……你得……以后早点还我。'"

听到这里，二妹本想发火，但她知道这把火不该对着小姑子。小姑子说："嫂，有些话，他还不好直接对那女人说，弯弯拐拐地生怕把她得罪了，不过我也理解我哥，钱都拿出去了，要收回来，可真得说好话。我哥也是，如果是我，就直接说嘛。就说对这钱不放心又怎么样了嘛。我说嫂，你也大意了。我哥几句好话，你就把那么多钱拿出来。哪晓得那女人钱一到手，心就黑了。她先还哄着我哥，她说：

'哥儿，我晓得你不放心，这样吧，生意上只要一赚了，我马上把本金打到你的帐上怎么样？'

"我哥说：'哎呀，春之，你说那些。我哪里是不放心嘛，我俩，谁跟谁嘛？'"

小姑子还描述了梁春之上前在我哥的脸上亲，还在他脸上捏了一把说："'你不是说你不怕你老婆吗？你怎么怕她了哟？你以为我是骗你的？我说哥儿哟，你咋个这么小气哦，就是小气，也不是你这样小气的嘛！我春之做事，上见得天，下见得地，你摸摸我的心，我的心在中间的哟！我做这些，还不是想你多发点财，以后我也沾个光。'

"嫂，你说得没有错，我哥说他拿了十万块钱出去，我哥也觉得心里空得很，他说他心慌意乱。他一把抱着梁春之说：'春之，你到时得还我，我少赚点都要得，这钱，是我家的房屋搬迁费，给你了，我买房子就没有了。我一家人就指望这钱回笼了，要不是为了娃儿读书，为了添点东西，我……我……算了，我不投资了，我把钱放在身上稳当些。'

"那女人说：'反悔了不是？如果你反悔了，这钱就拿回去，不过，到时好几倍的利润你就没有了。夏明全，我和你在一起图你啥了？图你钱了？图你房了？我就图你卖个嘴皮子乖。现在看来，你这嘴皮子也不咋的。要说好，是我好。你看你上次给我买的那个黄金戒指是三克的，是我主动叫你给你老婆买四克的是不是？我没有吃你老婆的醋是不是？'嫂子，你这是正屋搞成偏房了呀。我给你说这些，是我哥告诉我的，不然我怎么晓得？兄妹之间，这样大的事情，我也是现在才晓得。"

"我哥说过，他最初认识梁春之的时候，曾经是占过一次梁春之的便宜的事情，但那绝对是喝醉了酒才发生的。醒来给梁春之道了歉并给她买了个戒指算是补偿也算是私了。嫂，我哥是不是给你买过一个戒指？"

"戒指？我在哪个地方看到过戒指？妹儿，你莫提戒指还好点，你提起戒指我就生气。既然你想晓得这件事情，那我就给你说，"你哥是给过我一个戒指。我戴了几天后，就发黑，就发绿。你哥说：'这好正常嘛，黑了，绿了，你用牙膏擦擦然后水冲再擦干就行了。'我照你哥说的方法做了，可那戒指……妹儿你晓得不？那戒指又黑了，又绿了。我不想戴了，就放在抽屉里没有戴了。多天后，我想起了那只倒霉的戒指，可我一下又忘记放到哪里去了。一天你哥问我为什么不戴，我就说我的戒指不见了。哪知你哥说：'哎呀，你怎么不好好放起嘛，我给你的戒指是白金的嘛，你晓得不晓得二妹，这白金戒指我买成好几千的呀！'当时我就想，扯了，白金戒指还发黑？发绿？为了这枚戒指的真假，我一定要弄个水落石出。当我拿出了这枚发黑、发绿的戒指的时候，才知道你哥给我说的全是假话。我把这既黑又绿的戒指给你哥看，我要让他给我个说法，谁知道你哥说，'这可不是我给你买的那个戒指哈，你这是在哪里捡的垃圾哟？我给你的戒指是白金的嘛。'妹儿，你看你哥在撒谎，在你哥给我的戒指上，我分明系得有根红线线儿。你看你看，我这就去拿给你看，你哥他分明是在骗我，他把钱给那个死婆娘买东西去了。"

小姑看后说："这是啥白金的？在街上两元买一个也比这个好。嫂子，你知道，我哥其实不是这样的人，我想一定是梁春之出的主意。她说过：'哥儿你怎么那么笨，你就说这月的钱被摸包摸去了嘛。我就不相信男人，没有一点私房钱。你和我在一起，就不留个东西当纪念？'梁春之教我哥回家骗你的事情，我哥一点儿也不觉得高明，他悻悻地说：'我的钱是被摸包摸去了，被女摸包摸去了。'梁春之当时大笑不止。她说这事情太有意思了。来来来，哥子，我这个'摸包'不错吧。不然你怎么舍得把送我的黄金戒指变成白金的戴在我的手上呢？那天我哥又没有回家，梁春之说她要感谢他，一定要找个地方和他私聊一下。那个地方是梁春之找的，住一个晚上花了几十元。梁春之说：'夏明全，我给你节约点。'他两分手时，我哥说他后背发烫得像钢板，就是在背上贴个面团也能考干。他说一定有人在后面对着他的脊梁指指点点咒骂他，不然他怎会感到心不安。

　　"嫂，你要问我哥为啥要给我说这些，一奶同胞的兄妹有啥不好说的，有的话，他不好对你说也不好对外人说，未必然他给他妹妹说点真心话还不行？

　　"我哥还给我说了，他本是买个黄金的，但希望早点把投资进去的十万要出来，他就高规格的给她买了个白金戒指。他说那个戒指本身就像把刀，他打算切断和梁春之的所有联系，他说不切断和她的联系对不起嫂嫂你，他还说他不喜欢梁春之腋下的气味，不喜欢梁春之说她还和我们一家有拐来拐去的亲戚关系，虽说没有任何血缘关系，但梁春之非说她要比我哥高一辈不可。那天梁春之叫我哥去投资发财，我哥那时是鬼迷心窍，没有觉得自己上当受骗反觉得她是个有情有义的侠女子、老辈子。

　　"我哥提到在厕所门口碰到梁春之的事情，他说她的穿着打扮比过去打工的时候时髦多了。墨镜，黄发，口红，高跟。中指上的链子连着手背企及手腕。但说话，舌头就点偏向与外地口音。我哥说：'才几个月没有见，你的舌头生疮了？嘟个说话卷起卷起的？''你舌头才生疮，你不懂啦……我说的是广东话啦……'后来我哥从梁春之口里得知，梁春之离婚后又谈恋爱了，哪晓得才搬到那男人那里没几天，男人出车祸瘫痪了。那男人心好，打发了一点钱叫她回老家各人过好自己的日子，他呢？就听天由命地到女儿给安排的托老所去了。那男人比她大三十二岁。梁春之明白这都是他女儿的主意，他女儿是不希望财产落在梁春之手里去，给他父亲找了个保姆，就把梁春之给打发了。

　　"回老家的梁春之并不甘心，她伙同她的朋友成立一个叫'十顺实业有限公司'，她在里面当了总经理。梁春之是这样对我哥说的'为了办公方便，我们这个公司的执照正在申请之中，虽然暂时没有办公室，但所有的人员招之即来，来之能战，战之能胜。'她在我哥面前列举了很多例子，说上个月谁谁谁赚了多少万，这个月算下来谁谁谁大约又会赚多少万，她说只要她的员工，打个电话来需要多少钱，自己就把钱打给对方，到年终时候来她这里结账就行了。还没开始动员我哥，我哥当然就动心了。想着能在短时间里发财，这是多么让人高兴的事情啊。但我哥高兴中又有些担心，他担心你不听他的话不拿钱出来，高兴的是从来就没有发过大财的他终于有了咸鱼翻身之日。我哥心里暗下定决心，只要梁春之同意他介入他们的生意，他就一定要动员你拿出钱来。果不出所料，你留了一手，钱没有全拿出来，我哥只得把我父亲存放在我这里的五万元养老钱又投资到梁春之的生意里去了。

"嫂子你不晓得，正当我哥做着发财梦的时候，万万没有想到梁春之拿着钱跑了。啥公司，全是假的。"

半夜三更的，隔壁有又哭又笑的声音和电视里哼哼唧唧的那种声音。

推了房三更好几次，也推不动。唉……

我了解夏明全的性格，他不是那种"偷鸡不成反蚀把米"的人。投资进去了那么多钱，如果是我，我也会像夏明全那样要不提起菜刀，要不就邀约几个身强力壮的打手去找梁春之算账。

真是瞌睡遇到枕头，夏明全几经周折，连公安机关都没有找到的梁春之，却让夏明全找到了。当然这些事情，是夏明全出狱后给我说的：

他说那天在一个废旧厂房里找到了梁春之。

梁春之说："夏明全，我也是受害者，我不骗你夏明全的话，我自己也逃不出传销那个怪圈。你晓得，都是传销害人，你才折了多少？你十万，你父亲五万？我折了三十几万你晓得不晓得？你来找我？我去找哪个？"

"告诉你梁春之，你折了多少不关我的事情，你去找哪个我也管不着，但你骗我的，得还我。"

"'还？我除了这一身肉，我拿啥来还？你看我连家都没有了，我老公也为这个和我离婚了，我儿子也被他带走了。后来我想嫁的男人，他又出车祸，是他女儿把我撵出来了。我提出来给他家当保姆他女儿都不愿意。夏明全，你如果不服，我愿意用我……跟你抵消。'二妹，我真的不是强奸她。除了我们第一次，后来是她自己提出来用她的身体抵欠我的债。我知道说来你也不相信我的话，但事情就是这样。我那时还说："鬼扯，你用你这身……和我抵消？你怎么和我抵消？你值十五万？我看你就是个二百五。我要钱不要你这个臭女人，我一家大人娃儿要吃饭。你跟老子必须还钱！还钱！还钱！"

"姓夏的，你闻闻，你闻闻，我哪里臭了？哪里臭了？你不要把话说过头了，啥臭呀臭的？板凳调头坐，要是你落到我的田地，你还不是和我一样。你以为我愿意去上当？去欺骗？我二百五？你才是二百五。夏明全，睁大你的狗眼看看老子，抬起你的狗头看看老子。"

"我万万想不到梁春之会这么做。她把皮带一解，裤子一拉，说：'夏明全，我给你说，你要钱，我没得。你要肉，我有一堆。你看嘛，到现在，我自己就剩下一个光人人了。'"

"等我抬起头来，脱光了衣服的梁春之已经一丝不挂地站在我的面前了。我被她突如其来的举动吓住了。我一下就蹲在地上哭起来。我为什么要哭？事后我也不明白，我这个没有出息的人，真是丢人现眼。

"这狗日的梁春之，她是用无声的语言代替她的狡辩和无赖，她现在已经与我过去见过的她完全不同了。她的头发是乱的，眼袋是肿的，脸颊是乌的，我见过她的迷人的身体，但此时我真不是埋汰她，要我说实话我就说——我恶心得想吐。

"话又说回来，见她这个样，我也很是同情她。和前一次见到她的时候相比，我觉得她皱纹多了许多，年纪轻轻的，白发也有了。我和她说话，她有时眼睛就走神，毕竟，她才三十多岁呀。二妹，十五万呀！我们一辈子都没有想过那么多钱呀。我不该不听你的话，其实你的话是对的，你不把钱拿出来也是对的，但我没有听你的话我听了梁春之的话，是梁春之这个臭女人欺骗了我，是我这个提钱就眼开的家伙欺骗了你。十五万打水漂了。二妹，这么大事情，我心里当然有气。有气就得出，有火就得冒，不然，我心里的那颗火石会把我整个人都点燃。那天，我心里面有火在滚来滚去燃烧，我的喉咙开始在撕裂。我真想骂人，可是，我把全世界的脏话都骂完了又能怎么样呢？我能骂死她？我能骂回十五万？提起这十五万，我又要骂人了。梁春之你真不是个东西，你是畜生，你不是人，你是蛇变的，是鬼变的，你乘船，船翻；乘车，车翻；乘飞机，让你从空中掉下来——当然只掉你一个；走路，踢脚趾；吃饭，噎死。喝水，喝死。睡觉，睡死。总之，你不得好死，总之，你枉披了一张人皮子。

"那天梁春之说什么？她说：'你以为我愿意？我也是被他妈被逼的！你骂吧，你骂吧！反正钱已经骂不回来了。我也被别人骗了。你看我锅里煮的什么？你看我过的啥躲躲藏藏的日子？'梁春之一步步往前走——向她的那摇摇欲坠的破床走去——那哪是什么床呀？木板上铺了些稻草和放了几件破衣。她的眼睛像发怒的狮子，放着吃人的凶狠的光。我知道她在我的面前是孤注一掷了。她的锅我揭开看过，一锅不知道煮的啥样的黑不溜秋的菜。想着我以后也可能过这样的日子，于是我站起来，先是退，后就扑上去和她撕打起来。

"我抱着她的臂膀就咬，就啃，就往墙上撞。女人见我不吃她那一套，她就故意激我说：'姓夏的，你是个太监，你不是个男人。你有本事你就大胆点，老娘都不怕你怕啥？不过你记住，你动我一下一千块，从现在开始，你记住，我数数了。'

"我忘记了是怎么脱下的衣服，一会儿，我俩就紧紧地扭成了一团。这女人在我的身下像是给她自己打气，也像是在给我打气。她大声地数数：'1，2，3，4，5，6，7，17…，27……'那些数，有一句没一句的，前一句后一句的，我不管她喊了多少数，到底，我把这个叫梁春之的人干了个死去活来。地点，当然是在梁春之住的那个旧仓库里的旧木板上。

"我走时对她说：'梁春之，你猪狗不如！'

"梁春之也抛给我一句狠话：'姓夏的，你晓得你动了我多少回吗？'

"我不理也不听。穿上衣服，'咚'地踢了梁春之一脚，'啪'的一声关上门，自顾自地出门去了。

"我走了老远，从窗口里传来梁春之扔到空气中的一句话是：'姓夏的，你再来几趟，我们的账就除干净了。夏明全，你这个畜生！'

"我在心里骂她，你这个恶毒的女人，天杀的女人，我总没有动你一千次一万次吧？你这个龟儿婆娘！你永远欠我的。"

听了夏明全的话，那时我也在心里骂他："夏明全，你们真是乌龟骂王八——彼此彼此。"唉，我这是怎么了？我一点也忘记不了夏明全。

夜晚怎么这么长？你喝的啥子酒？给你说，这酒叫一口香。这酒是香，用手抹嘴，手香；用手打开碗柜，柜香；用手摸头，发香。空气中，那香像彩色的棉花和丝带在屋内漂浮，朦胧中满屋的酒香幻化为玉宇琼楼。二妹看看身边熟睡的男人，她感觉自己像一片孤独飘零的落叶，她闭了一下眼睛，调整了一下情绪，不能不从那些纷繁的思维中跳跃出来，只不过，接下来所想的内容就很苦涩了。苦涩得她想呕。

夏明全对我说："我后来再找过梁春之。她说：'死打短命的夏明全，你要干啥子？'梁春之见我又去找她要钱的时候，梁春之大哭道：'夏明全，你不叫人，你那天叫我吃鼻涕，吃口痰，吃你狗日的脚趾丫的臭玩意儿，在你面前，你让我死，你让我死。卑鄙小人，在你面前，我宁可死。'她不是还不了钱吗？我就像一个地痞流氓那样折磨她。我说：'梁春之，你有本事你就去告我！老子就是找你要钱。这是你活该！你想抵消完！不可能，不可能！你受不了，你就叫呀！你就喊呀！你就吼呀！你给不出钱，老子就是要折磨死你。'"

梁春之气不过，又无奈何。她只有愤怒地骂道："夏明全，你这个千刀万剐的变态人，你看你把我的手捆绑成这样，你看你把我的指甲壳揭下来几个，你该死！该死！该枪毙万二百回。不就是十五万块钱吗？老子赔得起你！死狗，恶狼，毒蛇，废物，你滚！"

"跟老子，你还喊出节奏来了。"其实，我也很同情梁春之，我在心里说，可怜的梁春之，我也是没有办法的事情。你那么聪明的人，怎么会上别人的当呢？是你害了我，是我害了我老婆和我父亲。我本是善良的，我本是你逼迫出来的。但这话，我肯定没有对她说。一说我就心软。

梁春之说："姓夏的，老子诅咒死你！今天不死，明天死。今年不死，明年死，你总有一天不得好报，你去死！死！死。"

夏明全没有死，他要等梁春之还钱给他。

梁春之也没有去死，她去自首了。

这事发生不久，梁春之托妹妹梁春媛找到我，并带给我一千块钱。

梁春媛说："二妹，我姐姐也是上了做传销的贼船，她不该先骗你们，你那个老公后来也不该那么折磨我姐姐。你不晓得，我姐姐这点钱还是她藏起的，其他的，她说她和夏明全抵消了。你也看管一下你的男人吧，我都不晓得你这些年是怎么过的。他好恶心，好恶心呀！他比我姐姐还坏。"

我听了梁春之妹妹带来的话，我也觉得我男人也确实不是个东西。这样想来，我也就很同情梁春之。我说："唉，啥抵消不抵消的，那是气话。如果我是你姐姐，我报警是算对他客气的了。不过，你也去想想法，把我们家的十五万还回来吧。其中有我老汉的五万，我是十万。还我钱，那才算是两相抵消了。"

梁春嫒说:"既然他们说是抵消了,肯定就是抵消了。"

二妹不同意她的话:"那哪能算是抵消呢?"梁夏二人为是不是抵消了十五万而争论了起来,没有结果。两人不欢而散。

二妹望望天花板,看看身边这个醉了的男人,她想,我好没有出息,我为什么也要找个城里的男人?我是以这样的方式报复他狗日的夏明全吗?二妹曾去探过监。夏明全和她隔着玻璃相望。二妹把两只手掌放在玻璃上,另一双手重合在二妹的手掌心上了。有眼泪从二妹的腮上流下来。夏明全的手试着在玻璃上移动了一下,好像是要擦掉她脸上的泪水。二妹的手跟着夏明全的手移动,只是,她的手和夏明全的手越离越远。玻璃上有孔,玻璃的里面和外面都有一个灰色的电话。二妹不晓得这电话是干什么用的,她很茫然地盯着他。这时,夏明全手拿起电话并示意她也拿起电话。二妹听到了电话里的声音。夏明全说:"二妹,我们离婚吧!你找个你喜欢的男人,我不怪你,我对不起你。"

二妹什么也没有说,放下电话,哭着走出了大门,她恨死了这个男人了。

二妹并不知道房三更其实见过这个叫梁春之的女人,她曾在他鞋摊吵过架。

我认识了陆家星

探监出来,接连下了好几天的雨,我心里烦极了。

我找了一个地方坐了下来要了瓶啤酒。我在心里骂他:你龟儿夏明全,离就离,你以为离了关公就不唱戏?离了茶壶,就没有茶杯?你算老几你算老几?你那几年不就是个偷鸡摸狗的小贼子?要不是你遇到我这贵人,你哪有婆娘?要不是你婆娘给你生儿子,你会有儿子?你的今天,就是你自己作出来的,你格老子,你该着!你该着!这是报应!报应!报应!

我越想越心烦,我一个人在樱桃街的小酒馆里喝了好几瓶啤酒。

有一个人向我走来,那面孔越来越离我近了。我认识他,他姓陆,叫陆家星，年龄大约五十来岁。微胖，牙齿整齐。人看起来倒是和和气气。陆家星上前和我打了个招呼："哟，二妹，你怎么一个人在这里呀？没人陪，怎么不说一声？说起来你还帮我过我忙的呢！来！我们喝点。"

"你不是陆家星陆老板吗？你是'生意做得嗨，半夜忙出差'。你到这来喝酒？这地方可不是你们大老板来的地方，你看这环境，你看狗在这里窜来窜去的到处啃骨头，你看这苍蝇在这里飞来飞去，你看这潲水桶边的红苕稀饭，这样的地方是像我们这些大妈大嫂大姐才来的嘛。你走，你走，你走，你走远点……"我已经醉了。我才不管老板看我黑起脸的样子。

"二妹，你说到哪里去了？我是啥老板不老板嘛，我这个老板……要说生活，我也只是比你好那么一点点，你说是不是？你看你那天，我的东西掉了，还是你捡来还我的，你捡钱不要的精神值得我学习！"

"是拾金不昧的精神，你莫乱说。"

"对，是拾金不昧。金也是钱，钱也是金，一样的，一样的。"

那天，我听到有女人在对我喊："同志，你的皮包掉了，捡起来嘛。"我想，我又没有丢东西，我去捡啥嘛？万一那是骗局呢？等我刚去捡起的话，就会有人出来说这是他丢的东西又咋办呢？这骗局，我听别人说起过。那女人见我无动于衷，她又说："大姐，你捡起来嘛，我作证，也许人家正等着呢！"我就真的捡起来了。当着那人打开皮包，里面有一百四十五块钱。她说这钱包不是她的，她说她有事得先走，她叫我在这里等失主。还好，这女人心好，不是我想象的骗子。于是，我就把这皮包握在手上等有人来领。

很快，一个秃顶的男人急风扯火地就来了。他说他丢了皮包并说了皮包里面的东西，一对照，真是说到点子上。我把皮包还给他就想走开，但男人偏要问我住处，一问，原来他在樱桃街。男人说："哦，你叫二妹，我叫陆家星，那我们这就算是认识了。"他说要给五块钱感谢我，我拒绝了。我一是嫌少，二是我捡东西的时候是有人看到的，要是传出去，我贪财的名誉就不好了。

没有想到今日又相遇了。

"陆总，你还记得那天我捡你钱包的事？说实在话，我真是怕骗子设局做的丢包生意，我是怕有人来骗我。来！喝几口。"

陆家星坐在我对面，他说："要喝就喝，别以为我陆总怕了女人。来，喝！喝！喝！"他像沙地萝卜，一带就出来了。其实，是我顺便说了一句。

陆家说："老板！拿酒来！今天晚上的酒钱算我的！"见我没有答话，他继续说道："这馆子小是小一点，卫生条件，是有点那个……你说差，也就差不多吧。一只麻雀与狗，一个罐头与煤油桶，有可比性吗？你硬要把这个店店与五星级的酒店相比，那就是一个天堂一个地狱了。来，喝就喝。"

店老板实在憋不住了，说："喝酒喝酒，你会不会说话哟？"

他是不会说话，他的话，气得在我在陆家星的脚上踩了一脚。一只狗在桌子下没有找到什么好吃的就钻出来，陆家星见我踩他又不好发着，他也提起脚，恶狠狠地伸向那狗身上蹬过去。

既然是他招待我，当然我又要了两瓶啤酒，他这人，实在不耿直，我在和他对饮的时候，他趁我不注意，把杯子里的酒全倒在餐巾纸上了。男人，啥男人哟！？

我和他都不说话。看陆家星的眼睛，他是想说点什么，不过他没有说。他也希望我说点什么吧？但我也不说。等了片刻，陆家星说："二妹，我有点喜欢你了，到我那去坐坐吧。我想送给你先生一顶帽子。""啥帽子？""帽子就是帽子……不过……我……开玩笑的。"虽然是玩笑，我吓了一跳。我说："下雨了，我没有带雨伞。不过，明天是个大晴天。""去我那躲雨，怎么样？""不好意思。这么晚了。"

"你，老土！"他站起来拉着我的手臂就往前走。

我醉了。走路有些飘飘然。

"二妹，我女人出去了，我不会把你怎么样，你到我那个地方去醒醒酒，喝杯水。"

"算了，算了，我还有事。哦，我去你那干什么？我不感兴趣。"

"你没有去过，你怎么晓得？你去就晓得的嘛！不说别的，我家的游泳池我怕你没有见过，水热热的，烫烫的，没有见过吧？我带你去见识一下怎么样？"

"你这个样样儿，你有游泳池？你的水还是热的？烫的？吹哟！哦，你是陆总……蒸的？烫的？"

"鸡蛋都能烫好。"

我才不相信他的话。那晚，他说的他结账？这不守信用的东西。但不知道怎么回事，那晚，我像被鬼牵着，跟着陆家星就到了他的"家"。

陆家星住的地方虽然没有电影里那些私人宅院好，但几棵高大的槐树很是逗人喜爱，更让人惊讶的是，院子里真有个冒着热气的水池。

我当然是少见多怪。我说："你看你这个水还在冒气，有人在地下烧火吧？"陆家星说："这你就不懂了，这叫地火。"

"你都过神仙的日子了，你还亲自去买菜？还亲自做家务？这么好的房子不会是你的吧？"

"买菜做家务是锻炼呀，我上班的时间是自己定。"陆家星这样一解释，我当然就没有多想，觉得还是有点在理。这时，他拉住我的手说："二妹，进我主卧里去看看。"

"看就看，我又不怕你吃了我。我是啥胆？吃雷的胆。"

"我就吃你，就吃你，今天我吃定你了。"他用手拉我。

女人的矜持，我还是有那么一点点的。墙上有着一张雍容富贵的黑白老照片，还有古色古香的化妆台。我先犹豫了一下，然后，衣服裤衩全都被他扔在地上。

我的魂掉了。

有狗在外面狂吠。我边穿衣服边看墙上的钟，又看了看墙上头的老照片，嬉骂陆家星道："你把我教坏了。"陆家星用手点了一下我的鼻子说："我会变魔术，如果说我把你变坏了，那我把你变回到好人，再把你变回到你的十八岁吧。"在我发愣的那一瞬间，陆家星来了一个公主抱，一把把我抱起来走向冒着热气的水池。我从小是在水边长大，我哪里会怕水？我俩尽情地在水里嬉戏，他往我身上泼水，我往他身上泼水。他做梦也想不到，我在陆家星的背上画呀画的，我用指头画了乌龟王八蛋。陆家星在我的背上画了什么我不知道。后来他告诉我，他在我背上画了个女疯子——喝醉酒了的女疯子。

我有点喜欢这个男人喜欢这个地方了。我冒昧地问了一句："这么好的地方，国家不会来开发吧？"

"这个，我哪里晓得，就是占，也要还个更好的地方给我。"他这样一说，就像这地方是我的一样。我既兴奋又快乐，温暖的水流像后来人们所喂养的食人虫，它们像精子温柔地向我身体的深处游来游去，它们争先恐后地，毫不留情地游向我身体的每一个毛孔。每一个毛孔都成了子宫，每一个子宫都孕育着新的爱情和生命。我多么希望我和姓陆的这个男人的关系就是人们所说的爱情啊。但我晓得，我俩都是逢场作戏。男人迷恋我的身体，我迷恋男人手里的房子、票子和车子，还有这个冒着热气的水池子。有了这些，还担心他手里没有人民币吗？不过凭我的直觉，这个男人有点吝啬。除了这房子，我没有看到他的票子和车子。

我知道我要他买东西嘴就得甜一点，我说："老公，我想买一双拖鞋，可好看了。钱不多，才五十。"陆家星说："买拖鞋，到'大都会'去，夜市，只要十五。你说买一双拖鞋就五十元？还一百五、二百五哟。"说完，他便有着他的招牌似的笑。这是他对女人的杀手锏，我喜欢他的笑，虽然他的微笑在我后来看是虚伪的，但我仍然喜欢他这虚伪的笑。我那时觉得他是真诚的。

我们像夜游神，晚上就去逛樱桃街不远处的夜市。我们选这样的时间出来，是他说被人看见了不好。他说："我是有妇之人，你是有夫之妇。为了我们以后，总还是要点名声。"我以为他说得对。

我刚选了一双拿在手里上下翻看。陆家星说："不错，不错，这里的鞋，高档的中档的低档的都有。你选的这双样子好质量好我喜欢。"我想，你这么有钱，未必你老婆买东西也去买这些大路货？我再次提醒陆家星我看好的一个款式比这个更好，我道："老公，你看那边的那双鞋怎么样？"

"好啊！好，就买嘛。"当他说到这里的时候，他低头告诉我说："别叫我'老公'，别人听见不好。"

我说："我已经是你别野里的女人了，啥不好嘛？"我不认识别墅的"墅"，我从来就是把这好一点的房子叫着"别野"，我见陆家星住的房子好，我当然就称呼这房子为"别野"了。在我的心里，陆家星是有文化的人，他晓得"别墅"的"墅"读"树"。那天他就纠正我说，"哪有'别野'的说法啊？这字读'墅'，读'树木'的'树'"。我习惯了说"别野""别野"。

我选了一双穿在脚上，感觉不长不短不肥不瘦正好。我假意拿出自己的钱包往外掏钱，谁知陆家星说："我来我来，这点钱未必要你来？"我心里很是得意，我说嘛，这点东西他是会给我买的嘛。哪知他忽然大叫一声："天呀，我忘记带钱出来了，你看我这狗记性我这鬼记性的呀。我身上就带了几块零钱。这样吧二妹，你就先垫，我回去拿钱给你。这鞋就算是我送你的了。"陆家星反复敲打自己的脑袋，一副忽然想起没有带钱包的懊悔样子。到底又是我错了，我把他估计高了。

反正他回家会把钱给我，我自己便掏钱把拖鞋给买了。哪知回到陆家星的家，他闭口不提我买拖鞋的事情，唉，买一双拖鞋花了 50 元钱，如果买盐巴的话，好些年都吃不完的啊！我心头痛得要死了。

我与这个男人是不是相爱了，我也不明白，反正，我有点色胆包天。

当然，也可这样说，这男人是不是和我相爱了，我还没有弄明白。

但这是爱吗？当时糊涂觉得这是爱，后来感觉肯定不是。

姓陆的老婆没在这，我当然就是这里的女主人了。我少不了和陆家星开开玩笑说："家星，我又来你这里混饭吃混觉睡混热水泡澡了哟。"

陆家星自然高兴，说："你来了，我就让你享福。"我在这里勤快，见客厅里的桌子黑不溜秋的不好看，我就拿着砍刀把桌子上的老古董花纹给砍了。我说："这老桌子有啥意思，要买，就买新的。"

陆家星说："砍得好，砍得好，好好的房子我老婆非要放些老古董进来。"得到了鼓励，我又把墙上的一张字画扯下来扔到垃圾里。这些字太潦草了，我想我儿子都不认识，不扯下来干啥？我要给客厅挂上几副对联，要不，就去买点明星画挂起。我说："你这个，不晓得挂了好几辈人了。我要撕下来换上新的。"

"扯得好扯得好，都别墅了，我老婆非要挂这纸呀画的，你看这墙宽敞明亮，现在多好。不过，我得把这字画捡起来，我要对我老婆说这是风吹掉的。"

他越这样说，我就越丢。到最后，我又把壁炉上的两个烛台给扔了，我边扔边说："像给死人上香似的，扔了！扔了！扔了。"

陆家星说："算了，二妹你也歇些手吧，老桌子就老桌子，黑不溜秋就黑不溜秋，留点，给她留点点。"一张老桌子的花纹被我砍了一半，墙上的字画也被我扯烂了好几幅。好多灰的呢，我一点也不怕脏。算了，就住手吧，谁人耍不成的呀？怕我累，那我就不做事情了哟。

我听陆家星讲过他的女人，他说她是个十恶不赦的恶鸡婆。我知道他在讨好我，我只能对陆家星说："我不相信，再恶的女人只要生了孩子，都会温柔几分。你莫用好言讨好我。"

哪知，真正让我晓得这女人脾气的是我和陆家星相识了大约一个月以后。

陆家星的女人文清素提前回来了。

狗日的文清素聪明得很，她进屋像缩头狗轻手轻脚一点不声张。开了门进来后，肯定是见到我和陆家星泡在水里，然后，她就退出去悄悄地把大门反锁，再然后，她就急忙跑到派出所。她说："同志呀，你们如果不去我家捉奸，这房子以后要出什么事情的话，就别怪我文清素没有请示汇报。"

派出所的同志说："女士，你慢慢说，你半中拦腰说一句，我们听不懂，你姓啥？你家住在哪里？"她说："同志呀，你是不是新来的，我在樱桃街这么久了，你还不晓得？这房子不是我们的是我姑婆的。我们是帮她照看房子的，你看我那不要脸的男人，他竟然在我姑婆家和一臭女人在那里乱整，你们当政府的，得还给我一个公道，也得给我姑婆一个说法，你们要去就马上去，不然他们跑了你们就拿不到证据了。快走快走，这是捉住他们最好的机会。"

文清素不想给他男人留面子，更不打算给他男人和我这个缠住他男人的女人留面子。她故意把头发弄得像一团鸡窝，她说："同志，你们不晓得这女人，她刚才还打我，你看我的脑壳呀，真是痛死了，我是不顾一切地跑出来报案的。"派出所的人说："你的脑壳痛，就去医院检查，我们这里不能检查出你脑壳里的毛病哦。我们怎么办？我们还得调查取证，还得以事实为依据法律为准绳。"女人说："那我们就一起去取证。"派出所的人说："文女士你冷静冷静，我们把详细情况登记下来，你说的情况我们知道了。我记得你上次就找过我们，提到以后那房子的归属问题，这就你不要担心了，该怎么处理，就怎么处理，你们的任务就是看管她的房子，至于刚才你提到的捉奸问题……现在听起就有点那个了，你不要乱说。"

我不愿意回忆我被怎么请进派出所的情景。

　　在派出所问询室，我听到文清素哭诉："同志你晓得不晓得，我们夫妇哪里是这里的主人？这家主人早就在三十年代去香港了，他们去香港前，留了一大笔钱给他们年轻的佣人文卫兰，走时对她说：'这钱够你花一辈子，你在这里把房子给我们看好就行了。你要等我们回来。哦，万一我们不回来了，这房子的处理权就交给你了，我已经给我的律师说了。'文卫兰是谁？就是我们的姑婆。我姑婆等主人多年一直没有等到有人和她联系，她守着房子孤老一辈子，婚也没有结，唯一的亲戚就是我这个侄女，去年我姑婆重病时把我叫来，从抽屉里拿出一块翡翠原石说：'清素，唉……我是等不到我的恩主回来了。这套房子，你们要接着把他们照料下去——其实也是住下去，我受人之托，忠人之事，你看，这是一块翡翠原石是不是？你拿电筒照，这不是祖母绿，这是飘花翡翠，我说的意思是，这真是值不得什么钱，但这是一个信物，你千万要记住，将来如果有人拿着另一块原石片来合这石头，大小宽窄合拢了，你的任务就算完成了。'"文清素边说，边就从包里拿出一个拳头大小的石头来。石头呈白盐沙皮，风化明显，颗粒比较细腻，石头的一端被削掉了一块皮，被削掉的那块，还没有三分之一的手掌大。她说她姑婆等的就是离开那被削掉了的一块原石片。文素清还说，至于我姑婆再告诉我什么，同志你就不要问了，问了我也不说。我也是受我姑婆之托。至于这房子最后怎么处理，同志你也不要问。上面有领导来关心过这房子，一听我姑婆和谁谁谁有关系，就没有哪个敢来过问我们了。这世界真是神奇是不是？同志，我姑婆文卫兰在这里等了一辈子，可我们已经等了大半年了，我们要等到哪个时候？未必我们也要等一辈子？你看你看，我该等的人没有等得来，等来的是这个骚货。"

　　派出所的同志这时倒是好言相劝地把她劝走，而我……真想有个洞，让我钻进洞里去死掉算了。

　　我这才晓得自己上了当。我的眼瞎，是被自己的无知所戳瞎了的。无知，就是一把刀一把剑，我被自己杀了一刀又一刀，捅了一剑又一剑。其实我早就该明白，他哪里是什么有钱人？这几天，我陪吃，陪睡，陪游泳，我亏死了。姓陆的家伙，去变蛆！变蛇！变老鼠吧！我恨死他了。那天，文素清还挖苦我说："你不看看，我们过日子都节约得很，虽然住的是洋房，但过的生活是平民百姓。我这房子是别人的又不是我们的，你各人 X 痒你还怪别人，你再骂再嚼舌根，大河没有盖盖，你去死吧。"

我自觉理亏，不便强词夺理，我只说我今天有事，改天我再来和他们这对恶人讨个公道说个理。

我被开了罚款单，又被当场教育，才被放了出来。

悲剧继续在上演。这才没有多久，我收到一张传票，文清素叫我赔上被我损坏的东西。

唉，倒霉得很哟。

真是冤家路窄，房三更的家和陆家星的家是在一条街上，不同的是一家在街的这头，一家在街的那头。当然，平时就没有来往。

我要找陆家星讨个公道。说实话，我很后悔，我真的不该去，但后悔已经来不及了。那天，我使劲地拍门，门开了。文清素羞辱我说："你还没有被我家男人日够？你看你做的好事情，你把我客厅里那些珍贵文物都弄坏了。娼妇！娼妇！娼妇！我已经把你告起了，你看墙上的这画，你看这桌子和凳子，贱妇！贱妇！贱妇！总有一天，有你哭的时候。"

我虽是自取其辱，但怎甘失败？我说："格老子，你男人也叫男人？真是抽了鸡巴就不认人，我给你说个老实话，我没有占你男人的便宜，是你男人倒占了老娘的便宜，我今天非要他给我一个说法不可。"陆家星女人："日你先人板板，你今天还成了受害者了？你找我算账？你说，被你砍掉的桌子，被你撕掉的那些字画，那要值多少钱呀？我已经报案了，你等着进鸡圈吧！"我和她发生了抓扯。令我想不到的是，这女人扇了我几耳光不说，一连骂我婊子！婊子！婊子。才不到五分钟，我就成了娼妇，贱妇和婊子。我本就是站在水凼凼边，这女人气力大，一掌就把我推到冒着热气的水池里。

我从水里挣扎出来，犹如一个黑了头的水葫芦，衣服贴到身上，全是水。我看看柱头上挂的一件雨衣，取下来穿在身上就跑了。

一个夜晚就因为他的醉，我先是想夏明全、梁春之，后是想陆家星和陆家星的婆娘文清素。鸡叫后，眼睛需要有棍儿来撑了。我决定不再想那些乱七八糟的东西，也不再想那个狗日的那些臭男人和死女子了。当瞌睡有点苗头的时候，于是，我在心里反复念叨：骗子！骗子！骗子！骗子！

骗子！骗子。流氓！流氓！流氓！流氓！流氓！流氓！心理上，我到底赢了。

我恶心陆家星，我对他没有丁点的爱。可我们夫妇之间，夏明全是爱过我的。我也对他不错。不过虽然男人爱我，但他也有让我难堪的地方，有次他正和我亲热，谁知他半开玩笑半认真地对我说："哎呀二妹，你这个不懂风情的女人，你看把你弄去弄来，你都像他妈个哑巴，你张大嘴巴就不晓得喊呀？就不晓得叫呀？就不晓得骚呀？"我说："城里的女人算个啥？黄豆绿豆红豆白豆胡豆豌豆都是豆，她们怎么叫？她们怎么风骚？你没有听过见过你怎么晓得？你是不是和城里的女人混过骚过疯过浪过？"夏明全说："你不懂。你差劲。你看那片子里的……那个骚呀！啧！啧啧！啧啧啧！"就为这个话，我起码有半个月没有对他说过一句话。

得知夏明全和梁春之那个事情后，我在心里说，姓夏的，老子风骚给你看。我其实为自己的善变暗暗感到心惊。从一个想从一而终的夏明全换到另一个男人陆家星再换到房三更，唉，我这女人当的啊！哦……这女人的"女"怎么写？这"女"字倒过来，不就是两只腿在天，那个东西在下面吗？姓夏的，我给你说，你怎么对待我，我就会怎么对待你。我觉得自己有点残酷了，我心本是善，我是希望和夏明全这男人一直过下去的，可我们的事情怎么发生到了现在这样呢？

房三更又翻了一个身。我的手在他鼻孔前试探了一下。还好，他死不了。

那些年，我从来就没有背叛过夏明全，可夏明全和梁春之做的一切，让我恶心到了极点。我恨他，恨他，恨死他了。我的心里充满了矛盾、痛苦和挣扎，我在心里大骂自己是荡妇是破鞋是不要脸的臭女人。又一想，我已经走都走到这一步来了，我已经是对不起他的了，先硬着鼻子走下去吧，等他出来，我们就把这婚给离了算了。到时候，他也管不着我跟哪个男人好不好的了。夏明全我给你说，事情发到今天，是当初你叫我去找男人的。好，老子找就是了。老子还年轻，老子又不是找不到。

陆家星，你这个骗子。

醒来，就找樱桃

隔壁的钟声敲了四下。房三更的鼾声丝丝缕缕，像雨声滴滴答答，像雾朦朦胧胧，像风窸窸窣窣，那声音，把二妹的心绪弄得水汪汪的不说，还像房三更桌面上放的那只东倒西歪的不倒翁，一颗心歪过去倒过来的。二妹沮丧极了，她想不到与这城市里的男人的夜晚是这样过的。她怀疑自己的心情和房三更裤裆里的东西彼此都是垂头丧气的。她想哭，哭不出来。想笑，笑不出来。翻了一个身，又翻了一个身，脱了衣服，用硕大的乳房贴着房三更的背，心情沮丧到了极点。

不知什么时候做了一个梦：她的房间空空的，大大的。屋中间有个偌大的水池，灶、床、桌椅板凳和石磨都漂浮在水面上，夏明全回来了，见屋里有水，在门口处掏了一个洞，顿时，屋子里水哗哗地流出去了。在流水的一个石头坎子上，一棵樱桃树长了出来，树上结满了红樱桃，风一吹，漫天飞。啪啪啪，敲打着自家的窗门和大门，她猛然向前追去。在追赶的过程中，二妹忽然发现，自己追求幸福的梦，全都丢在路上了，她弯下身去捡拾起来，满篮子的红樱桃像珍珠，像桃子，好亮，好嫩的啊。

同一个时候，三更也梦见了余富贵挑着粪桶往前走，地上全是哗哗的流水。水流在旁边的石坡上，泥沟里。一棵棵半腰高的，比人高的，赛过墙头高的樱桃树比赛似的一棵比一棵高，不远处就是樱桃林。樱桃林里结满了红樱桃，风一吹，漫天飞。啪啪啪，敲打着人家的窗门和大门，一女人猛然向前追去。忽然，她弯下身去捡拾起来，满篮子的红樱桃像珍珠，像桃子，好亮，好嫩的啊。房三更看到余富贵挑着粪桶在后面喊："你是哪家的女子？！"

"哪来的鬼老头，别挡我的路！"

"倒罐子……！倒罐子……！"

窗外的月光照在房三更高高的鼻梁上。房三更像是被月亮又像是被梦里的樱桃树枝给碰醒了，他翻了一个身，任嘴里流着酸酸甜甜的涎水溢到了枕头上。他忽然想起了梦里还没有吃到的红樱桃——树上结满了红樱桃，风一吹，漫天飞。

他醒来就找樱桃。可这樱桃，在哪里呢？

他的背有点痒酥酥麻酥酥的，说不出来的一个感觉。他顿了顿神，呀，咋有个活物在自己的身边拱来拱去的呢？是狗儿，是猫儿，柔软而温馨。有夜来香的味道还是夹竹桃的味道？这些气味都不是他喜欢的，但这些气味有点闷人，它们像火车直截了当地向他一扑就来。他在这不太喜欢的气味中被包围了，被戴上脚镣手铐了，他感觉痛苦异常，他唯一的愿望就只是想快点醒来，说来怪了。他明明啥都知道，但就是醒不来。他挣扎着用手去摸，手动不了，但他的背上，有一种肉肉的热热的感觉，一股清清的气流在他的背心上扑来扑去，他像一只纸飞机，很快就被那气流卷裹到地面上了。

他摇了摇脑壳，想起来了，我昨天喝了点酒，可那酒，是新开的一瓶酒。是有酒有问题？最近常有人说买到假酒中毒事件。唉，我喝的是什么酒？记得我喝的时候就觉得脑袋重了大了。我平时喝个半斤八两都没有问题，昨天晚上……一下就睡到早上。莫忙莫忙，我想起来了有个重要的事情，昨天晚上有个女人和我在一起的？让我想想，她叫什么？哦，二妹，二妹呢？房三更用手一摸，二妹紧紧地贴在自己的背上。他怕他的翻身惊醒了她，于是，他慢腾腾地，十分小心地伸出手，拉了床头灯的开关。

灯光并不亮，但能足够照亮卧室。女人像是没有要醒来的样子。就让她继续睡吧。他的头往后偏了一偏，这样看她看得仔细一些。他就盯着她看。眯着眼睛的二妹比白日里的她多了一丝妩媚，她的鼻子略显得大了一些，眉毛纹过，嘴唇也纹过，但纹过的嘴唇没有光泽，脸色也苍白。房三更想，这女人，真的活脱脱像我记忆中的母亲，不过，我母亲瘦削了一些，漂亮一些。想着母亲，房三更怕亵渎了身边的这个女性。不过，这女子深邃的乳沟是那么迷人地诱惑着他。他想，这样的乳沟，莫说是深藏一堆小耗子，就是几大车老鼠也装得下。想着，想着，房三更已经觉得自己是里面的一只小耗子，他的头在她深邃的乳沟里往前拱，直拱得他满头大汗。房三更的身体有了强烈的像钢棍一样的反应。他后悔自己一夜睡着了，他现在很想干点男人和女人本能的疯狂的事。

房三更彻底醒过来了。他用手把被子拉过来，把能装无数老鼠的她的乳沟用被子盖上，他想用这个方法，让自己狂跳不止的心脏去立正稍息。

房三更狠狠地咬住自己的手指头，手指头痛得酣畅淋漓，这疼痛完全能证明这手痛的人就是他自己。房三更想不起来自己是怎么到床上的，所有的事情都一点想不起来。可无缘无故地把人家冷落了一晚上，他想起有点不忍心。房三更有点后悔了，他后悔不该让她一个人孤零零地度过本该有一个浪漫色彩的销魂夜。可昨天晚上，我到底是怎么回事情呢？房三更像小时做不起妈妈布置的作业那样去抠抠脑壳。

房三更正想去亲她一口，忽然，他想起在鞋摊上说看了她隐私部位的那死女子梁春之。房三更的自卑感又像火苗忽地一下蹿上来。我是男人可我是残疾人，我能保护女人吗？但她已经和我在一张床上了的呀。我该柔软一点慈悲一点还是男人一点，唉……就算是我喝醉了吧，失礼，失礼……可醉了无罪。

他想握住她的手，又担心自己手冰凉。房三更把两手心对搓。搓热后，他就用手推了她一把："喂，我昨天晚上醉了。"

二妹不搭理他，仍睡。

"二妹，我醉了，对不起啊。"

二妹"哼"了一声。她的一只手顺手就搭在房三更的身上。

"唉。你不晓得，我昨天晚上根本就没有醉。我是有点飘，有点二麻二麻。再，我喝的那个酒可能有点问题。"

二妹再也忍不住了。她用一伸手就捏到了房三更的关键部位："有问题？啥有问题？你说我给你的酒是假的？我看你睡得像头猪。'人活四十几，才靠懂得起'。醉也好，飘也好，麻也好，问题也好，还不是一样的。你装嘛。"

房三更打了几个激灵，心想，对了，这才像二妹说的话嘛，那神情，那语调，这才是二妹的本来面目嘛。房三更说道："喂，你正经点，你怎么睡到我身边来了？让我快点把衣服穿起，我说的是真的，不然我就男女问题，我就和你作风问题了。"

"给你说，我不叫'喂'，我叫二妹。说那些！你看你把我晾了一晚上，你真不是个男人。我看你是太监，是一头被骗了的那个……"

"我太监？我太监？好，我要让你看看老子是不是太监！你看我是不是一头被骗了的那个畜生……我晓得你要说畜生。"

"太监，太监，你就是太监，是那个……是那个，就是那个畜生。我刚才说了，你把我冷落了一个晚上，晾了一个晚上，你看我都成冰块了。我好冷。"

一把干柴终于被烈火点燃。在二妹的辅导下，房三更很快进入战斗状态。二妹恰到好处地指导房三更的节奏，声音变了，脸色变了，她快活地在房三更肚子下哼哼唧唧。房三更像是一只饿了数十年的猛虎，见了吃食就舍不得放弃并想一口吞到肚子里去，他听到了自己吞食食物所发出强烈的咀嚼声。他忽然想起了那个梦了——树上结满了红樱桃，风一吹，漫天飞。

房三更惊奇地感叹这女人身上的零部件，竟然和男人是那么的不一样。女人该有的她都有，男人没有的她都齐全，这女人啊，真是怪了。

二妹这才晓得，已年过四十的房三更竟然还没有和女人那个过。二妹说："女人伟大吧？我们要怀孕，我们要生娃，我们要奶娃儿？你以后要好好对我。"

"我当然要好好对你。不过，老子也用实际行动证明了我不是太监……不是那……畜生。"房三更由衷地对二妹感叹道，"唉，房三更我真是白活了。二妹，是你让我晓得了世界上有一种动物叫女人。"

二妹哈哈大笑。

房三更却哭了："二妹，我过去老以为自己是残疾人没有自信。可我和你在一起，我是真正的健全人了我有信心了。二妹，你给了我做一个真男人的机会，我虽然没有一双健全的腿，但你晓得，我是一个响当当的男人。以后，你就有靠山了，只要我有吃的喝的，我绝不亏了你。二妹，你就跟着我过日子吧。"

就是在他和二妹发生这事的不大一会儿，房三更终于想起曾与女人有过梦交的事情，他晓得他对女性的渴望不再遭到严重地压抑了，以后，不管天晴下雨，寒冬酷暑，想什么时候发挥自己男人的特长时候就发挥。想什么时候吃"樱桃"就什么时候吃"樱桃"，不分春夏秋冬。

这女人，这二妹，这张贵群，比天上掉下来的林妹妹都现实的嘛。房三更心里越想越兴奋，他决定，以后不再想梦里的女人是谁了，他已经把梦里的女人定位给这个叫张贵群的二妹了。

这个早上，房三更既有一脸征尘的疲惫又有一脸舒心的满足。

二妹也觉得这个早上很高潮很惬意很安逸。这鞋匠，货真价实的童男子。对于男女间的风情，虽是有些不懂，但真正做那事，一点也不比自己男人差。

房三更捧着二妹的脸，说："二妹，二妹，我这一辈子不对你好的话，天打雷劈。二妹，你要对我好，你也发誓。"

"多大岁数的人了呀，你还迷信？你发啥子誓哟？你对我好，拿出真心来就是了。我不对你好，我和你睡觉吗？"

"你看你说话好土好土，啥睡觉、睡觉的？你说文雅一点。"

"我不会说，要是叫我说，就太难听了。"

"你就说，你就说，我就是要你说，我想听你的土话。"

"我们那个地方，把刚才的事情叫'日''弄''打糍粑'……"

"别说了。我不听。你真的是老土。"

房三更把自己衣服脱下来丢到地上，丢到椅子上，丢到床脑壳上，他自己都忍不住笑了，他的幸福和兴奋，像满含对敌人的一腔仇恨似的——下手重得很。

隔壁的小狗老是抓他们的门板。蹬蹬蹬的，像是在跑步，像是在敲门，像是非要来个你不开门我就绝不罢休不可。

房三更看了看时间，他对二妹说："呀，不错吧。"

"真是一条喂不饱的狗。"

"我给你当狗，我愿意。我一辈子对你好，我要把挣来的每一分每一厘都交给你，我要把心掏出来煮给你吃，烤给你，煎给你，红烧给你，清蒸给你。我要变成你身体上的每一个细胞。"

"你说起好吓人，我能吃你心吗？吃了就没有了的嘛。不能不能！"

"二妹，二妹，你说话太幽默了。我是比喻。"

"唉，要是你给我生个幺儿就好了。"

"我不能生了不能生了，不是我设备陈旧年久失修，而政策是一胎环，二胎扎，三胎四胎……算了，我不说了，反正是'该扎不扎，房倒屋塌；该流不流，扒房牵牛，'我有两个儿子了，我敢哟？"

"唉，要是我早认识你就好了。不过，你的儿子也是我的儿子。"

　　要不是隔壁的狗儿用爪子抓门，要不是胡杏儿叫刘世昌快点出门找他们的女儿的声音，恐怕那个早上，房三更和二妹都会在床上神魂颠倒而不晓得东南西北。

　　房三更很想告诉哥哥一茶，二姐二弦和四弟四郎说自己有女人了，可房三更他怕他们笑话他找了个不晓得多少底细的过婚嫂，他不敢说。

　　到底是纸包不住火，哥哥一茶姐姐二弦弟弟四郎还是晓得了这事情。不过他们提醒房三更，你得好好打听这女人的底细才是，要是人家两口子放飞鸽，你就死定了。

　　房三更想，有啥子打听的哦，睡都睡了。没有啥打听的。如果真的要说名声，她不怕，我一个男人还怕啥呢？再说，她是离了婚的。房三更把和二妹的爱看得很神圣，对方给了自己，就是一辈子的事情了。自己必须忠实地，必须百分之百地对她好。不对她好，天打雷劈。

妈，我是诗人顾城

　　房三更刚开门，他就看见胡杏儿和刘世昌把女儿找回来了。她女儿大声地喊道："你们找我有什么意思？我找我的男人去了，我找我的娃儿去了，我刚刚才出门你们就找来了，你们都有家哦，可我也有我的家，我要把我的家找回来，你们还要不要我活命呀？""啪"的一声，她的头就往墙壁上猛撞。

　　胡杏儿反应快，立即把女儿抱住。她对刘世昌说："又得把刘红送医院了。"

　　"我不去，我不去。我吃药就是了，我哪里也不去。妈，我是诗人顾城，我是诗人海子，我是他们的哥们，我哪里也不去。"

　　刘世昌的眼神无助极了。说："送……医院。"

　　房三更从门里走出来，正好听到刘世昌的这句话，他边摇头边说道："有什么事情给我说一声。"

　　胡杏儿道："最近她老是犯病。"

第七章

二妹想着墙上的人会走下来与她争抢房三更

二妹来半个月了。

房三更白天里到摊子上做生意。二妹也到摊子上陪过一天。二妹说坐得腰酸背痛。房三更说："二妹，别跟着我到摊子上了，你就在家里收拾一下屋子，买点菜，洗几件衣服，给我做饭就是了，你到摊子上难得坐。"

房三更放下手里的东西就给二妹揉肩膀。

二妹面对着正墙，后背对着大门。

面前这墙是熟悉的。墙上的两个镜框各装着一男一女。一看相貌，二妹就晓得相框里的男是房三更的父亲；女，自然就是他的母亲。房三更像谁呢？房三更既像他的母亲也像他的父亲。

男人穿的是中山服，手拿一把小提琴，侧露身体，虽是半张脸，但掩饰不了他的瘦削与英俊。女人是坐着的，短发上别了一颗工字型发夹。二妹看她的眼睛，总觉得她有些哀怨。二妹换了一个角度再看，女人的眼睛就像一潭清澈的湖水。那湖水，让二妹心里有些慌乱，她感觉自己像一团污泥，把那满含泪水的眼搅浑了。

二妹心想，给我揉肩膀的是你的儿子，怎么了，嫉妒了？嫉妒了你就下来。二妹想着墙上的人会走下来与她争抢房三更，她就情不自禁地打了一个寒战。二妹听说过有婆婆娘和儿媳妇争抢儿子的事情。

二妹的肩头被三更捏拿得很舒服，她闭上眼，就听到框里人说："喂，我是房三更的妈妈！"

二妹背心一阵阵发冷，急忙把胳膊抱住，说："你是谁，你是谁？"

"给你说了，我是房三更的妈妈。你干点好事，别和我儿子走得太近。"

二妹睁开眼，框里的女人并没有下来。她说：

"房三更，给你商量个事情，你把你妈妈的照片从墙上取下来吧，她的眼睛一直盯着我。我好怕好怕，你晓得不晓得？她刚才还说话了。"

房三更说："她说话？我妈都死了好些年了，你都是她儿媳妇了。她是欢迎你。"

"不要她欢迎，不要她欢迎。我晓得是你妈，你快取下来。"

房三更不搭理她的话，而手，仍给她按摩。

二妹有些生气了，推开房三更的手，说："房三更，你取下来不？"

"这是我妈的嘛！你叫我取下来，我又放在哪里？"

"你不取，那我来取。"

"让他们挂着吧，这也是我对我妈老汉的念想。"

见三更不听，她便捡起镜框下挂的一个鞋刷子和一根棍棍儿，便扔了出去。她说："你这人，神了，人家给母亲供的是水果香烛，你干吗在她的像下供鞋刷子和一根棍棍儿？"

房三更愣了。

"房三更，你听到了吗？我叫你把这两个死人的照片取下来。"

"啥死人，死人的？挂起就挂起嘛，你看家里走了老人的，哪家哪户不是把照片挂在墙上？我迟早都要取下来，但这得有个心理过程。鞋刷子和那一根棍棍儿，与我都是有故事的，看见它们，我就会有一种激励。二妹，二妹，算了莫去取。"

二妹让了一步，说："要得。你挂起就挂起，我不说了。但你那棍棍儿和刷子就不要再摆起当供品供他们了。"

"啪"的一声，刷子和棍子又被二妹扔出去了。

"才捡进来，你又扔出去了。你快去给我捡回来。"

二妹翘起嘴巴就不说话了。坐到原位上等房三更给她揉肩，房三更哪还有那个兴致？他心想，算了算了，你要走你就走，我不留你了。转而又一想，唉，算了，我也让你一步吧，不然你又说我抽了鸡巴就不认人了。

房三更再次把棍儿鞋刷子捡到原位放起了。

房三更想他的父亲母亲了。他忽然好想好想他们。

依你之言，难道我就这么死去不成

五月里，就连冬天也难得下雪的小城居然还下了一场大雪。漫天的飞雪像谁随手撕下的碎纸片堆积在树顶上、房顶上、车顶上，如果不知道，还以为是为了拍摄某一部电影而故意布的室外景。

房三更记得母亲章齐风离世的前一个晚上，樱桃街45号的楼下出现了一个奇怪的自然现象，只是那时小，他忘记了是在现实中还是在梦中，反正他记得有成千上万根蚯蚓一边吐着口水，昂着头，呼呼地排着队往前爬。可它们听到房三更的声音，所有的蚯蚓全都变成了一根根白色的冰条子。房三更用脚去踩，用手去掰，嚓嚓嚓的，一根蚯蚓断成了好几截。房三更感到好奇怪。他拿根棍子先是一根一根拨着数，后是十根十根数，太多了，数都数不完。他用扫把去扫，用撮箕去撮，用箩筐去装，天呀，有的比扁担还长。其中一根蚯蚓有手臂那么粗，有两三丈长。这可把他吓坏了。天啊，哪见过这么大的蚯蚓呀？这明明就是蟒蛇嘛。这蟒蛇般的蚯蚓，实在是把房三更吓了一大跳。

要说蚯蚓，房三更过去对它有些许的了解。他在古书里倒是看过行如大风的蚯蚓的故事。故事里说的是古时浙江张韶将军不知道什么原因，他被很多蚯蚓咬过。被蚯蚓咬后的症状是眉毛、胡子、头发都掉了不说，糟糕的是每天晚上张将军不能休息。只要到了夜半时分，他就能听到自己的肚子内就有无数的蚯蚓在厮杀，在吵架，在哭泣。甚至，能听到蚯蚓双方两军对垒的战鼓声，那些声音让他恶心呕吐，肝肠寸断，生不如死。无可奈何，只得请高人指点。

请来的高人当然是隐姓埋名。高人说："将军，恕我直言，小民实在想不出有啥回春之术。"

张将军说："依你之言，难道我就这么死去不成？"

"贱民有一方，可以一试，如若不试，将军贵体将永无安宁之日。"

张将军无奈，只的听从高人指点。驰骋疆场的张将军很是听高人的话。高人让他脱衣就脱衣，让他脱裤就脱裤。不脱不行。他要把自己的身体完全浸泡在沉香木做的木桶里，里面要装上滚热滚热的浓盐水。真是一物降一物，就这一脱一泡，加之高人在外念咒语，所有的蚯蚓就逐渐从将军的肛门、鼻孔、耳朵、嘴巴、眼睛乃至身上各个毛孔里爬了出来，那些蚯蚓爬呀，爬呀，爬了几天几夜都没有爬完……爬出来的蚯蚓漂浮在木桶的水面上，一层又一层，一抓就是一大把，一装就是一大筐，好几天哪，不知道装了多少箩筐才装完。

就这以后，张将军病体痊愈。

房三更看到门前的蚯蚓就越想越害怕，他猜想，这么多这么大的蚯蚓是从哪里来又爬到哪里去呢？现在，为什么听到我的声音它们就全都变成冰条子一动不动了呢？他觉得事情蹊跷，但又找不到事情的原委。忽然，他想起蚯蚓具有母子两代不愿同居一处的习性。尤其在高密度的情况之下，小的繁殖多了，老的就要跑掉或是搬家。三更想，我父亲已经去世了，我姐姐在校读书，我哥哥跟着舅舅、舅母过日子，我家现在就只有弟弟四郎和我跟着母亲，这情况不算是密集的吧，再说，我们是人又不是蚯蚓。房三更放心了。他不想再用手去捉，更不再用扫帚去扫用撮箕去撮用手去捉它们了。他对它们说了声："是龙上山，是蛇下海，尊贵的龙蛇们，你们该上天的上天，该下海的下海吧。"他知道蚯蚓又名地蛇，他称它们为龙是对它们的尊称。

三更说完，所有的蚯蚓齐刷刷抬起头来，蠕动着柔软如泥的身体，便四处散开。

晚上，三更刚一上床，就变成了蚯蚓。他很快就钻进了妈妈的肚子里，妈妈说："三更，我肚子痛啊，肚子痛得我要死了。"三更说："妈妈你肚子痛，我知道原因，是我在你肚子里和那些蚯蚓战斗。为了胜利，你得把你脚下的泥土泡松软，我要把你身上的蚯蚓从你身上赶出来。"他看见他妈妈在用锄头挖地，三更用杀虫剂对着妈妈喷，就那么几下，妈妈肚子里蚯蚓果然都往肚脐眼外爬了。很快爬得满地都是。三更怕，他提起开水瓶往地上倒，谁知，开水瓶里的水倒歪了，热水倒在她妈妈的脚背上，妈妈大叫了一声，紧接着的是无数细小的红色的黄色黑色的紫色的蓝色的蚯蚓从她妈妈的脚背上爬了出来。

三更大叫了一声，醒来，大汗淋漓。

母亲说匾上的字，听说是武则天书写的

房三更起床就先喊："妈……妈……"

没人答应。他像往常那样进厕所，再去洗脸漱口，最后走进厨房里。锅里的稀饭在灶上还咕隆咕隆冒着热气。"妈……妈……"

母亲的房间没有人。二姐住的那间房门也没有。母亲呢？房三更就去阳台上看。

房三更一惊，母亲睡在地上？她的身体是弯曲的，一只手里拿着一根叉棍，另一只手里握着已经上了衣架的衣服。看来，母亲是在晾衣服的时候忽然倒在地上的。母亲的眼睛大睁着，嘴张开，像是刚叫了一声但还没有来得及闭上嘴就出事了。房三更紧张得不敢上前一步，他弯下身体像大人那样去抱住她，去摸她的鼻孔，去摸她那瞪得圆圆的眼睛。鼻孔没有气息，眼睛没有光泽。这是怎么回事情呀？他摸摸自己的鼻子，鼻子还在，摸摸胸口，跳得厉害。他忽然想到已经过世的父亲，也是那么突然。天啊，难道母亲也和父亲一样远离我们？有关死亡的那个字忽然像飞来的子弹一样打在他的心口上，他感到一股鲜血从心里流出来了。父亲才走了三年，母亲会和父亲一样忽然死去？母亲的脸冰冰的，手脚凉凉的，他用手在她的眼前晃晃，母亲的眼睛无反应，他推她的身体，一动也不动，他大喊："妈妈……四郎，妈……"

四郎睡得正香。他哪会想到家里忽然发生了惊天动地的大事情："四郎！四郎，妈出事了！"四郎没反应过来，翻过身继续睡。三更大叫道："四郎，四郎！快来呀！""四郎起来！起来！起来！妈出事了。来人呀，来人呀！来人呀！四十五号出事了，我妈出事了！"四郎忽地跳起来，光着脚跑到阳台上。房三更抱着妈，他吓得不知道该怎么办。

隔壁的，楼下的都来了到房三更家。大家伸出头大声呼叫。远处的，近处的，认识的，不认识的，也都来了。

"快送医院！快送医院，快送啊！"

"怕不行了！"

"送，快送！"

人们有的下门板，有的找棉被，有的凑钱，很快就把章齐风抬起往医院送。可到医院，再快，也得十多二十分钟呀。

在路上，房三更像母亲当年那样用电筒给父亲照眼睛，母亲的眼睛眨也不眨。房三更哭着跟着担架跑，四郎在后面也跟着担架跑。

在把章齐风送到医院去的路上，房三更的心里空落落的。果然不出所料，医生说章齐风在送来之前心脏就已停止跳动了。医生推测，是心肌梗死，离去世的时间已经是两个多小时了。医生对房三更说："……该准备的就准备吧。"

准备啥？十二岁的房三更不知所措。他才不相信母亲已经走了。

在他的眼里，妈妈是很有文化的不同于其他的只知伺候男人哄娃儿睡觉的家庭妇女。她昨天还在给房三更说她很想研究西安钟鼓楼四方曾有过的"天地日月"四字。她说这四字是一方一字。匾，是方菱形，匾上的字是武则天书写。她说当年大书法家于佑任先生在西安的时候，写得有"天地日月"四字，他准备照其形状换下武则天原有的"天地日月"再挂上自己的。但挂上他的四字后，于右任自觉不如，又命将自己的字取下而将原来的字挂上。房三更记得她说他的外婆见过那四字的照片，其厚重的程度真像那些大家说的一样，可与升仙太子碑没有啥子差异。她说她曾在学校教过历史，当年武则天由洛阳出发赴嵩山封禅，在返回来的那天，武则天留宿在一座缑山升仙太子庙的时候，一时心血来潮，亲为记述周灵王太子晋升仙故事，章齐风给儿子说她是歌颂武周盛世，她的笔法案自然婉约流畅与意态纵横是前无古人，后无来者。她说碑额"升仙太子之碑"六字，"碑文"三十三行，每行六十六字，这是文化的精髓，以后她要好好研究研究。房三更还记得与母亲的对话：

"妈，我长大后，一定要和你一起去研究你想知道的东西，这也是我想知道的。"

"你这个瘸子，真没有叫我白养。'天地日月'四字到底是不是武则天写的？后来这四字又到哪里去了？我一定要研究个明白。三更，我一定要研究下去，儿子你不晓得，武则天是个造字专家，世界上没有的字她也能造出来，，她能'口'字里装上'八'和'方'，儿子你猜，这个字读什么？"

"我不知道。"

"读'国'。武则天能让'山''水''土'组合成一个字，你又猜是什么字？"

"不知道？"

"这字读'地'。"房三更记得他妈昨天在说武则天的造字法，说这钟鼓楼上的四个字早就不知去向的时候，她就在说胸口痛，痛得都不想吃饭了。房三更当时还说："妈，你先去看病。"

"我吃了两包头痛粉了，等做完这批活儿，我再去看。"

"头痛粉两分钱一包。你说是万能药，啥病吃了都好。那你吃了怎么没有好？"

房三更想，我妈不是未来先知，她当然不晓得哪天要死。早晓得的话，她就把该安排的安排了，把该说的话说上一些，当然，能听懂她的话，我仍然希望是那只陪伴了我妈多年的老猫。可是老猫不能告诉我妈到底是怎么死的。唉，要是桌子板凳会说话就好了呀，可是它们不会说话，它们也不能告诉我妈是怎么死的呀。

她会对我们说以下这些事情吗

一茶为什么常年都在舅舅家呢？对于这件事情，我只是一知半解，我猜测如我妈知道自己要死的话，她会对一茶和我们说以下这些事情吗？

一茶，你跟着舅舅，我和你爸爸当年讲好条件的，不论我生的第一胎是儿是女，你都要被抱进你舅舅家，你懂吗？那叫押长。舅舅舅母结婚好几年了，也没有他们的孩子，只要你去了，你舅舅家就会生好几个弟弟和妹妹。我们说好，等舅母有了他们的儿子或者女儿你就回来。哪知你舅母这个人不讲信用，她接连有了三个女儿，也不把你还给我。为这，你爸爸和我吵了无数的架。一茶，我晓得，他们是疼你的，爱你的，他们和你有感情了，是舍不得让你回来。即便是这样，你也要好好当他们的儿子，给你的妹妹们当好哥哥。不过，你千万不要忘记你是我们房家的儿子。一茶，你要好好爱舅舅家的三个妹妹，也不要忘记自己的两个弟弟和妹妹。长兄当父，无论他们谁有困难，你这当哥哥的无论如何要帮他们。哦，儿子，我这个当妈的没有一天不想念你，你爸爸当年也是最疼爱你的，你晓得，他去世时念的就是你的名字。

注意，这只是我房三更不以任何根据为准则的内容在猜测——我的猜测一点也代表不了我妈的想法和意思。

噢，二弦，我就这么一个女儿，我走后，我放心不下你。女孩子，多读点书，得自立。将来，你不要想着去靠男人过日子。不准停学，即使我死了，你大哥也会供你读书。即使没有人供你读书，你就勤工俭学也要把书读完。二弦，你要自尊自爱，只能学好不能学坏就是妈妈对你的要求。找一个爱你的人比找一个你爱的人更重要，记住，我的女儿。

还有你房三更，你站过来，你再走几步路我看看，我虽然放心不下你，但最让我放心的也是你。你腿瘸了，但你的心没有缺。你人善心好，又懂事。可我担心你会上当受骗不由自己。以后，你不要只是擦皮鞋，以我对你的了解，你的本事不只在擦皮鞋这件事情，你是一个做大事的人，只是上天嫉妒你，非要把你的腿脚弄瘸不可。房三更，有的事情你想开些，你不要没有女人想女人，有了女人你嫌女人，你要待她犹如母亲，犹如姊妹。女人活在世上不容易。房三更我儿，你说我说得对不对？房三更，那些蚯蚓你不要怕，它们是我的魂魄，它们是来提前告诉你我得走了，我得去找你爸爸了，我不是不管你们，是我的阳寿到头了。你还记得我们这条街有个会偷梦的余富贵吗？他那天说你爸爸给他投梦了，你爸爸说他想我了，他说他的脑壳摔破了脚杆也摔断了，要我去照料他，房三更，我对不起你，我得离开你们了。

四郎，常言皇帝爱长子百姓爱幺儿。四郎我儿，你知道你在我心里的分量。你老汉虽然丢下我们母子五人走了，但他是爱我们的。四郎，四郎，要是我真有个三长两短，你该如何是好？我想站起来，我想抱抱你，从小，你就懂事地帮你三哥，没有了我，你依然要帮助他，兄弟情，如手足。四郎我儿，拉住我的手，给我打打气。我的身体怎么就像轻飘飘的气球，越来越游离地面了？你爸爸也像气球，他慢慢地向我飘来，两个气球在空中就要相遇了，相遇就要爆炸了，你不知道，在我和你爸爸之间，有一根刺，这刺是什么，我会让它烂在肚子里不会让任何人知道。儿子，你爸爸来接我了，我看到你爸爸了。哦，老房，让我和孩子们说说话，我还有很多事情没有对他们交代清楚，我不去，我不去，老房，你能不能在那边再等我几年？你需要我？你看孩子们更需要我。我真的不想跟你走。妈妈，你真的不该丢下我们啊，我们不想当孤儿，你会对父亲说这些吗？

我妈张着大嘴的形状，就像刚刚喊了一个"O"，这个"O"像一个深深的井，我妈像月亮里的兔，走着走着，就掉在深深的井里去了。她的双眼大睁着，怎么抹，也抹不上眼。

妈妈的身体一直不好。有的话，她总是有意无意反复给我们说起过：二弦，三更，四郎，你们要自己学会做自己的事情，要是妈妈早早地走了，你们就得靠自己了。只是那时的我们，不晓得那是她给我们的一点暗示。我和四郎都曾经问过："走？妈妈你要走哪里去哟？"我妈没有回答我们，只是告诉我们说："你们弟兄之间要团结，二弦是女娃儿，你们当兄弟的要多照顾她我才放心。"谁知，我妈一语成谶，说走，就真的走了，而且走得老远老远……

外面好多蚯蚓，都在门口爬来爬去

房三更不能不拜托自己的堂叔帮忙料理母亲的后事。他去邮局给一茶和在学校读住读的姐姐二弦发电报。二弦回来了。她把自己一直舍不得穿的一件碎花花布衣服穿在母亲身上。家里忽然的变故，她像傻了一样，她不知道该如何面对眼前的发生的变化。

按规矩的话，该给章齐风出殡了。可房三更说要等一茶回来才发丧。

即使有啥规矩，那规矩也是人兴的，不改规矩的话，一茶回来，连母亲的最后一面他都见不到了。叔叔房巨伦说："既然要等，我们就得再请阴阳看期，算好的时间，是耽误不得的。我们还是先火化再说。"

房三更坚持要等哥哥回来见母亲最后一面。房巨伦答应再等等。

章齐风还一直大睁着眼睛呢。房巨伦像劝大活人一样劝解道："大嫂，你就放心走吧，我哥走得早，我也晓得你闭不上眼睛是不放心你娃儿。房三更，你劝劝你妈，让她先闭上眼睛。你不怕她眼睛睁累了吗？"

房三更便劝道："妈，你别担心，我们大家都会好好的。"章齐风的眼睛固执得很，眼睛仍然大睁着。

已过凌晨两点。一茶回来了。他跪在母亲的灵柩面前说让她等久了。后把自己的嘴移到章齐风的耳朵边。虽阴阳两隔，但她就像是在听儿子诉说悄悄话。

也就那么几分钟的时间，章齐风终于安详地闭上了眼睛。胡杏儿道："说一千，道一万，原来章老师是想大儿子。"

房三更吃醋了，我妈到底真是等哥哥回来呢。

兰大嫂说："你看人家一茶，从小跟着舅舅长大，对母亲的感情多深。舅舅、舅母毕竟是娘家人，娘家人好呀，章家也给房家抚养大了儿子。"

刘世昌的女人说："还不是人家舅母好！他们会教育。这边生，那边养，两家都认的嘛。"

房三更的舅舅舅母听到这样的话，心里也是说不出来的温暖与高兴。

章齐风出殡这天，四郎说："外面好多蚯蚓，都在门口爬来爬去，赶都赶不走。"房三更对四郎说："你别伤害它们，它们是来送别妈妈的。一会儿，它们会自行散开。"

蚯蚓与母亲的离去有什么关系呢？没有的呀，但他情不自禁地把这事和去世的父亲和母亲联系起来。父亲和母亲现在都像蚯蚓一样，他们已经不需要阳光了，他们已经生活在黑暗深处了，他们已经不再像过去那样劳碌吃饭穿衣睡觉了。房三更无法了解另一个世界的他们会变成什么又会怎么样生活？父亲母亲虽然挂在墙上，也没有视觉及听觉器官，但是否能感受到光线的偏移和脚步走在楼板上的房屋的震动？他们现在像蚯蚓，吞吃的是土壤中腐烂的木屑、石屑、腐叶、骨头……他怜惜那些蚯蚓，怜惜那些蠕蠕爬动的小生命。

一只鸟从头上飞过，忽然跌落在柴垛上。四郎去捉，三更说："它累了，让它歇一歇吧！"话落翅膀起，这只跌落的鸟休息了片刻，展翅飞去。

那场瑞雪很猛，来得快去得快，刺目的阳光洒在薄薄的棺材上，也洒在送殡人的头上身上脚背上。透过阳光的影儿，一条条蚯蚓在地上昂头挺胸地向着棺材远去的那个地方爬动，仿佛集体为房三更的母亲鸣锣开道。

四郎和街坊邻居的孩子在捡地上的火炮玩，"啪"地向东扔一个，"啪"地向西扔一个。

房三更大急切地大喊道："四郎，你还小吗？这可是我们的妈。"房三更比四郎大两岁，那年的四郎才十岁。四郎知趣了，马上哭着喊着叫妈妈。

母亲一走，家里就没有了主心骨。房三更忽地感觉脚都站不起来了。

一茶搂着房三更，拍拍他的腿说："别怕，我是大哥。"

房三更说："哥，你放心好了。不碍事的。"

一茶组织开了一个家庭会。堂叔房巨伦和舅舅、舅母也参加了这个会。会上，一茶说了他的意思。他说："三更，四郎，我真想把你们都带走，可目前……"刚提到他的想法的时候，他的眼睛看着他的舅舅和舅母。舅舅、舅母没有接话，他也不好意思把话说下去。

房三更对一茶说："大哥，我和四郎还是在家里吧，你放心去就是了。"

听了弟兄俩的话，房巨伦对他们弟兄几个说："一茶，一笔写不出两个房，我们如果要寻源的话，百年前，肯定我们是在一个锅里舀饭吃。四郎小，就让他到我家吧。只要勤快，饭还是有吃的。房三更你也大了，你想擦鞋就去擦吧，只是，不要把读书的事情耽误了。"

房三更和大家都明白，擦鞋，哪有不耽误读书的呢？

房巨伦家有个小面馆，经营着两三张桌子的小生意。虽不富裕但总有饭吃，房巨伦满足得不得了。他的家离房三更的家，步行半个小时就到了。

一茶摸着四郎的头，眼睛却看着房三更，他说："三更，没有了爸爸妈妈的家也是家，你以后就守着这个家吧，当哥哥的会帮助你的，我已给妈保证了。"一茶说完后，把目光收回来放到四郎身上："四郎，你暂时就去叔叔家吧。你想回三哥这里了，你就回来。你将来大了，去我那也行。"房巨伦点头表示答应。一茶给堂叔跪下：说："叔叔，四郎就先拜托给你了。

你就是我们的恩人了。"堂叔急忙扶起说:"只要你们弟兄团结,不论走哪里,都是一家人。"一茶用目光把大家一扫,他说:"二弦、三更、四郎,以后,我们会在一起的,我会常常回来。"一茶再度给舅舅、舅娘跪下说:"承蒙舅舅和舅娘把我养育这些年,以后,我是你们的儿子,他们也是我的亲兄妹,我是房家的大哥。"舅舅和舅娘扶起他说:"一家不说两家话,我们本就是一家,以后你想干啥就干啥,我们绝对不会为难你。"

没有了母亲的弟兄几人又即将分手,自是凄凉悲哀。房巨伦的眼睛也不由红了起来,他说:"长哥当父,你们兄妹三人就听哥哥的话吧。"

二弦早就泣不成声。她道:"哥哥,哥哥,这书我不读了,我要去找工作!"

一茶不依:"在房家,我就这么一个妹妹,你是三更、四郎的姐姐,你得听哥哥的话回学校读书。"房巨伦想了想,说:"以后,二弦的学费我负担一半。"

舅舅见他们的堂叔都表态了,他说:"二弦读书,我也帮点。"

舅母说:"就是,就是,帮她一年半载的,还是没有问题的,恐怕久了就有点困难。"

舅舅说:"看你,有这么说话的吗?"

舅母自知说话不是那么中听,说:"唉,看我这张嘴,我是无意的,该帮的,肯定得帮。"

一茶说:"二弦,你每月的生活费用你不要担心,哥哥想办法。"

二弦说:"我自己的事情我自己解决,我可以去给同学洗衣服,我可勤工俭学,你们不要管我。"

一茶道:"你能想出什么办法?我说了就是。你读你的书,其他事情你别管。再怎么说,我也是老大。叔叔,二弦的学费我也会想办法。"

房巨伦说:"我说出去的话,就算。"

家里只有房三更了。他在父亲和母亲的遗像下放了几个鞋刷子和一根棍子。他对镜框里的章齐风说:"妈,以后我就靠这几个鞋刷子帮我找饭碗了。以后我偷懒了,你就用这棍子抽我吧。"他又对镜框里的父亲房巨昌说,"爸爸,我一定要为房家争气,你看着吧。"

房三更看到父亲眼角的笑:好啊,那我就看你的表现了。父亲去世的时候，房三更不到七岁。

母亲的照片也不像遗像，她的神态就像在听房三更与他父亲倾诉心里话。

你硬是"狗撵摩托，不懂科学"哦

二妹刚来的那几天还好，还给房三更做过几顿饭，也洗几回衣服。房三更逢人就道："天上掉个馅饼，那些捡到馅饼的人就高兴，你看天上给我掉下来个二妹，我都还是稳打稳杂的耐得住性子。"

有了女人的房三更就与平时不同了，终于有了和其他男人平起平坐的感觉。房三更把二妹当成是自己的堂客了。

有了堂客，当然不能让她关在屋头，有了堂客，就是要让她打扮得漂漂亮亮让她出去增加见识，他要让认识三更的人羡慕他有了女人。房三更给她买来胭脂、口红和一喷就香死人的香水。难怪演员要上妆啊，二妹那个脸盘子还真不费功夫，就才几刷子，还真把一个四十岁的女人收拾得像三十多岁。二妹有长长的辫子，有弯弯的眉毛，有高高的鼻子和笔直的背。二妹的形象在樱桃街起码也上升了好几位。化了妆后，她那长发，盘在头顶上像座塔，垂在腰杆上像两条蛇，散开后如涂了色彩的瀑布挂在她丰盈的后背上，走起路来的话，嘿，硬是不摆了。有了女人，家里就有了生气。有了女人，房三更不再恋摊了。有了女人，天一擦黑他就收摊。

二妹也惬意。她告诉房三更说："我在街上遇到几个姐妹，你不晓得，她们学着主人的模样，穿着高跟鞋去逛观音桥，去解放碑，去三峡广场，去零公里。她们硬是'狗撵摩托，不懂科学'哦。穿高跟鞋去逛街？脚，哪遭得住嘛？她们一个个脚都走痛了，最后真想提起鞋子在街上走。"

房三更没问那些人是干啥事情的，二妹自己就说了："我的那些姊妹伙，她们有的当保姆，有的当清洁工，有的给人送餐，有的送货，有的就给人当……二奶。"她还给房三更说了她们一起聚会聊天的地方是在一个叫"星星烁"的地方。她说那地方即使不进去，但门口树多，有板凳，见面熟，聊天无拘无束。有时，他们有的拿个面包，有的拿个红苕，还有的拿一盒娃儿前一天没有吃完的牛奶，前前后后就相约聊天，再然后就去买地摊货。如若不是这样，大家就去逛逛商场，看别人买东西往包包里放往嘴巴里填，其实也是很过瘾的事情。一月一个假日，或者一月三两个假日，都是很可能的事情。二妹解释说："他们难得聚聚会，走在一起，自然要聊聊家长里短，就当是交流情报。"房三更对女人的事情不感兴趣，他只是提醒她："三个女人一台戏，你们女人在一起空话多，不要耍出事情来就是了。"

二妹才不这样看。她说过，这有啥事情要出的？我们又没有说其他。我们有时不逛地摊货也不逛大商场，坐下来就聊各自主人家的龙门阵。当然，聊的那些内容于主人家来说，当然是非常绝密的。他们万万不希望自己的保姆往外聊他们家的空话。她说有次一保姆聊主人家的龙门阵，被主人知道后，就把她炒鱿鱼了，即使认错都不得行。

房三更想，既然主人不希望你往外聊，那她们干吗还往外聊呢？这不侵犯了人家的隐私权了吗？

至于每次聊的什么，二妹当然不会具体说得太仔细的。那天，她又要去和她的姊妹伙约会了。

房三更说："你去好了。找不到路回来的话，就问樱桃街四十五号。"

离开各自家乡的小姐妹凑在一起，就像遇到了知音。她们什么话都敢讲，即使有生人在这里，她们也不会有什么禁忌，反正都是圈子内的人，大张旗鼓地讲老板家稀奇古怪的秘密，提供给大家分享。

吴小妹三十二岁了，可她性格就像二十三岁。刘海齐齐的，嘴皮儿薄薄的，说话时，快速翻动着的嘴皮儿就像包馄饨，飞又是一句，飞又是一句。二妹曾笑她像是要赶时间去投胎似的，她的语速快得连奔跑着的小车也追不上。就为这，大家就送给吴小妹一个雅号——吴旋风。

吴旋风来了。大家不晓得她又要告诉大家一个什么新闻。可她那天来了，偏偏说话慢腾腾的："哼……哼……哼，亲爱的朋友们呀，我要告诉你们一件天大的事情！"

"快说，快说！"

"今天我就不像平时那样急着说了，我要先听听你们的。你们没有好的龙门阵拿来换？我今天要说的事情可大了。"

"要听的嘛，天大的事情？啥天大的事情？快讲，快讲！"二妹急速地追她快点讲出来。吴旋风一改平时的旋风性格，她居然在慢慢地吃烧红苕。听到大家说想听，她其实也早就耐不住了。吴旋风说："晓不晓得？我们老板……我们老板呀，他和他的表妹好上了。"

刚说到这里，她的嘴像被热烘烘的红苕给烫住了似的，就停住了。二妹给她捶背，说："你看你还没有讲，你就把我们的胃口吊成这样，是啥天大的事情呀？你看你平时说话风风火火的，今天你吴旋风枉为吴旋风。"

吴旋风说："真的，我们的老板爱上了他的亲表妹！"

二妹说："太老套了，这有啥听头？现在一般那种关系，都称为表哥表妹，你们老板，你上次不是说人家是亲戚吗？既然是亲戚，说话随便点，动作亲热点，这个，正常得很嘛，你别乱说别个。"

吴旋风说："那，你不想听就算了，不然你们还说我说人家的闲话。不说了，要说的话，我说来吓你们一跳。"

"你看你看，你又来吊我们的胃口了。"

吴旋风这么一说，大家就都想听了："二妹你别打岔，你等吴旋风讲。旋风，旋风，你就讲嘛，我们等起的，你莫听二妹的。"

"好了，好了，你等我把红苕吃完了来。叫我小妹。啥旋风不旋风的哟？"

二妹又激她说："你要说就说，不说我们就不听。"

"要说，我怎么不说？我得先吃完东西。"她翻开兰花指，用指头尖尖把一个红苕慢慢掰进嘴里。

接着又来了两个姐妹。吴小妹咳嗽了一声，觉得该讲了，她说："娘吔，唉，你们不晓得，我们的老板和他的表妹居然在外面生了个娃儿。"

大家果真吓了一跳："呀！你老板连自己的亲表妹都不放过？"

"反正没有出五服，亲着呢。我们老板本就不是个好人，可那表妹，自以为她哥有钱，非往他身上靠，不出事情才怪。他们本想瞒这事情，但纸包不住火，瞒不住了。"

比二妹还早来的林小玲一直没有说话，听说她最近得意极了，前几天吴小妹悄悄地告诉二妹说，林小玲给人当二奶快转正了，她现在说话都有点高深莫测。二妹晓得，能从二奶转正到正位置是多么的不易呀。她听林小玲说过："有的女人被男人丢了，一哭，二喊，三上吊，给你们说，这方法用来对待男人，绝对是低级得不得了的做法。你想嘛，如果男人不喜欢你，啥样的花招都是没有用的。再怎么样，也得软软的抓住他的心。要哭，就得很诗意地梨花带雨，在这一点上，我们要向林黛玉学习。你闹？呸！你以为他就百依百顺？呸！呸！才不是！男人最要面子了。上吊，虽有震撼的力量，但对女人来说太危险了，聪明点的，千万别这样干。我男人的那老女人就上吊过，要不是抢救及时，早就命丧黄泉了。唉，谁叫他们去救？谁叫他们去救嘛？她本就是个病拖拖儿。她虽然蛮横得不得了，但又怎么样？"

二妹十分瞧不起林小玲，她林小玲自己也是女人，为了一个臭男人，为什么要玩命呢？病拖拖儿？病拖拖儿也是一条人命。不去救，有见命不救的吗？你这个死林小玲，你早晚是要玩出人命来的。

即将转为正室的林小玲也一向瞧不起二妹，她曾当面就说过二妹："二妹，你红苕屎都还没有屙完就想在城里站稳脚跟？依我看，你想站住的话是有点难啊！要想找个有钱的有地位的男人？更是难上之难。"

这天，林小玲一听吴小妹说她老板和他表妹之间的事情，林小玲就发言："你们老板的表妹也傻，这有啥瞒不住的？把孩子送到乡下就行了嘛。"

吴小妹说："乡下？送到全世界都瞒不住。"

林小玲说："这样的事情又不是哪个没有干过，笨嘛！"

那娃儿可神了，居然有像牙刷那么长的一根尾巴

吴小妹说："笨？我们是没有你聪明。唉，你们不晓得，那娃儿可神了，生下来的时候居然有像牙刷那么长的一根尾巴，有的说，是多长了一个小鸡鸡出来。"

二妹说："吴小妹，你没有故事，你就莫编，哪有娃儿生出来又有尾巴又多长了一个小鸡鸡出来的？这样的事情我们听都没有听到过，书上的故事你莫移植到生活里，一点也不新鲜。"

吴小妹听了她的话气吹了。她申辩道："我编？我和老板家一无仇二无怨，我为啥要编来损他？既然说我是编的，那你编点来我听听。你没有听说过难道是我的错？你没有听说过难道这世界上就没有？你孤陋寡闻，这么大的事情发生了，你去医院里问问哪个不晓得？"

听了吴小妹的话，大家都不再争论也都说这孩子太可怜了。当然，也都在猜测这尾巴有好粗？有好长？是尖的？还是秃的？颜色是赤橙黄绿青蓝紫？位置是长在尾脊椎上？还是长在半腰还是尾脊骨上？唉，这娃儿长个子，那尾巴是不是要跟着长长，长粗，颜色是否也要变的呢？那多出来的那一点东西，到底是像尾巴还是像小鸡鸡呢？

林小玲道："依我说，趁孩子小，一刀儿把那东西割了就是了。这世界上长六指的有，长寄生胎的也有，到最后，还不是割了才好了，现在的医学发达，动了一点手术，看都看不出来。"

吴小妹说："唉，但愿如此，不过话又说回来。他们表兄表妹的不规不矩，害得这娃儿一生的哟……你们大家说，这是不是上天在惩罚他们呀？"

二妹说："该惩罚！该惩罚这对狗男女才是。"

林小玲不依，说："啥惩罚不惩罚的？啥狗男女不狗男女的？你这样说来，我和我老公就当过狗男女。你们怎么那么看人与人之间的真挚情感啊！愚昧！落后，一点儿也不开明。"

吴小妹说："小玲姐姐，我不是那个意思，我是说这孩子长大了的话，他的尾巴——也就是那多出来的鸡鸡，会使他很难找到女朋友。"

二妹说："他们是近亲，生个怪胎，本该受到惩罚才是。这样的事情本就是新闻，当然纸包不住火，即使报纸上不报道，一个人晓得了，天下的人都晓得了。常言'带盐带米越带越少，话言话语越带越多'的嘛"

林小玲不再理二妹的话。她转过身来说："怕啥？有了钱，啥女朋友都能找到。那是以后的事情。还得先顾眼前才是。"

二妹不理林小玲，说："这事情，是没有啥了不起的？一刀子割了就是。现代医学这么发达。可从血缘关系上来看，他们是表兄妹呀！我看是道德沦丧。"

林小玲说："说你不懂你就不懂。他们是不是表兄妹关你啥子事？

多事。"

吴小妹说："他失去尾巴——也就是那鸡鸡，嘟个活哦，这是他生命的一部分的嘛，割不得！割不得。医生说长出这样的尾巴的情况十分罕见，再说，尾巴一般是从脊椎尾骨末端长出来的，这娃儿，他的尾巴是从腰部长出来的，居然像蚯蚓黄鳝那样还有脊椎骨，这是嘟个回事情哟？鸡鸡，是没有骨头的嘛。"

林小玲说："这个都不懂？这叫近亲和偷情带来的双重……恶果。"林小铃的语速也像高速公路的轿车，话到此处已经刹不住车了，大家都笑嘻嘻地听她说下去，林小玲自知失言，她就不再接着说下去了。二妹也在想：说别个偷情、偷情的，你呢？你不是？你好扯哟！

吴小妹说："你们看嘛，这个事情怎么包得住嘛？一传十，十传百，不说别的，就是在医院也不能把这事包得住，医院认为这事是奇迹，要上报，要作为医学研究。"

林小玲为自己刚才的话挽回了一个疙瘩，她说："话又说回来，这男人也不是个东西，他再怎么骚，也不要去骚自己表妹的嘛。"

吴小妹说："我不能说人家什么，但我能做到一是不偷情，二是不近亲的去干那个事情。"

二妹嗤之以鼻："不'近亲'这事，我也做得到，可'偷情'这事你做得到还是做不到，你打包票还早了一点。火石儿没有落到脚背上，这感情的事，这感情的事情啊！哪个说得清楚？"

吴小妹急了，连连说道："我做得到，我做得到，我做得到。"

林小玲说："换个轻松点的话题，免得大家的心有点那个……"

吴小妹说："要轻松，你们轻松。我先走了，老板娘晓得我们在一起议论这事情的话，她会上吊的哟。"吴小妹和大家告了别，说下周聚会的时候再带点新闻来。大家都说："好，好，好，我们在这里见面，不见不散。"

啊呀，我那时好不懂事，也好坏啊

吴小妹离开了，可这场子不能冷呀。林小玲建议她们就讲自己是怎么把城里的男人弄到手的。

听了半天的黄亚群说："小玲，你看你长得也是一般般，你还是先讲你怎么把男人弄到手的，你带个头，我们就好讲了。"

林小玲笑嘻嘻地说："我是要讲，是要讲，等我和他结婚的那天在结婚仪式上讲。"

小六子是买了菜才来的，相对来说，她是来晚了一些。她刚听到林小玲的话，她就打趣道："要得，要得。你在婚礼那天，把你和这男人怎么相识、相好、相爱、相夺的事讲详细点，你好好带几个徒弟出来。"

二妹说："哎哟，妈吔！还带徒弟？"

林小玲又不生气。她说："你们学了我制服男人的道道儿，恐怕好多家庭的女人都遭不住。我这人，其实坏透了。你们莫学我。"

小六子说："小玲姐，你看你还谦虚，你还能像解剖麻雀那样给自己开刀，要是我，我就不敢说自己有多坏。"

小六子也在兴头上，可她自己又觉得没有讲的，她说："唉，我才去我们老板家，他们家倒是很和睦的，看他们吃个水果，你喂我一口，我喂你一口。我好感动，好感动啊。我要讲的，只是我过去的事情了。我在十七岁给别人当小三的时候，可恶作剧了——只要我那男人——我那时当然是把他看成是我的男人了，只要他回老婆那里一次，我就悄悄地用针刺他的衣服，还把口水吐到他的茶水里，然后再笑嘻嘻地递给他。啊呀，我那时好不懂事，也好坏啊！"

二妹说："你们真是'孔夫子的砚台'——心太黑了哟。恶心！"

小六子说："是黑。那是过去的事情，我那时小不懂事，出来七八年了，我也晓得，女人还是要靠劳动吃饭，找个男人得正经过日子。你看我现在，啥都诱惑不到我，我现在给人家服务，心里也踏实多了。毕竟有个工作不容易，再说，我现在这家老板对我还不错。哦。我想起了，说他不错，但我也有想不通的地方，明明他到处捐钱，可那天一个要饭的到他门口，他怎么用脚去蹬他几脚，还骂人家滚呢？"

二妹很有经验的说："这有啥不明白的，花钱买名誉，背着人，心黑着呢。"

小六子说："这人真的对我不错，但我想通了一点点，我总会离开他的。"

二妹说："不会对你有意思吧？"

小六子说："我久经沙场了，我看得多了，我不能靠那些臭男人。我就是想有份好工作，有个好男人，将来再有个好儿子或者女儿好好过日子。这人的生育也笑人，没有男人不行呀，我一个女子家一个人也生不出来。"小六子说话的时候又不笑，齐整的刘海把她的脸显得很方正很匀称。

林小玲说："怎么生不出来？现在可人工授精啊！"

小六子"呸"了她一声，说："亏你想得出来，我是想好好安个家。"

黄亚群道："我们的老板靳主任才不像话。他呀，他是母女通吃。他先和他同学会上重逢的女同学上床。女同学到了他的公司当出纳后，女同学为了侵吞财产，她又把自己的女儿介绍给他当会计。母女俩混进公司后，这母女又见不得其他女子介入到公司。结果，母女争风吃醋，竟然提刀相砍。那母亲骂她女儿说，'你反了，你反了，要不是我介绍你认识靳主任，你能在这里坐起？'她女儿说；'就是你，就是你，你也不打碗水照照，你一个黄脸婆，居然和我争抢男人。'"

林小玲说："黄雅群，看你一口一个'我们靳主任，我们靳主任的'莫非也和'我们的靳主任，有一腿吧？"

黄亚群和她们都是说惯了的，她知道是和她开玩笑，她说："我和他？我眼睛瞎了我也不会找他。我才不希望我的男人像那个龟儿靳主任那样把竹子笋子都给掰来吃了。"她的话越来越小声也越来越把头凑过来说，"他是啥子当官的哟？我真想一刀废了他。"

二妹说："不相信不相信，世界上哪有这样的母女嘛。"

对于二妹的不相信，黄亚群生气了。吐了一口口水在地上，再用脚在上面踩了踩，说道："不相信算了，不相信算了，你们总有一天会见到她们的。要不，我带你们去认识一下。"

在这周末难得相处的时间里，大家越是讲别人不相信的事情，感觉才越像是新闻。像这样的新闻报纸上又看不到，其他地方也不能听到。一群到城里来的乡下女子，总是把在一周积累起来的龙门阵拿到大家面前吹一吹，解个气，解个恨，当然也解个闷。说了想说的话，听了想听的事，不一会儿就要各回各的主人家屋子里去干活儿了。这地方，有的来了还回来，有的来过一次两次，再也没有来过的也有。

小六子说："你们还说点啥嘛！不然我们一会儿走了。"

周末的时光像绸子，既飘逸又浪漫。不说点隐私的，不听点隐私的，这天出来就像白过了似的。林小玲非要二妹讲个啥故事出来。

林小玲说："你每次都是带'录音机'来听，你还是摆点啥好听的龙门阵嘛。你听了不说，你还专戳人的背脊骨。"

二妹说："你们那些令人作呕的故事和恶作剧，我没有。我投降了。"

小六子咕哝一句："不一定都是令人作呕的故事和恶作剧，你也可讲讲自己嘛。"

"不讲，没有讲的。"

大家极不情愿地把目光转到才来不到一个月的冷天亮身上。冷天亮说："姐姐们，我听你们聊天，我还是学到一些东西，起码，我以后结婚了，我得擦亮眼睛，不能让像你们这样的人钻了空子。现在，我终于认识了一个小社会。可是，我要回去了。今天我是最后一次来这里聚会了。"

二妹问："走？为啥走了？你才来不久的嘛！"

冷天亮说："老板两口子叫我好好读书，说不要像我们光有钱而没有文化，生活得靠自己。"

林小玲说："有钱还不好呀？那文化值几个钱？呸！"

冷天亮说："姐姐不是我说你，你要真正有了本事，你还在这里？呸。我瞧不起你，出门就说人家的坏话。"冷天亮的一句话把林小玲和各位的脸说得红红的。"唉，姐姐们，我真的就要去读书了。我给你们说，没有文化，我们在城市里也就只能下力杖笨。万叔叔家里好像出了事情，叫我看了好不忍心。"大家叫她慢慢说："天亮，是说你平时不多说话，想不到你还是有个主意的人，你小小年轻比我们强，不过，你主人家好不好又不关你的事。你要走，你把账结完了走。"

冷天亮说："怎么不关我的事情？人都是有感情的嘛。我父亲病了，万叔叔家都给我家两回钱了，我说等以后我有钱了还他们，万叔叔说不还。他当时对我说：'天亮，我现在穷得就剩下一些钱了。你要好好读书哦。'可现在……唉……其实，我还想在他们家里好好给他们做活儿回报他们的呢。"经大家追问，原来冷天亮的主人因为非法集资，男主人已经被公安机关逮捕了，那些掉入巨大的骗局里的人天天到门口来闹。冷天亮说："看嘛，我就是抽点时间来给大家说一声，明天我就要回去了，他们家没有钱雇我了，我又不能不要钱，我的弟弟还在读书的嘛。他们的钱，我将来怎么也要还给他们。"

望着冷天亮的背影慢慢远去，大家都有点感慨。一是不知道自己会在城市里待多久，将来会不会和冷天亮一样回到乡下去，他们的生活，越来越离不开这座越来越繁华的城市了。

到了该散的时候了。林小玲提建议道："我到城里十三年了，见了很多人，遇到很多事，我也知道你们在城里都有男人了，有机会了，我们把各自的男人带出来，见见面，吃个饭，喝点酒，不然以后在街上踩了对方的脚都还不认识。吃饭我做东。"

林小玲的建议，没有想到二妹和小六子都坚决反对。

小六子说："算了哟，你以为谁都像你？她们怎么敢带男人出来？她们本来就是偷偷摸摸的像做贼，要是被他们女人发现了，不被抓破脸皮才怪，弄得不好的话，还会被他的舅子们给打死。要带男人出来，你们带，我没有那胆量弄城里的男人。即使是有了，我也要离开他，不然我对不起他的老婆。"

林小玲发了一声鼻音，说："小六子，就你那本事，你永远莫想转正。"

小六子说："我不虚，我是爱上了一个人，不过我是单相思，他根本就不知道，我是真的想好好找一个脚踏实地的男人过日子。虚的，我不来。"

二妹说："大家找的老公，都各有各的事情和具体情况，我们几个女娃儿，凑在一起摆摆龙门阵是没有问题，要带老公出来相互认识，不可能。我晓得你的想法，你是想在我们面前显示显示你的本事吧？"

林小玲说："就你想得多，你们转不了正，那就还是回到乡下去吧。

反正我要转正了。"

二妹说："我们乡下也没有什么不好。我将来总要带我老公回乡下去的。你们不晓得，我现在的老公在公司里忙，我也是晚上才能见到他。要我带？我怎么带？"

二妹连自己也不知道什么原因，她不说房三更在摆鞋摊，而说他在开公司。

林小玲提醒："二妹姐姐，你要小心一些哦，谨防公司里的小秘们把你老公裹起跑了。二妹姐姐，你以为我容易吗？我当保姆都当了十多年了，我熬到现在才转正，我给我老孟生的儿子，到去年才敢叫我一声妈！那些年，我宁愿把我儿子放在我姨妈那点吃苦，我也要守着老孟。我和老孟现在一天用的，比我过去一月里一年里用的还多。我这人很俗很土，很不阳光，给你们说，我看穿了，我就是看到他的钱了，她女人能把我怎么样？我就是要破坏她说的他们本就很干净的婚姻，男人，经得住我这样的女人的诱惑的吗？不可能。"

二妹说："林小玲，你太恶心了。你以为人人都像你。"

林小玲反唇相讥说："你比我好点的话，你今天也不坐在这里和我说话了。我也是为你好的嘛，我是叫你看住你现在的男人。"

二妹说："不会不会，大把的资金在我手里，他跑了，也是一个光人人，再说，人家又没有女人，我不像你那样狠。我们是正大光明。"是正大光明吗？二妹有点拿不准，说话就没有底气。但她说了。

姐妹们七嘴八舌地追问她男人在什么公司？有女秘书没有？

二妹说："我都没有问你们的男人是办什么公司，也没有问他们是不是有女秘书，你们怎么来问我？"林小玲问："二妹姐姐，你老公长得怎么样？当的什么官？二妹就顺口说：

"他不怎么样。他呀，人高马大，虎背熊腰，浓是浓眉，大是大眼，可这样身材的男人满街都是也没啥稀奇，最头痛的是买件衣服，也要去定做。不过，独立开个修配厂也辛苦，管得他的哟，公鸡头上一块肉——大小是个官（冠），我也懒得和他人相比。"

"哇！呀！哈！耶！"小姐妹的嘴里发出各种各样的赞美声和惊奇声。小六子用手在二妹的身上捏了一把，黄亚群用指头做了个 V 字状："二妹，你老公好棒！那……你公公婆婆小姑小叔对你好不好呀？"

二妹说："好是好呀，可他们出手就是给我五百，给我一千、两千，这叫我怎么好嘛？欠了的人情总是要还的嘛。"

"哇！呀！哈！耶！好你个二妹哟！你真有本事！给你，你就接到，还啥子还哟，莫还。"

对于二妹的话，姐妹们当然信以为真，二妹老公钱有，势也有。其他三个小姐妹刚进城不久，对城里的男人不大了解。

小六子说："我们大人说了的，以后还是要回乡下去踏实一些。至于以后，走一步，看一步。"小六子故意逗她说，"二妹姐姐，我把你佩服得五体投地，你是我们的标杆，我们要照着你男人的条件去找哟。二妹，二妹，你落在福窝窝里了哟。你抓住，你抓住，就是要紧紧地抓住啊。"

二妹心里暗自好笑，你们不是吹你们找的男人好吗？你们照他的条件找？你要找，你找就是了。他可是独一无二。二妹嘴上却说："你们要照着林小玲的那样去找。"

小六子和黄亚群说："算了，算了，她就要转正了，我们不和她去争了。你刚才说的好男人，只有你二妹找得到，我们没有你那个福气哦。"

二妹说："对于我老公的现状，我说不上满意，但也是比上不足，比下有余。将就将就吧。"二妹在说这些话的也想过，房三更无非就是瘸点，工作条件差点，房子孬点，房三更的当鞋匠手艺还是很不错的哟。二妹晓得她们有时也会像她那样吹牛，吹得男人能买飞机，能买大炮，甚至天上的雷公电母都听她调遣。她见不得别人问这问那，瞎编一通，不但把几人哄得在云天雾里转，编到最后，她自己也好像真的嫁进豪门一般。

林小玲发喜糖了

林小玲猛然拉开了包包的拉丝，呀，里面亮闪闪的，大家把脑壳伸过去看——糖。林小玲笑嘻嘻地把她们的头拨开说："看啥看，人人都有一份，发喜糖了。"

"哇！呀！哈！耶！好你个林小玲哟！吃喜糖了！吃喜糖了！吃喜糖了！早点不说，看把你高兴的。你看我们说了半天废话。"

林小玲说："我马上要办喜事了，你们都来，别送礼，人到，情就到了。"

她虽然不喜欢二妹，但对她还是发出了邀请。二妹说："我们来，哪有不送礼的道理，多少是个情，大小是个意。"

"别说那些屁话，我说了算。给你们说，我要像城市里的新娘那样，穿上白色的婚纱，进教堂。弹风琴，还放鞭炮。保证比新娘还新娘。"

二妹说："既然进了教堂，弹风琴，穿婚纱就行了，还放啥鞭炮嘛，又不是……"二妹猛地给了自己"啪"地一耳光，因按二妹老家当地风俗，只有死人才放鞭炮。人家到底是办喜事，她把没有说完的话吞到肚子里去了。再说，她听说过办西式婚礼也不放鞭炮的事情。她于是又挖苦道："林小玲，我过去只晓得你是给这家主人当保姆，没有想到女主人早就被你挤到边边去了，也没有想到你正式成为这家的女主人等了十多年。道喜！道喜！"林小玲听后，恨不得把她的脑壳拧到后劲窝，但她带着微笑说："二妹同志，有你这样说话的吗？"

婚礼上，林小玲死了

十月小阳春。下了场秋雨，洋槐树上的叶子也没有像往常那样落叶，青丝丝绿油油的，几朵反季节的槐树花儿在上面星星点点绽开，恰似有一年樱桃街五月下过的那场奇异的雪。

林小玲结婚当日，二妹回来得很晚，进屋的第一句话令房三更大吃一惊："房三更，我给你说，林小玲死了。"三更正想接她的话追问下去。哪知道二妹才没有把林小玲当个死人，她关心的是她结婚的排场，她说："天呀，好大的排场呀！林小玲打扮出来，像仙女似的，好美好美呀，难怪那男人要娶她，房三更你不晓得，她的美，她的穿着打扮，我这一辈子真是见都没有见过。哎呀，好可惜！好可惜呀。好奇怪！好奇怪啊。"

房三更说："废话连篇，你快点说，她是怎么死的？"

"我说了呀，她在婚礼上死了。她怎么会在那个时候死啊！这样巧的事情真是听都没有听过，但我亲眼见了。我不能不相信的啊。她死了。"

二妹说那红色的地毯，各色的气球，耀眼的灯光，还有好听的音乐，还有鲜花布置的那些长廊和坝坝，她继续说道："天呀，天呀，我是开了眼界的呀。我这一辈子总算活了一回啊。"

二妹在给三更叙述的时候，她提到过结婚进行曲、亲友点蜡烛仪式、牧师领唱歌班进场、牧师宣召婚礼开始。更是提到了当新郎新娘互戴戒指、宣誓揭纱的时候，谁都没有想到——意外出现了。

三更仍想听林小玲是怎死的消息。毕竟，人死为大。她干吗尽讲些没用的废话啊？房三更几次打断她的话，她仍继续说婚礼的排场。房三更不由得用手指把耳朵堵住："别说了，别说了，我想知道她是怎么死的！"

她这才依次说了三点：

1. 新娘举手让新郎在上面吻了一下；

2. 新郎给新娘戴戒指；

3. 新郎的前妻忽然来了。

"这种时候，她来干啥？可来都来了，我的气都憋住了，你不晓得，我好紧张呀，生怕他们打起来了。还好，新郎到底还是给林小玲的手指上戴上戒指了。林小玲含笑低头亲吻手上的戒指，新郎在她耳边说话的同时，林小玲的脸色变了，接着她用手捂住胸口，我听到'咚'的一声响……"

三更接过来说道："一袭白纱像散落在地上的菊花，新娘倒在地上了。"

二妹拉着三更的手腕道："你怎么知道？你怎么知道？我还没有说完你怎么知道？她倒在地上，真的就像一朵白菊花。我亲见到林小玲的手一松，握在手里的戒指落在草地上。新郎也吃惊了，他拨开人群，捡起地上的戒指，并立马从她的脖子上取下她的白金项链。不到十分钟，他抬头对参加婚礼的人说：'林小玲没有生命特征了，你看脉都没有了。'另有几个人摇摇头说：'晚了。想要救活她？神仙来了也救不活。'"

三更感叹道："可惜了。虽然我不认识她，但婚礼变成了葬礼。的确让人心伤。"

二妹道："我们当时吓得大声喊叫，有人急着呼叫救护车。几分钟后，救护车来了。忙活了一阵子后，就送到医院。"

二妹说："医生说的，林小玲是遇到剧烈刺激引起的心脏病忽发。唉，那天她发喜糖，我有句话没说完，果然就在婚礼开始后的不到半个小时里，教堂周围响起了鞭炮声。"

三更道："到底喜事变成了丧事啊！"

二妹隐瞒了她在当时听到的新郎对新娘说的一句话。那一句事关重大，她不会轻易对其他人说。

二妹说："谁都想不到男方这么冷静。女方不依，说刚才林小玲喝了一杯水，肯定是这个龟儿前妻在水里放了毒药。男方亲属说：'是不是投毒，这得等公安机关检验，你说毒死了人得拿出证据。本来这门亲事我们就没有同意，都是这个小妖精缠住了我们孟家的人。'男人的前妻大打出手，抓住新娘的妹妹就打。她说：'这事本就是个骗局，她林小玲伙同你家人骗取婚姻、骗取钱财、弄出人命是你自己的事情，我没有要你们的赔偿就是好的。既然这样，我们要赔偿。算算，算算，老子这十多年损失了多少？'

"好多人把她劝走，说林小玲人都死了，你再这样闹的话，已经是毫无意义了。要想把事处理得好，不如你和你前夫老孟把林小玲的后事办了也算是做善事，毕竟，人家现在还算正室你才算个偏偏儿。你以后想和老孟再续前缘，那就给彼此留一个机会。"

三更一直想探究后面的事情是怎么处理的，可二妹说："我们也不晓得这件事情最后是怎么处理的。我也不想多过问，我虽然不喜欢林小玲，但她好不容易等了十多年，到最后还搭上了命。要什么结果？这就是结果。"房三更听完后，说了与该事件毫无关联的几个字："生死在天，富贵在命。"二妹不同意，说："如果不是她老公说了什么，她肯定不会死。"房三更问："她老公说了什么？"

"没说什么。但我晓得林小玲是为什么而死。"

第八章

蛇吞鼠，鹰叼蛇，梧老子一物降一物

房三更的摊子每天都要搬进搬出，他叫二妹搭把手。二妹本是想搭把手，可说出来便成了下面这样的话："哎呀，我说房三更，我手痛的嘛，这摊子上的东西我搬不动哟。等我手好了再搬嘛。"

房三更心痛女人。他说："没事，没事，搬不动摊子你就帮我洗几件衣服。你看一件衣服才穿了一天，上面就有汗臭。"

二妹的脸上有了一些不悦，她说："哎呀，我说老公，我有关节炎，我怎沾得冷水嘛。"她把声音揉得像面团，软软的，瓷瓷的，把个房三更心痛得要死。

"算了，我回来洗就是了。"刚走了几步，房三更就回过头提醒她别出去了，在家好好休息。

二妹拿着房三更的衣服，先是"嗯"了一声，后就"啪"的一口口水吐在他的衣服上面。二妹忽然发现自己很像那个恶作剧的小六子。

房三更每天给二妹钱买一天里的吃的用的。每次给她，她都要夸张地摆在桌上数。她感觉这数钱的声音是世界上最美妙的声音了。遗憾的是，"啪啪啪"几声，就数完了不说，钱的票面也太小了一些。不过，这小，那小，也比没有好。包里的钱，总是在进的嘛。

房三更说："二妹，你想吃啥就买啥。"

二妹亲热地抱着他的手臂摇几摇，并尖着嗓音嗲声地说："老公，现在物价高，麻烦你还是多给一点儿伙食费哈。"房三更想想她的话有道理，腾出手来在她脸上一捏，果然就多给了三十块。

"三更，你看我都瘦了，你看我吃啥营养品，吃点啥口服液好呢？"

一听二妹要吃那些营养品口服液，房三更的心忽然像中了炮弹有点反应不过来。那些长一支短一支、粗一支细一支的药瓶瓶，他们像弹头一样在他胸膛炸开。他想，这精那精，你能见到多少精？这营养那营养，吃自然的东西该多好。

房三更说："我说的话，吃鸡蛋最好。"

"好，我多吃鸡蛋再吃点其他营养品。"

房三更又加了三十块。二妹娇嗔地说："三十块钱，买啥营养品呀？"但二妹还是很高兴。她把房三更给的钱放到一边去了。晚上，二妹摆了个空瓶子在房三更面前，她说："老公，我买的口服液已吃了，味道真好，我打算以后每天喝它几瓶瓶儿。以后我给你生个老幺儿。"

房三更说："你喝吧。我多干点活儿就是了。"

二妹见房三更回答得勉强，她说："三更，我还是到你摊子上去吧，我学点东西，以后好帮你。"

房三更的心一下就热起来了，他说："二妹，你这样想，我高兴死了。"

房三更高兴，二妹就得寸进尺了。晚上，她的头枕在房三更的手臂上，她说："老公，我想把儿子接到这里来读书，他在乡下读书太不方便。你说接来就接来，你说不接来我就不接，听你的。我只是说说。"

房三更想都没有想半途转学是多么艰难，他说："行行行！你去接他来吧，把那间小屋给他睡，我还可给他辅导作业。"房三更指指柜子上那些书说："你别看我是残疾，那些书我都翻来覆去地读过好几遍了。我妈当年可是学校的高才生，又是校花，不然我爸爸不会从几千里外追到长江边边的小城来找我妈。这些书是我父母留下的宝贝。你再看这一柜书，都是我干活挣的，前几年来修鞋配钥匙的人，只要他们拿书来，都可以抵工钱，里面不少书，都是工钱抵来的。"

二妹不想听房三更讲当年他妈老汉的事情和怎么用书抵工钱的事情，她只希望房三更答应把八岁的儿子金木接来。她催房三更早点收拾屋子，早点去联系学校。

"老公，你先去把名字挂起，不然名额打挤。"

房三更无奈，只得托即将退休的袁洪刚老师帮忙把金木读书的事情搞定。选校费交了一万三，房三更拿了一万，二妹自己拿了三千。为这钱，房三更好心痛。房三更说："二妹，你要晓得，这钱，我像捡豆子一样，一颗一颗捡进来，'哗'的一声就倒出去了，但为了金木读书，我愿意。"

二妹说："未必你就干当老汉？你也该付出点的嘛。他是你儿子。"

房三更连连点头说："那是，那是，我这当老汉的，当得耙和。"

金木的吃饭住宿都在房三更这里。

对于住宿，房三更是这样安排的：我和你二妹住左的一间，金木住右的一间。

二妹是这样安排的：房三更你住右的一间，我和金木住左的一间。安排完后，二妹说："房三更，你是男人，你得听女人的安排。"房三更虽有些不愿意，但还是服从二妹安排的住处。

房三更忽然多了个儿子，他就有点不习惯了。他的身边很想有个人随时和他说说话。半夜里，房三更想女人，他就编了个不是理由的理由去敲门："二妹，你来帮我找下袜子，我来拿件衣服。二妹把门插得梆梆紧。任他怎么敲门，她装着睡着了。金木说："妈，伯伯在敲门呢。""啪"的一声响，二妹在儿子的屁股上、要不就是在他的脑壳上拍了一巴掌，她小声地说道："叫你睡，就睡。大人的事情你莫管。"

房三更早上起来，老大的不高兴。用开水泡点饭，取了点泡菜将就下饭，吃后就到摊子上了。

房三更到了摊子上，他才发现没有零钱找人家。他想，钱呢？昨天木箱箱里还有点的嘛。他晓得是被二妹拿去了。二妹说过，她买菜需要零钱。刚想到到这里，刘世昌走过来了。

自女儿去了医院，刘世昌反而有了一些好心情。有时，他也喜欢去房三更的摊子上坐一坐。见房三更在找东西，刘世昌就试探着问道："房三更，你那婆娘呢？"

房三更嘴一噜。意思说，那边的。房三更抬头一看，她来了。二妹一手放在兜里，一手握着那条粗辫子就过来了。在平时里，房三更特喜欢她的那条粗辫子。但此时的房三更在心里骂了她一句：闷骚！这把年纪的女人了，还做姑娘状。姑娘状是什么状？他不晓得，但她把辫子握在手里的姿态还是有点好看。此时，房三更为找不到箱箱里的零钱，心里有怨气。

有顾客来拿提包。顾客递过钱来，房三更像二传手，把接到的工钱直接交给二妹。顾客拿的是一张十元钞票，她接过后，对着阳光照一照，用手弹一弹，辨别一下手里的钱是真是假，然后就放在包里了。

刘世昌见状，说："假的，假的，假的你也放起哟？"

二妹晓得自己得罪了刘世昌。

前天刘世昌给了房三更五元钱，二妹接过来也是对着阳光翻来覆去照。气得刘世昌一肚子气，说："还给我，还给我，这是假钱，老子用它去打烧酒喝。"

房三更为这事尴尬得不得了，他劝慰道："你别生气，她上当是上怕了的。"

刘世昌也来得快，说："房三更，蛇吞鼠，鹰叼蛇，格老子一物降一物。我看你才是上女人的当哟，不信，你走着瞧。"

二妹说："你那些言子，我又不是说不成，我看你是'狐狸吵架——一派胡（狐）言'，万一我们收到假钱了，我们三更的活儿不是白干了？"

刘世昌听到这话，把手里的伞往地上一丢，说："把我鞋上的线给拆了，这活儿我不要你做了。怀疑我的钱是假的？按我说，那人也假的，你信不信？"房三更不想得罪刘世昌，他像突突喷出泡沫的灭火机，立马对这个火气冲天的刘世昌喷点灭火的泡沫。但他的气，仍然像水里浮起的皮球，按住了这个，那个蹦起来；按住了那个，这个浮起来。房三更挤出笑脸，回头连连对刘世昌说好话："对不起，对不起，我们是开玩笑的，你别当真，你是我们的上帝呢。"

女人有时来摊子，房三更当然高兴。他想教她怎么用锤子捶鞋钉，怎样用剪刀下边角料，怎么用锉刀配钥匙，怎么用骨子撑起雨伞，还想过教她扭弹簧做沙发，后又想买台缝纫机叫她加工沙发套子之类。二妹坚持学了两天，到了第三天，她就叹气道："哎哟哟，老公，你看我的手都粗了，我干不得这个了，我要回去休息几天了。"

房三更拿着她的手心疼地："二妹，二妹，你快擦点润肤膏。"

二妹手一伸："光说擦润肤膏，钱呢？"

房三更当着她的面就打开箱箱说："我记得昨天里面还有点零钱，可今天没有了。"

二妹听了这话心虚，她说："我没有看见你钱，你别说是我拿了。"二妹紧了紧自己的包，生怕房三更看到什么了。

街口的风刮得紧，风吹到脖子里就像灌了把冰。房三更一算，二妹都来了好几个月了。他说："二妹，我想我们去把结婚手续办了，我们这样阴不阴阳不阳，名不正言不顺的，我很心虚。"

"我说房三更，你还是不是个男人？你怎么还像过去非要用那张纸来约束自己？"

"我是不是男人你晓得，我是想用那张纸来约束自己。我对你是真心的，二妹。"

"以后吧，老土啊，反正我都是你的人了。"

房三更一想，是啊，她是我的人啊。就因为她是我女人，我是该对她好一些对她心痛一些啊。

天冷没有多少生意。除了背着书包上学的学生和匆匆忙忙于生计的男女，街上的行人都稀少得多了。二妹只在中午送饭的时候来收半天的工钱。

房三更说："摊子上坐起也冷，你回家暖和吧。有了钱，我保证全交给你。"

女人摸了摸房三更的荷包，又在几只鞋里翻来看了看，说："房三更，摊子上的钱你要统一交给我，你晓得我不会独自用一分，你看现在大东西小东西哪样不要钱嘛。"房三更举手发誓："晓得了，反正我给你留起，不交挨雷打。"对于房三更的发誓，二妹是乐意的。外面冷，她懒得出门。

中午二妹给他端饭来，一点泡菜，一块豆腐肉，有时有点白菜。房三更很满意二妹会过日子。不过房三更还是想三不两时吃点肉，打打牙祭。房三更那天提前回家，二妹的脸一下比天还黑，她说："房三更，疙蚤虱子都还没有进被窝，你怎么就回来了？"

"回家有老婆有儿子，你看天都黑透了。"

桌子上有他们中午吃剩的馄饨，还有一盘不晓得什么时候吃剩的小炒肉。房三更嘴里不说，但心里已经老大的不愉快。一家三口，干吗还是两锅食呢？

二妹接到一张传票，说是有人把她告了

二妹接到一张传票，说是有人把她告了。房三更问她是怎么回事。二妹支支吾吾，她说她当保姆的时候，给别人家的名贵东西打坏了，现在要赔十几二十万。

"天啊，你把人家啥东西打坏了呀？"

"他说他家的桌子是老古董，我把他家的桌子用推刀给推平了，把墙上的画撕掉再换了几幅明星照，后来那家人的亲戚回来，说那是啥文物。我不懂文物，我就……我就……"

房三更知道她闯祸了，但这事不是他一个人能解决的。于是他写信请一茶出点主意。一茶说："她该赔就赔。这有啥办法？谁叫她惹事呢？"一茶对这件事情表示无可奈何，但对于过去说的帮助家里的事情他从来没有食言。每两三个月，房三更都会收到哥哥寄来的一张汇款单或是一些小东小西，虽然不多，但能让房三更感觉到一茶对家里的牵挂。

每次汇款单一来，二妹盖了章，画了押，她直接就去邮局了。好几次，房三更都想问二妹哥哥寄来多少钱或者寄了什么物，他都不好问。而二妹，她从不给房三更说哥哥一茶寄来了什么东西。

一次，邮差又来了。房三更随口就问了一声："哥哥寄了啥东西来呀？"二妹就冒火："哎呀，你怕我吞了吗？你怕我吃了吗？莫名其妙的哟。"见二妹黑脸，房三更哪敢多问，只能说："算了算了，我没有其他意思，我是随口打哇哇，随便问问。"

房三更背着二妹给哥哥写过信。意思是说哥哥，你别寄啥钱也别寄东西来了，你寄来，就是瞧不起我。我是有家有媳妇有儿子了。这二妹虽说不咋地，但这儿子天天晚上都要给我抠背，打洗脸水洗脚水。我已把金木当是自己的儿子了，管得他的哟，只要二妹高兴就行。我上次写信求助是上次我喝糊涂了，你以后不要给我寄钱啊物的了。

房三更爱面子，他实在不好说哥哥寄来的钱和东西，都被二妹收起来

了，他连看也没有看到。

哥哥来信说："我也是意思意思。你有了媳妇和儿子，用钱的地方多，凡事让着她点。"

鸭毛骨头也堆成一堆，说不定它们又要变一只大摇大摆的鸭子

洋槐花开了，半树的绿半树的白，极像待嫁的新娘子顶了一层婚纱。房三更算算，真快，二妹到这里快一年了。可结婚的事，二妹还在推。

房三更想，推嘛，推嘛，难道你推脱就么台？我和你结婚，是对你负责的嘛。

那段时间里房三更口舌生疮。姐姐二弦晓得后就给房三更提来一只鸭子和一卷海带。临走时二弦说："三更，鸭子炖海带吃了清热，你多喝点汤，多吃点肉，你看你有了堂客，尽顾别个。"这话没想到让二妹听到了，二妹说："房三更，你把刚接的鲜鸭血喝了吧，这东西比你吃鸭肉喝鸭汤还清热。你记到吃了后，要把骨头丢在鸭毛里，等明天又要变一只大摇大摆的鸭子，对着我们这外来的嘎嘎嘎地叫哟。"

二弦听了不开腔，她想，你不就骂我是一只鸭子吗？管得你啷个想哟，本来三更就把你们照顾得比他自己还好。你看你说话还指桑骂槐的。

家里喂个鸭子不方便。房三更早早地起来杀了鸭子。二妹让他闭上眼睛，捏着他的鼻子，把一碗热淌淌的鸭血往他嘴里灌。房三更一边干呕一边漱口一边对二妹说："二妹，鸭子我杀死了，你烧锅水把鸭毛烫了拔了，再用火飘一下，打理出来放在锅里炖就行了。"二妹正想叫他做完事情再走，谁知穿绿衣的邮差在门外喊："房三更！汇款单！盖章！"

一听有了汇款单，二妹精神就来了，她说："你放心去，我来弄鸭子，你晚上回来吃就是了。"

"我怕回来连鸭子汤都看不见了哟。"

"费话，你放心去。"

二妹取钱回到家，像往常一样悄悄地把钱放在只有她晓得的地方。她算了算，这一年里少说也存了两万元了。这两万元，她在乡下一时半会儿怎么也找不来。可是，这钱得赔给别人啊！她算了算，手里的钱还差得远。

二妹很快拔去了鸭头、鸭翅膀及鸭屁股上的大毛二毛，可是，留在鸭身上的软毛太多了。不过在二妹看来，这事情一点也难不倒她。她过去烧过鸭子身上的毛。那是用稻草、茅草、麦秆、豌豆杆等柴火就行。它们容易接火，提起鸭身在火上晃来晃去，鸭子的绒毛很快就褪掉了。褪毛的经验值得注意，大火容易把鸡皮鸭皮烧得黑黢黢的不说，该烧的还没有烧到，不该烧的却烧煳了。可城里，没有稻草、茅草、麦秆、豌豆杆等柴草呀！

没有柴草就不吃鸭子吗？该怎么办呢？二妹看屋头除了有一大瓶酒精外，好像就是书本报纸衣服棉絮之类能点火了。她想，要是用报纸书本点火，恐怕娃儿回来与我吵，用破衣服旧棉絮呢，也不值得，干脆，我用酒精来烧鸭毛肯定又快又好又干净。可她转念又一想，这酒精用来烧鸭毛太可惜了呀，要是长个疮啊啥的，这酒精还可用来消毒的嘛。

有风吹来，屋里弥漫着一股天然气味道。她把鼻子凑在天然气管子上下闻闻，吣，硬是有个气气儿呢。这气气儿让人感到憋闷，压抑，想呕吐。二妹心想，天然气这东西可怪了，一根管子，就能把气送到家里来并让它熊熊燃烧。唉，这气漏出来就是钱啊。她想找个什么东西去把缝隙给堵起来，可她一是找不到漏气的缝隙，二是不知道用什么来堵。一不小心，她的手碰到了桌上的一瓶才买的洗发香波。这瓶洗发香波，让她想起了朋友胡大妹，胡大妹才叫傻，那天她竟然用洗发香波来洗杀了的鸡，哪晓得她做事毛手毛脚鸡皮又不洗干净，谁承想，炖来的鸡肉老是觉得有股洗发香波的味儿。

嘿嘿，死胡大妹，我看这只鸭子起码养了五六年了，你看老子不把它炖得香喷喷的才怪。

二妹的眼睛忍不住朝装酒精的玻璃瓶看，她走过去，顺手拔开瓶塞子，一股香喷喷的酒味往鼻子里钻，好香好纯啊。她生怕酒精的气味跑了，立马用塞子把飘出的气味往瓶口里赶。

她想：我打整鸭毛，绝对不学胡大妹那死女子不得要领的"香波洗鸡"方法。我得另辟蹊径想出一个闻所未闻的怪招来。喜形于色的笑意，透露出了她已经找到一个烧毛的好办法。她不慌不忙地从碗柜里拿出瓷碗并装了半碗水，然后把瓷碗放在桌子上。她用手提着鸭子，再次走到天然气管子面前，她拿着打火机正想对着冒出气体的管子点火。哪知，死去的鸭子像活了似的，脚杆一蹬，"啪"的一声，酒精瓶子就掉落在地上了。

顿时，屋里就有了像医院注射室里的那特别的酒精气味。那气味软软的，柔柔的。二妹骂道，格老子，你咋一脚把酒精蹬翻了？她顺手就给肥笼笼的鸭背一巴掌。这一巴掌下去，她才发现鸭身上的绒毛真多。必须用火烧烧。

地上的酒精像一条小河沟委屈地在地上流淌。她知道，只要打火机往地上的酒精一打火，那些水样的东西就会燃烧起来。她忽然有了瞬间的想把酒精点燃的快感，好久没有看到乡下煮饭时的大火了。乡下的火才是火，乡下的火苗才是火苗，就连乡下柴火燃烧的声音也像男人赶马用的鞭子响个啪啪啪的，她想象着酒精在地上燃烧的架势，但她怎么也不敢把打火机往流淌着的酒精上打。

二妹还是想用管子里漏出的天然气烧鸭毛，她径直走到天然气管子前。她先用手指抠去了管子上的一大块一大块的铁锈，屋里的气味更浓，人也更受不来了。她很快打上打火机，"啪"的一声响，打火机就像和管道里的气体对上了暗号，"呼"的一声，火果然就从管子的缝隙处燃了起来。气管就有了咝咝作响的声音，天然气管的火先是火舌，火舌一下变成了火龙。然后，"轰"的一声响，天然气管出其不意地爆裂了。

火龙肆无忌惮，由低到高，由由高到低地上下游窜。地上酒精也接上火了，地上、管道上全是火。二妹单薄的衣服和裤子，哪经得住这燃烧着的火的撕扯，她哭着，叫着，喊着，撕着。可烧化了的化纤布紧贴身上的肉皮子撕不得，扯不得，脱不得。火苗像烧得心慌的老鼠，在她的头上衣服上皮肉上乱爬乱窜乱撕乱咬。她那惊慌失措的恐怖的叫声在与弥漫着的浓烟与火苗的较量中从窗口飘了出去。过道上的人先是吓得目瞪口呆，后大喊救火，再有人喊关天然气总闸。

人们拖的拖，拉的拉，硬把烧伤的二妹从屋子里拽了出来。

二妹伤得不轻。房三更要把她送到医院。二妹说："我不去，我不去，你送我到医院我不如去死。"她说这个事情要不是她，本不该发生的。为了遮羞，房三更只好请人找了竹子和一些木条子，为她做了一个像倒扣着的棺材那样的罩子。罩子上搭一床床单。床单有花，从窗外往里望，二妹就睡在这个又轻又薄的花罩子里面。二妹不能下地了，二妹准备就在罩子里面调养。房三更看到的是，凡被大火烧到了的脚背，小腿，大腿，阴部，肚脐，乳房下面都稀皮了。没过几天，二妹身上流黄水了。黄水流到哪里，哪里就稀糟糟的。蚊子苍蝇闻到味道，嗡嗡地飞。房三更扑打蚊虫苍蝇，打得一个巴掌都是血。房三更一次次揭开罩子，二妹那些烧伤的地方，皮稀的稀了，裂的裂了，肉，好像要掉下来了。房三更心疼死了。

刘世昌说他有一朋友有祖传秘方治疗烧伤且不留疤痕。容不得房三更答应，刘世昌就请医生进了屋。房三更手拿把大蒲扇给她赶蚊子，配合医生用无菌剪刀剪开稀了的皮和粉了的肉。他告诉房三更，有了水疱，立即引出积液。做点清洁皮肤卫生的活儿，房三更说："没有问题，这活儿我能干。"

二妹呻吟："我好痛。我全身都像散架了。"

房三更也呻吟："我也痛，我痛我这条腿没有用，我痛我没有保护好好端端的女人，你看你被烧成了这个样子，我房三更真没有用。二妹，我对不起你呀！烧的，该是我呀！你为什么不进医院，为什么不准我请当医生的四郎来看看呀？"

"我不进医院不进医院，你不要叫四郎来，我不想见任何人。我只想知道是不是林小玲要找我，是不是她要我和她一道上路了。你去把我的姊妹伙找几个来，我原来不该对她说那些刻薄的话。我对不起她。"

"二妹，林小玲她已经死了，你莫想这么多。"

"哪个叫你去找她嘛，你去找我的姊妹伙小六子呀，我要见见她。我的朋友中，只有她才不介意我的男人是不是瘸子。"二妹告诉了房三更她们约会的地址和时间，她说要听她吹吹龙门阵，不然，她死了也不甘。

第九章

二妹，我给你讲一个故事

小六子来了。东南西北的事情都在讲，自然，也提到她们共同认识的人和知道的事，小六子说：二妹，我给你讲一个故事，你边听，身上就慢慢忘记痛了：

詹炳美在外面打工。凡见过她的人说："看不出来，这女子早出脱得像明星了。"

"明星啥样呢？"

"看看画是上的人就晓得了嘛。"

真是说曹操曹操到。

有邻居小孩来报："炳美姐姐回来了，炳美回来了。还带了个男的。"

詹炳美回来了。黑了，瘦了，但精神比在家里的时候好多了。

詹炳美妈在家里糊火柴盒，过去樱桃街不少人家都糊火柴盒。九〇年火柴厂倒闭后，樱桃街的人就没有盒子糊了，于是改做咸菜、豆腐乳、油醪糟。听说詹炳美回来了，不少人放下手里的活儿出来看。这一看不打紧，一看一就看出问题来了。一个四十来岁的黑脸男人跟在詹炳美的后面，还托着她的腰身往前走。他黑黑的，瘦瘦的，筋骨人。詹炳美的妈妈听到声音，她噘起嘴巴提起屁股就骑坐在门口上——当然，她装着没看见女儿向她家走来。

她一只脚在门槛外面，一只脚在门口里面。詹炳美和年轻男人走上石梯后便站在她的面前便怯怯地叫了一声："妈，我回来了！"说完又指着身边的男人说："这是你女婿马文俊。"男人也羞涩地叫了一声："妈"。詹炳美的妈手里握着一把瓜子，一颗一颗捡到嘴里用牙齿与舌头剥瓜子。当詹炳美第三次叫"妈"的时候，她妈像弹簧一样弹了起来。她右手叉门，左手叉腰，她说："请问詹炳美同志，这男人，他是谁？"

"妈，你莫叫我同志，我是你女儿炳美。他是你女婿马文俊。"

"格老子，是哪里钻出来的一条乌梢棒？"

"妈，我是乡下来的，我在乡下开石灰窑子。现在政策很放宽，我今年三十二岁，我喜欢炳美，我没有骗她，我们已经结婚了，你不相信你问她。"

指头一下就伸到詹炳美的鼻尖上了："你这个死闺女你这就算结婚了？你说，你就算结婚了？"

"妈，我就是回来告诉你。他救过我，要不是他，恐怕你今天就见不着我了。"

詹炳美的妈手在大腿上一拍就蹲坐在地上，说："皇天啊！皇天啊！你怎么让我养了这样没出息的闺女呀？你出门几年不写书信，你出门几年我不晓得你死到哪里去了，你回来的是魂？还是魄？你怎么回来就折磨死人呀？我的皇天老爷呀！"

"妈，前段时间我是有错，现在，我和文俊过得好好的，你不要担心。"

她妈用手把女儿一推，一边拍着门槛一边数着女儿的罪状："你这个没有良心的死闺女啊，你哪个去嫁个乡巴佬啊？我从小把你盘大，你看你都没有照应家里一点点呀。你让我抬不起头，你让我伸不起腰啊……"

"妈……你别拖腔拿调地哭了，你这样哭，人家还以为我们家有人死了。你把眼光放远点，你女婿一不偷二不抢，过去年年都是生产能手，我是在打工认识他的。上次厂里锅炉失事，一个厂子全靠他，要不是他，好多人都恐怕活不出来了。农村人？农村人怎么样了，未必我们祖祖辈辈都是城里的人呀？"

"死闺女，死闺女，死闺女，你怎么不死在外面啊……你回来是辱没祖先气死我呀。"

詹炳美也哭得肩头一耸一耸的。她多么希望妈妈叫她和马文俊进屋坐一坐啊。但她妈妈一双大手干脆横在门框上，就是不让他们进去。

背篓里面有东西在动，马文俊这才想起里面还有东西没有拿出来。于是，他便慢慢揭开背篓上面的一层厚厚的布。布一打开，里面是一个新编的竹笼，笼里有两只似鸽非鸽的鸟。马文俊用耳朵听听，见鸟还活蹦乱跳，心里可高兴了。有了一丝光亮的两只鸟刚扑着翅膀像马文俊一样高兴。它们在笼子里瞪着四只眼睛，偷偷地看詹炳美、马文俊和陌生的詹妈。

马文俊提起笼子，近乎讨好地说："妈，这是我在山里捉来送您的鹩哥，可稀奇了。来，乖，叫个……叫个'妈'"。鹩哥大约是听懂了马文俊的话，先是愣了一下，后就放开嗓子，很是清脆地叫："妈……妈……妈……"

女婿送的见面礼物竟然是雀雀儿，詹妈惊得目瞪口呆，她连着退了好几步说："我不认识你！我不认识！没有哪个是你妈？你滚！你滚！滚！你混账得很，你竟然弄只雀雀儿来叫我'妈'"。

总提着竹笼不是办法，马文俊见门边有一颗钉子，就顺势把竹笼挂在钉子上。两只鹩哥许是饿了，"妈……妈……妈……"地连着叫了好几声。本来就觉得心烦的詹妈就更觉得心烦，只见她从地上腾的一声站起，她从钉子上取下竹笼就扔在地上，说："老子一个女儿换回两只雀雀儿，你算是占了大便宜了，那我呢？我呢？我呢？"马文俊说："妈，你多了一个女婿呀！"

竹笼的门被摔开了。两只鹩哥在地上扑着翅膀，想飞又飞不起来。马文俊想去捉，哪知詹妈一只脚踏这只身上，又一只脚踏在那只身上，两只鹩哥连扳一下命的机会也没有了。

马文俊本想把手里拿着的一包东西递给她，一见此情景，他很快就把手里的东西放到自己的挂包里去了，他的手要腾出来去捡地上的两只鹩哥呀。可是，它们不动了。

詹炳美惊讶得脸都变色了。

"吱呀"一声门响，詹炳美的弟弟从厨房里出来了。她无法挤出一点笑容来和弟弟打一声招呼。弟弟除了个头比过去长高了以外，他手里还提一根木棒横在厨房门口。詹炳美心想，这是连正门和偏门都不让我进去了，那我就等。哪知弟弟说："詹炳美，你格老子还晓得回来？你滚，你滚，你再回来的话，老子们叫你立着进来，横着出去。"

"我的家我怎么不回来？你是我兄弟，你给我当啥子老子不老子的啊？！"

"啪"，詹炳美挨了她妈一个耳光。她妈说："你兄弟就是要叫你立着进来横着出去。"

詹炳美刚抹完眼泪，忽见妹妹也站在厨房门口。她想，我从小就和妹妹好，说不定妹妹还会向着我呢。果然，詹炳丽开口了。可她说的是："姐姐，你出去打工就打工嘛，哪个叫你嫁给乡下人啊？乡下亲戚多，来了就是箩箢背箢一大堆，你是不是疯了呀？"

詹炳美没有想到妹妹会这么说，她说："乡下人怎么了？乡下人就不是人了？我就是要找乡下人。你想这么好的男人，你还找不到。"话刚一出口，她就知道不该这样回敬还从来就没有谈过恋爱的妹妹。

詹炳美好想放声大哭一场，是不是我自己错了？我错在早早地就在乡下和一个农民结婚。出去几年了，我也一直没有写信回来，即使自己不会写，也该托人帮忙啊。转念一想，我有什么错？我们没有错。詹炳丽再也忍不住了，她一把就抱住姐姐说："姐姐啊，随便你怎么骂我都行，可我不想别人那么恶毒地骂你。姐姐，别人出去还给家里写信，你出去这么久，信也没有一个，你在外面……你在外面干些啥见不得人的事情啊？"

詹炳美的妈直截了当地骂道："丢人现眼啊，丢人现眼啊。你在外面当小姐当三陪，我在家，脸往哪里搁啊？羞死先人了。"

詹炳美无奈地摇摇头，看看地上的两只死鹅哥，她抬头对自己的母亲说："妈，啥小姐不小姐三陪不三陪的？你不要我们回来，我们走。"

马文俊刚转身想走，他忽然发现另一个背箢还没有交给詹炳美的妈。他怯生生打开装满糠壳的背箢，他说："妈，这是土鸡蛋，你用来补补身子吧！这些红苕，也是阴干的，甜得很。"

詹炳美的妈一听，转过身，提一脚，蹬向背箢并凶猛地吼了一声："补身子？补你妈的卵子！啥阴干阳干的？老子不和你说。""啪"的一声闷响，她抓起鸡蛋就甩在门前的苦楝子树上，一个两个，一把两把……不大一会儿，背箢里的鸡蛋全都变成了清黄的蛋羹不说，就连她的头发也被蛋清凝成了乱七八糟的疙疙瘩瘩。

背箢里散落出来的红苕，东一个西一个，滚得地上到处都是。

詹炳丽说："妈，你要干啥子，你非要逼出个人命来吗？"她又呵斥弟弟说："滚进屋去。"弟弟见二姐生气，害怕得像只乌龟缩起了头，回到厨房里就不再出来了。

詹炳丽走过来拉着姐姐的衣襟说："姐……我们在家老挨人骂。我们一家都抬不起头。"

"哪个说我抬不起头？老子永远都高昂着头。老子永远都衣襟角铲死人，你们都给老子滚滚滚！老子不怕孤家寡人，老子不怕生些乌龟王八蛋！滚啊！"

詹炳美看着她母亲的脸由青变红，由红变紫，听着她像母狼一样的嚎叫声，她说："妈……那……我们走了。"

"炳美，我走……你留下吧。"詹炳美说："马文俊，事情你也看到了，这个家不欢迎我们。妈……你说我是坐台小姐？你说我是不规不矩的三陪小姐？妈，我不是他们说的那样。文俊，我们走……"

马文俊尴尬地说："那……我们一起走。"

詹炳美和马文俊走了不到三步，詹妈忽站起来横冲到詹炳美的身后说："詹炳美，你这个丢人现眼的死闺女，你这个死砍脑壳的王八蛋，你这个挨千刀的一辈子都要守寡的神经病，大河没有盖盖，你去死吧。"

没等詹炳美回过神来，一股强大的推力从她后面袭来。她的后面就是一坡十多步的石梯，她从石梯上滚了下来。詹炳美的头摔破了，牙摔掉了，额头上，脸上，嘴里，全是鲜血。马文俊急忙跑下石梯抱起妻子说："没事吧，没事吧？我背你。"詹炳美一只手撑地，一只手撑腰，慢慢起身，然后擦去嘴边溢出的鲜血说："妈，我们算是两清了。"久噙在眼眶里的泪珠再也抑制不住了，啪啪地，直往地上掉。马文俊心疼地说："炳美，我们走！我们走不行吗？我不看你过去，我不管你干过什么……你现在是我老婆，我们走。"

"马文俊，我不是他们说的那样的。"

"我知道，我知道啊！炳美，我们走。"

詹炳美明白，这一走，她不晓得什么时候能回来，这一走，她就再一次割断了和母亲的一切联系了。

詹炳美晓得她妈恨她的主要原因——当年没有答应母亲给自己找的男朋友，她不得不逃婚出去。

男朋友叫方志，他有智力缺陷，可家里经济条件不错。

在母亲的逼迫下，詹炳美去过他家一次。方志的父亲表示对詹炳美很中意。就是在他说出"中意"二字的时候，詹炳美觉得他看她的眼神总是哪里不对。可要想真正说出那眼神有哪里不对，但她又说不出来。詹炳美知道他看她的目光，当然有长辈对晚辈关爱的目光。可他的手，曾有那么一瞬间从她丰满胸膛上有意无意地滑了一下。那一下，他的儿子是看见了的。他儿子只是笑不说，当着很多人的面，他也在她胸膛上抓了一把。詹炳美的脸红到了耳根子，立马表示要走。方志的父亲说："吃了走，吃了走嘛，哪有相亲饭都不吃的嘛……"他儿子也鹦鹉学舌一样说："吃了走，吃了走嘛，哪有相亲饭都不吃的嘛……"詹炳美坚决地拒绝这门婚事，可母亲说门当户对。没有办法，她只好躲。

躲出去后，她被欺骗过，被人强奸过，被人包养过，对于这件事情，她怎么给母亲讲？她不给母亲写信的原因，就是怕母亲逼她和那男人结婚。她宁愿露宿街头也不愿答应母亲说的那门婚事。

詹炳丽见姐姐和姐夫如此心痛地离开家，心里很是不忍，她伏下身子劝母亲："妈，姐姐的事情，就让她自己决定吧。"哪知她母亲对詹炳丽吼了一声："别烦我，你也滚！"

腊月的风像锋利的刀子，肆意地向詹炳美露出皮肉的地方深割下去。詹炳美干裂的手背和被冻疮撕裂开的脚后跟被风一吹，钻心的疼痛，她真想躺在家里好好歇歇并好好地和妈妈讲讲她在外打工的甜酸苦辣，讲讲她为什么要早早地嫁给开石灰窑子的马文俊。几年没回来，多少话要对家里人说啊。可刚回家，詹炳美感到的狭窄的小巷像一根绳子，紧紧地系在她的脖子上不能呼吸。

詹炳美忽然发现自己变了，变得心硬了，变得敢和妈唱对台戏，变得不再像一只受伤的小羊羔站在旁边哭泣，变得她敢大声地发表自己的看法和意见了。她觉得妈没有变，她自己变了。

詹炳美的确想死，甚至，她想过很多很多死的方法，吃耗子药、吃安眠药、触电、割腕、上吊、跳河……但是，这些想法刚像肥皂泡沫冒了几个小泡，詹炳美就被自己的想法吓了一跳，她就把那些小泡一个一个给刺破了。最后一想，我干吗要死？活着！活着给那些欺负我的人看！

詹炳美曾问马文俊："我妈妈为什么对我不好，我妈老是说我把我双胞胎的弟弟克死了，他都死了这么多年了，她总是念念不忘？是不是我做错什么了，还是我不该来到这个世界上？"

一边烧火一边择菜的马文俊说："炳美，你没有错。不过，妈想的，总是为你好。你也别怪她。"

"那你说，我妈有什么错？"

"是不是……妈……变态了。"

"什么叫变态？"

"唉，说了你也不懂。变态分心理学上的变态，病理学上的变态和生物学上的变态，你懂吗？我也不懂，就是那几年在部队里看了一些书我才晓得的。"

"我没有多少文化，你越说我越不懂了。"

"可能……可能妈有病。"

"我妈吃得饭，走得路有啥子病哦？"

"这，你就不懂了。说起来复杂得很。"

"那你说简单点。"

"没你想的那么复杂。"

"我感觉我妈从娘变成了狼。"就这想法，詹炳美自己把自己吓住了。

"就算我妈变成了狼，但也是我娘，算了，我不和她计较就行了。哪个地方不活人啊？"

被赶出家门的马文俊揽着詹炳美向河边的轮船公司走去。他记得詹炳美来时就说过，如果母亲不收留我们，我们就买回乡的船票，凭船票，我们可以在候船室坐一晚。

冬日的傍晚来得早。候船室的门正面对着长江，平时里航船漾起的阵阵波浪肆意地拍打着江岸的鹅卵石。

詹炳美站在门口，她望着不远处河岸边的趸船，猜测着此时肯定有人在挥泪别离，岸边也有与离别者紧紧握手献拥，詹炳美心里的凄凉之感油然而上。她怎么也没有想到，自己不论是回家，还是离家，她和丈夫这一行竟然是这么凄凉悲伤。詹炳美心里很不好受，也不晓得该怎么形容自己的心境，她很想面对着流淌而去的长江水肆意地大哭一场，但在这个时候，她就是挤不出一滴眼泪。

马文俊走向前来，掏出两张凌晨三点就要启航的船票说："炳美，再过几个小时，我们就要回家了。炳美，是因为我，连累你了。"詹炳美说："马文俊，都两口子了，啥连累不连累的哟。"

两人差不多一天没有吃饭了。马文俊晓得詹炳美饿了，他从挂包里取出一个煮熟的鸡蛋剥开递给她，然后再取出一包干红苕果递给詹炳美说："先吃点，我给你找点水来。"

马文俊拿着一个军用水壶，好不容易找到角落处有个茶桶。他走到茶桶处去倒茶，龙头一拧，滴水没有。他用手揭开盖子一看，呀，茶桶里除了有几滴浑浊的水，里面竟然有橘柑皮和几个揉成团的废报纸。马文俊摇摇头，说："唉，这叫啥候船室哦。"

詹炳美忽然感到肚子一阵痛，她先是忍着，后来忍不住大叫道："马文俊！"马文俊拿着水壶立马跑过去，见詹炳美弯着腰，他的眼睛往她的裤腿望去，一摊鲜血在地上不说，詹炳美的裤脚边里还有血在流。

"哐当"一声响，马文俊手里的水壶掉在地上。所有人的眼光像无数道手电筒光聚集在詹炳美身上。座位边有女人问马文俊："她怀孕了？"马文俊说："有了。"女人摇摇头说："完了，她流了。"

马文俊束手无策，跺着双脚说："这拿嘟开交？这拿嘟开交？"（方言：这该怎么办呀）

詹炳美开着玩笑说："马文俊，慌什么慌？你脱件衣服下来，我把血堵住就行了。"马文俊当着众多旅客的面，立马脱下冬日的外衣，一件，两件，全都披在詹炳美的身上。詹炳美的眼泪忽地像卸闸的洪水，哗地一下打开了。她微笑着一下就倒在马文俊的手臂上："马文俊，我累得要死。"马文俊抱着她，俯下身体去看詹炳美裤腿边的血，他不晓得该怎么办才好。

"炳美……炳美……"

呼唤詹炳美的声音让候船室里的人阵阵发寒。

马文俊抬头一看，是詹炳丽和她妈妈赶来了。看她们气喘吁吁的样子，马文俊好生奇怪：我们不是被她赶出来了吗？她妈妈叫我们回去啊？

马文俊忘记了一件事，詹炳美曾说过她有一个和她妈妈长得一模一样的姨妈。

姨妈看了看詹炳美，一下就抱着她大哭起来："炳美，我的幺儿，你这是怎么了啊？炳美，你病了啊？走，我们回家去，我们去医院。"

有女客说："啥病不病得哦，依我看是流产了哦，这事我见过，快送医院吧。"

她姨妈用眼睛盯了一眼女人说："乌鸦嘴。你乱说啥？"

女客急忙说："好，好，好，算我多嘴。不相信的话，你去看医生嘛。"

马文俊回头对女人苦笑了一笑。

詹炳美有气无力地说："幺姨，你怎么来了？"

"我在上班，刚才是炳丽赶来叫我的。你看，我的幺儿，我都来晚了。幺儿，你别与你妈一般见识啊……你看这些血，你是怎么了？你是不是？唉……你妈真是糊涂虫啊。她自小就是我妈老汉惯出来的，炳美，你莫见你妈的气，走，炳美，我们回家。我们去医院，你莫和你妈计较！"姨妈语无伦次，但她表达的主题很明确，她希望他们跟着她回去。

"幺姨……我们回乡下去。"

"你看这些血？你……"

姨妈更紧地抱着詹炳美说："炳美，都什么时候了？走，听幺姨的，跟我进医院。"

詹炳美倔强地对姨妈说："幺姨，我没有家。我不进医院。"马文俊站在姨妈的后面，怯生生地叫了一声："幺姨！"姨妈说："走，都跟着我走。"

詹炳丽对姐姐叫了一声："姐姐，你起来走啊！来我扶你。"马文俊小心翼翼地把詹炳美扶起来，让她的两只手搭在他的肩膀上，背着詹炳美就往前面跑。詹炳丽喊道："慢点，慢点，你方向搞错了。"

搞错了方向的马文俊是第一次到 C 城，他跑在詹炳丽和姨妈的前面，他当然就不晓得医院在哪里了。情急之下，他只想快点把詹炳美送到医院里。

马文俊背着詹炳美上气不接下气地跑，姨和詹炳丽也累得气喘吁吁。

"开门！开门！有病人！"姨妈的声音在医院的大门外连着响了四五声。室内无人？

"开门！开门！有危重病人！"姨妈、詹炳丽和马文俊的拳头在紧闭的门板上响雷般的擂动并大喊："开门！开门！"

门缝里有一丝懒洋洋的光亮和懒洋洋的开门声和问话声："是哪个？没人。"

姨妈站在旁边，把声音放得很小很小，说："医生，麻烦你，我姨侄女小产了。"

"我这又不是妇产科，我有什么办法呢？没人。"

姨妈说："医生，你是活菩萨，人命关天。"

门开了。医院很简陋。呼呼的夜风吹得窗门"啪啪"地响。马文俊把詹炳美放在医院的木条椅上，他说："医生，救救我媳妇吧？"医生偏着头看看詹炳美，一会儿又看看马文俊说："你媳妇？我还以为是你女儿呢！""乡下人，皮肤黑是黑点，对了，我今天三十三。"他终于记起了今天是他三十三岁的生日。

詹炳丽握着拳头，真想上前给医生一拳，哪有这么啰唆的医生。但她不敢说，她怕得罪了医生对姐姐不利。但是，她敢恨姐夫马文俊一眼。意思说，都什么时候了，还说这些。

医生说："出去，我先检查一下，然后再看情况吧。"姨妈和马文俊连连道谢医生："医生，这下您帮了我们大忙，她肚里的娃说不定能保住了。"

检查了一阵。医生对马文俊说："对不起，娃真保不住了。"

"真没有办法了吗？"

"我是没有办法了。但我学过接生，这样吧，你们信得过我，我就先清理子宫。"

半个小时不到，医生就把子宫清理完了。

詹炳美说："幺姨，炳丽，这事别告诉我妈，免得她晓得了她心里高兴。"

姨妈说："炳美，不管怎么样，她也是你妈。我听说你妈把你赶了出来，我就专门赶来追你了。你现在又是这样的情况，跟我回去吧。"

詹炳美说："幺姨，从现在开始，我现在正坐小月呢！我们还是回乡吧，反正船票已经买好了。"

马文俊说："对，我们还是回乡下吧。"

姨妈说："这怎么好？你们这么远回来，水米都没有沾牙就走了，我不忍心啊。"

姨妈很想把詹炳美带回自己的家里，但樱桃街的风俗与习惯是月母子和小月母子是不能回娘屋坐月的。即使是别人的屋檐下也不能站。大凡晓得这规矩的人，又有谁在这样的情况回娘屋或是在别人的屋檐下或站或坐呢？

姨妈心想，我虽是詹炳美的姨，一家住街头，一家住街尾。自己疼爱姨侄女，带她回哪都行。但这讨厌的规矩是万万不能破的，自己觉得倒没有什么，但家里有丈夫有儿子，万一他们有什么不顺的话，全都怪在詹炳美身上也不好，詹炳美的姨妈为难了。

詹炳美催促道："幺姨，时间不早了，船就要开了。"

医生说："天啊！你们还赶着去乘船啊？不要命了啊？不准走。"

詹炳美说："我命不值钱。医生你做做好事，让我们走吧。"

马文俊撮着双手不知该怎么办，人生地不熟，向东，东不是路；向西，西走不通。他只听这三个女人和面前的医生的摆布。

马文俊说："哦，医生，药费是多少？"医生想了想说："唉，你们也不易，算了，我就象征性地收点吧，给我几十块，我就当行善积德？"

詹炳美姨妈眼睛一亮，说："医生，你是活菩萨啊！"她转过身来说："炳美，要你跟着我回去，你也不愿意，那，这点钱你就带着吧。"姨妈回头看看马文俊，她说："马文俊，我家詹炳美就交给你了，要不好好地待她，我找你算账。"

詹炳美说："姨，马文俊是个老好人。"

马文俊嘿嘿地笑："就是。"

詹炳美看着马文俊背着的挂包，忽然想起了什么，说："文俊，我带给姨的礼物呢？马文俊从挂包里拣出一块石头交到姨妈的手里。詹炳美说："姨，乡下回来，我也没有带给你啥，我晓得你喜欢石头，你就玩玩。"接过马文俊手里递过来的石头，姨妈先是一愣，后来细看，石头上面的颗粒状构成一幅若隐若现的游弋水面的小鱼，很是漂亮。可拿在手里，说轻不轻，说重不重。詹炳美又拿出一块石头说："姨妈，这是马文俊当年在云南当兵花五十元钱赌石赌来的，这是他最喜欢的一块石头。你带给我妈，是我们孝敬给她的，一家不说两家话，也许这块要比你的那块要好点呢……"

马文俊又拿出一个牛皮纸包着的纸包，说："姨妈，这是我们山里的葛根粉。你和我妈一人一包，不值钱的。"

姨搂过纸包，眼泪啪啪啪掉下来，说："炳美，你那个妈眼睛瞎，不识好歹啊。"

詹炳美看看和母亲长得一模一样的姨，心想，我妈和姨妈的心，怎么这么悬殊呢？窗外有风，詹炳美情不自禁地打了个寒战，她一下从医院的床弦边坐起，说："姨，船要开了，我们要快点走呢。"

医生说："出门了，我可不负责任。"

医生对这一行来去匆匆的四人摇摇头："欺负我是私人诊所吗？大医院的医生，怎么会让你们在这种情况离开？"

马文俊千恩恩万谢谢，说："对不起医生，我们已经买票了。不能浪费票啊！搞快点的话，时间还来得及。"

河岸上的探照灯像扫把，不断地在空中一会儿横扫过去，一会儿横扫过来。扫出的光，有的扫到水面上，有的扫到地面上。明晃晃的，叫人睁不开眼。

冬至过了好几天了。没有多少晨雾的后半夜便能透过探照灯光看到满地的鹅卵石。在这不久之前，鹅卵石被人们大个小个的从河沙里陆陆续续地掏出来，然后堆成堆，然后被人用肩挑用车拉走。

每年，在那些被掏出鹅卵石后留下的凹凸不平的沙地上，要不了几天，就会有竹房子屹立起来。竹房大都以木棒和楠竹支撑，竹篾和竹板是隔断墙壁的主要材料。房顶有瓦的，有竹的，容易修，容易拆，来年能用接着用，来年不能用的就当柴烧。河边的竹屋大都没有大门。即使有大门，也是随意的把几块用竹子编成的竹篱笆放在以土灶为主角的或左或右。在这些竹屋内，摆上两三张桌子或者四五张桌子，就算是一个可供来往旅客歇脚或吃喝的餐馆。餐馆的案头上摆有大红的辣椒，紫色的茄子，红色的萝卜，被河风吹驼皮的猪肝，被拦腰扎上一根红线的葱子，蒜苗，它们无声地招揽着饥肠辘辘的客人们。春天一到，河边的水就要涨高，到那时，这些临时的竹的房屋和木的房屋就会自动的被主人拆掉，周而复始，来年再在河边修房造屋再做生意。偌大的一个水岸码头，都是这样过来的。只不过岁岁年年四季不同，流水不断旅客不同罢了。

河边的生意没有定数，一是看天气，二是看季节。天气好时，生意也有坏的时候；天气坏时，生意也有好的时候。冬天的下半夜，一般的情况生意就不太好，但只要汽笛声响，只要过路人的脚步声踩在大大小小的鹅卵石上，各店的老板及伙计们便会不约而同地抬起头来，用期待的目光看着下船的或上船的乘客高声叫道："吃了走，吃了走，小面、馒头、包子、炒菜、蒸菜、豆花饭……吃了走，吃了走……"

詹炳美和马文俊这个时候就在这条全是大大小小鹅卵石铺就的江岸上行走。

探照灯扫过来了。从上到下，几个冲进灯光里的人影不顾一切地往江边扑去。船上也在喊："快点快点，船要开了……"

开店的更是大声叫道："吃了走，吃了走，跑啥子哦跑？"

马文俊顿觉肚子饿得青痛，便在一竹门前的铁桶边放下背上的詹炳美说："老板，拿十个馒头。"

姨妈和詹炳丽本来在詹炳美的马文俊后面，他们一买馒头，她们一下就冲到了前面然后回过头来大声喊道："炳美，快啊！快啊！船就要开了哇！"

马文俊递上三元买了十个。馒头烫手，他便扯下竹门上的一丝竹蔑把馒头穿成一串，然后递给背上的詹炳美说："吃吧，你都饿了。"说完，他便像扛麻袋似的把詹炳美扛在肩上就往趸船方向跑。

船上汽笛声声，河岸上人影摇晃。过路船行驶而过，水面被探照灯得比白天还亮，浪头也一浪高过一浪。一个趔趄，马文俊差点摔了跤。又有光柱横着扫了过来，几个人前前后后，跌跌撞撞向码头奔去。

嗒！嗒！嗒！由远而近的脚步声一声紧似一声，他们四人六只脚，踏得趸船上的跳板摇摇晃晃。踏得船员不耐烦地大声催到："快点啊，快点啊！早不忙，夜慌张，半夜起来补裤裆，都什么时候了哇？"

船上的灯光朦胧暗淡，趸船上左侧的跳板连接詹炳美和马文俊要乘的船，只要跳板一抽，他们就没有机会上去了。马文俊的耳里听到有铁链子的声响，猜测要起航开船了，他大声喊道："等等！我们有船票！"

马文俊不晓得，不论你是有票还是没票，只要时间到了，哪怕你是慢了一分钟，船长说开就是要开的呀。他见船身在动了而又没有人搭理他，他便有些慌了。

有手电筒的光亮从船上照了过来。马文俊忽然觉得光线强烈而不可抵挡，他觉得眼睛睁不开。脚又不由自主地往前迈，他感觉身体刹不住车，一脚向已离岸的船舷迈过步子去，只听"哎呀"一声，马文俊和詹炳美掉到河里去了。

事情就这么发生了，没有一点先兆。

几支电筒陆续亮了起来也照了过来，不一会儿，几双手也在同一时间伸了下去，他们的嘴里大声地叫道："拉住！拉住！拉住啊！"

手电筒的光亮在水面上扫。除了看到在河面上挣扎着的黑影，其他什么也看不到。人们把光亮，把手，把能够在此时调动起来视觉，听觉，触觉全都投向越来越浓的晨雾中去。

水里的詹炳美那时想大声叫，叫不出。想大声呼，呼不出。像一丝冬季的茅草轻轻地飘浮在水中，什么都抓不住，脚想蹬住什么，可什么也蹬不住。

忽然，詹炳美被什么东西托住了，静了静心，是一束阳光。那光，像木板，那么美好，那么扎实有力。转念一想，哪是什么木板？这明明就是一束光。可光哪能托住人可又明明能托住人。她把自己的生命寄托在那一束光上，一块木板上，可人又一沉，光没了，木板没有了，眼前什么都没有了。即使是这样，她又觉得美丽安静且有轻微的声音，那声音像是遥远的爷爷奶奶又像是很近的爸爸妈妈、妹妹和弟弟。她人在水里，一起一浮，又一浮一起。刚想闭眼横着心死了算了，但身体一下又被弹了起来。这时，她的手向上一举，她顺势向上一抓，她的身体像树一样的立了起来，她的手臂被人拉住了——那手臂变成了她的生命之光可她说不出一句话。

她的耳朵、鼻子、嘴、手臂和腿，都有白花花的伤口，那是被她手里抓过的钢缆给割裂开的。

詹炳丽捂着嘴哭："姐姐，都是我妈害的，都是我妈害的啊！"

从水里打捞起来的詹炳美任大家对她摆布，给她做人工呼吸，给她掐人中。有人把一口大锅提来，倒扣在船板上，让她的肚子贴在锅底上……很快她猛地吐了几口水，然后咳了几声。姨妈抱着她就只说一句话："炳美，我的幺儿，你得救了，你得救了，你得救了啊。"

马文俊的尸体，是三天后在下游六十里处打捞起来的。

在焚烧马文俊的那天，詹炳美妈妈自杀了，她的遗书上就一个内容：女儿其实很不容易。她对不起女儿女婿。女婿送给她的那一块石头他请人看过，里面是玉。她说她不配玩玉，这该送给炳美的姨妈才是。她对不起女婿和他们未出生的外孙，她愿意用命来偿还他们。

詹炳美在处理完马文俊和母亲的后事后，她从此没有再回到和马文俊一起生活过的地方，也没有再回到樱桃街。

小六子讲到这里说，詹炳美后来改名了，改了一个和过去完全不同的名字。她说她回到了樱桃街是易了容的，就连她的姨妈也认她不出来。办身份证的时候很麻烦，是花钱找人给办的一个假的。

詹炳美是谁

二妹长长地叹了一口气道："小六子，这詹炳美我认识不？我听起好难过。"

小六子说："你看我讲了半天，你还没有听明白吗？我讲的是詹炳美的故事，同时也是林小玲的故事。她们其实就是一个人嘛。是啊，我也好难过的嘛。"

"天啊，是讲的詹炳美的故事也是林小玲的故事呀？我怎么听得恍里糊稀的？"

"詹炳美，不，是林小玲在外给人当了十三年的二奶，谁承想在熬到和那男人结婚的时候，她却死了。二妹你晓得不晓得，那男人其实放不下他的前妻。那天新郎正想给新娘戴戒指的时候，他前妻忽然出现了。你看那男人到底是骗了小玲。就在他给林小玲戴戒指的时候，他附在林小玲耳边说了一句话，这话只有我一个人听到，你想知道她说的什么吗？她说的是：'林小玲，我给你买的白金戒指，我前妻已经提前给换去了……这个戒指，是装饰的，今天就意思意思吧，如果……唉……不是我不愿意娶你，我是没有办法……'他的话说完，林小玲咚的一声就倒在地上了。二妹姐姐你说，林小玲是不是被气死的呀？哦，你安心养你的伤，你别问这些消息是哪里来的，你晓得就行了。可怜啊，林小玲的恶妈妈和林小玲的好老公马文俊都死了。依我看，林小玲是被她这个新男人气死的。"

"我的心好纠结好痛啊。我不该那么对林小玲，我说话很刻薄，我对不起她。詹炳美，不，是林小玲太可惜了。马文俊是个好人啊！哦……你到底是谁？你怎么知道得这么详细？你是她的妹妹詹炳丽？还是我认识的小六子？"

小六子说："这个你就不要打听了。"二妹正想继续问，谁知道一阵叽叽喳喳的声音传了过来。小六子出门一看，原来是吴小妹、黄亚群等朋友知道二妹被火烧了的消息后，她们各自凑了一分子来看望二妹来了。

房三更当然会介绍自己是二妹的男人，他主动说自己没有照顾好二妹责任在他。边说边给大家倒开水让座。大家一看，这环境，这穿着打扮，房三更并不像是二妹给她们说的那样的有钱人啊！不过，房三更谈吐大大方方，待人彬彬有礼，人的相貌也长得方正，大家也没有嘲笑二妹曾经给她们夸张地吹过什么，倒是觉得她找到一个既忠实又得体的男人是她的福气。腿瘸，算什么残疾？就是健全身体的人也未必有他健全的呢！

二妹输不起了。见她们一来，她黑着脸一直不说话。等到大家与她告别，她才说了一句："你们是来看我笑台的吧！我男人是瘸子，我男人是鞋匠，我现在又烧成这样。我过去说的那些，都是吹的。"

大家面面相觑，小六子轻轻地抚摸她的手说："二妹姐姐，我好羡慕你的男人，你早点好起来，别的，都不要想，过几天，我再来看你。"

"算了，你们都别来了。都怪我无知，我不晓得天然气管子漏气是不能拿火烧的，你们注意一点就是了。"说完，二妹头一转，谁都不理了。

房三更，各人是各人的命啊

"刘世昌，你看我这人，不小心让二妹受了这么大的罪。你看她烧得好惨，都是我的错，都是我的错啊。"刘世昌来串门，一见面房三更就这样对他说。

"房三更，各人是各人的命啊。你格老子，我说了你又不听，我过去就说这女人是个扫把星腌臜货，我说了你硬不相信，现在事情到了这一地步了，不说了，这不是你的错！不过我问你，你是哪根筋断了要她这扫把星来接？你连她底细都不晓得你就对她这么好，这不是说你心好，我是说你傻是笨，当然，我们现在就别说那些废话了，看在你这狗日的房三更面上，我们还是来点实际的好。"刘世昌这几天感冒了，喉头里有什么东西被卡住了一样，不停地"卡卡卡"地咳了几声嗽。刚咳到第八声的时候，刘世昌见老K来了，他立马拉上老K说："老K，你跟我站到，我有事和你商量。""商量？刘世昌你和我有啥事商量？要商量你回去找你老婆商量去！"

"去给二妹搞募捐。"

"募捐不募捐是你的事，关我啥事？这个死女人，老子硬是瞧不起。"

"那我去街道办事处看看，给领导说说，这样的事情，还是要靠大家的嘛。管他五块十块，集拢起来，也好教育这个狗日的。说实话，我也瞧不起她。家家都有难念的经。房三更遇都遇到了，你说有啥子法子嘛，管得他的哟，我们是街坊邻居。"

刘世昌一动员，这个十块，那个二十，有的也出五十。蔡大嫂一边捐一边说："捐款？她会不会把我们捐的钱放在太阳光下照几照哦？"

"她的钱才是钱哟，她的钱是放在药水里面熬了的，金贵得很哟。要不是看在房三更的面子上，老子一分钱都不捐，这女人，老子看都看不得。"

刘世昌装着没有听见。等人家掏出钱了，刘世昌才说："有你这样说话的吗？不论她是谁，人家那可怜样儿，你忍心？不看僧面看佛面，我们要看在房三更的面子上。"刘世昌把募捐到的两千多元交给了房三更。

房三更接到捐款说："这是收到的善心，也是收到的欠账单。这是拿起烫手的火石呀。"

二妹知道这事后，说："退了，我不要！你就当我是坐了个月子。"

房三更哭不是，笑不是。说："你要真是给我坐个月就好了哟。你这月子，能坐个娃儿出来吗？受罪哦。"

"想我给你坐月？想嘛，下辈子也轮不到你！"房三更说："说坐月子的事，是你在说。"

二弦在场，看二妹这样说话心里好不难受，她说："你这样说就不对了。人家是做善事是做好事呢！要不是看在房三更的面上，谁愿意捐款？要说怪，那就应该怪我，我要是不提这只鸭子来就屁事没有了。"

房三更说："姐姐你这话就差了，这与你提不提鸭子来一点关系都没有，有人拿菜刀杀了人，能怪打菜刀的？汽车压了人能怪造车子的？只有被太阳晒死了的，才怪太阳嘛！唉，说一千道一万，要是我那天把鸭子的毛打整干净了再走就好了。唉，这死鸭子，臭鸭子，疯鸭子，得了癌症都治不好的老鸭子。都怪我呀！我不能怪姐姐你提来的鸭子啊！"

二弦说："你骂得好，你骂得妙。说不怪，你还是在怪。你要骂就骂好了。"房三更心疼二妹，他只能骂自己和骂那只不知为何挨骂的倒霉鸭子。他不忍心收下二弦带来的两百元钱，二弦说："你不收的话，我就更难过了。"

见房三更不收，二妹就道："我说房三更，你这一辈子还没有瘸够吗？你是不是上世瘸，这世瘸，下世还要瘸啊？你看你把我整成这样！不花钱吗？"房三更心里愧疚，说："你骂吧，骂吧，骂吧！只要你舒服，你就是把我骂死了我也愿意。"

二弦放下钱，"当"地一声门响，她捂着耳朵，哭着走了。

"姐姐你莫和她计较。她是个直肠子，话说了，屁放了，就啥就没有了。"房三更虽然脚不方便，但他仍然追上来解释。

二弦哪忍心，站住说："我听不得她那样骂你。不过，你要让她一些。"

二弦刚转身，就有一个姑娘拉着她说："妈，我饿了……妈……你到哪里找野男人去了？"

房三更大吃一惊说："刘红？你什么时候回来的？她不是你妈，她是我姐姐二弦。刘红，你不是去医院了吗？你什么时候回来了？"

刘红也发觉认错了人，急忙道歉道："二弦孃孃，你和我妈穿的一样的衣服，我还以为你是我妈妈。"

二弦说："回来了就好，回来了就好，你快回家去，要不我送你。"

胡杏儿追出来，一边给二弦赔礼道歉，一边回头大骂刘世昌："跟你说了，你看她一步也离不开我们……她是病人啊，你看稍不注意，她又出门去了。"

刘红说："妈，我的病好了。以后进医院，该你们两口子轮流进去了。

到时我给你们送饭。"

二弦见刘世昌带走刘红，她转身就对胡杏儿说："我和我朋友联系一下，把刘红送到乡下去疗养，我想她会好一些。"

胡杏儿说："送到哪里去呢？周边我也不认识谁。"

二弦说："我来想办法吧！你回去和刘叔商量一下，就说是我说的。"

二弦刚走，找二妹追账的来了。二妹说："我哪有钱？你看房三更这样样儿是不是有钱人？"房三更说："我又没有欠账，我有钱无钱关你啥事？慢慢想办法吧。"

房三更真是愁死了。二妹烧伤要用钱，想不到追二妹账的竟然追账追到他这里来了，还是给二妹一个名分吧，把婚结了再说吧。

房三更说："二妹二妹，我要照顾你一辈子，等你走得路了，我们去把结婚证扯回来吧。"

"房三更，你好老土，你以为一个章巴巴盖了，就是钉了钉子回了头了？你看我们那里今年都离婚了好几个。现在的人，没有十万二十万你结啥子婚？要结婚，你和门口的洋槐树去结吧！哎哟！哎哟，我身上痛死了。"

房三更真想对二妹说，你真想得出来，当年日本鬼子丢炸弹，人肠子挂在树上好几天，这树都老起疙瘩了，你让我和它结婚？你想得出来。可他嘴里说道："你晓得不晓得，别人又追钱来了。我和你结婚，是坏事情吗？和洋槐树结婚？我那天不过在树根撒了几泡尿你就要我和它结婚？结个婚要花十万二十万？我和你结婚是想给个名分给你呀！"

门一响，四郎来了。

四郎进屋就埋怨房三更："三哥我不是说你，这么大的事情你咋不给说一声？要不是二姐告诉我，我还不晓得。"此时的四郎，眼里只有病人没有女人，他洗了手，戴上口罩便仔细地检查了二妹的烧伤，看她吃过的剩下的药，又从包里从容地掏出一个带黄色液体的瓶子给房三更："你给她擦擦吧。不是深度烧伤，问题不是很大。"他还从包里掏出了一大包黄色的花，叫配合着瓶子里他配治的药物使用。

房三更认识这种花，它叫秋葵花。秋葵花开在七月里，谢在九月里。虽然每朵花的花期只有一天，但每天花开不断。且太阳越大，它越开得旺。

房三更熟悉四郎给的配方。这配方就是秋葵花泡菜籽油。母亲说过，这药的最大特点是不留疤痕。

房三更按四郎教给他的方法，先用瓶子里的葵花油擦了烧伤处，后把一朵朵鲜葵花分成五瓣，再一瓣瓣地沾上菜籽油，用镊子夹着，小心翼翼地贴在二妹的烧伤处。被油浸过的花瓣，湿湿的，凉凉的，滑滑的，紧密挨密地从二妹的脚背贴到胸口处。猛然看去，二妹的身上就像穿了层黄金甲。

三更把弟弟叫到旁边说："四郎，有女朋友了吗？你看你也不小了。该……"

"把你的事情管好，我的事情就不用三哥你操心了。"

"不领三哥的情，你看你哥现在多好！"

"你有啥好？你别瞒我了。"留下一些药，四郎说有事先告辞了。

第十章

胡杏儿看了女儿刻红的日记

胡杏儿在整理女儿的房间，忽然，她在一个木盒子里看到了女儿的日记，她一口气读了下来：

1.妈妈，我不是你的好孩子。

2.他说要我去酒吧唱歌，一晚上就能当我妈妈一个月的工资。我知道，我付出的是什么？歌厅算什么算？

我还是去了歌厅。拿麦克的那天，我正好十八岁，虽然声音震动全场，但居然有人说我老？我老吗？我才十八岁呀！哼，嫌我老？老子比他女儿还小几岁。我看过他孙子擦鼻涕下棋玩沙积木的照片。这是逗小孩儿玩的游戏，树上有鸟不捉，山上有风不吹，他以为叫我脱了衣服干那些事我就高兴，老娘不干。

3.我疯，我颠，我狂！

妈妈，我在歌厅爱上了雅阁，他斯斯文文，他看起来好忧郁的样子哦。可明知，我和他不恰当。为了阻止我的姐妹爱上他，我就是要悄悄地或者公开地和我姐妹唱对台戏。可后来我得知雅阁是为我朋友秀芝而来的。秀芝姐姐得白血病了，他为她唱歌而筹钱治病，一天里跑好几个台。

为了成全他们，我到处给他们凑钱。共计八千元，都给了他们。这些钱来得不义，但我要把这钱用在秀芝姐姐身上去。我得离开歌厅了。我走了，没有人登寻人启示找我。我必须离开。

4.姐妹们，你们谁跟我一起走啊？

5.我还是想他。我不知道雅阁的真名，歌厅里取些怪头怪脑的名可多了。我喜欢雅阁这名字，不管他是真名还是非真名。

6.屋里有空调，我仍然觉得心里冷。既然冷了，开上空调不就更冷吗？哦，人为制冷的东西原来不只是氟利昂，还有其他的看得到或者感觉到的东西。即使在寒冷的冬日里，制热的，有时只是一句话、一个眼神。曾广说得好——好话一句三春暖，恶语一言四季寒。

7.一本小说的开头写着"慕洛住在佛罗里达，雷华住在伦敦，他们只遇到过一次"。平平淡淡而不轰轰烈烈，但留下伏笔无数。我计算着我们的距离，不远，你在那头，我在这头，酝酿一瓶酒怎么才能喝得上劲的功夫就能相约。遇到过不是一次，但，绝不是擦肩而过。

8.不知道什么时候，养成了一种习惯，睡觉前，总是打开空的烟盒的盖或者装有酒的瓶子嗅嗅，想找到雅阁身上的烟的味道，找到和雅阁饮酒时的那种可口可乐的瞬间感觉。这时就很想同雅阁读一张报一本书，同听一首轻音乐同唱一首歌……于是以后，每逢我看见烟盒和酒瓶的塞就想起了雅阁。雅阁，我爱你到骨头软，可你是秀芝姐姐的男人啊！秀芝姐姐需要你。我夺走你就是夺走了秀芝姐姐的命。所以，我必须得离开你。

9.不知道唐宋的迁客骚人怎么描述空中机翼下的白云，难道只有云海？其实很多时候，在地上你无法体会什么是真正的"立体的诗，无声的画"。只有到了一个特定的场面和环境，你才能感觉诗在流动，画也在流动，神秘葳蕤而不可思议。很想融入翅膀下的诗与画的云页中，听一首轻音乐，漫舞，升华，飘逸。

10.我和雅阁相爱了。他说自从我离开歌厅他就像掉了魂似的，他在城市里找遍了所有的歌厅。这以后，我静静地听他为我特意而唱的一首首古今中外的每一首歌，听他独自为我专场朗诵的无数大家们的诗篇。和他在一起，我只想……只想把时间停留，让瞬间变成永远，把永远定格在瞬间——谁都挽救不了秀芝姐姐的命。她临死之前说，她知道了我和雅阁的相爱。她说只有把雅阁交到我的手中我才能闭上眼睛。

11.爱，不需要修饰。原生态的美，原生态的爱。一首熟悉的音乐加上雅阁的流淌着写满爱字的双眸就已经足够。雅阁的眼睛仍然很忧郁，他的心里永远装着秀芝。我有点吃死了的秀芝的醋。

12.我和雅阁相距很近时，仿佛觉得很远；和雅阁相距很远时，仿佛很近。时间和空间拉拢了很多恋人成为爱人又彼此分离了爱人成为陌路人。其实，心与心应该彼此很近，像雅阁说的，没有距离。那天我俩就距离了，雅阁说你怎么远离我一步？其实，我在看我老了时，我怎样才能爬上他的宽厚的背。

13.只有在梦里才能成为一只真正的鹩哥。房三更叔叔的鹩哥就会说话。我好羡慕。当自己遇到在不能逃避的危难之时，我自己就告诉自己，我是鹩哥我会飞。我梦见雅阁是一只鹩哥，我跟着他在后面飞。可雅阁不说话，我不知道为什么。秀芝姐姐一走，雅阁性格大变，他不是我以前认识的雅阁。

14.不论是干的或湿的纸巾，其实都是一面镜子。它照不出自己却照出了爱人是不是细心。脸上的黑自己看不见，看得见的是白纸上的黑，看得见的是一颗被烘热了的另一颗心。

15.当所有的客人散去，就剩下我和雅阁的时候，他要了我。虽然我知道雅阁不是像爱秀芝那样爱我，但我愿意仍然为他上刀山下火海。

16.雨，把天公和地母连接起来，人体被洗得空灵水灵精灵。扼不住雨线的一丝丝一线线，更扼不住思念你的丝绪一休止一停顿。在有雨和无雨的日子里，连天老爷也会把我的姓你的名织成流动的景和锦。是幸。是幸。还是幸。

17.很想为你留下我的长发，但怕你说我见识太短；很想再剪去我的长发，但你的剪刀却没有那么长。长也好，短也好，留着美的精的就是最好的。

18.每次进歌厅，雅阁都对我说相同内容的全世界女人都喜欢听的ABC 三个字，这三个字，一晚上我在心里重复了百次，千次，万次。老板说我走神了，要开除我。雅阁，我多想你回到有秀芝姐姐的那个时候里去。

19.某月某日的那一刻，我流过一场泪，当着你的面，泪如水，往下泻。我说走吧，走吧，我和你走到另一个地方，去敲另一个地方明天的大门……

20.雅阁说，他有秀芝。我说她死了。他说没有，他说她怀了他的娃儿。

他说她是为他而死的，他说刘红，无论我怎么爱你，我只能把你当成是秀芝的替代品。

21.雅阁去游泳，头夹在石头缝里……最后，他找他的秀芝去了……我肚子里的孩子，只好去流了……

胡杏儿简直不相信她的眼睛，刘红这些事情，怎么从来就没有听她说起过呢？

女儿从医院出来，这次表现较好，该吃吃，该睡睡，还喜欢读她的顾城和海子。胡杏儿关上自己的卧室门，继续读刘红的日记，这些片段是从506开始的：

506.雅阁，我要想你的坏处，我才能自拔得出来。其实，我很感激你。没有你，就没有他们说的我这个疯子。怪哉怪哉，我的朋友怎么叫我疯子？疯子能写字吗？肯定不能。我能写字我不是疯。

507.我们家不像房叔家有厕所。如果我们家有厕所，我就把自己关在厕所里让委屈的泪像水管一样流，流得没有了的时候能自动关住。我的泪水，绝不当着你雅阁流，落花流水，也应该有一个属于自己的地方。不过，我的自由的空间至少也有两个——厨房和我的被窝。

508.柜子的门常常涂上黑色紫色和其他颜色，或许可以增加了色彩的厚重，或许可以代表人的心情和脸色，轰的一声拉开，轰的一声关上，不用看你的左脸和右脸，它，定比柜子的门还黑。

509.雅阁和秀芝很想盘一个歌厅，他当老板秀芝当老板娘了。也带上了我。我算啥呢？情人算不上，歌手算不上，因为我倒嗓一年了。我在歌厅当杂工。如今秀芝走了，雅阁掉了魂似的。我就像秀芝的影子一样跟随着雅阁。

510.雅阁，我很想给你解释，湿的地面被穿着进来的皮鞋印上了花花的几个印，不是拖帕没有拖干净。还没有来得及给你在电话里说点什么：你委屈吗？你有资格委屈吗？原来，委屈也应该有资格，就像评职称。那时，最想做的一件事，就是砸烂所有的东西，扬长而去。

511.少了一个好的场所不足为奇，但看见歌厅的卫生间的门边蹲着的黑猫，很怕，我想，那是不是你派来的探子？

512.很多事情，最好不要得到证明，得到证明了的东西不一定是好东西，遇到前两年我们在同一个歌厅的阿尖，她无意中说雅阁其实玩过我们歌厅好几位姐妹（包括阿尖自己）。他真的爱秀芝吗？

513.雅阁，我从来不咒一个自己所爱的和恨的人，怕万一不幸言中。某年某月的某一天忍无可忍，我咒了，很难听，但绝没有骂你一个脏字。第一次在我的面前害怕了，很怕，求饶：别咒了，我很迷信。看你的那个样，心里很高兴，咒语也能降服一个人到极致。知道了你说的是真话，尽管真话可以要一个人的小命。

514.雅阁，不相信那些话是你说的，也不相信这些话是我说的，感谢你一直在锻炼我的勇气，因为你知道，我一直在你的面前很忍让。

515.雅阁，我在你的面前，我不敢大声说话，不敢发表自己的见解和看法，不敢开心做我自己喜欢的每一件事情。你怕我说话不得体，怕我有虚荣心。告诉你吧，我就是有虚荣心，要不是顾你的脸面，我真的想让我骄傲起来，把你虚荣下去！很多时候，我是为了你而说东言西。可你，一而再，再而三地凌辱一颗虚弱的善良的心。是的，你和我好上了。可你明明爱着秀之的啊。你不知道我的姐妹包括秀芝是怎么看你的？我无奈，她无奈，她们也很无奈。她们常常在我的面前议论你……唉，可怜的秀芝。可雅阁你说过，你真的很爱秀芝，但有的事情，你总是控制不住。你说秀芝有病，你需要释放。雅阁，雅阁，你是人还是魔鬼？

516.不是属于我的我不应该得到，可该属于我的东西我为什么不可以争取？我们之间到底是怎么了，你自己很清楚，别人也明白，但你最不应该当着朋友的面羞辱我，难道只有这样抬高自己贬低我才能塑造自己？秀芝，为了你，为了我自己，我想退出我和雅阁之间的无聊的爱的战争。可你秀芝，总是在成全我和雅阁。你说你有病，总有一天会先死……虽然心有不甘。

517.《圣经》中有一段神奇的描述，说以色列人在逃出埃及时，困在旷野，缺水少粮。他们祈求上帝，于是，出现了奇迹。一夜之间，降了许多外国人叫"玛拉"我们称之为"地衣"的白色圆饼。

518.我曾经乞求过上帝，希望给我带来奇迹，不要神粮，但仍然带给我叫神粮的东西。其实，那叫神粮的东西也许离你很远，也许很近——你知道，我需要神粮般的真爱。

519. 雅阁，我很郑重地告诉你，我想结婚了，可那男人我一点不爱。雅阁，我们算是永别了。

520. 雅阁，我们真的永别了！无论你对我做过什么，我依然爱你。

胡杏儿的身体像是瘫痪了一样，站不起来了。

它们，只能遗憾地唱着歌儿飞走了

房三更每天都要给二妹小心地擦洗，小心地换药。四郎也来过好几次。

换药，是最麻烦的事情，他握着镊子的手虽说不再抖了，但他生怕在取掉她身上那些花片的时候弄疼了他，他小心又小心，生怕二妹有什么不满意。

飞来飞去的蚊子和苍蝇们在罩子外，终没有闻到它们需要的腐肉味道，只能遗憾地唱着歌儿飞走了。

二妹的伤在一个月以后有了效果，令房三更和二妹惊奇的是，严重的烧伤并没有让二妹留下多少疤痕。房三更不晓得这是他护理得好，还是他请的医生好或是四郎给的药好。反正，房三更对二妹的恢复很满意。

又一个月，二妹能站起来了，能下地走了。她起来的第一件事就是数了数她藏起来的私房钱。见房三更没有在，她悄悄地笑了。但她的心里，仿佛越来越不安。

二妹的伤好得差不多了。

清晨。鸟还没有像往常一样地叫，阳光就从窗外探进头来。房三更的眼一眯，慌了，用手挡住，睁也睁不开。打开水龙头先洗下脸吧，水一流，手情不自禁往后一缩，怎么是热水？细看，流出来的水，就是热水。原来，他忘记这是夏天最热的时候了。

房三更给哥哥，二姐和四郎打了招呼，只要二妹愿意，我两人就把这婚给结了，管得你们同意不同意。

除了二弦，一茶四郎都没有意见了。他们说，人家在你这里出了事，你该负点责才是。当时我们拦你是当时的情况，现在是现在的情况，现在你怎么都得娶她了。

二弦说："三更你是没见过女人吗？和她结婚？哼，有你的好日子过。"

房三更正在盘算着以后结婚在什么地方办？请哪个给他当证婚人？还考虑该请哪些人来参加他们婚礼的时候，谁知，计划没有变化快，一件令房三更和所有人没有想到的事情发生了。

房三更，我想回家了

房三更带二妹去姐姐二弦家，姐姐没有在家，只有侄儿郭冲锋在家里做作业。

郭冲锋说："妈妈有事情出去了，三舅你就看看报纸杂志等我妈妈。"

房三更说："你做你的作业，你别管我，我坐坐就行了。"

二妹坐了一会觉得实在无趣，她说："房三更，我到隔壁去转转。"

"快去快回，姐姐马上就回来。"

姐姐家隔壁有个电话亭。二妹见周围人不多，取下话筒就拨了几个号出去。她望望天，仿佛是电话号码升了高又去马拉松似的。很快，跑出去的电话号码终于有了回音。电话铃声响起来了。她拿起电话，她先是细声细气，后就呵呵呵笑。再后来，脸上的表情就换回到刚才出去时的表情。她走到房三更面前，抹了一下鼻子，她忽然哭了起来。

房三更问道："哭啥，哭啥？你刚才不是好好的吗？你咋哭了？"

二妹说："你还问，我大儿金星去游泳，在塘里淹死了。"

房三更急切地叫道："怎么会？怎么会？怎么会嘛？你快说啊！"

"怎么不会？怎么不会？他就是淹死了，淹死了，淹死了。我才接到电话的。我在说啊！"

房三更忽然愣了一下。脸上的神色与平时黄了黑了又青了。虽然死人是天大的事情，可他忽然觉得这事有点不对，可哪里不对，他一下清理不出头绪。

她接电话？她接哪里的电话？她不是才出去了吗？谁晓得我们在这里的？再说，我姐姐家又没有电话。可这样的事情怎么会是开玩笑呢？人命关天的啊！

房三更后来向有电话的小卖部问起过这事情，那里的人说当时引起他怀疑的是她的态度和神情。电话是她打过去，对方才打过来的。既然对方打过来，一定是先说死人的事而不是说先让她发笑的事情。房三更也想过了，是呀是呀，按常理推断，先说让她发笑的事，再说死人的事，这绝对不合乎逻辑。既然是她的儿子死了，世界上有哪个当妈的能做到气定神闲，坦然自若？谁也做不到，可这女人做到了。她做到了没有一点撕心裂肺的痛苦和挖心裂肝的悲伤，说到儿子的死，她竟然就像说一只老鼠掉进水了，一只蟑螂被人踩死了那么轻描淡写。

房三更的脸上又不是显示屏，二妹当然就不知道他的想法。即使是这样，房三更仍然安慰她说："我们快去看看你儿子吧，这可不是小事情。"话还没有说完，他自己都觉得有点装腔作势，有点恶心，有点想吐了。她的神情，一点儿没有多难过的样子。她说谎？她为什么要对我说谎呢？房三更有点想不过味了。但他仍然固执地认定她是说谎了。房三更定定神，说："站起干啥，站起干啥？那还不快去看看？出了这么大的事情，你还稳得住？我们不等姐姐了，我们快点回去。"

二妹说："就是，就是。我得回去，你快回去先给我准备点钱。"

房三更和她一起回家。忽然，房三更把门一关，厉声问道："张贵群你原形毕露了，我问你，你儿子到底是怎么回事情？我刚才出去找你，看你接电话的时候还笑嘻嘻的，人家说屙尿变，可你尿都没屙，你怎么就变了？你说你大儿子死了？有你这样当妈的吗？你竟然用儿子的死来哄我骗我。""啪"的一声响，房三更给了张贵群一耳光并吼了一声，"给，这是我给你准备的钱！"

二妹说："哄不哄是我的事，相信不相信是你的事。你不让我走，我就不走。我明天回去就是了。"

"明天？你不是说你儿子死了吗？你居然能说明天回去？你说，你到底是说的真话还是假话？你哪一句是真话，哪一句是假话？我不让你走？你说你说，是谁不让你走？你走，你走，你走！你滚，你滚，你滚！"房三更提起桌子上的茶缸就往地上丢。砰的一声响，房三更感觉那响声连同自己的心，一下被摔得粉碎了。

刘世昌开门出来看看，又缩着头进屋去了，他捂着嘴巴笑："房三更，你还相信这女人的话？你该醒了。这女的把你害死了。"

二妹坐下来哭，说："有你这样说话的吗？我不走，我不走，摸天黑地的，我往哪里走？"

房三更说："张贵群，说一千道一万，你怎么也不能把儿子的性命拿来开玩笑，什么事情我都能容忍你，唯有这事我不能。你想想你想想，虎毒不食子，那是你的儿子啊！那是你的骨肉啊！你怎么能说他死了死的？你这个女人比虎狼都恶！"

也许二妹也觉得自己表演得太过分了，忽然，她膝盖一软就给房三更跪下了："房三更，我想回家了。"

"你什么时候回家都要得，可你怎么也不能以这样的方式说话，格老子，他是你的儿子呀，你要咒他死？你这个狠毒的女人，蛇样的女人，不像当妈的女人。"

二妹的头在墙上撞，她说："房三更，我错了，我不晓得刚才怎么的，我就是昏了头，我也不晓得怎么就说了那样的话。"

房三更想，寒霜不打苦寒人，算了，她已经认错了，我不再说她了。他冷静一下，还是气不过，进门出门都把东西弄得山响。喝了一口老阴茶，稍微平静了一点。他想，算了，她要走就走，我和她的缘分差不多了。

两天了，二妹没有说要回家。一个不解释，一个不问。两人都无语。

窗外的月亮升得老高老高，恰是和房三更比谁的眼睛更大更大。房三更想睡却难眠。

早上五点，一边是朦胧着的太阳，一边是高悬的月亮，房三更站在门口也恍然梦中，他分不清是清晨还是晚上。不过，他的思绪终于理出了个头绪，二妹本就没有打算跟他过日子。房三更觉得自己想通了，你看她对自己的儿子都无情无义，还会对别人怎么样？这世界有不肖子孙诅咒老人和虐待老人，但没有哪个母亲诅咒儿子说他被水淹死了的，冤孽！冤孽！

冤孽！他在心里把她恨得咬牙切齿。

二妹算是第一次比房三更起得早。弄了早饭，也清扫了屋子，她给房三更舀了一碗饭放在桌子上，然后就像什么事情也没有发生那样，端起饭就吃。她晓得房三更一会儿就要去摆摊子了。按惯例，他一出去，晚上回来就什么事情也没有了。

"咚咚咚，咚咚咚"，有沉重的脚步声由下而上的到了房三更的楼上，到了门边，停了一下，然后就闯开大门，拉住房三更就打。房三更一边用手捂住额头，一边用手推道："干啥，干啥？你是强盗还是弯二？你说你是谁？我不认识你。"

二妹放下手里的碗来拖架："打啥子打？打啥子打？大清八早的，吃多了？"她拖架有个特色，先是把来人的手拉开，后就死死地抱住房三更。房三更本就脚不方便，手和身子又被二妹抱住，他就是想还个手都动弹不了。他忽然想起了母亲给他说过的话，拖架的人害谁，他就会抱住谁。拖架的帮谁，他就会提供机会让对方多出手打。房三更的母亲还说过，像这样的打架，如果外人看这场面，还以为是在拖架的呢。

房三更被人抱住，任对方提起拳头打自己。这人是谁呢？但房三更晓得二妹在帮谁了。房三更弄不明白二妹和打他的男人的关系和心思。

男人边打边骂："人贩子！人贩子！人贩子！我看你是吃雷的胆子，你竟敢把我的女人拐骗到你这里来过小日子。我让你过，我让你过！我打死你，我打死你。"

房三更的嘴角出血了，同时他也懵了。人贩子？我拐骗谁了？我贩卖谁了？我过我的日子我又没有去坑害谁陷害谁。房三更百口难辩。他忽然想到，二妹是自己来的，她说她是离婚了的？难道……房三更好不容易从男人的臂弯下拱了出来，他大吼一声："二妹，你站出来说清楚，也只有你才说得清楚。你不是离了婚的吗？"

二妹的声音从里屋传了出来："我说得清楚个屁，离婚？离你脑壳的婚！夏明全，是房三更拐我到这里来的。夏明全，你要解救我。"

房三更再次懵了。这是二妹的声音？这是怎么回事情呀？二妹，二妹，我对你巴心巴肺的呀！我拐你？我什么时候拐你？不是你自己找上门来的吗？你忘记了你用脚踢我摊子跟我回家的事情？房三更大声叫道："二妹，你得实事求是。"

夏明全拉住房三更再打："实事求是，实事求是，我让你实事求是。"
男人手里拿一个本本，在房三更面前晃了一下。他晓得夏明全在用一种特
殊的语言告诉他，他才是二妹的丈夫二妹是他合法妻子。房三更的额头又
挨了一捶后，他听夏明全说道："你格老子不是要讲实事求是吗？她是你
的堂客？你拿结婚证出来。"房三更拿不出来结婚证，他恨不得有个地缝
钻下去。

房三更无意中看了看夏明全丢在桌子上的那个本本，没想到房三更一
惊，这哪是结婚证？这是他刚刚出狱的刑满释放证。夏明全发现情急之下
拿错了本本，他气得把桌子一拍，说："老子啥子事情没有见过？你的本
本有我的本本多？老子的本本多得很。边说，他边收回桌子上的刑满释放
证，然后把两本红色的结婚证丢在桌子上。

哦，原来二妹叫刘贵群，不叫张贵群

隔壁的刘世昌和胡杏儿在门外早看不惯了，刘世昌上前就说："房三
更，人家有刑满释放证，你当然没有。你雄起雄起雄起。你们的事情我晓得。
不是你去拐人家，是人家来拐你。"男人说："你会说话吗？"

"大路不平旁人铲，你这位同志莫怪我多话。你堂客也不是个好人，
是她自己来的，你还怪人家房三更把她怎么样了。你不晓得，你这女人到
了这里后，房三更把她赶都赶不走，她不只是在这里混吃混喝混睡，她还
在房三更手里骗钱。我给你们说，你两口子莫要合伙来害老实巴交的房三
更。你这唱双簧的把戏，哪个看不出来？有你们这样放鸽子的吗？！"

男人说："莫诬赖好人，我放啥鸽子？"

"呸，你是好人？好人堆里选出来的。"

"二妹，二妹，你是哑巴？说话！"房三更回头一看，她已经把前一
天收拾的包裹拿出来了。

二妹说："我说啥？我啥都不解释，我要跟夏明全回去。"夏明全说：

"我们就这么回去?"

胡杏儿说:"房三更,害人之心不可有,防人之心不可无,二妹是骗你的!"

"怎么会是这样呢?我对她是一心一意的呀!"

刘世昌说:"房三更,别说那么多,我报警!"

二妹提着包袱哭。夏明全在旁边抽烟。

房三更忘记这两天和二妹的不愉快了,他说:"二妹你考虑一下,你愿意和他离婚的话,我……"

二妹说:"我自私,我该死,我是蚂蚁我该踩,我是乌鸦我该挨骂,我是小鱼追鸭子——找事(死)。夏明全死也好,活也好,坐监也好,蹲牢也好,他是我男人,他回来了,我就是要跟他回去。"

房三更正想说点什么,忽然,二妹膝盖头一软,她给房三更跪下来说:"房三更,我对不起你,我晓得你对我好,我是故意气你的,激你的,我不相信有人会对我这么好。不过,我心里一直想着我老公。虽然他坐牢,可我放不下他的呀,我省吃俭用节约的钱都给他存下了……给你,这是存折,密码是我的生日。该还的,我自己去还。"

房三更的肌肉僵了。顿了顿,回过头,又把存折放到她手里,然后做了一个往外赶的动作,说:"你走吧。我不认识你……你们走!"

二妹的儿子夏金木像是很怕他爸爸似的,他背着书包怯怯地站在门背后。他抬头小声地问了一句房三更:"伯伯,我今天上学不?"

房三更摇了摇头说:"今天是周末。"

夏金木悄悄地对房三更耳语道:"伯伯你莫生气,我给你说点事情,我是独生的,我没有一个叫金星的哥哥。我妈是骗你的。我妈她姓刘……"

金木的话让夏明全听到了,随手就给了他儿子一耳光:"你这个吃里爬外的家伙。"

刘红不知道什么时候已经站在他们的后面,她大喊了一声:"报告!打人要犯法!"

房三更再不开门的话，我就撞门了

二妹走后，下了好大一场雨。櫻桃街被浇得像发霉豆腐，空气中充满了酒精、辣椒、花椒、八角、胡椒、草果和混合着的腐烂了的苹果气味和梨子气味。

刘世昌很是担心地对胡杏儿说："哎呀，嘟个回事情哟？房三更三天没有出来摆鞋摊了。"

胡杏儿说："怕啥？他总要出来的。多大个屁事？那个堂客走了也好。祸害。"

刘世昌说："话还是不能这样说，她对她亲老公还是好的嘛。"

"好！好！好？她好的话，还来跟房三更过日子？"

刘世昌哑口无言。想了半天，他对胡杏儿说："房三更再过一个小时不开门的话，就一定有问题了。再不开门的话，我就撞门了。"

像是怕被闯门似的，房三更的屋子里终于有了响动。

这以后的两三个月，房三更基本上都待在屋子里。只是到了半夜里，屋子里常有男人和女人的说话声。刘世昌和胡杏儿觉得奇怪极了，他屋子没有人进进出出的啊，可这些声音是谁的呢？他们往门缝里看，房三更伏着身子在写什么。有时候又站起身在郎读。胡杏儿对刘世昌说："遭了，房三更害书癖了。"

三个月后的一天，房三更的摊子又摆上了。他像往常一样，一边听收音机，一边用钳子夹鞋子上的钉子。过去发生的一切，好像与他全然无关。

下雨天，路滑。有个顾客来鞋摊躲雨。

顾客说："房师傅，那回简正权托我给你介绍女朋友，我又我托亲戚刘贵群给你介绍女朋友，我怕别人瞧不起你是个瘸子，我还故意说你很有钱呢！不晓得……？"

"刘贵群？哪个刘贵群？不晓得！"房三更埋头干活儿。

房三更忽地想想不对，顾客怎么忽然提到这个问题？房三更说："我认识张贵群，不认识刘贵群"

顾客说，她的耍名叫二妹。二妹本人的名字真的叫刘贵群。三更恍然大悟：二妹叫刘贵群不叫张贵群。她为什么要瞒我呢？"格老子，人家是行不更姓，坐不改名，她硬是把祖宗的姓都改了哟。难怪她儿子说她不姓张。"

他埋怨顾客道："这段时间你到哪里去了，你看都是你这好心，你把我害苦了。"顾客不知详情，房三更只得如此这般的把二妹和自己的故事讲给他听。

顾客大惊："有这样的事？"

"是的嘛，我遇到了的嘛。"

顾客说："唉，还不是怪你粗心，你了都不了解她，你弄在屋头干啥子？你晓不晓得，刘贵群对他男人夏明全好得不得了，但夏明全不争气，吃喝嫖赌啥都来，后被抓了。那二妹也是，尽管男人那个样子了，她还常给她男人寄些东西到监狱去，听说这还真把她男人感动了，说那些年对不起她，现在都把刘贵群当成跷脚老板，吃饭有人给她煮，穿衣有人给她洗，花钱有人给她找，她就是她老公的老祖先人一样。"

房三更叹了口气："唉，也难得那二妹了。两口子的事情，说得清楚吗？言归于好也是正常的嘛。两个国家打仗，打了也有和好的嘛。这家庭也是一样，她需要钱，要把娃儿办到城里读书，就给我明说嘛，你看她拿几个零钱还偷偷摸摸的，娃儿没有学籍，插班是很难，不就是拿点钱吗？男人找钱，就是给女人用的嘛。她娃儿也乖，她回去好，她回去好。她回去后，只要姓夏的对她好就要得了。不管怎么说，浪子回头金不换，男人只要对她有情有义就好嘛。"

刘世昌过路，听了他的话便骂道："死三更，你活该！"

刘世昌的女儿追上来了，她交了一封信给刘世昌并以命令的口气说："老汉，请帮我寄出去。"胡杏儿接过信。很快就递给刘世昌，她说："好！好！好！我们帮你寄出去。"

刘世昌转过身来一看，天啊，信封上没有地址和姓名，他把信封对着空中照照，里面竟然是空的。他们知道女儿的神智又有恍惚了。

胡杏儿意外捡到一封信

　　胡杏儿在收拾屋子。

　　忽然，她在刘红久已不用的挂包里发现了一个装中成药的小瓶子。上面原有的标签撕掉了而另贴了个叫"漂流瓶"的签。胡杏儿觉得有些奇怪便打开来看。这一看不打紧，她才发现这是一封被揉成一个小团的没有编上标号的信，她慢慢地将它展开并读了下来：

　　雅阁，你走了一年多了。虽然我在你心里算不上一个东西，但我还记住我们在一起的幸福日子。我想把这封信托我妈妈交给你但我又不敢。他们说我已经疯了，已经丧失记忆了。就算是吧，我已经是个病人了。但我在给你写信时我不是病人——我是好人。

　　鱼儿潜水，是不能永远地潜下去的，总要时不时地露出水面，不为别的，只是想对着蓝天长长地舒一口气，然后，潜得更深，再露出水面，再潜水。你死了，我就潜水了。

　　水吧的光线很暧昧，暧昧得我想靠着你的肩。我感觉你的手很热，紧贴着你的手心有了湿柔柔的汗，我的腰枝无骨般地靠在你的肩上。其实，我和你离得很远，至少身体，有一个拳头的距离。你握着我的手，仿佛是两颗不同轨道的星忽然在某一天的某一时的某一秒神奇般地撞在了一起。你说，我的若有若无的淡淡的发香引着你走进那片温柔的梦之乡。我看不见你的脸，我只能嗅到你身上的烟的味道和好闻的口香糖的味道。你说唱歌之人是不喝酒不抽烟的，因想我，你就又抽烟又喝酒。客人走了，我俩轻轻地跳着《多瑙河之波》的旋律。你是老板，我是员工，你的妻子，秀芝随时就会进来检查我的工作。但我们可在大厅里跳舞。这是完全可公开的。你用手尖旋转我的手，我的双脚轻轻地落在你的脚背上，我的手臂抬得很高很高，像张着翅膀的鸟儿在这黑色的夜空里高傲的飞翔。乐声中，我的身体从此就没有再落地，或快或慢地在空中轻飘飘地旋转……旋转……像一只飘在黑夜里装满神话故事的小船。

客人留下的烟头留在透明的玻璃烟缸里,很潇洒地留下了一个个烟头,像子弹头。

此时,我想吸上一口烟和喝上一口冷透了的茶,我遥想那飘在空中的那只小船。她是否孤独是否有方向?秀芝的手指头会不会又一直放在她的嘴边远远地、冷静地看着我们跳舞,是吗?

你和我在旋转,天地也在转。手心相握。脚下就是我们的整个世界,在众多的人群中黑的夜里,雅阁,你是属于我的。我无法释然在那个下雨的没有月亮的晚上,我们是怎么离开歌厅后来又是怎样情不自禁地来到叫The stars its my heart 的水吧。我不知道秀芝的具体想法,但我知道她看见我们在一起一定很痛苦。

我朦胧中记得你从烟盒里抽了一支烟,在鼻前嗅嗅,放在一边了。水,是热的。看着漂在水面上的茶粒,我的心在旋转……

我说我很热,我想喝酒,我想抽烟,我想回到老家,我想要你,要你,要你,陪陪我好吗?我读出了你眼里的心思和迷茫。读出了你手心里用细微的汗珠写下的无声的话语。你说,没有秀芝就没有你的今天。

你端起水凑到嘴边恨恨地喝了一口。那天,我怎么要说我们回家吧?可我后来怎么回家我是怎么回家的我硬是忘却了。我没有家,如果说有就是我过去和秀芝同住过的那间小屋。

你像是很随意地搂着我的腰肢并牵着我的手到了舞池中央,"三步……"

我们是不是喝了很多烈性的酒?我只记得空气中的酒精,要把我和你推到无尽的魔鬼般的深渊。

我们在舞池中间旋转、旋转、旋转……除了我们,所有的人都退到一边,中间空出了斑驳的星星点点一大片。

你喝了很多酒,在马路边的小酒摊。你说,来刘红,这酒,是为你而喝的。

酒杯的杯底,各有一只小金鱼。它们仿佛在酒水中里有了生命。酒一倒进去,小金鱼就摇头摆尾。但他们不知道,这只杯子里的鱼永远不能游到对方的杯子里去。

雅阁，我的头有些晕有些不对了，我不希望水晶烟缸成了埋葬你的棺材，我更不希望白纸裹着的褐黄色的烟头变成鞭炮，在殡仪馆给你炸了起来……

雅阁，我不能写下去了，也许，这是我唯一清醒着的时候给你写的最后的信，不知道你现在的地址，我就放在我自制的漂流瓶里，托它漂到我妈妈身边，让我妈妈想法交给你吧，只要你真的收到了，我的病就好了。其实我知道我没病，我是真的没有病，但很多事情我想不起来，甚至我也不知道我在某一个时间和地点做了什么说了些什么，但我仍然觉得我自己没有病，说没有病吧，可我实在不知道今年是哪年，最后，连月和日也分不清楚了……

胡杏儿没有给刘世昌说女儿这封写得乱七八糟的信的事情，她想直接把这信给烧了。可烧了，这信就算送到天堂里的雅阁手里了——不管他是死了，还是她像死人一样活着。

第十一章

叫你别问，就别问

二弦中学毕业那一年。

周末二弦回到家了，啥也没有说，倒头就睡。

姐姐还有两个月才毕业呀？怎么把被盖和其他东西都拿回来了？三更虽有些不安，但不敢问。三更出门时说："姐姐你起来热饭，我摆摊去了。"

二弦没有答话，三更认为她睡着了。

下午，三更回家取东西，见留给姐姐的饭菜没动过，他就借口敲姐姐的门说："姐姐开门，我要进来拿东西。"门栓死了，三更只能在门外听里屋的动静。听了半天，屋里有了床板"吱"的一声响，接着，总算有了姐姐一声长一声短的叹息声。这声音，像刚回树上栖息的鸟发出的一声长泣，听得三更心里颤颤地。可尽管如此，三更反而放心了一些。

晚上回家，桌子上的饭菜仍然没有动过。三更算了算时间，姐姐一天一夜没吃饭了，这哪行哟？忽然，他故意大声地惊叫道："姐姐，蛇！"

他立马后悔了，过去偶尔遇到蛇，还是自己帮姐姐打的呢。姐姐怕蛇得很，我怎么想到用这种方法哄姐姐起来吃东西？他只好改口说："姐姐，你再不起来，我今天就睡在门口了，明天鞋摊我也不摆了。我就陪着你。你不吃东西，我不放心。"

里面的床板又"吱"的一声响，算是给三更回答。

第二天早上三更依然去摆摊，不摆摊不行，得给姐姐买点好吃的。

到了晚上，三更提前回家，姐姐还是没起来。

三更说："姐姐，今天没有啥生意，我提前回来了。你不晓得，我人在鞋摊上，心在家里。你不可怜你自己，你可怜我。你听我的话，起来把门押个缝，你让我进来拿点东西。"

二弦没有开门，也没有叹息声了。三更用手推门，用火钳打门，用木棒敲门，门，似没有被他打开。忽然，"咚"的一声响，三更摔倒在地上，啥都不知道了。

屋里的二弦听到那"咚"的一声响，她才跌跌歪歪起来。一惊，三更倒在她卧室的门口。她用手在三更的头上一摸，天呀，高烧呢。二弦想给他吃头痛粉。房三更家里从来就离不开头痛粉。头痛粉是家里的万能药，大病吃，小病吃，大人吃，小孩吃。即使不吃，可牙痛呀，生疮呀，都会用它来当粉剂撒在患处。更甚的，拉肚子、烂趾丫，也会想到用头痛粉。二弦强撑着自己站起来去倒了水喂了三更头痛粉，然后就烧火，淘米，给弟弟熬了点稀饭。做这一切事情的时候，她眼花缭乱，身体麻木还有刺痛感，她的大脑里就像有无数的锣儿、鼓儿在敲。有枪声、炮声在响。她昏昏然，飘飘然。双脚踩在地上像是踩到棉花团，不是东倒就是西歪，她感觉身体没有重量，人像是要飞起来了。

三更醒来，他发现自己的头靠在姐姐的手臂上。

"三更，喝点稀饭，我给你放了糖精，甜得很。"三更尝了一口，点点头，又摇摇头。说："咸。"

二弦一尝，天啊！刚才自己恍恍惚惚的，怎么放了不少盐啊。

"我……给你另熬稀饭。"

"算了，加点开水就行了。"

二弦读书在外，很少与三更有亲密的接触和更多的交流，可这次不同，三更忽然想起在他昏迷的这段时间，二弦在他的耳边说过一些话，虽然那些话断断续续不连贯，但他确定是姐姐二弦的声音。姐姐说的什么？他一点也想不起来。现在的三更，只想靠在姐姐的身上休息一下。姐姐身上有近似于母亲那样的体香，他不由得把姐姐的手抓得紧紧的。

三更问道："姐姐，你的被盖和衣服都拿回来了？"

"学校放农忙假，过几天我再回学校。你别问那么多。"

"回学校就好……我只担心你。"

"叫你别问,就别问!"

"好,我不问。"三更的心里矛盾得很,她想姐姐去上学,但又想姐姐在家多陪他几天。

二弦像是换了一个人似的。她拉下窗帘、桌布、衣服、被单,然后就背到河边去洗。不到一周的时间里,家里的东西都洗遍了。找不到东西洗了,最后她像得了强迫症,把洗了的东西再洗一遍二遍三遍。

不过,二弦很少和三更说话了。要不,三更问一句她答一句。三更想,二弦在家半个月了。啥假有这么长?三更试探性地问:"姐姐,你这次上学,我送你去。"

"啪"的一声响,三更挨了一耳光。三更愣了。姐姐打我?二弦呆了。我怎么打三更?

二弦看看自己的右手,又看看自己的左手,然后提起右手就给自己脸上一巴掌,道:"我打你了?唉,我该死!"三更用左手捂住脸,一句话不说。

二弦忍不住了,说:"三更,我打你了?唉,你看我……都怪姐姐。痛吗?唉,姐姐疯了,姐姐心里烦躁,我不该打你。三更,你原谅姐姐。来,我看看。刚才……就是刚才,你干吗要问?干嘛要问呢?姐姐我不想你问……唉,其实你问我也没有啥关系。你知道吗?有些事情,让我心烦,你不要再问我为什么。你晓得了又怎么样?说了,你也帮不了我……唉,三更……"

"姐姐……这算不了什么。姐姐,我不痛。"

三更的头靠过去,他能听到姐姐心脏蹦蹦跳动的声音。他说道:"姐姐,我不问了,我再不问了。姐姐,我晓得你想妈妈了,妈妈没有了,还有哥哥还有我和四郎。姐姐,以后你不用把每月的生活费省下来,我有钱用。以后,等你毕了业,我们家就好了。你看我现在,能自己找钱养活我自己了。姐姐你看,我还能给姐姐挣学费。以后,我供姐姐读大学是没有问题的,以后,我们不要叔叔资助的钱,我们自己就能挣。姐姐你不相信?看,这是我擦皮鞋找的钱,拿着,我都给你,你啥时候到学校?唉……我这嘴,又问了。"

二弦感动得泪流满面,她不知道该怎么给三更解释自己已被学校开除了。她接过三更递到手里的钱包打开，里面竟然是一把散碎的钞票，她说："三更，你不能去擦鞋了，你应该去读书，这些年，妈偏爱我，姐姐对不起你。"二弦说着说着就又伤心流泪。

三更给姐姐擦眼泪道："姐姐，我不是读书的料，姐姐你才是。"

"三更，你怎么哭了嘛？我是眼睛进了沙。"

"姐，我是男人我哪会哭？我也是眼睛里进了沙。"

二弦从包里拿出一个本子说："三更，以后我也有我的安排，你就别管我了。这个本子你得给我放好，这上面是我记的一笔一笔的账，你看这些账，都是爸爸和妈妈去世时街坊邻居送来的礼。无论我们怎么样，我们都要感叔叔的恩，感我们樱桃街人的恩，以后街坊邻居家里有什么事情，我们必须去还他们的情。"

三更接过本子说："我记住就是，这些年全靠樱桃街的人帮我们了。"

三更见姐姐手里还拿着几封信样的东西，他问道："姐姐，你拿的信？谁的？"

二弦忽然很警觉地把手背在后面，说："啥信？这不是信，这是旧本子，等我拿去烧了它。"

"烧了？烧了多可惜嘛，姐姐，你放在一边，我还可以擦屁股用。"二弦苦笑了一下说："这本子，用来擦屁股都不够格。"

三更觉得姐姐好奇怪，她手里明明拿的是几封信，她怎说不是信？这些信的内容是什么？是谁写给她的？怎么连擦屁股都不够格呢？姐姐不说，三更又不好继续追问，于是，话题就此打住了。

门"吱呀"一声响，有风在吹。二弦变戏法似的也张开了自己的手说："三更，前段时间，我也利用课余到学校的养鸡场去帮工，鸡场每月都会给我补贴，拿着，你空了去买点吃的喝的回来，日子还得过下去。"

那天，真是无巧不成书，叔叔房巨伦也来了。他说是路过这里，顺便进来看看。见二弦三更两姐弟在家，真是喜出望外，他说了一会儿话就准备走。

二弦拦住了叔叔说："叔，这是我给你织的袜子和给婶娘织的背心，我们姐弟给你添麻烦了。这个东西不值钱，是我的一点心意。"

房巨伦说："一家不说两家话，二弦懂事，你送我的礼物我这次收下了，以后不准再给我们啥礼物不礼物的了。四郎在我那里也好好的，等周末了，你们姐弟好好聚聚。我馆子人手少，我得走了。"

二弦姐弟把他送到门口，看他走了好远好远，姐弟二人才回屋。

那天，二弦给三更做了好几个菜。三更放下筷子说："姐姐，这让我吃好几天的了，你怎么做这么多？"二弦说："吃吧，吃吧，我要走了，你以后难得吃到姐姐做的菜了。"

"姐姐你安心去上学，等姐姐毕业了，我们就可在一起了！"

二弦喃喃念叨："姐姐要毕业了，我真的要毕业了。"吃完饭，二弦洗碗，三更说要给人送鞋去，他说很快就回来。

五味杂陈的夜晚

三更走路慢，且要走好长一段路。可不知道为什么，他的脚一跨出家门，他就和姐姐有种生离死别之感。这样的感觉三更从来就没有过。他感到心慌、心跳，脚杆没有一点力气，他的眼睛有些发痒，用手一摸，天啊，怎么每一根眼眨毛都像张开了翅膀的羽毛毛茸茸的？这样的念头一出现，他就感觉自己的眼球与这些羽毛已经共同组成了两个鸟头。这两个鸟头中的其中一个是自己，他用这只眼睛去看周围的一切，另一个鸟头是鹩哥——是鹩哥吗？是，好像又不是。如果说是，三更的鹩哥会说话，会交流，会议论古诗词和谈论公冶长。现在的这只鹩哥，眼睛周围都长出了长长的羽毛，它羽毛的色彩虽然在变幻，但它已经不会再说话。三更不知道自己怎么了，口也干，舌也燥，耳朵轰轰作响，好像有人给自己说话，可说话的声音有时又细得像飘雪，像花儿盛开的声音。他想，我是不是病了呀？三更停住脚步静静心，希望能听到点什么或者看到点什么。可除了自己的脚步声和小孩子发出来的咿咿呜呜的哭泣声，其他什么声音都没有。一股莫名其妙的气味随风飘来，那气味又腐又酸的像小说里描写的死尸？房三善从来就没有闻过这死尸气味。他无法预测今天晚上要发生什么事情？他停下了脚步，再仔细听听，没有了孩童的哭泣声，但有了像下雨，像打雷，像岩石往下滚动的隆隆声。他定了定神，他想找出这些声音的来源之处和消失之处。他想让自己的听觉器官不再陷入一个个神秘的各种声音的包围圈中。他开始厌恶这百口难辩，百手难指，百鼻难嗅，百耳难闻的声音和气味。终于，他感觉周围有了一些邪气。于是，他想起母亲告诉过他的对付邪气的神秘办法：他用牙齿咬破了食指尖，让指头上的鲜血流了出来，然后用力一摔，手上的血水四处溅开。房三更的头脑忽然清晰明亮了。他听到一个无比清晰的声音在对他喊道："三更，你回去。三更，你回去。三更，你哪里也不要去……"说话人的声音不知是男是女，也不知年长年少，但他听得实实在在。

他的左眼在跳，他用手按住了。右眼在跳，他又用手按住了。他抬头看看天，乌云慢慢堆积成两座黑漆漆的大山。他在两座大山之间，他被挤压得一点挪不开脚步也挤压得有些喘不过气。他退了一步，压过来的大山，好像也退了一步。他向前一步，大山就会像两垛夹板把他夹住并越夹越紧。后退一步，两堵墙就松开了一些，脚也轻松了一些。他实在想快点把鞋给人送去自己好回去，可这时只要想到往前走一步，身边的两堵墙就越来越高，越来越厚，他夹在两墙中间连呼吸都困难了。

三更抬头，天呀，一女子脚不沾地，竟然在空中甩来甩去。这女子是谁呢？说她像二弦，可二弦怎么会用绳子把自己吊起来？说不像二弦，可她又穿着与二弦相似的衣服。三更的眼前竟然有了一点光亮，那光亮让他可以看见这女人的眼角边有颗痣，二弦的眼角也有颗痣。二弦的衣服有颗扣子是另一颗扣子代替的，她的也是。奇怪的是，那女子见三更看她，脚竟然在空气中蹬了几蹬，这女子说："三更，三更，以后每年的今天，你都要给姐姐烧封信，你要告诉哥哥的安好你的安好和四郎的安好，不然我不放心。"

三更顿时大悟，这世界上好像有一种神秘的力量呼唤他回去。

三更决定向回家。路边的街灯，像一只朦胧着的鬼怪的眼睛对自己眨呀眨的。三更祷告道："二弦，我的姐姐，你不要出什么事情哟！天大的事情，有你弟弟给你撑起的哟。你要挺起腰杆才是呀！"

三更平时走路，脚上像系了个秤砣。可这一次，他回家的心像是在飞。

房三更老早就拿出了开门的钥匙。

一只老狗尾随着他走了很远。刚转了个弯，狗就大叫。三更知道只要有狗叫声，妖魔鬼怪、魑魅魍魉都会往后退。几只蝈蝈凄厉地对他一声一声地叫，这一叫，三更的心里难免有些发慌，背窝也一阵阵发凉。离家还有百步，五十步，十步，越来越近了，三更的心情也越来越紧张。在离门还有两三步的时候，三更老远就大声喊道："姐姐……姐姐……"

手抖，好不容易才把房门打开。跟到家门口的那只狗，一边狂叫一边躲到角落去了。

"姐姐……姐……"房二弦的脚在半空中微微甩动，身子也在轻摇。三更唯一能做的就是抱住姐姐的脚往上顶。他的意识里，只要上顶，捏在姐姐脖子上的绳子就会松一点。只要上顶，姐姐就会远离与死神的距离。不然，绳子就会把姐姐的脖子越捏越紧，越扯越紧，甚至把脖子扯断。

三更这才大声喊道："救命呀，救命呀！救命呀！救命呀！"

"啪……啪……啪……啪"，"哒……哒……哒……哒"，很快，纷乱的脚步声就集中到了房三更的家里。

最早来的是余富贵，一见这场景，他大声呼喊道："快来呀，三更家出事了！快来呀，三更家出事了！"

接着来的是从外面刚回到家的刘世昌夫妇。余富贵大叫道："刘世昌，刘叔，快抱住她的脚往上顶，千万别让她落到地上来，使劲呀！"

"救人！废话少说！"

几张嘴、几双手、几双脚都围着二弦转。有人去找菜刀，有人去找板凳，有人去把屋里的被盖抱出来放在地上铺平。余富贵登上凳子，用手里的刀"嚓"的一声砍断了绳子，几个人缓缓地把房二弦抱住，慢慢地把她平放在地上的被子上。

余富贵大声喊道："把枕头给她垫高一点，保住她的心肺，不要让她的脑壳缺血。"不管对不对，大家各自出着自己认为在这个时候能全力救人的主意。

余富贵记得有人曾遇到过这样的事情，因为救人的方法不当，一刀割断绳子，绳子上的人"咚"的一声落到地上后，气也随之断了的事例，所以这次他特别小心地指挥救援工作。

刘世昌、胡杏儿、老 K、简正权很是小心地用双手托起二弦，以让她的身体保持平衡。

胡杏儿哭着埋怨道："唉，我说你这个娃儿，有啥想不开的呀？你干吗要走这条不是人走的道呀？"

"哭啥哭？你是想她死？"刘世昌踢了她一脚。

"我没有那个意思，我没有！"

二弦从屋梁上放下来了。绳子勒过的地方留下一道深深的痕迹。二弦一动不动躺着。该怎么办呢？三更不顾得其他，他听说过可用嘴去帮助姐姐呼吸，于是把自己的嘴凑到姐姐的嘴上去给她人工呼吸。余富贵觉得三更的动作不到位，他就推开三更自己去给做呼吸。哪知三更大声喊道："你猪狗不如，你怎么这么救我姐姐？"

余富贵哪管他说这些，他回身吐了一口痰说："三更，你别急嘛，你看我们不是在救你姐姐吗？来，你摸摸你姐姐，你姐姐真是福大命大，你姐姐现在想死也死不成了。阎王老爷不收你姐姐，你看你姐姐的魂回来了！"

房三更睁大眼睛看着姐姐。

过了一阵子，二弦叹了口气。

"二弦……二弦……"二弦的呼吸微弱得就像一颗种子放在土里悄无声息地等待生根，发芽，开花结果。

三更伸手去抱住姐姐。可是，他的手刚接触到二弦的身体就被余富贵拉住了："莫忙，三更，让你姐姐平躺，她的脑壳需要正常的流血量，不然一会儿大脑水肿就危险了。你看你回来及时，要是再晚几秒钟。你姐姐就没命了。"

三更给屋里的所有人一一磕头。他说："谢谢救我姐姐，谢谢救我姐姐，我不能没有姐姐，我和四郎不能没有姐姐啊！姐姐，姐姐，你这是为啥呀？你有什么事，为啥不告诉我啊！"

半夜里，大家把二弦搬到床上后，三更干脆就在姐姐的枕头边又放了一个枕头和一床被子，他怕姐姐半夜里有什么闪失，他要在夜里分分秒秒陪着姐姐直到她能起床能上学。

胡杏儿逢人便说房三更回来得巧

这事过后，胡杏儿逢人便说房三更回来得巧，也夸余富贵在关键的时刻指挥大家救助二弦很到位。这话传到房三更耳朵里，仍然为姐姐得救而感到幸运。

胡杏儿说："看不出来，余富贵这人还有救人的本领。这经验得传下去。万一以后再有人走这条路的话，就好搭救别人。"

这个"别人"是谁？她的这个假设让男人刘世昌听来是很不吉利，于是胡杏儿挨了他一顿骂。刘世昌说："你这没有良心的东西，谁想走这条路呀？你没有听医生说，谁都没有二弦这样的好运气了。二弦没有来得及死，是因为她颈子上的气管和大血管没有来得及封闭也没有来得及颈椎脱位，她的高位脊髓颈椎虽然没有骨折，但她的颈部已经有了一点瘀青的颜色，要是再过一会儿，她的颈子就会水肿，喉部也会有瘀血肿块，要是这样的话，还得切开二弦的喉管插管。唉，十多岁的娃儿想当吊死鬼？二弦肯定遇到啥过不去的大事了。"

胡杏儿大惊："你怎么知道她遇到啥大事了？"

刘世昌说："不遇到大事她会上吊啊？你怎么不动动脑筋？不过这次，还真靠余富贵。"

在余富贵背后，樱桃街人也讨论过三更在情急之下抱着他姐姐的脚往上顶是正确的还是错误的？因为有的说，三更救他姐姐的方法不一定对，因为人体的体重到达了一定的比例后，人体自己就把自己的脖子给扯断了，好在她的体重还没有把自己给扯断也实在是运气来忙了。

二弦在家又住了半个月。从舅舅家赶回来的一茶，反复地追问二弦在学校到底遇到了什么事情？在哥哥的一再追问和二弦断断续续讲的几个小片段中，差不多就还原了那段时间二弦遇到的倒霉事。

房二弦怕那几封信害了谭君可和谭君以两兄弟

谭校长说："陶老师，你们班的房二弦作风情况怎么样？有的事情，连我都听说了，你这个班主任失职哦？好好管一下。"

"房二弦作风不好？我怎么不知道？校长你在哪里听来的？我不知道的事情，叫我怎么管她？她有什么出格的事情吗？作风问题？她一个娃儿有啥作风问题？校长你千万莫乱说哟，这对女娃儿来说，作风问题可是关系到她一辈子的大事哟！"

"谁说的？这事情还要我点穿不成？读书期间，她都干了些什么你不知道？你看我两个儿子都在你的班上，你堂堂班主任你不晓得？陶老师，你是不是辜负了组织对你的信任？"

陶老师是四十多岁的中年女子，男人是工厂里的木工，目前正在搞调动。二弦是她的得意门生。每当二弦和她单独在一起，陶老师有好次都出现了这样的想法：要是我的儿子将来娶到二弦就好了。她对自己这个念头作过深刻的批判——我太自私了，哪有把喜欢的学生介绍给自己当儿媳妇的？再说，我儿子还小呢。陶老师喜欢房二弦的事情全班同学都知道。好几个同学都说老师家里有点什么好吃的，陶老师都会叫上她。对于老师对房二弦的偏爱，引得不少同学嫉妒羡慕恨。房二弦生得端庄大方，学习虚心上进，生活勤俭节约，她的品德无不让人钦佩称道。陶老师记得开学不久，房二弦就把她拾来的一个叶子烟口袋交给学校。陶老师打开看过，里面是一笔不小的款子。后来派出所调查清楚了，原来丢失这笔款子是一位乡村老师到城里去给学校教师取工资，不小心把装工资的烟口袋掉在回学校的路上了。就因为这件事情，房二弦在学校被评为拾金不昧的先进个人。就因为这件事情，谭校长号召全校师生向房二弦学习。哪知道这件事情后的不久，谭校长的儿子谭君可和小一岁多的二儿子谭君以就开始给房二弦写情书。当然，这件事情除了房二弦和谭校长家人，并没有他人知道。

忽然听到校长责问房二弦的作风问题，陶老师就想，据我观察的情况来看，应该是校长你的两个儿子在追房二弦啊。对于这件事情，人家房二弦又没有接招，你怎么就说房二弦作风不好呢？

"谭校长，我先调查调查这事，再作结论怎么样？你晓得校长，这些年我没辜负组织对我的期望。"

见陶老师帮着房二弦说话，谭校长就点憋不住了，他说："陶小惠，我也不怕你笑话，要不是君可、君以的妈妈说起这事情，我还不相信这房二弦竟然来勾引我的两个儿子。我想说的是，这丫头的眼里还有没有我这个校长？她有没有想到她是啥子家庭我是啥子家庭？这女娃子，真是胆大包天，竟然想把我两个儿子都搞到手。我说陶老师，不是我责怪你，你真的有责任。"

"校长你消消气，她毕竟还是我们竖起来的榜样。她是一个好孩子。你说我有责任，那我就有责任。"

"陶老师，既然你这么说，那我就不在大会上宣布她被开除这事。我晓得，女娃儿爱面子，我两个儿子也爱面子。这样吧，你在课后劝劝她，让她退学算了。无论如何，你不能让她再在我的学校读书了。这事，你去处理吧。"

陶老师很想说，你明明就是要开除房二弦了，你怎么还在给她留脸面？我的学生我知道，她才没有胆量去勾引你两个儿子。校长见陶老师的态度并不是他想象的那么明白，校长就将了陶老师一军说："你家老罗调到我们学校一事，最近就要批了哦。"

陶老师一听丈夫从工厂转到学校来当校工。多么不容易的事情啊！只要谭校长签字答应，夫妻两地分居的问题就能解决。陶老师不能不去找房二弦了，找她的主题只有一个——房二弦或转学、退学，要不就开除。

响鼓不用重锤，陶老师的话还没有说完，房二弦就明白是怎么一回事。

房二弦说："陶老师你怕校长，可我不怕校长。既然要开除我，可得有开除我的理由啊。校长说我勾引他儿子？老师，那我交几封书信给你看，你看到底是怎么一回事？"房二弦说完，就从书包里拿出谭校长大儿子谭君可写给他的情书说："老师，你请校长大人最好问问他儿子。"

陶老师伸手去接房二弦手里的信。哪知道二弦手一缩，一下又把信收回去了："算了，我不给老师添麻烦了。"

房二弦想得多，她怕那几封信害了谭君可和谭君以两兄弟。

"君以，你喜欢房二弦？"谭校长问过他的小儿子。

"我从来就没有说过我喜欢还是不喜欢房二弦，你说我喜欢，拿出证据来！你说我不喜欢，也拿出证据来！你没有证据，用什么证据说我喜欢房二弦或者是不喜欢？既然老汉你今天问我喜不喜欢她？我可以告诉你也可不告诉你。至于我哥是不是喜欢她，你最好先问你大儿去。"

"君可，你喜欢房二弦？"谭校长问过他的大儿子。

"我喜不喜欢她，我不告诉你。可她根本就没有正眼看过我。我喜欢又怎么样？不喜欢又怎么样？我觉得全班男生全校男生都喜欢她，你相信吗？"

谭校长啥都没有问出来。他觉得很伤自尊。他连续好几天去找陶老师了解情况，而陶老师也在最近几天里找过房二弦谈过几次心。

房二弦被逼急了。她摸摸肩头上的书包说："陶老师，我昨天还收到他们兄弟俩各一封信，老师你要相信我。哦，要是你们不相信，要是你们真的把我逼急了，那就别怪我了。

陶老师说："房二弦，老师教了你几年了，你的为人我晓得，不论校长怎么看你，你知道我很帮你是不是？年轻人受点委屈利于你的成长，房二弦，你就是经历得不多。"

房二弦说："老师既然你怎么说，我手里的信，就不拿出来了。你晓得，我不拿出来，是不想害他们。"

陶老师说："房二弦，你手里的信你不给我看？你给我看了，我心里才有个数！"

房二弦说："这信谁都不能看，除非是他们本人。老师，这毕竟是很个人的事情。他们想害我是他们的事情，但我不能害他们。"

房二弦相信老师和校长会处理好这事情，他们不会冤枉一个女孩子。

房二弦在心里承认过，过去的她，是对谭家哥俩有过好感，但这好感只限于他俩有一个和蔼可亲的父亲和母亲。她曾拒绝过谭君可，他曾以开玩笑为由，当着众多学生的面摸过她的辫子拉过她的手。两兄弟中，她比较过，要说喜欢，她更喜欢谭君以一些，他为人上进又好学，也从不校长儿子的身份对待班上的男女同学。他哥哥谭君可就不同了，趾高气扬，老是欺负女同学。

机动船被飓风刮翻到河里去了

在二弦被学校开除的前一个星期，她和谭君以在校办的养鸡场里记录各种数据，恰好两人被分在一组。

"二弦，听说你要退学了？"

"你怎么知道？"

"校长的儿子啥不知道？不过，你别伤心，有我。哦，还有我哥哥谭君可。你晓得我们兄弟俩都喜欢你，可我更喜欢你。"

"你们喜不喜欢我，不关我的事情，那是你们自己的事情。"

"听说你要退学了，你真是不应该。我要把这事情告诉我爸爸，你说怎么样？"

"我退学不退学与你，与谭君可都没有关系，是我自己要退学的，我家里需要我。"

"我爸爸是校长，我要对他说……说……请他帮助你完成学业。"

"给你说谭君以，我退学不退学不关任何人的事情。"

可怜的谭君以，他真的就不知道二弦是因为他们两兄弟的事情要被开除吗？就在那个有着月光的被学生们戏称为恋恋山的鸡棚里，谭君以很是小心翼翼地抱住她的肩膀，房二弦想躲闪也来不及，她转过身，心甘情愿地让谭君以吻了吻她的额头。

一道电筒光像一把生锈的剪刀把一幅温馨的夜色剪成碎片："谭君以……房二弦……你们在流氓！"

是谭君可的声音。两人急忙分开。

"来人呀！抓流氓呀！"

谭君以冷静地说："我是你兄弟，啥流氓不流氓的？谭君可，睁大你的狗眼。"

谭君以护着二弦，二弦躲在谭君以的后面。三人都不说话，默默向学校的方向走去。

全校师生大会上，二弦被开除了。开除的理由很简单，有人揭发说鸡场的十多只鸡被人偷了。这事情与一位姓房的女生有关。

虽然没有提名，但道了姓的呀！反正书也读不成了。房二弦面对昏暗的天空，她大吼了一声："校长，你说谁偷鸡了？"

话一落脚，一股大风吹来，树上的落叶和鸡场里的各色鸡毛、树枝、树叶、稻草、黄叶、包谷杆像听到了集合号，纷纷从树上从鸡场那边集中到谭校长的头上、身上、脚背上。谭校长用手去抓，用脚去踢，哪知越抓越多，越踢越多。他仿佛陷身于一个不堪入目的垃圾场的漩涡之中而被淹没。

当天下午，陶老师就送二弦到码头乘船回家。哪知过了两三个小时，该来的船却一直不见踪影。不大一会儿，谭校长和一行人匆匆赶到河边。

二弦和陶老师以为他同意二弦回学校上课而追赶来，谁知，谭校长把陶老师叫到边上说，刚才长江上出了一件天大的事情，一只从上游行驶到下游的机动船被飓风刮翻到河里去了。船上百多人差不多都葬身鱼腹。他说他的妻子进城里给学校买教具也是乘的那只船。

二弦和陶老师大惊，说："等等，等等，也许她没有乘那艘船呢！"

"是，绝对是。"

当捞到谭君可谭君以妈妈尸体的时候，已经是发生这事的四天后了。

这四天里，二弦一直住在陶老师家里。二弦想知道陶校长妻子最后的情况。

二弦到底该离开学校了。走的那天，谭家两兄弟当着班主任陶老师的面给二弦道歉："二弦，对不起，是我们鸡场的饲养员点错了数，是他搞错了，我爸爸叫我们来给你赔礼道歉。他这段时间心情不好，你就原谅他吧。"

正说着，谭校长从林荫树下的路那边走过来了。二弦一看，他妻子遇难才几天，谭校长就老了一头了。

只见他黑着脸说："房二弦你走吧，不是开除，是劝其退学，不，是转学……你……好之为之。"

二弦晓得，这一切都是借口。谭校长是怕他儿子和她交往，他妻子遇难后，他现在比过去更爱他的儿子了。房二弦虽然没有了偷鸡贼的名，但不少学生晓得了校长两个儿子和她交往的事情，现在不是学校劝其退学也不是开除不开除她的事情，是她自己不想在学校待下去了。

陶老师送二弦出门走了很远很远。直到分手的时候陶老师才对二弦说："房二弦，你也别记恨我们谭校长，他也是个好人，你看他的妻子，这才几天……只是……他对自己的儿子太娇惯了一些。你不晓得，你们开学时坐的新桌椅，就是他用为他父母准备的棺木来做的，他也是边做桌椅边掉泪的呀，他说这一辈子对得起学生，但对不起父亲母亲。房二弦，你受委屈了，你别记恨谭校长。你看，这是校长给你开的介绍信，她让你转学。"

房二弦决定回櫻桃街，回到弟弟房三更那里。

主任，你的钢笔好像那时没墨水了

房二弦这次回到家，与往日回家不同，这次回家睡了好几天不说，而回家后的当天，她还先到叔叔家看望弟弟四郎。四郎很开朗，说在叔叔家很高兴，只是很想姐姐和三更。二弦叫四郎多听叔叔的话，等大哥和自己有条件了，就把他接回家。对于四郎的目前，二弦很放心。她只是遗憾那天叔叔没有在家。

二弦一直闲散在家。有时给人打毛线，打一个帽子一元钱。打一件毛衣三元钱。

一九七三年的某一天。櫻桃街的人就集中起来开"知识青年上山下乡动员大会"。会后，家长们不约而同地都哭哭泣泣地说自己的孩子身体不是有心脏病，就是有风湿病，不是有哮喘病，就是有癫痫，大人能想出来的所有的病都想出来，无非是提出来要办病残不下乡。

郭海洋的妈说："房三更，你好安逸，你是残疾人，你不下乡。"

二弦说："莫乱说，我弟弟年龄小，再说他腿是瘸的，属于照顾对象。啥残疾人不残疾人的？"

房三更故意拐着脚在地上很夸张地走了几步，说："好？有啥好？那叫你儿子来当我这残疾人嘛。"

郭海洋的妈说："房三更，哪有你这样说话的嘛，我是很羡慕你的嘛。我没有别的意思。"

二弦说："肖主任，我报名，我愿意去。"

肖主任说："你看你们，还不如一个女娃子，房二弦的觉悟多高呀，我们要向二弦学习。

房三更才不希望姐姐去。可他不敢说出来。他只说道："姐姐，你去，我也要去。"

"你去？你一个瘸子你怎么去？去给人家添乱？我初中也算三年级上期，你呢？不够条件。"

四郎说："姐姐，三哥去，我也去。"

二弦忍不住笑了："你才多大？你去？"

房巨伦悄悄地对二弦说："二弦你去乡下，还是给一茶说一声，这么大的事情得商量啊。你说了不算。走，我们回去。"房二弦执意要肖主任写上她的名字。

晚上房巨伦去找管区主任，请求她让房二弦晚一批下乡。肖主任说："要是你上午给我说了，我悄悄地把她的名字划去还行，可上午大家都已经听见了二弦报名了，我现在把她的名字划去，我怕人家说我破坏上山下乡。"房巨伦拿出了一床真丝被面给主任，说："肖主任，你的钢笔好像那时没墨水了，你没写清楚。这样吧，房二弦的名字这次就算了，我看……以后再补吧。"主任看看上午报名的本本，说："我的钢笔真的没有墨水了。好！下次报头名吧。"

房巨伦笑嘻嘻地回家了，感觉房二弦不下乡，他就对得起堂哥了。

一茶正好回来。他说："二弦你才十六岁，还小呢。要去，也是该我去。"

二弦说："我们是孤儿。你是老大，再说，你的户口也没有在我们这里。以后，你要照顾三更和四郎，这乡，还是我下吧。"

一茶接过叔叔递的一支散发气味芬芳的经济烟，呛得他鼻涕不断眼睛流泪。他说："我和叔叔就商量一下这事情吧。"一茶想了半天，才想出一句："叔叔，拜托给二弦联系一个近点的地方吧。我不想她离家太远了。"

二弦说："不用，服从分配就行了。"

房巨伦说："可惜我那一床真丝被面哟！肖主任不是答应你下次去

吗？"

房三更说："今天早上，主任又来动员姐姐了，说她上周是自己报了名的，这个典型得树立起来。"

"真他娘的！"房巨伦听了很生气。

二弦下乡的前一天，叔叔送来了洗脸盆、牙刷、肥皂、肥皂盒，还有一件浅蓝色的的确良衣服。二弦平时里也刷牙，但那不是用牙刷，她和房三更四郎及小巷里那些孩子一样，在长江的水边边抓起一把细沙，先是抹在牙齿上，然后就把手指头伸到小嘴里横着竖着狠起劲擦。直擦得满嘴都是河沙。二弦最喜欢叔叔送来的牙刷了。那牙刷，和妈妈买给她的一模一样，只是她过去一直不舍得用。肥皂和肥皂盒也是她喜欢的东西。巧了，这些东西也是和妈妈平时买的一模一样。走的那天，叔叔、大哥、三更和四郎一起去车站送她。

房三更从衣服包包里拿出了一小包糖果，他说："姐姐，想我们的时候，你就吃一颗。"

二弦抱着两个弟弟的肩头说："想姐姐了，就看看我的照片。"

三更和四郎都穿着二弦用国家发的布票做的新衣服新裤子，像过节一样。这之前，他还给哥哥和叔叔一人织了一件棉线毛衣。她带上了妈妈盖过的旧棉絮和一床补后还能用的席子。

锣鼓铗天，大红标语到处都是。车要开了，其他家长都哭了，二弦抹了抹眼睛，说："广阔天地大有作为，你们哭啥啊？"

三更和四郎也在哭。他们说："姐姐，我们舍不得你走。"

二弦背过身去，又回过身来说："今天的沙子，真多啊！"

打开笼子，让它们各自向远方飞去

乡下的油菜花和樱桃街的槐花又开了三回的时候，有邻居小孩给房三更报信说："二弦回来了，二弦回来了。"

房三更的心情像弹簧，一下高兴得弹了起来。

二弦果真回来了。黑了，瘦了，但精神比在家里的时候好多了。她的后面，有一个提着竹笼子的男人，二弦说："进来呀！"手提笼子的男人和她一道进屋。三更感觉这人好面熟呀。

二弦提示："马——拉——车。"

房三更"哦"了一声，说："你像过去送石灰到我们樱桃街来的那个……"

提笼子的男人身穿对襟子衣服，理寸发，黑是黑一点，可他还有女人一样的酒窝。

他笑笑说："我叫王大福，你叫我王哥。我过去和我老汉常送石灰到樱桃街来，我们算是有缘了。"王哥把竹笼子提高了一些，他说："三更，这是我在山里捉的，喜欢的话，我就送你。"

二弦说："本来你就是送给他的嘛！"

王大福一笑，脸上的酒窝深深的。

房三更接过笼子，慢慢地揭开了蒙住笼子的一层厚布。笼子里刚有了一点阳光，里面就有叽叽喳喳的鸟叫声。房三更仔细一看，这是两只似鸽非鸽、似鸡非鸡、似鸟非鸟的东西。二弦像是看穿了他的心思似的，她说："这不是鸽也不是鸡，这是两只斑鸠。"

两只斑鸠让房三更高兴了，它们轮流"啾，啾，啾"伸出嘴来，像锥子一样啄他的脸和手。

房三更见门边有一颗钉子，顺势把鸣叫着的笼子挂上去。

夜里，房三更和王哥躺在一张床上。房三更说："王哥，你和我姐姐什么时候结婚？"

"我和你姐……手都没有拉过呢！我们不说这事。"

"我哥哥和我叔叔晓得这事情吗？"

"你姐姐就是回来商量这事情的。她说她自己回来，我不放心，我就跟来了。她说她要听她哥哥和叔叔的意见，他俩同意……我们就耍朋友，要是不，我……我就……独自回去。唉……"

房三更也"唉"的一声叹了口气说道："反正这事情，我是同意的，你莫管他们的了。"

二弦和王哥的婚事终于没有成，叔叔打电话给一茶，一茶坚决不同意，说她若背着他把婚结了的话，他就没这个妹妹了。

　　二弦先是伤心，王哥也无精打采。虽说两人都有不舍，但王大福说绝对尊重二弦家里的意见。他说毕竟二弦是城市里的人，他和二弦的身份相差十万八千里。各自痛苦了一阵子后，两人就回到了感情的起点而各走各的单行道。不久，城里的知青逐一大返城，房王二人也暗自庆幸他们没有把这婚结成。王大福曾想过，如结婚了，一个在城市里，一个在乡下，那当不是又要像房二弦的同学李晓雪同学那样酿成悲剧。李晓雪回城时，婆婆不让媳妇带走孙子，而李晓雪又非要带走。丈夫愿意到城里租房等李晓雪母亲认他这个女婿，没有想到好话都说尽了，城市里的岳母就是不认他，到后来他妻子也开始嫌弃他。无奈，李晓雪丈夫干脆给妻子一刀，他说让她终身残疾了，他愿意永远护理她。故事的结局不像李晓雪丈夫想的那样，法不容情，他坐牢去了。

　　王大福离开的那天，房三更安慰王大福说："王哥，一个人是一个人的命，你为何要认命？你就不等我姐姐？"

　　王大福说："问题不是我，是你姐姐，是时间和环境。"

　　房三更和斑鸠们亲热了一段时间后，感觉把它们关在笼子里也不是办法，打开笼子，让它们各自向远方飞去。

要是王哥是织男就好了

　　二弦终于回城当上了一名纺织工人。

　　那天是王哥把她送进城来的，他第二天就返回乡下去了。房三更算了算路程，这一来一去的路程里，王哥起码要走六十里以上的山路。这是房三更与王大福的最后一次见面。那天，他好舍不得让王大福走。他把王大福拉到路边说：

　　"王哥，你就不能和我姐好好谈谈？"

　　"只要你姐姐好，我就放心了，我们一个在乡下一个在城市里真的不合适。我已经有女朋友了。"

　　房二弦和房三更把王大福送到路边算是告了别。

刚踏上工作单位的房二弦太喜欢这个工作了。

二弦上班前的那个晚上，她指着远处的星星叫房三更看，房三更看不出个啥名堂来，二弦说："三更，'天河之东，有星微微，在氐之下，谓之织女。'这你也不晓得？明天姐姐就是织女了，那是织女星嘛。"

"姐姐，明天你就是那颗织女星了，那我是啥？"

"你是扫把星！"

两姐弟好久没有这样开心了。

"三更，书上说，织女是王母娘娘的的外孙女，织女的工作就是用一种神奇的丝在织布机上织出层层叠叠的美丽的云彩，这种云彩会变幻各种颜色，这种颜色在一天里有两个时间最美，一是朝霞，二是晚霞。我以后是织女了，是王母娘娘的外孙女了，我将来要织很多很多漂亮的布，三更，你等着瞧吧。"

"吹哟，你一个人当织女有啥好？要是王哥是织男就好了。"

"看你，两只斑鸠就把你姐姐给出卖了。"

二弦这一夜心潮澎湃怎么也睡不着。想着以后天天听机器隆隆响，天天看金线银线上下穿梭，天天在织布机前走过来走过去，一股从来就没有过的自豪感让二弦油然而生。她想，以后那些布，都是我的机器织出来的啊，我织出的那些布，它们就会变成各式的窗帘、床单、军装、工装、帽子、鞋子、手帕、裙子、背包、手袋、裤子、衣服……以后只要我在街上的任何一个地方走，我会主动上去和他们搭话：弟弟妹妹哥哥姐姐叔叔嬢嬢伯伯婶婶爷爷婆婆，你身上这东西就是我织的布啊！人家会吃惊地看着我：你是谁？你家在哪里？你的织布技术怎么这么好？如果他们真的这么问我，我一定会声明道：别问我是谁，别问我是谁，别问我是谁，我是织女，我是王母娘娘的外孙女。他们一定要问王母娘娘的女儿是谁？就是我的妈妈章齐风。你的妈妈章齐风是谁？就是我妈妈嘛。

二弦很想妈妈了。要是妈妈知道我工作了该多么好呀！

一夜里，她就在她的梦幻中的纺织车间里织呀，织呀……织得百花开放，织得布谷鸟叫，织得流水潺潺，织得朝霞满天……她织出的那些布狗、布兔、布猴、布马、布老虎，争先恐后地穿着她织的锦衣、锦裙、锦袍，轻飘飘地在云海上跑……跑……跑……妈妈也穿她织的连衣裙。妈妈漂亮极了，她想叫妈妈转过身来看看，她想拉住妈妈的手，但妈妈像雾，轻轻地在天上飘……飘……飘……就是飘不拢。

二弦当织女正当得起劲，让她怎么也想不到的是，公元一九九六年，她和她的姐妹们下岗了。房三更听说后不放心，买了一个西瓜去看望他姐姐。

进屋，房三更看二弦边清理桌子上那一大堆有红色封面的奖状和纪念章边掉泪。房三更说："姐姐，你把奖状和纪念章放得这么好，未必它们给你变成金子银子？"

"厂子没有了，姐妹们分散了，如今就剩下这堆纪念了。它们比金子银子都贵重，我拿金子银子你去买得来这些名誉吗？这些都是我姐妹对我的认可，我单位对我的认可。房三更，你晓得个屁，你没有在我们单位你不懂。我们和厂里的每一根纱纱钱线都是有感情的，你哪里晓得我现在的心情？哎哟，我好难过哦！"

"姐姐，你看你有恁么多红本本，可你还是下了岗，你是不是犯了……"

"你莫乱说，房三更。你以为我是犯了啥错误才下岗的吗？你错了，我们下岗，我们没有犯错误，这是我们单位的现状，是我们单位新的决策和政策。你看这堆东西，除了我和你郭哥的结婚证以外，这些都是我和你姐夫工作后每年得的奖状，它们就是我的命了。我是劳动模范，我还比人家多上了三年的班，你看我的那些姐妹们，早就下岗了，我现在好担心她们，我也是看着这堆本本想起了和我工作了这些年的姐妹，我也常想起我的单位。"

"晓得晓得，姐姐你莫要说了，早晓得是这样，你那年不如和王哥结婚，至少在乡下，你永远不会下岗。"

二弦用指头挡在嘴巴前，做了一个"1"字。"三更你莫乱说，那时哪个当知青的不想快点从乡下出来的嘛？你再提你王哥，人家听到了不好哦，你姐夫听到就更不好了。给你说，我和你王哥耍朋友那两年，我们连手都没有拉过。你以后别在我的面前提起他。你想嘛，你王哥现在都是有家有室的人了，我们这样说他不恰当，那时，是我不同意这门婚事的，你看你郭哥也不比他差的嘛。郭海洋现在都这么大了，你还说过去的事，我看人家两只斑鸠硬是把你给买活了！"

"姐姐我只是说说，我晓得郭哥对你好，在单位也是个好人，可再好，他不照样下岗？"

二弦生气了，说："这是哪与哪的事？下岗了的同志，都是好同志。你不懂，你莫乱理解我们这些下岗工人哟。"

"姐姐，你看你还是劳动模范，这工会主席，那车间主任的，那你怎么还是下了岗？"

听房三更提到她在织布厂担任的那些职务，二弦就像回到刚进厂时的二十岁，她那略带苍白的脸色有了一些红润。

"唉，三更呀，我们是 C 城最大的织布厂，一千多名在职职工，一千多名退休工人，偌大的一个工厂，说破产就破产了。你说姐姐想得通不？就是想得通，我也要有个过程的嘛。我爱自己的厂，就像爱自己的家一样。厂垮了，就当我的家垮了一样的让我难过。我想不通，还不是在屋头悄悄想不通。我想不通，我还不能给我的那些姐妹们说，我是单位的模范，我还得继续给他们做思想工作，我要和他们一样的想通一样的与上级保持一致啊。房三更，就你笨头笨脑的，你哪里晓得我一天瞌睡都睡不着哟！"

姐姐眉宇间和语气里，充满了对工厂的怀念、留恋和遗憾。房三更好心痛自己的姐姐，他递给二弦一块西瓜说："姐姐，你说得对，想不通也要想通。我明白姐姐的意思，你这样想嘛，你兄弟我又没有正式的单位和正式工作，又是个瘸子，我不是活得好好的吗？你来跟着我做，保证还是有饭吃。"

"我才不来抢你那碗饭吃。房三更你不懂，我们为了挽救工厂，我们也想了很多办法自救，但最后，只能按政策买断工龄，我获得了一万八千三百四十元的补贴，你说，我一辈子拿了这点钱该怎么办？我们单位，有的家庭是三辈人都在那里干过活儿的呀。他们舍得吗？他们也舍不得。"二弦的眼泪一直流，她说，"不晓得姐妹们的日子是怎么过的？我现在空下来了，我得去看看他们。"

房三更又递给姐姐一块西瓜，二弦接过来，就放在桌子上了。一只蜜蜂嗡嗡地从窗外飞进来并在她的头顶上盘旋一圈，又飞了出去。二弦的手伸向红本本中的那本结婚证说："我是在染纱车间认识你姐夫的，在准备车间和他悄悄地和他握过一次手，在织布车间里我们一起去看了场露天电影，在织棉毯车间里，他带我去见了他的家人，在验布车间送走了的他的

父亲，在服装车间我们结了婚，那些车间，都有我和你姐夫的故事，有我
和我的那些姐妹的故事，你晓得吗？几十年，上百年啊！好多故事天天都
在发生，就是请上十个作家百个作家来写，都写不完。你姐夫是好人呀！
他为了厂，为了小家和大家，已经尽心了。噢……房三更，你是不是又想
起你王哥呢？你没有想？你这人，我晓得。哪里是想起他嘛？你是想起他
送你的两只斑鸠。不过，你王哥他是好人，但不是所有的好人都能成为丈
夫，他可以成为你一生的朋友，房三更你说是不是？"

房三更连连点头说："是，是，是。姐姐你说得对！你说的这些，以
后我写下来。"

"写啥哟写？算了算了，我说给兄弟你听，我心里就舒服了一些。"

天色灰暗，要下雨了。房三更怕麻烦姐姐，便要走。

"走啥子走？我们姐弟平时都是各忙各的，今天你来了就不走了。你
走了的话，我就得拿脸色给你看了。哦，你看看，你姐姐的脸色是不是不
好？你一提起走，我的脸色就会更不好了。"

"姐姐，我留下来我不走了。我如果说你脸色好，那时骗你的，但我
想说的是，姐姐你的脸色真的不好，你是不是犯病了，你那病，我就是不
放心。"

"是呀，大哥和四郎也给我说过，按医生说的那样，心脏要安个起搏
器才行。"

"姐姐，医生说安就安吧。钱的事情，我们商量好了，大家凑一点。
你看你们一直在帮我这个瘸子兄弟的嘛。"

"帮！帮！帮！我是帮倒忙哟！那次我不提个鸭子来，你那个二妹还
不会被烧伤。她不烧伤，你起码……"

"姐姐，你莫提那事了，过都过去了。你还是去医院把那起搏器安了吧。"

"算了，算了。拖一天，是一天。安个心脏起搏器，你晓得多少钱吗？
听说至少也要十来万。现在收入有限，只能靠药物维持，以后再说吧。"

"姐姐，人家说是小病不治酿大病，先是用命找钱，后是用钱养命，
有病就要治疗。"

"哎呀，你看你是啥境界嘛？你姐夫也这样说，可钱呢？钱呢？钱呢？
四郎也常常给我开药，我吃的药，他从来就没有收过钱，都是他贴起在帮

我。大哥帮我们还少了？大哥愿意，大嫂呢？人家还有孩子。我们好意思？你房三更，还得娶女人，你老大不小的了，有的事情你得慎重，莫像上次一样。"

"我晓得，晓得。你放心好了。"

"老实给你说房三更，今天我就是要把憋在我心里的话说完。你以后再别提我当年和王哥的事情了，我们又没有要成，人家又没有把你姐姐怎么样，你还要人家怎么样？这些年多亏了你姐夫对家里的照顾。你晓得的嘛，他也是下了岗的，可他没有要过一天，他像你一样，一天手里没有空过：去花市卖过花，去河边捡过鹅石宝，去乡下收过鸡收过鸭。买一道，卖一道，哪样能赚，就去赚。哪样能找，就去找。可他……他只是个懂车间活儿不懂市场经济的大笨蛋！唉！你不知道啊，他做啥赔啥，卖啥赔啥啊，你说……你说我把他有啥子法？唉……我说这些是想让你认识你姐夫好不好？你看你姐夫对我好不好？你看你姐夫对家好不好？他是个大好人大男人啊，你还想你姐姐怎么样？说实话，你提到的王哥也不错，前段时间你王哥和王嫂还带信来请我们去他们的农家乐要几天，你看我身体不好也走不出门。"

"姐姐，不是我说你，你那年和他结婚的话，恐怕现在一切又变了。"

"叛徒，你老是帮你王哥说话。我真是对牛弹琴了，我刚才给你说的真是白说了。

"是呀，如果和他结婚，我就当不了纺织局的优秀共青团员，得不到市里评的三八红旗手了，评不上省劳动模范，也分不到我现在住的这间房子。这房子虽说不宽，但这也是当年我在厂里享受的福利啊。当年？当年我不能不干好呀，我不干好，我就不配织女这个称呼？我不干好，你郭哥会看上我？我不干好，大家会信任我？你不晓得房三更，你姐夫他三十二岁就是厂长了，他年年是优秀共产党员，我是他的老婆我能落后吗？我不能落后的呀！你没有在厂里待过你不晓得，想干活，想多干活儿得有诀窍。我给你说，我晓得星期天的晚上到周一的早上没有人开夜车，当班的工人为了多干活儿，六点半或六点钟就到车间开早车。为了赶在师傅们的前面，我是四点多就赶到车间。每次都是你郭哥陪我，每次都是别人织棉毯四十床，我能织八十床。数量多质量又好，因为这，我月月都被评为最佳挡车工。你说，你说，你郭哥哪点不好？你姐哪会犯啥子错误嘛？你这个木脑壳，你别老想着给你斑鸠的王哥，以后在我的面前，不准再提他了。"

光明是经，暗淡是纬，二弦的眼神似光明与暗淡相互交织的梭，瞬时交织在一起，让房三更分不清哪是经哪是纬。

二弦递了房三更一块西瓜，说："平时我舍不得买西瓜。今天你买来，我吃个够。"刚咬了一口，她就说，"把这块给你姐夫放起。我给你说房三更，西瓜米米是黑的，人的心心是红的。做人，就得有良心，我这房子你晓得是从哪里来的吗？这是单位那年给我评上省劳动模范后分的，那时我已经怀上郭冲锋了，但领导动员我把房子让给其他的同志。这一让又是两年，直到后来单位分给我一套二十六平方米的福利房。"

提到当年的让房，二弦觉得是天经地义——虽然她也需要住房，但她是党员是劳动模范啊。好事多磨，福利房要拆迁了，怎么办？补钱呀，这一下又东筹西借补了十一万，才搬到现在的六十二个平方米的新住房。"

房二弦说："我最讨厌日历上的两千年了！唉……唉……唉，为什么要有个两千年呀？你晓得不晓得房三更，就是这个讨厌的两千年十月，我们工厂彻底破产了。工厂没有了，所有的织女织男都下岗了。

"房三更，你晓得不晓得？我现在做梦的话，我梦里全都是工厂的姐妹工厂的机器声，我现在才耍了几天，心里就磨皮擦痒的，唉，我还比人家好点，我还当了单位三年的留守人员，每月三百元的工资，可现在下了，三百元也没有了，我坐不住了，我明天就去看看我的那些姐妹们，我要去找活儿干了。"

房三更急忙说："姐姐，你身体不好，重的话儿你干不下来，你跟着我去擦皮鞋吧。跟我做，保证饿不死你。"

"你莫管我，我晓得自己能干啥。"

下岗与创业

曾经熟悉的轰隆隆的机器声音，已是工厂倒闭的最后的哀歌，离开朝夕相处的姐妹们已是不可更改的事实，已过不惑之年的二弦和鲁来芳买了锅、滤帕、石膏、筲箕、盆子等做豆花的物件。她们想去近的豆花馆学艺，一问都是在一个城市里，不管房二弦怎么说，对方的师傅怕她们夺生意怎么也不教。去远的豆花馆学艺，可师傅收费又高。无奈，她们就到懂点豆花的街坊邻居那里去学。听说她们是下岗的，大妈大婶都热情地教她们。豆花做成功了，她俩好高兴啊。房二弦和鲁来芳商量，她们的经营方式不能像人家那样开张坐店，必须两只肩膀一根扁担，挑着豆花担子到各条小巷去卖。她们计划过，如若当天卖不完的话，回家就压成豆腐做成豆腐干。谁知第一天，两人各自挑着豆花担子穿梭大街小巷叫卖，不到下午一点，就卖完了。下午两人坐下来，望着白花花的大票小票，房二弦和鲁来芳居然哭了……终于有事情干了，除了本钱，还赚了。生活有了希望，两人干劲越来越大了。

生意刚做到第十天，出了一件事情把房二弦和鲁来芳吓了一跳。

那天，挑着担子出去的房二弦走了不到五百米，她忽然感到心口有些不舒服。为了预防万一，她便把豆花挑子放在街边歇一口气。她刚坐在地上，忽然听到"咚"的一声响，然后又是"哗"的一声响。二弦来不及反应，怎么一大锅白花花的豆花洒满了一地？抬头一望，一位身穿制服的年轻人愤怒地望着她："没长眼吗？大清八早，你把路给拦了别人怎么过？"我怎么把路拦着了？我这明明就是在路边的啊。想到自己和鲁来芳早上三点钟不到就起来打豆子磨豆花，年轻人这一脚，这豆花就完了？她一下把本就心痛的胸口捂住。

二弦勉强站起来说："同志，我没有拦路，我胸口不舒服，我是想在路边歇一下。这豆花……可惜了。你得赔我。"

年轻人说："可惜？可啥子惜？你没理由，你还狡辩？"

见年轻人不讲理，房二弦说："既然你这么说，那你得赔我。"

"陪你坐一阵哟？你妨碍交通影响市容，你还叫我赔你？"

"同志，看你年纪还小，你说话咋占人便宜呢？我没有妨碍交通也没有影响市容。你就得赔我。"

"我怎么占便宜了？怎么占便宜了？大家都像你这样把路拦着行吗？"

"现在还早，来往的人也不多，我没有拦着路，我不舒服。我想歇会儿马上就离开。"

"少找借口。你就是妨碍交通影响市容了。"

见三三两两的人围拢来看，男人从包里摸出工作证说："看看，看看，我是在执行任务。"

"是城管的哟！既然你是在管这种事情的，那你就不该把人家的挑子给蹬翻了嘛！你可以叫她挑起走，你可以帮她换个地方，你可以用另外的办法来处理这个事情，你看这大姐的脸色不好，恐怕真的生病了，出了大事不好哟。"

白花花的豆花流得遍地都是，像地上铺了厚厚的积雪。

有人把二弦从地上扶起来，说："大姐，我们卖豆花没有错，看样子，我们找他说不清楚。你看你现在脸色也不好，是病就该进医院。"

二弦从包里掏出了她平常吃的药，然后放在嘴里，再然后，又用手在地上捧起了一捧豆花水……

"大姐，你……走，我们陪你去找他领导，看他领导怎么说。"

"找领导就去找，未必我怕吗？这片区域，都归我管。"

"同志，你这话不对哟，你管？也总有人管你的哟。"

二弦终于缓过气来。她无神地看着这一地的豆花。多好的豆子打出的浆啊，我和鲁来芳两个家庭都要靠这个生活呢！你看，就他那一脚，一锅豆花就没有了，这不是欺负人吗？要是这个年轻人是我儿子，我非叫儿子认错不可。二弦看着这稚嫩的年轻人的脸，她终于原谅了他。算了，他还年轻，他父母的年龄和我的经历也许差不多。即使不一样，我相信他父亲母亲晓得今天的事情后，也不会让他们的儿子这么做。说我污染了环境？那这一地的豆花儿不是把地面打脏了把环境污染？我不和他计较，以后我自己注意一点就是了。

二弦的心逐渐平和起来，她说："同志，今天是我做得不好，不过，你也习点气，我们是下岗工人，才出来，还没有经验。我以后注意一点就是了。"

"我是把你豆花给蹬翻了，你说又咋样？你污染了环境，你破坏了交通，你也没有卫生许可证，你把豆花挑子放在这里一点儿都不文雅。"

听了他的话，地上的豆花也像一团团受了委屈的雪菊，散开的面积也越来越大，豆花的汤汁也越流越远。男人从兜里掏出了笔，在纸上画了几笔后，撕下一张纸就递给二弦说："我看你是个病人，就少开点罚款，100，去交吧！"

二弦唉了一声，说："我怕这一锅豆花都卖不了100块哦！"

有过路人说："同志哥，你看人家病起这个样样儿，你忍心罚这么多款？"

"我按规定办事！"

这时，一位和年轻人穿同样制服的五十多岁的男人用手把大家往两边分开，他走到中间，他在年轻人的肩头上拍了一下，年轻人叫了一声："曾队长……你……"

被称为曾队长的男人说："你还认识我曾队长？我给你说，如果这位大姐是你亲人？你也这么对待她？"年轻人低头不语。

曾队长转过身，他从地上捧起一捧豆花说："可惜了呀，可惜了呀，这是粮食呀，你是没有过过灾荒年呀！你过过那样的日子你就知道粮食的金贵了呀！"边说，他就把手里的豆花往自己的嘴里送。不只是二弦，所有的人都觉得惊讶。有这样的领导教育这样的下属？二弦正想说点什么，只见曾队长走到房二弦面前看了看，然后用手背在她的额头上贴了一下说："大姐，你还在发烧哦。"说完，他就走进路边的一个门市部里，很快，他就一手端出一杯开水一手提一根板凳出来。他扶二弦在凳子上坐好，然后把水递给她。见二弦坐正并喝了水，曾队长身体站得笔直，然后再正正自己的帽子，他举起手来给二弦敬了个礼说："大姐，真是对不起！今天的事情我也有责任，我们以后一定要改进我们的工作态度。大姐，走，我先送你到医院去。"说完，他从身上掏出皮包说，"大姐，我身上只有这五十块了，就算是我们赔你的豆花。这钱肯定不够，你先拿着，过后我再补上。"

二弦不晓得如何是好，她说："同志，这不关你的事情。我今天不该把豆花担子放在路上，这是我的不对，你不要……责怪这位小同志……真的。"

曾队长听后，用手拉了拉年轻人的衣襟说："还不给大姐认错？"

"大姐，对不起！"年轻人的脸上很有愧色，他说这话的时候，手脚都不知道放在何处好了。

二弦挑起担子离开了。二弦最想做的一件事情是背着散开的那群人好好哭一场，但是她觉得不能，她还得赶回去。

二弦回家，没有给郭海洋说为什么这么早就回家的原因。

终因房二弦的身体不好，卫生许可证也迟迟批不下来，她和鲁来芳合伙做了两个月的豆花生意后，终于做不下去了。

这次三更提到她下岗的事情，她情不自禁就想起了这些，她对三更说：

"三更，你要支持我。"

"姐姐你说啥？支持你啥？"

"我看到一个招聘通知。我要去申请当居委会主任。"

"去就是了嘛，我当然支持。"

二弦得到三更的支持，立即准备材料，按时去参加社区居委会主任的激烈竞争。很快，她的工作如愿以偿。

二弦很快走马上任了。她的理想是全力以赴再创辉煌，脚踏实地地干好居委会主任工作。但没有想到的是她才上岗一个月，心脏病就发作了。

一茶得知妹妹病得不轻，他回来就他对妹夫说："海洋，我这次回来，就住在你这里了。"

"好，大哥，你住下来，无论你住多久都行。"

"我倒想住久，可我那边还有那边的事情。"

"我这里，也同样是你家。"郭海洋看一茶一脸的疲惫，他晓得一茶对二弦病情的担心。趁他倒水的机会凑近一茶一看，天啊，才两三年没有见到，一茶的头上都有许多白发了。他对一茶说："大哥你住在我这里，还真方便陪陪二弦多说点话，你看我这几天，硬是没把二弦照顾周到。

"唉，你看我这个当哥的，这些年都没有好好地照顾我这个妹妹，没有危险就好，万一她有个三长两短的话，叫我怎么对得起我那死去的妈老汉。"一茶动情了，他的喉头哽咽。

"哥，你的心思我明白。你别担心，现在总比过去好，再说，我也是个响当当的男人。"

一茶拿出他给二弦准备的五千元钱，他说："海洋，从小我们兄妹分离，这下二弦病了，哥哥不来亲自守她几天的话，我怕挨天打雷劈，你看我这些年欠你们的情太多了。这点钱，你必须收下。"

郭海洋说："大哥，这叫我如何是好？三更、四郎和叔叔，加上我们给二弦凑的钱，住院是没有问题的，至于以后，到了那步田地再说。"

郎舅二人到了医院，医生介绍说房二弦是心脏房室传导阻滞一度，手术后大约三天就可以出院了。一茶，房三更，四郎和郭海洋把医生围了一圈儿。房三更急着问道："医生医生，你们不能把房二弦的病治错了哦，我就这一个姐姐。四郎，你去好好看看。"

医生说："没有你们说的那么严重，说三天出院，就三天出院。"

一茶回头对海洋说："行，等二弦出了院多疗养一些时间，我们兄妹妹好好在家里说说话，这次回家，我亲自给她整吃的。"

同室的病友出去了，二弦没有出院。新的病友进来了又出院了，二弦仍然没有出院。这是怎么回事情呀？二弦都进医院半个月了。大哥不能不和二弦和房三更一起商量，他要回单位了。

可这时，二弦想的是另一回事情："郭海洋，你去把社区领导请来！"

郭海洋说："你都病成这样了，你请他们来干啥子？"

"叫你请来就请来，我有话对他们说。"

郭海洋奈何不了二弦，他只得去请社区的领导。

二弦说："张书记，对不起，我的病好不起来了，你看我的病把工作耽误了，我真是无脸见群众。我想过了，你们还是让其他人来顶替我居委会主任的工作吧。"

张书记说："你养你的病，我们开会讨论研究再说。"

房二弦说："不用研究了，我已经决定了。我辞职。"

过了两天，张书记来病房看望她。张书记对二弦说："经过研究，上级批准了你的辞职申请。"说完，张书记留给她一个红包，他说这是大家募捐的，请她无论如何要接受。房二弦自是感激不尽，说辜负了领导的希望，这身体硬是不争气。

郭海洋和房三更兄弟送走了张书记，房三更回头问四郎道："四郎，姐姐不会像妈那样走了吧？"

四郎说："不会，她要看到郭冲锋上大学，她要想重新工作，她还要看我们娶媳妇。"

房三更听到这里说："四郎，你这样一说，我像看到殴·亨利的《最后一片树叶》了。只要有希望，人就不会死。"

四郎说："都啥时候了，你还想那些？"

房三更说："你晓得个啥？琼西数窗外的树叶，她说树上那最后一片叶子掉下去了，她就死了。如果掉不下去，就不会死。四郎，等姐姐病好起来，她想做的事情就让她去做，人的精神力量就像那片不落的叶子。叶子不落，精神不死。我们，就是姐姐心里的那片叶子，也是给她活下来的理由、精神和希望。"

看惯了无数病人的房四郎有些感动，两人的手情不自禁握在一起。

二弦住院一百九十二天，与医生说的三天的住院时间相距甚远。四郎懂医，他晓得医生给房二弦做的手术失败了。一打听，二弦本是心脏房室传导阻滞三度，结果诊断成一度去了。医院虽退了八千元手术费，但她离岗后争取到的第一份工作没有了。

房三更、四郎要和医院打官司，二弦和郭海洋劝说："算了算了，人家已经做了赔偿了，我们一去闹，影响多不好嘛。医生的难处我们也该理解，你四郎不是医生吗？你就不知道医生的职责是救死扶伤吗？谁想把病人往死里医？"大家面面相觑，也就没有再多说什么。

房二弦才从医院出来，身体还没有完全恢复，她的头昏眩起来，房子在转，桌子也在转，郭海洋正好在家，扶住她，并给她喂了药。

这以后，房三更和四郎时常都来看望姐姐。二弦自尊心强，她说："你们谁都不要管我，我自己晓得该怎么办。"

房二弦和鲁来芳商量，两人决定再合伙开个洗烫店。洗烫店开起了，鲁来芳熨烫，房二弦清洗，挑衣边、裤边，做轻松一点的事情。

那天早上房二弦起来，她对丈夫郭海洋说："海洋，海洋，你看我今天眼皮老是跳。"郭海洋玩笑说："左跳财，右跳岩，你今天恐怕有口舌之争，你说话注意一点。"

房二弦说："你鬼扯，我前几天左眼老是跳，我怎么没有发财？今天我右眼跳就说要跳岩了？给你说，我现在左眼右眼都在跳。"

郭海洋掰起她的右眼皮，在她眼睛上吹了一口气说："好了好了，没有啥事情了，你走吧，桌子上的东西我来收拾。"

房二弦心想，今天有人要来检查店子，我是得早点去开店门。谁知，远远地,她就听到鲁来芳的哭声。房二弦上前问她清早八晨怎么就哭了?鲁来芳指着门口一个染了头发、身穿貂皮衣服的女人说:"二弦姐,你看今天开门就来麻烦了,这顾客非说她的衣服被我们洗破了一个洞,她要我们赔三千块,我们没给她洗破。"

房二弦安慰鲁来芳说:"你别急,你等我问了情况再说。"房二弦请女人进店坐,并去给她倒杯开水递到她手里。

女人不领情,说:"莫来收买我,你以为给我端了根板凳,给我倒了一杯水就不赔我了?没门!你们赔定了。你们莫来给我软打整。"

房二弦说:"大姐,我看看我们的登记表再说,如果是我们的错,我们保证赔你,如果是其他原因,我们再想别的办法来处理怎么样?"女人听她这么一说,一把抓住房二弦手里的本子就撕,她说:"查!查!查!查你妈个 X,你们有了错还不承认?"

二弦去护那还有其他顾客登记的工作记录。谁知,女人一推,一下就把房二弦推到了地上。鲁来芳正准备扶二弦起来,可房二弦说:"莫扶我,莫扶我,你看本子撕烂了没有。撕烂了的话,你得补起来,不然人家来拿衣服就没依据了。"女人站在旁边,对刚才所发生的事情好像没有看见。

房二弦想了想,道:"大姐,那天开条子的时候我就说过,这样的衣服我们不洗,要洗,我就注明这里有个洞洞。"女人说:"给你说,你讲啥子都没有用,这衣服你给我赔定了。"女人不讲理,端条板凳就坐在门口骂:"姓房的,我给你说,你不陪我衣服,你这生意就做不成。"鲁来芳见她耍横,她也横起来,她提起熨斗就对顾客说:"你走不走?你走不走?你再不走,我就报警了。"鲁来芳提起衣服就丢给她。二弦把衣服捡起来,笑嘻嘻地对女人说:"大姐,你这衣服可拿去鉴定,是我们弄坏的,还是你故意弄坏的,你我都清楚。我给你说,你再在这里吵闹的话,我们真的只有报警了。"

"你看,你看,这地方就是有个洞洞。"

二弦从鲁来芳手里拿过熨斗说:"大姐,上次你来,我就给你说衣服本有个小洞,你看这里有当时我用笔划过的痕迹,我已经给你修补好了,你今天把小洞撕成大洞的事情,大姐你应该清楚。来芳,报警!"

女人无奈,抓过衣服并气冲冲地说:"算了算了,我不和你们计较,我不大你辈数也大你岁数，我高姿态算了。"刚出门不远，她嘴里就咕哝道，"都是我一时糊涂，一件衣服能敲诈多少钱嘛？"

直到这时，房二弦才觉得刚才摔倒后，自己的腰杆很是疼痛。

周末，二弦和胡杏儿相约到王大福那里去了一趟。二弦如此这般地给王大福夫妻说了刘红一事。王大福夫妻一听，说他们住的地方风景宜人，山好水好，是刘红理想中的疗养之地。

王大福妻子紫芬说："二弦妹子，我们一家不说两家话，你的事情就是我们的事情，你们带着刘红什么时候来都可以，我们绝对不会把刘红当外人，更不会把她当病人，我们这里有土医生，挖点草药，慢慢开导，这病哪有医不好的道理？没有问题，你们放心来就是了。"紫芬这样一说，王大福当然连连点头，说："放心放心，当年二弦在这里，她知道我们这里的医生还不是一般。"二弦和胡杏儿听王大福这样一说，自是高兴得不得了，说是这个地方就是刘红的福地，她是遇到贵人相助，她的病好了，王大福夫妻就是刘红的再生父母。

紫芬自是会说话："二弦在我们这里也是好几年，她和大福就像兄妹，你这样说就见外了。刘红来，是你们瞧得起我们这穷地方，用你们城里人的话说，我们是荣幸荣幸。"

一周后，二弦、刘世昌、胡杏儿果然就送刘红到乡下，说先来看看，让她适应适应一下环境。哪知刘红在这里一天，就喜欢上了这个地方。才一周，刘红就说："我还没有耍够干吗要走？你们要走你们走，我要和王元凯去钓鱼捉虾。"王元凯是王大福儿子，高中毕业后一直在家帮王大福打理小农具厂不说，他还无私自通地学了一些医术。美中不足的是，曾因玩耍火炮炸瞎了一只眼睛。

第十二章

房三更与李屋儿闪婚

房三更最近认识了一个女人叫李屋儿。

李屋儿二十七岁、瘦个、卷发，细腿。三更与她相识，是在菜市场。三更去买鱼身，李屋儿去买鱼头。卖鱼人说："你们一个买鱼身，一个买鱼头，就差一个尾巴了。我看不如这样，你们两个干脆把鱼头鱼身放在锅里一起煮算了，要是你们愿意，我免费赠送你们一个鱼尾巴。"本是开玩笑，但两人也算是有缘分。见两人含情脉脉，笑而不答，卖鱼人说："老邻老居的，反正今天这条鱼卖完了我上早坎，不如这样，这鱼我不卖了，我干脆招待你们到我家吃鱼算了。"两人决定到卖鱼人家里吃鱼。为了不占便宜，房三更也买了烧腊打了酒。就这以后，房李二人就开始来往，不到半月，两人就开始谈婚论嫁了。

这次，房三更果然比前一次谈恋爱慎重。

当房三更去征求二弦意见时，二弦说："上次你急风火扯的，我看你这次也是。李屋儿是谁？从哪个地方来，她是不是和你安心过日子三更你要了解清楚。你看我和你郭哥，认识了三年才结婚，你那个二妹，才走了几天？三更你就想着你的桃花运又来了。李屋儿，李屋儿，怪头怪脑的名字。"

"姐姐，我和她也认识了好几个月了。"

"屁！二妹才走了几个月？不到三个月的嘛。你哪里和她认识了好几

211

个月了？"

"是没有好几个月，但我们也认识了十四天。姐姐我记得，二妹她走了三个月零七天。"

"就是嘛，二妹才走了三个月零七天，你现在又找了个李屋儿只认识了半个月还哄我认识了几个月。切！"

房三更到底没有听二弦对他的劝告，在相识李屋儿不到二十天的时间他们就结了婚。妻子比她小十三岁，如果要凭长相，她还算有点姿色。走路的话，腰一扭，屁股一摆一翘，一手叉腰，一手往嘴里放口香糖，嚼一会儿，小嘴一张，满口清香。十个指甲盖子上也不能小瞧，涂了红色，也涂了深深浅浅的绿色和紫色。这样的颜色，这样的涂法，房三更从来就没有看见过，他有时觉得她那红红绿绿的指头像一把跳棋，有时觉得像一把涂满各种颜色的粉笔头，有时又觉得像当年送给姐姐的那把水果糖。只是，当年那把水果糖姐姐没有带走，返回到房三更手里的时候，他又全给了四郎。而房三更自己，当年只把四郎撕下的糖纸悄悄看了看，然后用自己湿漉漉的舌头在上面添了又舔。而以后，天啊，以后我天天都要口含李屋儿手上这把"水果糖"甜蜜蜜地睡觉了。由糖而想到李屋儿身体的各部位，眼呀，眉呀，鼻呀，嘴呀，胸呀，肚呀和肚脐眼的下面的下面呀，这么漂亮的，这么乖的，这么风情的，这么俊俏的媳妇娶到手，房三更是不相信的——虽然他手里拿着刚刚领来的结婚证。

他想起卖鱼人给他说过的话："房三更，人家比你小那么多，你好好对待她，等李屋儿给你生了个娃儿，你就套住她了。我给你说，凡是我帮别人找的媳妇，没有错的，你放心好了。"房三更想，差人的腿，媒婆的嘴，我看你这媒爷这话还中听。既然她这么好，那我们就结婚吧。

半月后房三更和李屋儿终于去拿了结婚证。就在去拿结婚证的前几个小时里，他忽然想二妹了。很想很想。他自己都觉得奇了怪，二妹离开我的时间本就没有用心记，怎么姐姐一问，我就知道她走了多少天呢？唉，我房三更，混账到了极点。我其实一天也没有忘记她的嘛。可很快，我就要成为李屋儿的新郎了——这新娘李屋儿，我好喜欢。二妹，不是我对不起你，是你对不起我啊！

拿了结婚证，已是上午十一点二十五分。李屋儿说："房三更，你先走一步，我下午有事情。"房三更说："天大的事情，也比不上我们今天的大喜日子，你去哪里？"

李屋儿说："啥大喜不大喜的？不就是结个婚吗？我去哪里还要你问？"她站在民政局门口，掏出化妆包就开始照镜子涂脂抹粉描眉擦口红。

房三更说："李屋儿，好好的妆没有啥补的。出去你早点回来，今天我们是要庆祝一下。"

"庆祝啥哦，你莫等，莫等。"

"李屋儿，那……你早点回来。"

李屋儿不理，只顾打扮自己。

为了庆祝拿到了结婚证，房三更早早地做了几个菜，红烧鲢鱼，四喜丸子，白玉兰片……反正是象征百年好合，年年有余的意思去配菜。时间很快就过了六点，七点，八点，九点，十点，天啊，这人到哪里去了呀？房三更把饭热了一次又一次了。汤，也把火调得小小的。菜，有点麻烦，炒了又怕黄了，热了又怕老了。十一点，十二点，一点……房三更心里慌了，李屋儿是不是遇到什么麻烦了？李屋儿到朋友那里去吹牛儿了？去打牌了？是赢了不敢走，是输了想捞回来？遇到坏人了？报警？房三更犹豫了。新里新婚的，哪有去报警的道理？他想托二弦和四郎去帮他找一下，但不行，他们一定会笑话我这么早就去把结婚证扯了。房三更用水又洗了把脸，一次次把即将到来的瞌睡虫赶得远远的。房三更肚子饿了就喝水，凌晨一点半，他的肚子胀得像个水葫芦了。

"吱"地一声门响，李屋儿回来了。她满脸挂着泪。房三更看墙上的钟，已经是凌晨一点四十五了。房三更问道："屋儿，谁欺负你了？谁欺负我媳妇了？欺负我媳妇儿？老子非找他算账不可。"说完，他便递给她毛巾擦脸并问她想吃点什么，喝点什么。

李屋儿不说话，尽是掉泪。当房三更第十次问她的时候，李屋儿烦了。她连连回答道："我不吃！不吃！！不吃！不喝！不喝！不喝！你是个大坏蛋！大坏蛋！你给我走开！走开！走开。"她一把推开房三更。房三更脚跟没有站住，向后仰，一下就倒在地上。李屋儿哪管这些，她看都没有看他一眼，站起来就去床上抱了被盖和一个枕头到沙发上她把自己裹成一个棉花团。

房三更自己挣着从地上爬起来，他说："屋儿，你先吃点东西，然后你睡床上，我睡沙发。"

她不理，但语气软合了一些："你去吃，哪个叫你等我的嘛？"

"说那些，屋儿你快吃点东西。一会儿，我睡沙发。你睡床上。"房三更无辙，他不晓得该怎么办才好，只能颠过去倒过来就是这一句话。

到底，房三更让李屋儿喝了一碗热汤。房三更这才放心了一些。见李屋儿没有刚才那么生气了，他又说："屋儿我们一起到床上去。你看，我们已经是夫妻了。"

李屋儿不哭了，回到床上，但仍然用棉被裹着。因为她的抽泣的缘故，棉花团一耸一耸的。房三更看来，像极了自己裤裆头的玩意在某一个时候受到刺激时搭起的帐篷。新婚之夜啊，这是新婚之夜啊。墙上的钟响了，凌晨三点。房三更想，这哪是什么新婚之夜呀？见李屋儿的平静了，房三更的胆子就大了一些。他从沙发上走到床边，刚伸手去掀被子，李屋儿就给了他一个耳光。

"你……？李屋儿你打我？"

"打你？你脑残了不是？看你这缺斤少两的样子，瓜兮兮的。"

"屋儿，你怎么这样说？"

"滚！"

"李屋儿，既然嫌弃我，你还嫁给我干啥？我们昨天上午才扯了'发票'的嘛。格老子的。

"我们两口子，一个睡新床，一个睡沙发，这像新婚夫妻呀？我脑残？我脑残你怎么要嫁给我？"

"就是脑残，就是脑残，结婚？结你妈个脑壳昏！谁想和你做夫妻？不是我想和你结，是你，是你，都是你这个猪脑壳整出来的。你花痴，花痴，花痴！"

"你是我老婆了，我咋就成了花痴了？我想爱爱你，我就成了花痴了？"

李屋儿不睡了，起来坐起，两手堵住耳朵，任凭房三更咋说她都不理。无奈，房三更只好又回到沙发上去了。

房三更在心里和她较劲。屋儿，屋儿，你不喜欢我，你干吗要嫁给我？屋儿，屋儿，你是我老婆。我不对你好，对哪个好？屋儿，屋儿，你是不是有病？哪有新婚的女人不想男人的？想着想着，他就去她床边哄她高兴，李屋儿把枕头丢给他，她再一次大声吼道："不要脸，滚！"

结婚前，房三更和李屋儿是见过好几次面。但她的身体从来就没有让房三更碰过。每次房三更想亲近她，李屋儿都说："留到新婚吧，留到新婚吧！"可新婚了，没有想到她仍然会这样。这女人，是不是有病？房三更才发现姐姐的话是对的，该多对李屋儿有些了解才是。

这后来的几天，房三更本想请几个客大家聚一下，李屋儿这一扯，他哪敢提筹客的事？

前两天圆钟（中午）的时候，李屋儿好歹还给他端一碗饭到摊子上，可现在，莫说饭，就是人花花儿也看不到一个。房三更像往常那样，到了中午，就花几块钱去吃碗豆花饭。

到了晚上，李屋儿疲惫地回到房三更的住处。房三更可高兴了，又问她吃什么喝什么。问完，就一瘸一拐地给她打洗脸洗脚水。李屋儿坐下来了。脱了鞋子脱了袜子，把脚伸到盆里。"房三更，这水热了，你是想烫死我吗？"房三更又去给她舀来冷水。"房三更，这水冷得要死。想冷死我吗？"房三更把水瓢一丢："李屋儿，我看你一天这不是那不是的，好在你还没有叫我尝一口洗脚水哦。"他这一说，反把李屋儿逗笑了。她说："好，那你就尝一口。""尝一口？"房三更恨不得一盆洗脚水泼到她身上去，但他看见她的笑，就晓得她也是个玩笑，也就忍了。

房三更白天在摊子上，仍然一边听收音机一边拿锤子钉鞋跟。

刘世昌提醒房三更说："房三更，新婚了，你的气色，有点……我看你媳妇常往菜市场那边的工地跑，你要留个心眼哟。"

"刘世昌，刘大叔，你是不是嫉妒我娶了个年轻漂亮的媳妇？我都没有乱想，你还乱想。"

房三更嘴是这么说，但心里还是怪不舒服。可又一想，年轻女娃儿，哪有不喜欢去耍的？大不了就是和她的小姐妹小赌几把，去歌厅大吼几声。她回来时哭，可能是赌输了。回来是笑，可能就赢了。可她怎么老是输呢？我就没有见她笑过。房三更尽量不往那方面去想。

李屋儿在家不出去的话，当然偶尔也会给房三更洗几件衣服，煮下饭。李屋儿也有对房三更说几句话的时候："房三更，你晓得不晓得，我嫁汉嫁汉，穿衣吃饭还加打麻将哦。"

"穿衣吃饭没有问题，但麻将是无底洞。玩那个不好，你要打，就打小点混个时间。"

"房三更你也不看看，人家吃天上飞的海里游的，你看人家穿毛的，打麻的，我呢？我呢？我给你说实话，你别以为我脑壳中一天就是钱，钱，钱。我有我的事。"

房三更想，你没有去打麻将？那你一天干嘛去了呢？莫说没有钱，就是有钱，也不能去打麻将。再说，你有什么事情要独自去办呢？他敢这样想，但不敢说出来。"你怎么没钱了？我上个月才拿钱你买衣服了，你就买了一把菜。"

"我买口红了，我买胭脂了，我买指甲油了，我买卫生纸了。"

"你买，你买，你买，你买，用完我再拿就是了嘛！"

李屋儿与房三更约定，给房三更洗一件衣服五元，一条裤子五元，煮饭十元，抹屋扫地二十元。

房三更说："两口子的事，为啥都要用钱来衡量和计算？"

李屋儿说："你懂都不懂，这叫夫妻和谐。"

房三更觉得一点不和谐。前两天，李屋儿把房三更的一双筷子砍了一截，她说："以后吃饭，我们的筷子别放在一起。你吃你的，我吃我的，我把你的筷子用绳子系好了，这是记号。以后你别用我的筷子。"

每当房三更手里握着这一长一短的用绳子套起的筷子心里就冒火得很，他说："李屋儿，你干吗要把筷子砍成一长一短，这不就像我的两条腿？我拿着这一长一短的筷子就像拿一长一短的腿来夹菜？你这明显就是侮辱我嘛。"说完，他一下把筷子丢在桌子上。

李屋儿那天心情有点好，她就嬉皮笑脸地说："房三更，你的腿本就是一只长一只短的嘛，你说用它当筷子夹菜，你能夹什么菜？男人胯下夹的东西我都看到过。"

房三更正想质问他看过男人什么？可他见不得她笑，一笑他心就软，一笑他的怒气就烟消云散了。李屋儿的肤色白皙，脸上的酒窝深得能装二两酒，额前的头发像极了手里擦鞋用的金丝绒，滑滑的，亮亮的，一顺一顺的。他喜欢李屋儿的笑了，喜欢看她高兴。可是，他也晓得她的笑像天上的云，看得见摸不到。只有给她钱的那么一瞬间，她才和二妹一样，她的脸才有点阳光。不想这点还好，想到这里，房三更就没有底气，就沮丧——格老子，老子在她面前哪像个男人？！他暗暗地骂她：狗日的李屋儿，你是我老婆，你只在我面前晃来晃去，嫁给我半个月了，我连你手都摸不到，气气儿也闻不到，我再瘸再跛，我也是你男人！房三更有气，那天忍不住喝了点酒他就情不自禁地发牢骚。他说："李屋儿，我房三更真他妈的腿瘸了不说，还眼睛瞎，我怎么就找了个你这混账堂客？"他忽地一声站了起来，硬是在她额头上亲了一下。

"流氓，流氓，抓流氓呀……"

房三更百思不得其解，他一屁股就坐在椅子上说："李屋儿，既然你不喜欢我，你嫁给我干啥子嘛？"

胡杏儿在隔壁听到隐约传来的吵架声，笑得在床上打滚。

她想，要是老黄的心肠有房三更这样的心肠就好了

李屋儿说："房三更，既然话到了这一步，那我明人就不做暗事，我心里早就有人了，老黄在那边的工地上，人家两脚齐全又有钱，比你龟儿强多了。"

李屋儿竟然公开骂他公开和他叫板。到这时房三更才晓得刘世昌过去是好心提醒他。事情到了这一步，他说："你说吧，我不生气，我这个样子，是让你在外面抬不起头。"

"是你叫我说的，那我就说。给你说，我已经给工地上的黄老板……名字我不给你说，我只晓得他有个妹妹叫黄幺妹，她也在樱桃街住过，听说她妹妹是生娃儿难产死了……我知道你是好男人，那我就对你坦白吧，我一共流过四次产。每流一次产，他都对我说：'屋儿，屋儿，我要你嫁给我。屋儿，屋儿，我非和我屋头那个黄鼠狼病拖拖儿离婚不可。屋儿屋儿没有你我就死路一条。'为了和我在一起，他甚至装着割腕自杀，服毒自杀，不过，我每次都要纠正老黄说：'你老婆是黄脸婆。你是黄鼠狼。

你两黄加在一起就是黄狗屎一堆。'老黄一直没有和她那黄狗屎离婚，这就把我从十八九岁拖到现在的二十八九岁。我是违背家人的希望和他在一起的啊，可他仍然给了我很多耻辱和难堪，我的人生真的输不起了，我只好找老黄找到城里来了。到了他的工地上，我以为可逼老黄和他老婆离婚，但令我想不到的是，老黄又有了新情人。我权衡了一下，自己干脆和他断了算了。我气不过，决定找个男人把自己快快嫁出去。乡下我不想回去了。城市里的恋人要是晓得我的过去，人家也会记恨我一辈子。我倒是相中过一个人，但他家里人又嫌弃我没有城市户口；我不想找那些拖家带口的，我怕去当后妈难当。听卖鱼的人介绍你腿虽瘸，可心好，脾气好，又有手艺的时候，我的心动了一下子，经卖鱼人一说合，我就答应嫁给你房三更了。

"就在我和你拿到结婚证明那天上午。我偶然得到黄包工头的妻子愿意离婚的消息，还听说他新交的小情人也离开了他，我既然晓得了这两个消息，我当然要去找老黄。可是，我才领取了结婚证的呀。就差那几个小时的时间，我就成了有结婚证的女人。下午和晚上我都去找过老黄，我去找他的目的当然是想与他重归于好，我为了获得老黄的同情，我拿出医院过去开的四张流产手续向黄包工头摊牌。结果，姓黄的说我手里拿的是假证明还骂了我一顿。房三更我说的都是事实。你现在要我就要我，不要我，我们明天就去离婚。"

当李屋儿把她的心思全都向房三更坦白的时候，房三更不但没有责备她还帮她说话。房三更说："李屋儿，你傻不傻？你以为你拿出四张苦牌去威胁他，他就会这样接受你？他是大鬼，你是小鬼，他这个大鬼可以打压你这个小鬼！他变心了，他不喜欢你了，你就是为他死，你也换不来他的心。再说，你自己不把自己当个人那样活着，他还把你当个人来看？虽说人家现在离婚了，可那几年你也有不是，那些年人家是有家的人，你要看在人家娃儿上面。算了，你留下来，你给我生个娃儿，我们好好过日子，我会好好待你的。你看，我们现在是一根藤上的瓜了。藤死，瓜就蔫了。"

李屋儿说："我已经这样了，你还把我当人？"

房三更摸摸自己瘦削的左腿："怎么不把你当人？你是我老婆。你年轻，上当受骗的也不是你一人，如果你真要走，也真的得考虑好，等你考虑好了再走也行。要不，我们分开一段时间，以后你想回来你再回来。你看那包工头几次三番地耍你，你又一次次去求他，再过几年的话，人家又不要你了。不是我说你，你真的要自尊自爱。"

"我提醒你房三更，既然我都这样了，那你还宠我干什么？我是坏人我是坏人，你不要对我好！"

"我媳妇我乐意宠着她怎么了？就算全世界都嫌弃你，老子也稀罕你怎么了？老子不宠着你还宠别人不成？！"

"那，我们就相处一段时间再看吧！"

房三更忽然提起她刚才说过的话："你说的黄幺妹我认识。不过她真的已经死了。他的老公叫刘……算了，不说了。"

房三更和李屋儿在深圳

房三更接到大哥一茶的来信。意思是希望三弟去深圳帮帮他朋友不说，他也可带李屋儿出去转转。哥哥的话，正中房三更下怀。他一口就答应去广州了。听房三更把这事情一说，李屋儿问道："三更，你哥来电话啥意思啊？去广州？那得必须带我去。"突如其来的消息太让李屋儿高兴了。那晚，她第一次主动把自己脱得像一条光溜溜的蛇，一下就钻进了房三更的被窝。房三更感觉这"蛇"一点不冰，热得很。

房三更问她："我说媳妇，你不是要找你那个包工头吗？不去了？"

李屋儿拧着他的鼻子说："扫兴得很，这个时候你还说这些？你瘸子就瘸子，你跛子就跛子嘛。你瘸子对我不分心，你瘸子总是将就我，我要天上的星星，你也会拿根竹竿到天上去捅，我要龙王的胡须，你也会拿把刀去割，你说是不是的嘛？"

"是，是，当然是的嘛。"

到了深圳李屋儿开了眼界，可高兴了。心想，要不是嫁给房三更，怎么会看到城市里这么多车水马龙？她觉得自己的生活太高大上了。房三更故意逗她说："电影、电视里的镜头，都是在这里拍摄的哟，李屋儿你要好好看看！"

像自己上了电影电视似的，李屋儿越发高兴了。

房三更和李屋儿的住房，是哥哥和嫂子拿钱在外面租的。一茶说："老三，你们夫妻二人在外方便些。你来我这里住的话，一是大家都不方便，二是上下车麻烦，路也远。"

房三更说："我们当然在外面住，但这房子的租金，还是我们自己拿，你帮我们够多的了。"

李屋儿不高兴了，说："房三更，你哥哥没有把我们当家人看。"

房三更说："李屋儿，要不是哥哥，我还在家里擦皮鞋，你哪能出来看世景？"

李屋儿咕哝道："哥哥？哥哥就不该管弟弟、弟媳了呀？他们住高楼，我们出来租房子。"房三更说："你有这样的哥哥？"

李屋儿不笑了，不笑的神态虽然不好看，但她总算也禁了声。李屋儿在一玩具厂当包装工，房三更就在那玩具厂搞设计。那些设计在房三更看来，就是一些简单的原理，父亲和母亲留下的那些书里，他都看过，想过，摸索过。房三更的手从此不闲着，机器有点什么问题，房三更都会去帮忙解决，公司考了几次试，房三更升为厂里的设计工程师。

房三更夫妻来广州一年多了，李屋儿也觉得生活有奔头了。就在夫妻二人准备长期在深圳扎下根来的时候，一件意外的事情发生了。

李屋儿出门，她叫房三更把她的衣服洗了晾干。哪晓得这一洗，房三更就洗出问题了，他发现李屋儿的衣服包包里有一张她揉烂了的纸条。他不晓得就算了，可这一看，把他吓了一跳，李屋儿居然疑是 AIDS 患者。房三更想，这女人，等她回来老子要问问她到底是怎么一回事？不过又一想，唉，这事出在她身上，太自然不过了嘛。不过，她的病会传染给自己也会传染给别人的啊。

房三更平时和李屋儿说话都是和颜悦色的，要提到这么严肃的问题，他又怕没有那个胆。为了壮胆，房三更在李屋儿回来先喝了酒。谁知，他连李屋儿是什么时候回来的都不知道。

如果有人像链补巴一样链接梦境，那么这人一定能看到他在梦里设计好的一个场景——房三更正在声色俱厉地责备李屋儿：

李屋儿，你每次都勉强应付我，你的心思也没有在我身上，你说，你为什么？为什么？为什么？你是我老婆，我有权利对你施行丈夫的权利。我不管医生是不是怀疑你是 AIDS 患者，但我敢肯定你就是这样的病人。你为什么要隐瞒我，为什么？为什么？为什么？你准备隐瞒一辈子？你看那个龟儿子老黄把你害了，也害得我断子绝孙了。你格老子跪下，跪下，跪下。啪！啪！啪！他接二连三地扇李屋儿的耳光，李屋儿大哭：房三更，你说的不欺负人，你怎么欺负人呀？你说话不算话！房三更一听她的话，立马起身给她煮荷包蛋，给他擦各种治疗她这种病的药。见李屋儿不相信他对自己的好，房三更进屋就拿出一把刀子往自己的胸膛上剖：李屋儿，你看看我的心，你看我的心是红的还是黑的？李屋儿看到了，听到了也摸到了，但她嘴里说的是，黑的黑的黑的，就是黑的。她笑着说，算了，我不蹬你下床了。房三更听出了她话里的意思，她同意让迷糊着的三更在她的身上施行最最原始的报复式的蹂躏，她愿意接受三更用全身上下所有的力气去撞击自己，她巴不得房三更把她撞死，顶死，幸福死。房三更因为有气，他沮丧极了，他恨不得把她撕成八大块撕成渣渣丢给狗吃才解恨。最后那个动作，三更觉得自己用力太猛，他的腰杆像被刀砍断了一样的疼痛难忍，他不由得叫了一声便从睡梦中醒来。用手往头上抹呀，一头的汗水。

房三更刚翻了个身，忽然，他闻到一股奇异的味道，这味道来自于李屋儿？不，不是她身上特殊的味道，她身上从来没有这味道，可那味道太熟悉？哦，它来自于……火……火！火。失火了？怎么会？他怕是在梦里，但他已经醒来了。他快速地接连大喊几声："失火了！失火了！失火了！"他顺势推了李屋儿一把。李屋儿哪晓得他刚才那些怪头怪脑的想法，蹬了他一脚，然后就大叫了一声。火很快就要烧进来了。她抱着被子就想逃出去。"咚"的一声，她被屋子里的一把椅子给绊倒了。

李屋儿站起来了，房三更却倒在地上了。他希望李屋儿拉他一把，可房三更呼喊她的时候，她已经跑出去了。

火，很快蔓延开去，喊声，哭声，呼救声响成一片。房三更从地上爬起来，火不但进了自己的屋子，很快就要窜到隔壁的屋子里了。浓烟太大了。房三更知道隔壁室内住有工友。工友们忙了一天，太累了。他脚没有力就用手捶门，刚捶醒了工友，谁知，一根木头砸在他的右腿上。

房三更被送到医院。医生说："还好还好，稍晚一步的话，这腿就没有救了。"

后来查证，有个杨姓工友半夜想弄点消夜，他错把酒瓶里的白酒当成菜油倒在热锅里了。当事人吓得尿了裤裆，想喊人救火，但他喉咙像是被啥东西堵住了怎么也喊不出来。

事后，房三更觉得自己很奇怪，巧了，巧了，这才不过两三年，我上次遇到火，这次又遇到火。上次是天然气加酒精，这次是白酒加铁锅。唉，我一辈子真是被这天然气、酒精、白酒给害惨了。当他包扎完伤口后，房三更居然有点庆幸：还好！还好，这次烧的不是别人是我。

一茶得知三更烧伤了，心里歉意得不得了。

一茶说："老三，我没想到你会出这么大的事情。我对不起妈，没有照顾好你。他拿出家里的房产证说："我和你姐及四郎商量了，我们老家的房子，以后就由你处理了，现在房子就是你的了，该签的字我们签了，该盖的章已经盖了，这是有关证件，现在就等你去办过户手续了。"

房三更晓得，比他大一岁的哥哥和大两岁的二姐各自安家各自有各自的难处。一茶家境虽然好一点，但他除帮助房三更外，来自东北的岳父母在他们家住不说，他们还要供一个小舅子读大学。姐姐二弦也要供他儿子郭冲锋读书，姐夫郭海洋下岗后开了个水果铺，日子过得紧巴巴；弟弟四郎虽说没有安家，但听说有个女人追了他很多年，直到现在，他都没有拿定主意是不是该娶了人家？好在那女人是铁了心地要跟着他。四郎跟叔叔长大，有感情了，他住在叔叔留给他的一个由库房改建的房屋里。

三更说："哥，大家都不容易，这房子我怎么能一个人要？"

"叫你拿到就拿到，这是我们大家的意思。"

房三更不接哥哥递给他的有关房屋变迁的委托书及其他手续。房三更说："哥，这都是命，上次是二妹遇到火，这次是我。这房子，这手续，我看就算了，这是我们四兄妹的，要分，我也只能占一份……"

"老三，你这样说就见外了，你要理解……"

李屋儿说："房三更，长哥当父，长嫂当母，大哥说得是，他叫你接到你就接到，这是大哥二姐和四弟的心意。"

房三更白了一眼李屋儿说："好，我接到。但以后这房子仍然是我们四兄妹的。我先照着保管。"

李屋儿又白了他一眼。

房三更从深圳回来了，回来的时候更比原来瘸了。疗养了半年，脸上的疤痕散了一些，但有的地方，烙印算是永久性留下了。

李屋儿回来后又出去了一趟，然后再回来。可这次回来，她是为了和房三更离婚。李屋儿离婚的理由是：房三更太懒。结婚后，夫妻二人感情不和。

房三更一听李屋儿已经把他告上法庭是为离婚，他说："上啥子法庭哦，你要走，你走就是了。要离，离就是了。我昨天晚上梦到我们在分吃一个梨子，刀一下去，米米儿就出来了，原来是一剖两开，我们是要'离'哦！说我懒，我怕说我懒的还没有生出来。"

李屋儿没有想到房三更这么说话，她说："我就这样空手出去吗？"

"那你要怎么样？""钱！""老婆，我想过了，你跟着我这个残疾人你不幸福，何况我们结婚后又没有孩子，你一个女人光着手出去也不好安家。再说，你也有病。我没有多少钱给你，工厂给我的赔偿费也就只有几千块，你要钱，你带走就是了。"

"我有啥病？我没有病。"

"你不是有那个病吗？我可没有说出去。"

"啥那个病不病的？那个病也有你说的？如真有那病，我看那病是你传染给我的。没有钱？那房子呢？那房子不是钱？再说，里面也有我的一份。"

"我什么时候传你病？胡说！这房子是我们兄弟三人的，二姐也还有一份。我可以把我的那份给你，但他们的，你带不走。"

"大哥说了，那房子由你处理。由你处理，这房子就全是我们的。"她哭了，很伤心。她哭诉自己的青春都给了那个头顶长疮脚底流脓年年月月都要遭雷劈的黄包工头，后又骂自己白跟了房三更一年多，走时连半套房子都舍不得让给她。硬的不行，她又来软的。她说："房三更，你是有能力的人，要不了多久，那房子的钱就能挣回来。我这人，一直是你的克星，是你的绊脚石。这样吧，为了你的发展，我在城里不是还有个蚂蚁房么，你先到我那里去住，等你有了房子再搬出来怎么样？你看你的后路我都给你想好了。你就让我吧，这是我最后一次求你了。"

　　房三更那天像是喝了酒，晕乎乎的，经不住李屋儿软打整，夫妻二人当场就签字画押，房三更承认把在樱桃街四十五号八十平方米的那住房全给李屋儿。

　　办完手续就要离别时，房三更说："老婆啊，这房子是属你的了，这钱也是属于你的了，我现在什么都没有了。不过你放心，以后我什么都会有的。等我有了，我就把欠哥哥姐姐和四郎的，全都补偿给他们。"

　　"别玩笑，我不是你老婆了。不是我贬低你，你也用镜子照照吧，你这个样样儿，你到哪里去找钱补偿给他们？你以为我说了你会找钱，你就真的会找钱？做梦吧！"说完，屁股还故意在他面前扭几扭。

　　房三更把头扭过去，装着没有看到。

　　李屋儿做梦也没有想到会把樱桃街四十五号房子轻松弄到手。她笑了。要是平时，这笑，房三更真是喜欢看呀。可那天，房三更的眉毛拧成了一团。他在想，以后，我住什么地方呢？虽然李屋儿说把她在城市里买的一个二十多平方米的单间叫我去住。

　　房三更收拾了父亲和母亲留下的一大堆书，一把小提琴，几件平常换洗的衣服和一条父母亲盖过的毛毯和两床被子。

　　他准备先去四郎那儿。

第十三章

我家刘红有福啊，遇到好人家了

房三更就要离别樱桃街四十五号了，心里有诸多的舍不说，将来怎么给一茶、二弦和四郎怎么解释自己一点儿底也没有。他敲隔壁刘世昌的门想进去坐坐，哪想到手还举到半空，却听到有胡杏儿隐隐嗡嗡的哭声。吵架了？刘红出事了？房三更举起拳头就捶门。

"捶啥捶？来了来了。"门开了，胡杏儿一下就拉着房三更的手说："房三更，房三更，我们遇到大事了！"

房三更一惊："啥事，啥事，快说啊！"

"刘红要和王大福的儿子结婚了。是刘红的婆婆娘紫芬做的媒吧！"

刘世昌高兴得不准房三更走，非要在他那喝一杯。

房三更自然是高兴得不得了，他怎么也要留下来了，这丫头，病好了不说，想不到王大福的儿子追求她了。他要耐心地听他们夫妻讲刘红到乡下的故事。

刘世昌说："中药好！环境好！二弦联系的那家人也好。刘红在那捉鱼、摸虾、种花、下地劳动都对她身体有好处，我家刘红有福啊，遇到好人家了。你看，胡杏儿好没本事，她还哭……她是高兴得哭……呜呜呜……你看，我都高兴得……唉。我真没有出息。"

房三更留下来与刘世昌对饮。胡杏儿兴致好，忙不更迭地劝房三更喝酒吃菜。她说："还是男人不是？哭啥？还笑话我呢。"胡杏儿这才发现，房三更长得越来越像他父亲房玉斋了。

搬家，偶然发现家族秘密

收拾书籍的时候，房三更在一本旧唐诗里忽然发现了几封信，越来越的，他的眼睛睁得比酒杯大。

信是放在书壳里的。房三更小心翼翼地打开信。信纸，是从老师用的那种备课本上的纸。信纸上的字像是放在水里泡涨了似的，每个字都长了一些脚脚手手出来。他费了好大力气，才把那几封书信读完。写信人的泪水，已经使上面的字连成乱七八糟的图形了。

第一封

白衣天使像流动着的白色梦幻很快就飘到我的病床前。她们手里拿着各种颜色的大大小小的药瓶和长针短针，她们脚步的流动。在我的眼前很快就凝固成一道白色的固体的墙，这墙就像露天电影的银幕。银幕上，我看到我儿子一茶的影子和听到了他哇哇大哭的声音。

无影灯下的手术刀很轻微，轻微得可以让它杀人也可以让它救人，医生的手在发抖，现代化的麻醉术怎么敌不过一杯烈酒？我听医生反复说，孕妇的身体上流的不是血液而全是烈酒———一刀下去，流出来的就是酒！是的，我进医院前，我喝了很多酒，说实话，有那么一点时间，我坚持不住了。那时，我的眼睛里没有慈爱只有血。这血像火，火焰的火，这火可以把木柴燃烧也可以让我自己燃烧。房玉斋，我在生产的阵痛中恨那个罪犯，同时，我也期望我的儿子快点出生。我这人，就是矛盾的综合体。如果不是这矛盾的综合体，我在发现自己怀孕的时候就该把这孩子打掉，但我仍然选择了要生下他。他的父亲是罪犯，但他是我的儿子，你要我怎么办？你要我丢弃他放弃他？我自己就这么想过，但我要生下他。孩子生下来，我就得给他爱。你知道，孩子的父亲不承认这孩子是他的，我唯有等孩子生下来，我就找到了罪犯的证据。将来儿子长大了，我也会选择一个恰当的时间告诉他我恨他父亲，恨那个强奸我的流氓（我会告诉他吗？）。我怎么喝酒了？我不知道。

我在医生的手术刀下，我的灵魂开始颤抖。当我心情沮丧时，我也曾经恨过肚子里的这个孩子，也曾想捏死他掐死他，可是，他是一条生命，一条生命啊。只要他生下来，我就希望全世界的人都能爱他，关心他不歧视他。只有那样，我的孩子才能健康地成长和得到公平的待遇。房玉斋，如果你对我儿子多爱一点点，我会加倍的十倍百倍去爱你，你晓得，我也是爱你的。尽管你说你对我的儿子将来会怎么样怎么样的爱他，但我一直担心的，就是怕你不能接受这个孩子。就在他出生的那一刻，医生的手术刀仿佛在我的灵魂上舞来舞去杀来杀去。当我听到我儿子那一声撼天动地的第一声啼哭，房玉斋，我愿意和我的儿子同生共死。医生拿的是手术刀，他们是在救我们。我感恩救我们的医生。我生一茶是大出血。

我把我的儿子取名为一茶。是我喜欢日本俳句诗人小林一茶。他总是表现对弱者的同情和对强者的反抗。房玉斋，你有理由不喜欢一茶。他不是你的骨血而是一个罪犯的儿子。

第二封

一茶被我的哥哥和嫂子抱走了，我儿子离开了我，去他舅舅家了。

我晓得他们会待他不薄，可是，他毕竟才三天啊！

我给我哥哥说："我儿子，就取名为章一茶吧。"我哥说："如果我妹夫还有点良心，还是叫房一茶吧！你现在是房玉斋的老婆啊！"

一茶我儿……你妈妈好狠心啊！

第三封信

老房：

命运作弄人，在我生下三更和四郎后，你还是和胡杏儿搞在一起了。那天，是我把你和胡杏儿堵在屋子里一天一夜。直到胡杏儿在屋子里打了个喷嚏，你才开了门。我问你背叛我的原因，你说，一茶不是你的儿子，你说你心里一直憋得慌。你说你只有用另一个女人的身体来平衡自己的心。于是，你就和胡杏儿好上了。你说，你和胡杏儿好上就是为了报复我。老

227

房，胡杏儿是我的好朋友啊，为了胡杏儿家庭，我愿意把这个秘密一直掩藏下去。胡杏儿给我认了错，其实也没有谁对谁错，可你难道不明白兔子不吃窝边草的道理？你骂我。你说我是被人搞破的破鞋。房，我给你说，我不是破鞋。我承认，大儿子一茶不是你的儿子，我儿子在我肚子里的时候我就把事情原原本本告诉过你。我告诉你的是我想去打胎，但医生说已经打不下来了。记得那天你对我说，齐风，不论你生下的是儿子还是女儿，我都会把他当成我自己的孩子。可是，我记得你看我儿子第一眼的眼神，就是那第一刻，我后悔与你结婚。因为你的眼里满是厌恶和嫌弃，多俊秀的我的儿子啊！我为了维护我们之间的感情，为了你一辈子不堵得慌，我对你撒了个谎，我说我以前和我娘家的哥嫂商量过，孩子生下来后，送给我哥嫂。当你听到我的话，你的眼神里有一颗喜悦的流星一闪而过，你如卸掉了一个沉重的包袱，表现出来的是那么轻松。看着你的喜悦，我的心像一块石头落在深水里。老房，话说白了，你是自私的。你是不会容纳这个孩子的，既然这样，你当初就不该和我结婚的啊。毕竟，那是我初为人母啊。我不晓得他的父亲是谁？但我有错吗？我是被强迫的，他用刀子逼着我的脖子说我反抗的话我就没有命。事后，我也不敢去举报他。但这事压在我心一直憋得慌，为了拿到证据，我不得不生下这个孩子，我要用他的血型而证明这孩子是他的。后来想想，我报了案。公安局对那案也是破了的，他们对我的儿子也做了DNA鉴定，老房，不管他来自于谁，但他是一条生命，我不能把他当成小猫小狗那样丢弃，他是我身上的肉啊！

老房，当我的一茶被我嫂子抱走的时候，当他的小嘴吃我第一口母奶的时候，你理解我的心情吗？不管怎么样，我是母亲啊！

第四封信

房玉斋，我恨你。和你结婚前，你从来就没有告诉我你家族的遗传病，是你害了我的两个儿子。我庆幸一茶不是你的儿子，他的父亲是坏人，但他是一个好孩子，可幸的是他的血中没有病毒……二弦是女孩子我不担心……可我有三更和四郎啊，我好担心他们的血液有你的病毒遗传啊……

房三更看得目瞪口呆。当年，怎么会这样呢？唯恐自己会喊出声来，他不能不用手把嘴给堵住。

不知道过了多长时间，房三更才把信收起，他决心发誓不对任何人说起以下三件事情：

1. 一荼的身世。

2. 家族遗传病。

3. 胡杏儿和父亲曾有过的亲密关系。

另有两个在信封上写有"房玉斋"的空信封，里面没有信瓤子。那些信瓤子呢？是母亲本就没有写信，还是被母亲写后烧了？或是写后撕了？

好在，自己的身体好好的，四郎的身体也是好好的。他略微放心了一些。

母演太祖赵匡胤，儿演民医张清理

四郎当过知青，曾有份让人羡慕的与肉食品打交道的工作。但恰恰这工作让四郎苦不堪言，他一见肉，就吐。一闻腥，就翻肠倒肚。四郎小时一样，他的母亲章齐风就为四郎从来不沾一点肉就伤过脑筋。无奈，她后来就由着他了。不吃就不吃，本来肉就要计划。

四郎不去上班，递上辞职申请后，也不管领导批与不批，自己把被盖一卷，就回家了。

自母亲逝世后，四郎就被叔叔领养到了他家里。

叔叔是开餐饮的，只做白案，不与肉食打交道。对于这点，正合四郎的意思。

叔叔说："四郎，你工作都没有了，叫你学白案，你又不学。不学本事，你将来饭碗都没有。"

婶说："四郎，你别听你叔的。那蚯蚓手脚都没有，它不是照样拱泥巴拱得好好好的。"

四郎说："叔，婶，别担心，我不会让你失望的，我一定要学们手艺。"他这话，叔叔相信，也就没有过多的责备四郎对工作的选择。

四郎最喜欢当年母亲给他讲的故事了。可以说，这个故事影响了四郎以后对工作的选择。

妈妈用枕头帕做了一个帽子戴在头上。

"孩子们，你们给我退下……退下，我现在是赵匡胤。"

二弦、三更、四郎一点不像大臣，各自笑嘻嘻地退下。

"哎哟！哎哟，我这人，平时总是为你们操持家务劳累过度，早也忙，晚也忙，生活一点没有规律。你们看我的腰杆好痛！好痛啊！现在腰杆都伸不起来了。"

妈妈不像皇上，哪有皇上这么说话的。

妈妈说："你们谁去给我找个医生看一看啊。我腰杆好痛啊！"

二弦、三更装着是医官，轮流上朝给装扮赵匡胤的妈妈看病。

二弦说："你这病，我们医不好！"

"那我就死了？"

"三更，你去请民医张清理啊。"

一会儿，四郎装扮的民间医生张清理到了。他假意看了看皇上的病，说："太祖大人，我知道您得的什么病？"

"什么病？"

"缠腰蛇丹。"

"何为'缠腰蛇丹？'"

"启禀太祖，您腰的周围布满大豆状的水泡，这水泡晶莹如珠，可……它……它可能要了您的命！"

"可有治愈的希望？"

"有希望啊！就靠本太医我啊！"

他的话，忍不住让母亲、二弦和三更哈哈大笑。

四郎说："严肃点！"

这次的游戏不像过去表演那样简单。

四郎在母亲和哥哥姐姐面前，真的打开了一个药罐，学着母亲过去讲这个故事的样儿，真的从里面取出几条活生生的蚯蚓放入盘中，还放上点蜂糖。连他自己也不知道，他已经完全沉浸在他所理解的故事情节里去了。

他对母亲说到"使其立时溶成水液"，然后，他就用棉花蘸些水液涂在妈妈的腰杆上。妈妈也学着太祖的神情说："呀，好舒服啊！"二弦、三更不敢笑。就看他们母子怎么玩下去。

接着，四郎又捧上另一盘蚯蚓的液汁，请妈妈服下。妈妈学着太祖的话惊问："此是何物？外用复能内服！"

四郎也学着张清理"恐太祖见疑反不肯服"，也随机应变道："陛下，你是神龙下凡，民间俗药怎么能够奏效？此药唤作'地龙'，平时你教我们以毒攻毒，现在是以龙补龙之意。"妈妈好像也完全沉浸在和儿子的表演之中去了，听说自己的病能够治疗，她抬头就把四郎准备好的蚯蚓液喝了下去。还不到一分钟，妈妈就连呼："儿子，妈妈腰杆上的疮好了，我的哮喘病也好了。哎呀，四郎我儿，你的名字该叫'地龙'才是啊。"

就是那一天，四郎发下了誓言，以后，我要当民间医生张清理给妈妈治病，给太祖治病。

就是那一天，母亲和二弦、三更吓得目瞪口呆。妈妈，本来我们就是做个游戏，你怎么真的喝了那蚯蚓液？

章齐风只是笑笑，不语。

这事情发生后不到一周，章齐风就去世了。

第十四章

早上，四郎接到三更打来的电话

四郎曾研究李时珍的《本草纲目》，研究易经，研究朱熹、程颐、鬼谷子，还研究神机妙算的刘伯温，再就是研究贝多芬，柴可夫斯基的古典音乐。闲暇时，也散散步。四郎穿过直筒裤喇叭裤，也穿过火箭皮鞋和老布鞋，他从不像其他家里的男孩子那样惹是生非。但大家都觉得他又是一个无拘无束的自由人，是一个不食人间烟火的怪人，奇人，异人。

他有好几次上大学的机会，但他考起了，通知书到手了，他又不去读。叔叔把他无奈何。叔叔求他："四郎，叔叔有钱，你就去读吧！你读了大学，我才对得起我那死去的堂哥哥。四郎说："算了，算了！我看那些有文凭的大学生还不如我，叔你别担心我。"

婶婶说："孩子有孩子的志向，他想干啥，就让他干吧。"

四郎在叔叔的帮助下，他办了个私人诊所，刚执业不久，他的名声就响了，来他这里看病的人络绎不绝。

当四郎接到三更打来的电话："我说四郎呀，你三嫂回娘家去了，我闲得慌，我想到你这里来住段时间怎么样？"

为什么要说她回娘家去了不说离婚了呢？房三更不能回答自己。他就想说她回娘家去了就说了就情不自禁地说了。

"三哥，你要在这里住，住就是了。一个人在这里是住，两个人住也是住，三个人在这里住也是住。"

　　"四郎，就我一个人来，你三嫂哪还来哟？"

　　四郎在电话里吃吃吃地笑："她走了，你就寂寞了？想起我来了。"

　　三更转了个话题道："四郎，三哥我来，会给你添些麻烦，也会给你带来不便，你不要怪我。"

　　"你是我哥。该住。不过，我住的地方外人见不得，脏乱差哟。"

　　"我是外人吗？"

　　"当然不是。"

　　"我在你这住，是要给房租的，不然我就不在你这里住了。"

　　"房租？你来住几天还要给房租？那我该给叔叔多少房租？给房租？你到别处去租。"

　　"好。不给你房租，你答应我在这里住？"

　　"没有说的，答应。"

　　四郎那天身穿一件米色拉练休闲装，圆口布鞋。细白的手指伸出来长长的，指头上下不停地滑动，仿佛在做永远也做不完的拇指操。不过，三更在电话里看不见。

　　"三哥，我给你准备一把钥匙，以后进出门方便一些。"

　　"算了，算了……也行。我没有钥匙哪行？哦，等我有了大房子，我也接你到我那里长住。我在这里是暂时的。"

　　"三哥，你不是有房子吗？还买啥房子？"

　　言多必失，三更差点说漏嘴了。四郎并不晓得房子已归叫李屋儿了。三更避开了话题，他说："四郎，你也是四十出头了，该找个女人了。"

　　四郎掩嘴而笑："哥，你怎么晓得我没有女人？"

　　"别哄我。"

　　"哄啥哄？哥。你来就是了，我要去办点事情。"

　　放下电话，四郎才想起忘说最重要的一句话：钥匙在墙上那双鞋子里。门，现在是开起的。

　　没有女人了，没有房子了，自己要厚着脸皮去投靠弟弟，三更觉得太没有面子了。他在蔡大嫂那里要了一盘胡豆，吃了一碗豆花，喝了六七两酒，他的思维就和平常大不一样了。

啊嚏，你三哥有些感冒了

到了四郎家门口，房三更打发走了给他搬东西的棒棒后，他就在门口大喊：

四郎，开门。你三哥来了！怎么还不给我开门？跑哪里去了？耍朋友去了？鬼混去了？呀！你真去鬼混了，那就好了哟！我奖励你！好，你没有在家，我就要打道回府了。哦，回府？我已经没有府可回了，我的那个府已经被李屋儿这鬼女子卖了，我的府已让她变成钱带走了。四郎，我不是叫你等我吗？你咋就不在屋头等我呢？好，你不等我，我等你。我要靠着门槛当枕头睡觉了。

三更把头往门上一靠，谁知门"咚"的一声往后倒。格老子，四朗，你晓得我要来，门都开起了。你对你哥还心细的嘛。

三更把东西提了进去。看看四周，他自言自语道，四郎，你看你，这么多年你不让我到你这里来，你住的门朝东向西我都不晓得？好在今天的门没有关死，你给我留了个虚门？"啪……"你看我差点跌了一筋斗。四郎，你莫要怕我提起你女人的事情，那是我担心你。四郎你这个臭小子，你不要小看你哥是瘸子，我经历的女人除了二妹和鬼女子李屋儿外，其实，其他的女人……我没经历过，可就因为她俩，现在我连多看几眼其他女人的勇气都没有。不过，我总比你好，我都正儿八经地结过两门媳妇了。呸！就一门媳妇，那一门媳妇是Y的不能算。唉，其实也算是两门媳妇。算了，管他一门两门呢。你呢？你连门也不门。四郎我给你说，虽然她们跟我的时间都不长，但我是认真的，我没有对不起她们。唉，四郎你不晓得，有了媳妇，怄死人；没有媳妇，想死人。四郎，有了好媳妇，真是好甜的吔。你看我前几年，一提起叫你接个女人，你就像遇到了鬼大爷一样，远远地躲我。哦，好你个四朗，我们也都是在妈同一个奶头上吊大的，论人才，我人才也并不比你差到哪里去。四郎，要说鬼，我说你才是个鬼。我说你才是个不接媳妇不讨堂客不找女人给你生个娃儿的断种鬼！你别说我找的女人都不行，我现在没有好女人不代表我将来遇不到好女人。四郎，四郎，你不要跟我比，你在我的眼里是个童子军，可是……可是……可是我现在拿不稳你到底是不是童子军？不管怎么说，你可怜的三哥我早就破了身，四郎我的好兄弟，你该找个好堂客过日子才是正经。这下好了，你终于去耍女朋友去了。你去吧，我进屋要休息一会儿了。啊嚏，你三哥有些感冒了。

三更有时是自言自语，有时又是自答自问，有时又像和四郎对答似的。三更进了四郎的房间，他就情不自禁地感叹道：

四郎，我看你还勤快，你的房子比我那个房子干净整洁多了。呸！呸！呸！我没有房子了，怎么又在提房子？他抽抽鼻子。怪了怪了，男人居住的地方哪里有香气扑来？不对不对，这房子真的有香气。怪了，怎么会钻出香气来的呢？有香气的房子是一定有女人。女人呢？女人呢？女人呢？没有的嘛。算了，算了，管它什么香气不香气，管他什么女人不女人，我得把你的整个房间先参观一遍。哦，一个房间，两个房间，三个房间，啊，四间？我熟悉这里，我小时来过这里，这是叔叔家里过去的仓库！命呀，命呀！我妈老汉不死，他就不会抱养你，他不抱养你，你就住不到这仓库里，要不是你三哥今天落了难，我也不会来到这里。也好，也好，我来了就得好好地看看这里。我先得猜猜，猜猜你让我住哪一个房间？

我看看这第一间房。哦，厨房。厨房与洗手间相邻。你总不能叫我住这里吧？小子你还爱好，这洗手间又有一股淡淡的香气。

这间房怎会地上有一个蒲团子？啊！怪了！干啥用的？你小子，我记得你从小有两个愿望，一是想去出家，你说最安逸的生活就要像和尚师傅打坐念经。几十年了，你这信仰还没有变？好，人人都有信仰，你想信仰啥，你就信仰啥就是了。嘿嘿，你看当官的是官僚，你这个哥是不是也哥僚了一些？你都四十岁过了，我也不想管你也管不了你。你第二个愿望是什么？我晓得，是想当张清理那样的医生，谁是张清理啊？就是能给赵匡胤治疗怪病的张清理啊。你如今真的就成了张清理。

这靠窗的这间房呢？鬼，好香！谁在住？哦，我看看，我是不是走错屋子了？我的鼻子最敏感了，一点点的香我也闻得出来。这屋子怎么会有女人的东西？梳妆台，镜子，擦嘴的口红，打脸的扑粉，更要命的还有女人的袜子、内裤、胸罩之类。鬼，我不过才推了这房屋的门，这绳子上的小东西就动，就甩来甩去。别诱惑我了，绳子上晾的那些鬼东西，我最看不得了。它们像吊井鬼那样呼唤过二弦。二弦她曾给我说过，绳子上的东西哪怕细小的东西都会变，变成妖魔变成鬼怪变成魑魅魍魉。他们会对绳子下的人说，来呀，来呀，你上来呀，我们打个双秋千好玩极了。那人一喊，你看二弦就上去过。她哪里知道那是聊斋里出来的吊死鬼呀，是来诱惑她上吊的呀。呸呸呸，我才不会扯根绳子往脖子上整。我是行得正来坐得正，你别甩来甩去吓唬我。怪了怪了，我得弄清楚这里到底住的谁？四朗，你这个吃了空奶儿的扯谎鬼，你哄我，你骗我，你金屋藏娇你敢说你没有女人？四郎，四郎，你干吗要骗我说你没有女人，你为啥老是把你瘸子三哥作弄？哈哈，过去我是耳听为虚，现在我是眼见为实，我好高兴啊，死四郎，你有女人了，我们晚上喝点酒庆贺才是。你哥高兴啊，你哥不再担心你没有女人了呀。坏四郎，臭四郎，死四郎，哈哈，你敢骗你哥了？你说，你居心何在？今晚，当三哥的要拿你是问。

哦，我要看看你第三间房？一、二、三，没有第四的一间呀，刚才我怎么数的？是有三间房？还是四间房？我怎么就数不清楚嘛？哦，背了他妈的时哟，我站的位置怎么又转回来了？哎呀，这有一张床？床上堆满书，那边一间房，墙上放了书架，药架，哎呀呀，看来我晚上得当厅长了。要不，我就到有蒲团的那个地方去睡。你四郎呢？我就不管了，你自然就住在这香喷喷的女人的房间里了嘛！好！搞定！

好哪！四郎，我的眼睛皮好重呀，乌云压顶，我的眼睛要拿棍棍撑起了，我要睡觉了。晚上你做个菜再打点酒，我们兄弟俩就在这里来个一醉方休。那女人是谁呢？我不想了，我也不管那么多了，反正我来这里住的日子里，抹屋，洗碗，洗衣服的事情，你这个女人都得做，弟媳妇你出来，你藏不住了！

你是三哥吧？我是俞甜甜

三更不知睡到什么时候了。听到了有人用钥匙开门的声音，门"吱呀"

一声开了。门口的女子和四郎差不多的年龄,她对三更嫣然一笑。她说:"你是三哥吧?我是俞甜甜。"

三更说:"哦,俞甜甜?你就是四朗的女朋友?快进来。你不自我介绍的话,我还以为你是上门推销产品的广告女。哦,你进来,你进来,你站在门口,四朗晓得了的话,还以为我把你当成外人了。"

俞甜甜放下手里的一把白菜和一盒豆腐,又从包里掏了一包卤菜出来,她对三更笑笑说:"三哥你自便,我弄饭去了。"

"我中午喝高了点,你饭做好后,等四郎回来了我们一起吃。我再去打个瞌睡。"俞甜甜说:"哥,你先到我床上去休息,一会儿我给你收拾一间床出来。"

三更吓了一跳,我怎么能进女人的房间?他急忙推辞道:"我去书房里看看。"

他把四郎的蒲团拉到边边,靠在墙上眯上眼睛了。他听到隔壁锅碗瓢盆相碰撞的声音。

那些声音先还听得分明,后就朦朦胧胧了。

俞甜甜真有意思哈俞甜甜,你晓得你三哥要来也就买些豇豆茄子豆腐小白菜?你看你这个傻女人做好了饭菜为什么不端出来吃?哈哈,我说你是个傻女人你为啥不生气?你是兄弟媳妇我又不好和你开玩笑。哈,我说你这个俞甜甜真是有点好耍,居然把买的烧腊猪耳朵放在包包里,你说是为我买的?真叫懂事,也真叫我喜欢。啊,我的话,出了语病,我自己找了个笼笼把自己笼起?大伯子沙沙的不能说喜欢兄弟媳妇之话语。我错了,我错了。不过,话又说回来。我的话有多少错呢?说出去的话,倒出去的水,收不转来了。俞甜甜你得转过身来,让我好好看看你。你是怎样的女子让我这个铁石心肠的兄弟有这么好的福气?俞甜甜你这个死女子,你别收衣服,你别折衣服,你别装着随手翻几页报纸了,你得让你大伯子看看你这女子是清醇娇媚的利索人还是十分糟糕的让我所讨厌的邋遢人。看你,你总是转过身去。像是把所有男人都不放在眼里似的。俞甜甜呀,俞甜甜,我看你在厨房里进进出出,我看你的眼色,你的心里就只能装我那兄弟四朗一个人?哦,你说我看不准?鬼哟,你不要贬低我的智商说我猜得不对,我现在看女人的眼光是一看一个准。

啊，你在埋怨我兄弟回来晚了，说是怕我饿了？俞甜甜，我们一起闭着眼睛数一二三四……数不到十，我兄弟四郎就会乖乖地、乖乖地把家回。小时候想爸爸妈妈回家，我实验了无数次。嘿嘿，俞甜甜，我们一起闭上眼睛数数吧！

三更刚闭上眼睛数一……二……三……四……十，然后倒过来数："十……九……八……七……六……五……四……三……二……"

忽然，他的脑壳被人一拍："哥，又来你那一套！"

"四郎！"

俞甜甜埋怨四郎道："吼啥吼？你让三哥多休息一会儿嘛。"

四郎说："你声音这么大，还吼啥吼？三哥就是让你吼醒的。"

三更提议再喝点酒，话题就自然打开了

四郎笑着说："三哥，你们也算是认识了，我就不介绍了。"

"认识了！"俞甜甜说完就去拿碗筷。

三更笑，也说："认识了！"四郎便对三更耳语道："俞甜甜是狐仙，是我的同学，你看，她比我年轻吧？"

三更点头道："不比你小十岁吧？"

"哥，其实我和她同年，我……唉……你真会埋汰人。"三更把他手一捏，说："鬼扯，好女人，你要珍惜。"

俞甜甜招呼道："三哥、四郎，吃饭吃饭，你看饭都凉了。"

桌子上荤菜素菜各一半。荤菜是招待三更的。三更指指素菜说："你就吃这个？"

"习惯了，习惯了嘛。"

饭后，俞甜甜在茶几上摆上一壶茶，两只杯，便请三更四郎弟兄俩好好喝茶，自己去洗洗刷刷，后就进屋去看电视。

兄弟俩端着茶，后来三更提议他要再喝点酒，话题就自然打开了。

酒杯碰茶杯，直到月亮上了对面墙上的窗。

"三哥，弟兄多年没有在一起，你想听我真话还是假话，真话别把你吓着了。我还是说假话吧。"

"真话假话随你，啥话都吓不到我。"

"既然你想听，那我就说给你听。"

"既然你想说，那你就说给我听。"

"叔叔把我接到他家后，待我如亲生，这没有说的，只是我大了，我和他就有分歧了。他说他早就想抱孙子了，但我做不到。算了，哥，我还是给你说吧，我对女人根本就不上心。再好的女子……我都没有感觉。我不喜欢女人。"

"你喜欢男人？"

"鬼扯！我不喜欢男人。"

"叔叔知道你的想法？"

"我给叔叔说了，叔叔不接受。"

"我的想法总归是我的想法，我不爱女人是一回事情，而女人爱不爱我是另一回事情。三哥，俞甜甜这女子发疯地爱我，我今天不给你说，我怕你在我这里的日子，你接受不了。"

三更说："你说，我听……"

"她那年直接追到我叔叔家里来，硬说要跟着我。我不愿意，她就直接找到了叔叔。叔叔找我谈话说：'既然俞甜甜她喜欢你，你就和她结婚吧，婚事我给你操办。'叔叔为了成全我们，他把过去的这个仓库改成了住房，让我俩住下了。对于我和俞甜甜的感情，只有我和俞甜甜知道。叔叔是老辈子，到底我也不是亲生，他虽然很生气，但他也不好强迫我。其实，我也想到过和俞甜甜顺其自然过点好日子。没有想到，我俩就这样不阴不阳地过了十多年了。三哥你不要怪我，平时里是我不准亲戚朋友到我这里来，也从不带俞甜甜出去，也没有给你细说这事，是我自己心里就没有底，我战胜不了我自己。三哥我给你说实话吧，虽说她是离了婚的，可我们孤男寡女住在一起，其实连同居都算不上，当然，我们要是去办个手续也算是名正言顺，可我……"

"俞甜甜的态度呢？"

"当然，她死活都要跟着我。哥，你来了，对于俞甜甜，你也见到了。

你觉得……"

"我一见这个女子，我就喜欢上了，呸呸呸，我说错了，我是说这女子真不错。我说四郎你这个死小子，看不出来，你是哪世修来的福有这样的女人为你死心塌地？"

"三哥，莫取笑我了。甜甜有家，有女儿。为了我，她离了，娃儿虽然跟着她男人，可娃儿接受我也对我好。你说，我们现在同处一屋檐，又各居一室，这……我嘟个办？我也不知道嘟个办，我赶她走，她不走啊！"

"你们拿拢来就是了。你没女人，他没有男人，拿拢来，你们都互补了。"

"对女人，我就差一根弦。"

"我是肚里装不得隔夜饭，眼里夹不住风吹沙的人，我是有话就说，有屁就放，反正，什么事情放在肚子里面不舒服。我想问你一句话，如果有人爱她，你放走她吗？"

"谁爱她？放她走？放她去哪？"

"哈哈，我说嘛，你还是舍不得的嘛。"

"她在这里这么多年，当然她习惯了我也习惯了。"

"你们一个屋檐下住，一起吃饭一起散步，一起读书一起做事，为啥晚上不在一张床上睡？再不亲的人，睡，就睡出感情来了嘛。"

"说得轻巧，是根灯草，说那些。"

"你看我，我是瘸子，有两个女人都跟过我，但时间都不长……你要为我们房家争气，好女人，你就要好好爱。"

"别拿我说事，我和你完全不同，我和甜甜是精神的，是纯洁的，是无性的。与争气不争气无关系。"

三更的气不打一处来，说："我是叔叔的话，非拿擀面杖捶你几棒不可。我理解叔叔了，他是希望我们房家有后。"

"哥，我各人的事情我各人晓得。我才不像你见了女人脚就抖。"

"哈哈……你不懂！"就是在两兄弟一个以茶代酒，一个以酒当茶的这个晚上，四郎苦恼地说："哥，这个女人我甩不掉啊。"

"好好的女子，你干吗要甩掉啊？你脑壳是进水了？"

"哥，你不知道……我……算了……哥……你身体……还……好吧？"怕哥不高兴，四郎又幽了一默："我们是非法同居呀。"

"我身体有啥好不好的？你看，我好得很。同居？你们同居了吗？现在非法同居的人还少吗？我倒想你们非法同居，可你们没有的嘛。"

三更发现自己的情绪有点激动，他说："四郎啊，你看茶也能醉吗？我都醉了，我们两兄弟好多年都没有坐下来喝茶了。你喝茶，我喝酒，不然……哦，我们的话俞甜甜能听到吗？唉，我真想打人了。"

"她听得到啊，我们说的事情，她知道也好。"

三更有些不好意思，他连说："不摆了不摆了，我们休息吧。"房三更非要睡客厅的沙发，四郎说你要睡就睡吧，反正又不是外人。三更好奇于四郎的休息方式。正好那晚有月光从窗帘透进四郎的书房，三更从门缝里往里看。四郎两手自然分开，微闭双眼，面带微笑，盘腿打坐，双腿叠加，从上到下，他整个人体形仿佛成了一个金字塔。月光照在他的头顶上，三更看见，他的头顶上有一种似云如雾的东西在逐渐散去，很快又聚拢来。此情此景，不要说是四郎，就是三更本人，也仿佛和弟兄俩一起看到奇景，嗅到花香，听到妙音……

他在心里念叨：四郎，我亲亲的兄弟呀！

你这个冤家！冤家！冤家

三更说："甜甜，一锅费柴，两锅费米，我把这一个月的伙食费交给你，我在这儿的伙食，你就安排了吧。"

"三哥，多一个人吃饭无非就是多一个碗筷，你三哥来，我收你伙食费就见外了。"一个执意要给，一个执意不接，僵持中，俞甜甜硬不过三更，她只好把他给的一个月伙食费收下了。

四郎没有在家，两人就聊天。

俞甜甜是四郎的小学同桌。现在在一小学里当老师。当她打听到四郎的时候，她已经是有一个有五岁女儿的母亲了。她为了和四郎过日子，就把婚给离了。女儿由她抚养，但跟着男方。白天四郎行医，她上学校教课，放学后回到四郎这里。

　　三更知道，俞甜甜有的事情不好和自己说。毕竟，他们也是第一次见面。

　　不论是在学校还是在娘家，俞甜甜和四郎之间的事情，她从来不对任何人说起。她不想让别人知道她爱的男人不和她在一张床上睡觉不和她亲嘴和不和拉手甚至皮肤都不能碰一下。不过，在她看来，只要天天能看见四郎，天天能为四郎做点什么，她对别的就没有更大的奢望和追求。她对四郎说过，我前世是欠了你四郎，这世是来还债的，我心甘情愿。

　　俞甜甜记得和四郎的一次谈话。

　　"俞甜甜，你干吗要把婚离了跟着我，我又没有说要娶你。我没有正式工作，也没有自己的房子，这房子也是我叔叔的。我吃不得肉，见了肉都吐，恐怕你不晓得，我见了女人身体，我就想到猪肉牛肉羊肉狗肉兔肉死人肉……唉，说着说着，我又想呕……了。噢，你不相信的话，你问我妈。"

　　"你妈死都死了，我不晓得问哪个？你娶不娶我，是你的事情。跟不跟你，是我的事情。你娶我，我跟着你。你不娶我，我还是跟着你。你见不得的是猪肉牛肉羊肉狗兔肉死人肉，可我的肉是香的甜的柔的嫩的麻的辣的啥味都有，你不相信你咬一口试一试。"俞甜甜把嘴巴凑过去。

　　他往旁边躲："别过来，别过来，我的嘴巴上是擦了苦胆的。"

　　"你尝尝！你看我的名字就是甜的。"

　　"俞甜甜，哇，我又要吐了。我给你说，我不浪漫，我不潇洒，我不唱歌跳舞，也不运动，我不带你见我亲人，我也不会和你家人来往，我这人对也是对，不对也是对，你错也是错，对也是错。你跟着我，你会受苦受累。"

　　"房四郎，你这个死四郎，我也给你把话说明白，你说一千道一万，这是我的命。你说的一切我都认了。给你说，我这个犟拐拐也是一个怪人，我这一辈子就跟定你了。我是万能胶，我是520，我铁死你了。我粘死你了。我这一辈子就是不放过你，你要死，我们就一起去死，你要活，我们就一起活。我什么也不为，我就为天天看到你！"

　　"呀！你这么说来，我们注定是铜锅遇到铁刷把，是冤家对冤家，是城隍庙的鼓槌一对，是青石板上的铁豌豆硬逗硬了。俞甜甜，既然你要跟着我，我的性格你接受也得接受，不接受也得接受！不然你就螃蟹夹豌豆，滚！滚！滚！"

　　"我接受！我接受！我接受！你这个冤家！冤家！冤家！冤家！我

接受！我接受！我接受！我的那个冤家呀……呜呜呜……呜呜呜……呜呜呜……"他留下她了。俞甜甜高兴地哭起来了。

"你哭啥嘛？我欺负你了？"

"没有！没有！没有！没有！我是高兴！高兴！高兴！这你都看不出吗？你这条猪！你这条狗，你这条吃人的狼！"四郎哈哈大笑："我看你是肚脐眼插钥匙，开心。"他拿出一串钥匙出来，说："拿着，这是我的钥匙，我俩一人一把，至于我这人嘛？肚脐眼以上是属于我的，肚脐眼以下还是属于我的。给你说，这房子是我叔叔的，我啥都没有，我是干人一个。"

俞甜甜接到四郎给的钥匙，更是泪如滂沱。她把钥匙放在嘴上啪啪啪地亲。她搂着四郎的腰激动地说道："四郎，只要天天听着你的声音，只要我天天看到你，我就是死，我也是死而无憾了。我生来就为你，我生来就为你的呀……你这条狠心的狼。"

四郎说："放手，不放手我就把钥匙收回来了。我没有见过你这样的犟女人！犟女人！恶婆娘！我修了千年的道，被你这个万年恶魔收了！放手……哇……我要呕了。"

俞甜甜扑哧一下又笑了，她说："别以为你是好人。你就是欺负我了，就是欺负我了，你就不是好人。"

四郎说："冤孽呀，冤孽！你是我前世的冤孽，冤孽。不过我也给你说，你受不了的话，随时可以离开我。"

当天，俞甜甜就搬到四郎那里去了。同一个屋檐下，俞甜甜当晚给四郎做了几个素菜，四郎闭着眼给她碗里夹了一大块冬瓜片做的烧白。夜晚，四郎洗脚看书，然后就说："我困了。"说完，他就进他书房里去了。这一晚上，他俩一个盘腿打坐，一个独卧而眠。俞甜甜叹息道："命呀！命呀！命呀！你是啥鬼东西呀？"

而这以后，俞甜甜一和四郎说话就红脸

俞甜甜记着他们小学时她经历的一件尴尬事情。没有那个钉钉就挂不起壶壶儿，那事情可说与四郎有关，但也算是无关。

他们已上小学六年级了，俞甜甜对人体的正常生理知识一点也不懂。平时里，四郎和俞甜甜本就要好，他们上厕所都是一起牵着手出教室门，后又牵着手回到座位上。打乒乓，跳绳子……为这事，同学都笑他们是小夫妻。可那天，他们都没有想到去厕所，也没有想到到外面去玩，教室里就只有俞甜甜和房四郎。俞甜甜从凳子上站起来，正准备去讲台上擦黑板，四郎忽然见俞甜甜起身的凳子上有块湿漉漉的东西，用手一抹，湿的，红的。他忽地拉了他同排一把："俞甜甜，你看你凳子。"甜甜一看，顿时吓住了。她心想，我没哪痛也没有哪里被割了个口子的呀？我身上怎么有血呢？她下意识地用手捏了一把裤裆，裤裆上湿淋淋的。

四郎问道："你摔了？跌了？你身上长疮了？你身上痛不？"

俞甜甜直摇头。没其他人。他们一起用纸，用衣袖在凳子上擦来擦去。俞甜甜带着哭声说："四郎，我是怎么回事？我又没有摔倒跌倒，我也没有长疮，身上也不痛，这是怎么回事情呀四郎？"

四郎说："我也不知道。我们干脆告诉老师吧！"

俞甜甜点了一下头，说："快去给老师说。"

恰好老师来看谁没有出教室。四郎对刚进门来的班主任说："老师，你看俞甜甜，她的裤子上和凳子上有血。"

老师是女老师，自然知道这是女孩子月经初潮来了。听了四郎的话有点哭笑不得，她对四郎说："你这个傻瓜，老师明白了。"老师走进教室，当即就脱下她的风衣让俞甜甜穿上。再护着她的身体走到她的宿舍里并把门关起来。一会儿，俞甜甜笑嘻嘻地穿着一条挽上一截裤脚的裤子来到了教室。教室里的同学都坐齐了，除了老师和四郎，谁也不晓得刚才发生过什么。俞甜甜的脸红红的。

　　见俞甜甜坐定，四郎小声地问道："甜甜，刚才是怎么回事情？你不是还在哭吗？你现在怎么笑了？你看你的脸，红的。"俞甜甜说："滚！就不和你说。"四郎从此不再和他说起此话题，而这以后，俞甜甜一和四郎说话就红脸。

　　这样的事情又发生过一次。不过，这样的事情不是发生在俞甜甜身上而是发生在另一个女生身上。那个女孩子叫艾利。他们一见艾利就叫起来。他们叫的是："艾利，红爪爪！你是一个女流氓。艾利，红爪爪！你是一个女流氓。艾利，红爪爪！你是一个女流氓。"

　　事情的起因是她也在裤子上抓了一把血，她夸张地叫了一声，吓得全班的同学都晓得了。除了俞甜甜和四郎，所有的同学都叫那女孩子为"红爪爪，红爪爪"！这还不算，以后这女同学惹谁不高兴了，大家都一声声叫她红爪爪，直叫得那女孩子嘤嘤嗡嗡哭泣。多年以后甜甜还记得，凡是艾利用手拿过的笔呀，书呀，本子呀，班上同学都认为是脏东西。每次发到艾利的本子的时候，值日生都要把她的本子往天上一扬，落地后，他们就用脚在上面踩。老师制止过，但制止不下来。艾利无奈，最后只有转了学。

　　俞甜甜和艾利遇到的事情是一样的，这以后，她是多么的感激四郎掩盖了她当年遇到的尴尬呀。

　　俞甜甜的父亲在教室里给女儿开家长会，会到中途，俞父整个身子就忽地摔到了桌子下。老师立即叫来校医。校医很年轻又刚失了恋，她处理这档事说话就无遮拦了。她说："送医院，送医院！我们医务室没有啥药，你们不送医院就得送棺材板子送花圈！"其他家长说："老师你怎么这么说话呢？"

　　"送医院！在我们这里出了事谁都负不起那个责任。"四郎在教室外帮忙，见了这一幕，忽然想到母亲的去世。他来不及多想，立即去隔壁办公室里拿出一根大头针含在嘴里，见人多，他拨开人群就冲到俞父面前。他翻了一下俞父的眼皮，用手背试了试他的鼻息，一下就取出那颗用口水"消毒"的针，直往俞父鼻子下的人中刺。一下两下，十来下，俞父的脸色由白转红，慢慢地就缓过气来了。俞父擦擦眼睛，看了看四周围满了人，自己竟然被一个小孩子在身上摸来抚去，他不好意思地说了一句："这是怎么回事情？我怎么坐在地上的？"俞甜甜抱着自己的父亲说："爸爸，爸爸，刚才你晕了过去，是我同学四郎用针把你刺醒的。"她的话让校医很不高兴。校医说："快送医院，快送医院，死在我们学校，我们真的负不起那个责任。"

俞甜甜是亲眼见着四郎救了她父亲的，她好像一下懂事了。她想，四郎对我好了两次了。我要还他一辈子的好。如果我还不了，我就不是人！

俞甜甜到底没有嫁给四郎。她当知青从农村出来，是母亲一位朋友帮忙调出来的。后来，俞甜甜就嫁给了母亲朋友的儿子，男人是船舶厂的一位工人。后来，她和那工人有了一个可爱的女儿。好好歹歹，日子就这样过了五六年。

俞甜甜给她丈夫说过四郎是他的初恋。哪想到这事不久，她老挨她丈夫的打，说她吃着碗里，看着锅里。他男人说："你想四郎，你嫁给他就是了，你那点事情，谁不晓得呀？"俞甜甜不知道她男人是个心眼极小的男人，就是曾给他摆过自己月经初潮的那件事情，没有想到这个男人就嫉妒得不得了。

婚到底是离了。可俞甜甜千想万想她就是没有想到这个朝思暮想的死四郎是个不近女色的臭男人。不近女色也好，独自暗恋他就行了。她下定决心，无论四郎怎么对她，无论自己付出多大的代价，她都要跟着四郎。没有其他理由，爱就是爱，她认定房四郎了。

俞甜甜找到四郎叔叔房巨伦那里，她说她过去错都错了，现在无论如何都要跟着他，你不让我跟着他，你看我现在婚都离了我怎么办？四郎在叔叔给他说了这件事情后，他的门为她关了三天三夜。就为这三天三夜，俞甜甜不吃不喝在门口守着。房巨伦当然怕闹出事情来，他说有这么既烈性又多情的女子跟你，你不要她，你要遭天谴。他劝不住，他只能叫四郎搬出去，该怎么处理，你们自己去处理，我眼不见心不烦。你们结婚我给房，你们没钱我给钱，够意思了吧？你看我这个老疙头求你和她好，行不？再不要她，我给你下跪，行不？

俞甜甜和四郎软磨硬泡，还有房巨伦的求情，她到底留下来了。她应允了四郎的所有条件——不拉手，不同床，不结婚。不论谁对谁错，都是他的对俞甜甜的错。俞甜甜无可奈何，边哭边笑点点头。

死四郎，死蝉郎，你说这些干啥子

四郎对三更说："哥，我有什么办法？她就是死也要跟着我。跟着我好呀，她跟着我可以不挨打不挨骂，自由得很。你看他跟着我这么多年了，我们没有打过架吵过架红过脸，我们除了不拉手，不同床，不肉体接触外，其实，我们也是'敷欺'嘛。她欺我，我欺她，嘿嘿，不是"敷欺"是什么？"

三更听了四郎的话，说："四郎，你心里还是有俞甜甜的，你们的故事虽然不完美，在我看来还是叫爱情故事。你们这爱，也是爱。我虽然经历了两个女人，但那不是爱情故事是伤心事，要是我有你这样的女人该多好呀，你看你有了好女人你还不满足。我也想过二妹，可她已经回去了，她是别人的女人。对于李屋儿……算了，不提她了。"

四郎骂他哥："哥，在女人面前，你好没出息！你太软弱了！你不是男人！你对她们那么好，她们是怎么对你的？"

三更说："你不懂女人。我懂。俞甜甜是个好女人，你看她对你那么好，你居然……你居然连名分也不给她一个，你对不起她！对不起她！对不起她！你不是人！不是人！不是人！"

去休息的时候，房三更和房四郎都不知道有几点钟了。

早上起来后，一个茶醒了，一个酒醒了。各自从屋里出来打了个招呼，就各自出去做事情去了，好像，他们都忘记了前一晚说了些什么。

这以后，三更一看到俞甜甜就想，四郎，你这个没良心的，有一个巴心巴肺的人喜欢你，就是天塌了，你也该知足了。

四郎出诊，有时就回来得晚。三更便多了一些和俞甜甜正儿八经的说话机会：

"甜甜，我是当大伯子的，老规矩里我又不好和你弟媳妇开玩笑，不过，你若真想与四郎结婚的话，我愿意帮助你。

"我是想和他这个怪物结婚，我好不容易说服了我们家的大人，可他又说房家人不同意。"

"你跟着他这么多年，我们根本就不晓得。晓得了，当然也会支持。就是一茶二弦不支持，我三更也会支持。"

"三哥，福薄缘浅。不过，我已经很满足了，难得三哥为我们操心。"

为了成全俞甜甜和四郎，他把四郎平时所用的东西全都搬到了俞甜甜的房间里。他把书房里的蒲团给他藏起来。

俞甜甜放学回来，她看见四郎的东西在自己屋子里，她知道是三哥是想强逼四郎搬到自己的卧室来。她给三哥投去感激的目光。

四郎回来后，先是装着找自己的东西，后又把自己的东西像强盗一样蹑手蹑脚地从俞甜甜的房间里搬了出来。

三更看俞甜甜的脸色，她一脸的悲戚、茫然和失望。三更明白，她又何尝不想和四郎同床而眠，共枕鸳鸯梦？而房四郎，真是个不食人间烟火的淘气家伙。

晚饭后，两兄弟像往常一样坐下来喝茶。四郎坦言道："三哥，我和她像兄弟姐妹一样相处，井水不犯河水，河水不犯井水有啥不好呢？你别帮倒忙了。"自诩非常了解弟弟的三更懵了，人家都把自己看成是他的妻子了，可他绝情得像个木偶人。

三更来绝招了，他说："四郎，我不能再在你这里住了，不然我爱上了她就把她娶了把她带走了，反正她也不是你老婆我也没老婆。"

四郎愣了一下，说："若真是那样，我成全你们了。只是，她不会跟你走。"

这以后，四郎在俞甜甜面前，尽说三更的好话："我三哥是过日子的人，三哥残疾是残疾，可他没有残疾证，他从来没有要过国家一分钱补助，除了他过去赶车赶船得到优惠，他从来不享受国家的优惠政策。上天嫉妒英才啊！你看，你看，上天让我哥瘸了腿。可他以后照样会买房子车子，不信我们走着瞧。俞甜甜，我哥是个天才是位好汉呀！"

俞甜甜对着四郎的耳朵大吼一声："死四郎，死蟑螂，你说这些干啥子？你该问问你哥哥在忙些什么？你不问问他为什么要搬到这里来？"

第十五章

你是谁　我是谁

哥在忙些什么？

俞甜甜这一提醒，四郎不得不想了：三哥为什么要搬到我这里来呢？他出了什么事情了？

四郎去三更的鞋摊，他看见三更在啃馒头，硬噎，水也舍不得买。四郎心痛了，装着没有看见，他知道三哥爱面子不想让他看见。

四郎回到樱桃街四十五号。他上楼去敲门。

门倒是开得很快。开门的见是一位理着平头、面皮白净，身材瘦削，身着一件对襟，脚穿圆口布鞋的男人站在门前，便很客气地问："师傅，请问找谁？"四郎大惊："这是我的家。你说我找谁，老子是这主人。"

"你是主人？你说谁是主人？这屋我已经买了你说现在谁是主人？出家人不打诳语，你咋还老子老子的？你是谁的老子啊？"

四郎这才知道，人家看他的穿着和打扮，是把他当成了出家的和尚了。说明来意，人家告诉四郎，这房子二十多天前就过户是他们的了。

四郎不能不生气。

道了歉，房四郎便给大哥打了个电话："哥，你知道现在的三更吗？"

"你三哥怎么啦？"

"他又被女人骗了。他住在我这里一个多两个月了。樱桃街四十五号那房，已经……"

251

"樱桃街四十五号怎么了？他怎么住在你那里？房子呢？"

"给李屋儿了。她卖了。"

"唉，你常说你三哥他老实，老实。我看他捞磨刀石？他自己都是残疾人，他还去同情骗子李屋儿？我看他是自找苦头。他为啥要把房子给那女人？他不过日子了？他的事，我不管了。没有见过他那样缺心眼的瘸子。"

四郎感觉大哥的头上有股烟在冒。他平时总是挂牵着三哥，他现在说的是气话。果然没有几天，一茶气消了，他打电话来再次叫三更到他那去，他说他愿意帮助三更。三更拒绝了，他说："别以为我是个瘸子，你们能做到的我都会，你们做不到的我也会。大哥，我都老大不小的了，你别管我，我需要麻烦你帮助的时候绝对不客气，但现在还不是时候。"

那天，四郎非叫三更提前收摊回去。无奈，在四郎的逼迫下，三更不得不说出他为什么到他这里来住的详情。

三更说："我有啥办法嘛，我在女人面前我就是傻。我在女人面前腿就发软，我把房子是给李屋儿了。离婚？离了婚她也是我老婆。我才不像你这个铁脑壳花岗岩脑壳，她不喜欢我算啥？她不喜欢我我喜欢她嘛。你看人家俞甜甜对你那么好，你又不珍惜。"见四郎盯着他，他怕自己错了，他立即把话头一转，说，"我们家的房子会有的，你相信我。你们把房子给我，无非是叫我保管。房子，我会还你们的。"

四郎说："你自欺欺人，房子是一回事，我今天不是找你要房子的，我问你一天在忙啥子事？"

"李屋儿有病，她需要钱。我家的房子败在我的手里了，我是有责任，但我也是为了她，她上过别人的当，未必我要对她落井下石？至于房子，我知道该怎么办好。我现在，是省一个算一个。"

四郎道："房三更我给你说，你才是花岗岩，铁脑壳。几十大岁了还转不过弯来。你那就是帮她？"

"再怎么说，她也当过你三嫂嘛，这有啥怪的？"

三更为了讨好四郎，他对四郎说了四郎一直不知道的一个细节：俞甜甜每次收完洗好的衣服，她都要把四郎的衣服拿进她的房子里放一晚上，第二天才抱出来。

三更说："我在门缝里看见过，她把你的衣服折好后就贴在脸上亲呀，摸呀，吻呀，四郎，你这个没有良心的无情狼。"

四郎又惊讶又不服，他吼了一句："房老三，你有偷窥癖呀？！你为啥偷看俞甜甜？今天是说你的事。"

晚饭后，四郎没有反对让俞甜甜坐在旁边听。他们没有注意到天是什么时候黑下来的，也没有注意桌上早就由茶换成了酒。俞甜甜把桌上的番茄排骨汤端进去热了好几次。素菜自是不热，吃着喝着聊着，时间那么快就过去了。

兄弟二人的龙门阵里没有少提李屋儿，俞甜甜叹了一口气说："唉，搞了半天，你们说的李屋儿我认识，说来还是我远房的亲戚，她的名字过去叫李国惠，后嫌名字土，就改名为李屋儿了，她在家排行老五，前几个哥哥姐姐都被她妈老汉养'丢'了。我也是前几天回老家听别人说起她的事情。你们这一说，哪晓得她还是我三嫂嘛？怪都怪四郎不带我出去认亲，不然，哪会发生进了一家门还不认识一家人这样的事。"三更与四郎听了，也惊讶不已。俞甜甜叹了口气道："唉，也是我那表妹该背时，她的命运真霉啊。才不久，她拿着银行卡，拿着才买来的金手镯和白金项链对人炫耀，谁知，她又被人骗光。后来她报了警。唉，哪晓得她说的男人，就是三哥嘛。"

三更听得好心焦，他恰是对着一个虚拟的李屋儿说："李屋儿，李屋儿，你怎么那么傻哟。你别把那些东西看得太重，没有路走，你回来就是了嘛！俞甜甜，你去给我把她找回来，你去给我把她找回来。"

俞甜甜说："三哥，她从来就不给她家里留电话，她来无影去无踪的。既然是这么一回事，我当然要去打听她的消息。"

讲完李屋儿的事情后，俞甜甜很幽怨地看了四郎一眼，她说："死四郎，薄情狼，你看三哥对李屋儿多好。"

墙脚的蟋蟀一直在叫，在房三更听来，它们叫的是"李屋儿……李屋儿……"他接连喝了好几杯酒。

"四郎，你知道不知道我好喜欢李屋儿？你知道不知道……俞甜甜怎么对你好？你……这个没有良心的，你不要俞甜甜，那……你给我，我给要了！"俞甜甜去堵三更的嘴："三哥，你醉了。"三更说："四郎，你不让她跟着你，我就要她跟着我。哦，李屋儿，你们现在是不是需要我的帮助。李屋儿,李屋儿……俞甜甜,你陪我去找李屋儿……四郎……你说你要不要俞甜甜?她是个好女人。"

四郎说:"三哥,那两个女人已经把你甩了,她们还没有把你骗够吗?别傻了。俞甜甜不走了,你带不走她了的。至于她要不要我,我要不要她,是我们自己的事情。"

"你不是男人。你是太监……你没有资格配俞甜甜。"

俞甜甜又劝说道:"三哥,李屋儿要回来她自己回来,你去找她回来,又有啥意思?……好,我去帮你找……"

接下来的是,兄弟二人便你一句我一句地感叹世界怎么这么窄小,远远的表姐妹居然都和房家兄弟有些故事,而她们表姐妹的爱情,命运及待人接物是那么的不一样。

三更说:"四郎,你要娶她,爱她,别辜负她。不然我就真的带走俞甜甜了。"

四郎的眼睛忽然有了像母亲那样的柔情蜜意,这眼神三更从来没有见过。四郎道:"三哥,说来你不相信,我还是童子身呢,要不,你问俞甜甜。"

俞甜甜踢了他一脚:"你还好意思在三哥面前提你是童子身,这把年纪了,你是童子身还是光荣的事情吗?你个死太监。"

四郎揶揄道:"三哥,你真傻,你干吗不叫李屋儿给你生个娃儿呀?我这太监,不能生娃儿哦。"

俞甜甜又踢了他一脚,骂道:"那几年我就要给你生,你连看都不看一眼我,给你说,我就是现在要生,也生得出来了,你看我多少岁?我不过才四十吗?"

四郎忽然觉得很对不起俞甜甜。他很想调节一下气氛,他说:"甜甜,你是常人,我们弟兄是什么?是超人。超人与超人之间的事情,你理解的吗?你当然就不理解。其实你知道,你的女儿就是我的女儿啊。我那几年想,孩子啊孩子,一分的忧,九分的愁,我要孩子干啥?可是你说对了,有一个孩子真好,真好,这是百分之百的真理。你看你女儿,对我真孝顺,干杯,我得感谢你女儿。可是……我也有我的孩子啊!"

四郎这一说,把俞甜甜和房三更吓了一跳,"你有孩子,你有啥孩子?"

"我的孩子,就是我那些发明创造。"

俞甜甜和房三更才恍然大悟。

房四郎道："我过去有个理想，我说我要研究个东西出来，让它有识别分辨能力，我要让它分清敌我，定要把小日本的潜水艇'蹦'的一声炸翻。"说完，他手举过头顶，做了一个爆炸状。他说："我还想研究一个机器出来，把甘蔗的水和渣分离出来，让甘蔗的渣变成灰，满天飞。"四郎把手板放在胸前，嘴一撮，做了一个吹灰状。那晚，三更和四郎，又一个喝茶，一个喝酒，兄弟二人又一唱一和。最后俞甜甜说，："对于分离器的发明，人类早就实现了。"四郎笑俞甜甜无知，他说这个发明与他有关，多年前，他就画过一张图纸卖给一个乡镇企业了，得了一笔发明费——五百块。

四郎一再表示："上天给了你一阳光，必然要给你一雨季。凶，总有吉；吉，必有凶。万事万物皆平衡。天地之间，皆对称。你看你跟着我，幸福吧？快乐吧？不担心我出去找小姐吧？这是女人最担心的了，但你大可不必担心，你平衡了吧？"

俞甜甜哭不是，笑也不是。她说："你要找，你去找就是了，只要你有那心思。"俞甜甜一脸的得意，她真是一点也不担心四郎出去找小姐的事情。她知道他对其他女人没有感觉。

四郎见俞甜甜高兴了，目的也达到了，他就开始神吹。

"自然，有什么不好？可是前段时间有人报道说要把月球给弄来炸了。为什么要炸？那是阳的对称面。什么最美？对称最美，炸了对称的另一面就是美吗？如果真的炸了的话，世界上所有的女人都会抗议，因为没月光了，所有的女人都会死绝。她们怎么能死？他们死了男人怎么办？她们死了，这个世界还叫世界吗？所以，我们男人要保护她们。那些想炸掉月球的人，他们不知道太阳是男人，月亮是女人吗？哼哼，连月球也要炸，真是没有名堂了。要和自然做斗争没有错，可说要把月球弄来炸了，我想起心就难以平静。"

俞甜甜想，自从三哥来了以后，四郎对她有很大的变化，他说的平衡美，对称美，也包括我和他，他和我的关系吗？

四郎把左边的一只手臂抬高，他说："这是西方。"他又把另一只手臂举起来，"这是东方。请看我们的中国地图，西高东底，你看那流水，全都往东流去，为什么？这也叫平衡啊。没有西的高，那西边的水流到什么地方去呢？东边不升太阳，西方又怎么有落坡的太阳呢？"他的眼睛情不自禁朝俞甜甜看。

俞甜甜想，四郎找到他情感的归宿了。他在意我。

四郎见俞甜甜的脸泛着潮红，知道她懂了他说的那点点意思，可他情感的归宿败在俞甜甜手里心有不甘。他马上就给她泼了点冷水说："俞甜甜，今天我高兴，我哥也高兴。给你说，我们都是胡说八道，你去睡，你去睡，你万万不可听我们胡言乱语。哦，我再奉劝你一句，你别想着和我结婚这类的事情。结婚，你以后就会头痛，就会心痛。痛了，你就脚耙手软。痛了，你站都站不起来。痛了，你就是吊在一根绳子上死定了。痛了，你就没有机会找其他男人了，你去睡。去睡，去睡。"俞甜甜听完他的话，果真就笑眯眯地去睡了。

三更搞不清楚杯子里茶是不是也能灌醉人，他从来就没有听到过四郎说的那些怪论：

"三哥，这就是你看问题的不全面了。你把老房子拿给了李屋儿，你还拍下樱桃街四十五号的照片留着纪念。对啊，怎么不对？那是常人的想法，你以为房子有我的一份，不错，有我的一份，但我不接受也是我的权利。大人给我，我又给你，是不是就没有我的一份了？这道理很正常啊。你如果强迫我要，你就是不尊重我了。你看好多家庭，都是为钱啊，为房啊，吵个不可开交。钱这东西，哪有人的感情那么重要？你得按你的方法去做，我得按我的方法去做，所以我们大家都没有错。四郎用指头在饭桌的上空划了一转：这是钟。如果你站在 3 上，你看到对面的数是什么数？一定是 9。你站在 9 的位置上，你对面的数就一定是 3。你站在 12 的位置上你看到对面是什么，一定是 6。你站在 6 的位子上看到的，当然就是 12 了。一分六十秒，一天二十四个小时，有几次时针，分针，秒针，才能重合在十二上啊？没有几次吧？那重合在一起的时间，就是人们看问题的相同点。看看，不同观点的人多吧？同观点的人，少得很。"

三更说："你好好待她就是了，有些事情，你就是做得不对。"

"我们有过约法三章，我错也是对，她对也是错。"

"啥逻辑？臭逻辑。她能接受？"

"四郎逻辑。她接受也得接受，不接受也得接受！不接受怎么办？我对女人就这样。"

三更好久都没有从下午喝到晚上了，他醉了。他记得屋里有个女人叫什么甜甜，又像叫啥天天。他想，管得她叫什么名字哟……真是个好女人，现在像这么忠于男人的女人不好找。他说："唉……四郎，我说了你又不听。这女人你要好好对待她，如果你不爱她，那……那……反正你们又没有扯结婚证……我……带走了哦……"三更说话说不清楚了，舌头在嘴里像失灵的方向盘。

俞甜甜把他扶进屋里的。俞甜甜在他耳边说："三哥，你真好。"

妖怪，我们结婚吧

俞甜甜违背当年说的"不提结婚"的诺言都好几次了。

一天俞甜甜又说："妖怪，我们结婚吧。我等你这么多年，我婚也离了十多年了。"

四郎想都没有想就埋怨道："好，结婚就结婚。哪个叫你早点不提这事的嘛？我记性不好，你又不提醒我。"

俞甜甜一点也不反驳，她说："我该死，我有错。"俞甜甜高兴得找不到北了。她立即问道："死四郎，我们什么时候去扯结婚证呀？"

哪想到四郎把手一摊说："这有啥难的？随便什么时候去都可以呀。结婚证？我还没有看到过结婚证呢。这样吧，你回去把你爸妈的结婚证和你爷爷婆婆的结婚证拿我看看，我们就去。"

"死四郎，我和你结婚。拿他们的结婚证去干啥子哟？"

"这你就不懂了，让老人家保佑我们，让他们也见证我们的婚姻啊！去！去！去！你拿来他们的结婚证，我就和你去结婚，拿不来，休想！"

俞甜甜急死了。"死四郎，结个婚，你现在怎么比我还急啊？我爸妈的结婚证还好说。你叫我拿我爷爷婆婆的结婚证，可能就有点难了哟，他们都死了几十年了，到哪里去找他们的结婚证嘛？"

四郎不讲理，说："那就拿你爸妈的结婚证吧。"

"死四郎，我拿来你怎么说？"

"我说话算话。你拿得出来，我们马上就去扯证明。"

这有啥难的？俞甜甜急急地就往家里赶。她推门就对她妈说："妈，快拿出爷爷婆婆的结婚证，你和老爸的结婚证我更要要。"

俞甜甜的妈莫名其妙，骂她道："死闺女，几十年都没有人查过你爷爷婆婆的结婚证，你怎么查起他们的结婚证了哟？再说，他们骨头早都变成土了。我和你老汉的结婚证？天啊，我们的结婚证？老俞，我们的结婚证……？哎哟，老俞哦，你看你的外孙都那么大了，甜甜怎么想起查我们的结婚证哦？结婚证，结婚证？我从来就没有听说你爷爷婆婆有结婚证。我们……我们也没得结婚证。"

俞甜甜的爸爸解释说："甜甜，我们那时结婚，有啥子结婚证哟。旧式婚姻嘛。媒人一说，大人一同意，席一摆，就行了嘛。我和你妈结婚时，还是上世纪的40年代的事情哟。

俞甜甜知道被四郎算计了。气冲冲从她妈妈那里回来了。

四郎一看她的表情，就知道她为什么生气。他在心里暗笑。

他说："拿来了？走，我们去扯结婚证！"

俞甜甜用手使劲捶他的背："骗子！骗子！骗子。"

"哎哟哎哟，我的背好痛。我们有言在先，你别碰我的背，这样做，是在和我发生肉体关系了。你食言了。我不去了。"俞甜甜立即站开，并住了手。

四郎挺直了身体，身上怎么不痛了？也不呕吐恶心了。

俞甜甜反而没有注意四郎的变化，她站定后，忽然问道："死四郎，我婆婆和爷爷没有结婚证算是正常的嘛，那你怎么晓得我爸妈没有结婚证？"

四郎哈哈大笑，说："你问问过去的人，有几个有结婚证呢？大都没有嘛！我猜的。"

"我妈万一拿出来了呢？"

"这有啥不好办？我再想办法拖嘛，我晓得你拿不出来。"

在俞甜甜的眼里，除了她不满意四郎不和她结婚之外，俞甜甜对四郎的任何事情，她都是无条件地支持。

给病人看病，四郎有他自己不成文的规定：太有钱的不看，贪官污吏不看，不敬父母的不看，兄弟姐妹不和的不看，反之，如果是下岗的、农村的、吃低保的，他就主动得很。熬药，采药，送药，俞甜甜都不厌其烦地配合。四郎平时的言子是：我无家室拖累，我两只肩膀抬张嘴，我自己找来自己吃足足有余，你俞甜甜有工资，生活上一点不用我操心。他说这话的时候，俞甜甜在场，最大的反抗是给他一脚。俞甜甜说："这世界上大家都向钱看，还有看着钱往后退的人吗？如果要说，就是你四郎。要不是你的菩萨心肠，我怕好多人都死了。我的生活反正不要你负担，只要你做的事情不违法乱纪，你开心就行了，你想怎么做就怎么做去吧。"

四郎说："自从你跟我这么些年，你说的没有哪一句是人话，就这一句还像人说的话。"

四郎和俞甜甜住在一个房檐下。睡，在一个屋檐下，饭，在一口锅里吃，吃的、用的、你买点我买点，水费电费气费，俞甜甜从来就不让他操心。对外吵架骂架俞甜甜也是一把好手。

俞甜甜和四郎的关系就这样一拖就拖了十多年，俞甜甜也多次提起和四郎去扯结婚证的事都无效。不结就不结吧，但俞甜甜曾有一个小小的请求，她想以朋友的方式见见房家的人，但四郎不愿意。即使是三更找四郎，也是在外面的茶馆或者饭馆里搞定。

三更意外相逢莫难成废物的艺术品

四郎的隔壁是个废品收费站。最近三更老是不去鞋摊而是往隔壁跑。有时，他还拿一些破旧的东西回来，比如瓶瓶罐罐，比如"废铜""烂铁"，比如破旧的古书古画之类。

"哥，你拿这些东西回来干啥？屋子都堆不下了。"四郎忍不住问他。

"嘘——你晓得啥？说不宝贝就在里面。我给你说，这些废铜烂铁的，值钱得很啊。"

四郎无奈，只好任他把废品往家里搬。

三更才不把他们看成是废品，他觉得不少人像四郎一样，有眼不识宝贝。他们不是把有几百年甚至上千年的宝贝们当成废纸发火，就是当成垃圾丢掉也说不定。三更眼尖，对那些越是破烂的，越是不打眼的旧东西就总是多看几眼。有时，他看中一个东西又怕废品店的老板傲，这时他的表情平静如水，然后就说可怜老板生意不好，给几个钱就买下了。

三更面对淘回来的那些他认为有点价值的废旧物品，他看着看着就情不自禁地自语起来：唉，看来你也是命苦哟，和我一样，都是残疾的。看嘛，这里缺了一块，那里短了一截。这里被熏黄得像酱油，那里像糊了油腻。这里被老鼠咬了个洞洞，那里又被咬了个缺缺儿，哦，这像蚕屎一样的东西是啥东西呢？哎呀，不是蟑螂拉的屎就是老鼠拉的尿嘛。这皱皮拉垮的好好的画哦，不是被蛇拖去做过窝就是老鼠拖去铺过窝。唉，这些宝贝说不定都几朝几代了，好可惜，好可惜啊！你看这满带污垢的这张，你一定出于名家之手，落难到那些败家子手里，也是命的哟。废品店里是什么？是粪坑，是垃圾场是火葬场。不过，还好还好，你们被我发现了。只要到了我的手里，我就能让你们起死回生。

三更看它们的眼神，就像当年他的母亲看自己，就像他当年欣赏二妹欣赏李屋儿，就像俞甜甜看四郎。三更的目光是温柔的、真诚的、对未来是充满希望的甚至是遗憾的。这是怎样的一幅画呀？但因主人不懂，它们全都被无意识地或者有意识地糟蹋了。无论是字、画、书，不少都风化、虫蛀、色变、字掉、尘多，即使保存得较为完好的，也被刀子给割裂开了脑壳、胸膛、大腿和手脚。

房三更了解不少世界名画被人有意破坏过。他知道西班牙画家的迭戈·委拉斯贵在一九一四年的时候，他的名作《镜中维纳斯》就差一点就被一位激进的女权主义者玛丽·理查德森撕成碎片，虽经人劝阻，但这幅画面上仍然留下七个明显的斧头印。伦勃朗的《达娜厄》的名画也被人泼过硫酸。画上，达娜厄的小腹和大腿都被人用刀子砍过。那个破坏者那个杀害达娜厄的凶手跑了，可是，留下的画面让工程师和修复师整整修复了十二年。有关这些，都是房三更在她母亲留给他的书里看到的。

想着这些，房三更的心忽然被什么东西撞击了，直到这时，他才找到了自己该做点除了擦鞋以外的别的什么的方向。他被自己从废品店里捡回来的有亭台楼阁、花草鱼虫的书画艺术迷惑了，他拿在手里一看就是一大半天，越是欣赏，那些越来越远去的画家的生命就越来越有了活泛的生命。画面上的人，他们会唱会跳会眨眼会调情，画面上的虎虫鸟兽有的躺，有的游，有的飞，有的对天长啸，有的低头短鸣。当房三更关上灯光或是闭上眼睛，画面上的树枝就会摆动，树上的鸟儿就会像当年的鹩哥为他鸣唱，为他唤来春暖花开，流水潺潺。夜深人静，三更就会听到它们窃窃细语和求助的声："房三更，我们本是天上飞的鸟，水里游的鱼，山里跑的鹿，林里长的虎，我们也曾是皇室贵胄的座上宾，谁知改朝一代代，换位一茬茬，哪晓得我们现在也沦落到废品站的废品。房三更，帮帮我们吧，我们想站起来，飞起来，游起来，跑起来，生长起来。帮帮我们吧。它们的声音，房三更是能听懂的，对于要去修复它们，三更想答应又怕答应。他试探着说道："我一个瘸子，我能做什么事情呢？"

画卷上的那些花鸟虫草、飞禽走兽都争先恐后地发表自己的看法："三更，三更，我们现在不就是张废纸吗？想救我们这有啥难的？你就像浇花那样用水给我们浇浇，像擦皮鞋那样给用油给我们擦擦，就像给雨伞补疤那样给我们补补，就像给二妹贴膏药那样给我们贴贴……你要救我们，办法总是有的嘛。"

三更说："要真是这样，有啥不会的呀？不就是个手艺活儿吗？可话又说回来，你们不像牛皮猪皮那样厚实皮实，我那治疗烧伤的秘方治疗你们也不行，你们太薄了，太粉了，太神圣了，太高贵了，也太可怜了的啊。"

像要把三更的思想作通似的，它们继续给三更说道："房三更，你不是说过凡事用心去做，就做得好吗？你用心来修复我们，我们就活过来了。"

三更哪里相信有这么简单？可他睁眼一看，眼前的那些纸呀，画呀，瓶瓶呀，罐罐呀，全都静谧着不说话了。它们看着他，他看着它们。看着看着，它们又活泛起来了，齐刷刷地给房三更敬礼鞠躬。三更想，我一个补皮鞋的，连老婆都守不住的人，你们怎么让我碰到了怎么给我行这么大的礼？哦，这就是人们说的也叫有缘吧？要是我不让你们重新活一回，我还叫房三更吗？我先试一试吧，我一定要把你们修复起来。刚想到这一点，三更的脑壳忽然有点开窍了。天呀，我就是父亲母亲共同完成的一幅画嘛，只是，小儿麻痹这大坏蛋把我给破坏了。我瘸了，我跛了，我拐了，要不是我妈把我精心修复起来，说不定我现在还在地上爬来爬去。

三更想着母亲对他的再修复、再打造，他泪流满面。他对它们说："就算我没有完美的四肢，但我有正常人的坚强和意志。好，宝贝们，我要让你们复活过来。

三更学会上网了。刘世昌提醒他说："哟，三更，你莫网恋了哟？我朋友的儿子网恋了，后来他老汉也网恋了，我都不晓得他们和电脑是啥子恋？那有啥意思？未必你想女人了就抱起那个电脑坨坨亲嘴不成？"

三更大笑不止："刘世昌，你越来越幽默了。我有堂客李屋儿，我找啥子女朋友哟？"

胡杏儿说："切——李屋儿？李屋儿都出去两三年了，你还想着她？她要回来早就回来了。电脑里的女人，不能相信哟。"三更懒得解释。不过，他倒是觉得刘世昌两口子还有点意思了。

三更的网名叫霜降。当三更选用了这个网名后，他想，有霜降，必有寒露。他搜了一下用寒露来命名的人，结果不搜不知道，一搜吓一跳。原来用寒露来命名的大有人在。他忽然想到一个谚语——寒露霜降，胡豆麦子坡上。于是，他顺手就点了一个叫寒露的名然后就拱手问候道：

"兄弟，我叫霜降。在哪？"

很快，电脑左下角的企鹅摇了摇，然后就跳出来一行字：

"啥兄弟不兄弟的，本寒露是你屋姑奶奶，在广东。"

"哦，姑奶奶真名？我在C城。"

"哥哥，我不给你说。"这一声哥哥叫得房三更脸发烧。

这以后，房三更和寒露偶尔打一次招呼。三更也偶尔给寒露送一枝玫瑰花。寒露有时送给三更一个大红的飞吻。三更见那鲜红鲜红的嘴唇。总让他想起李屋儿抹红了的嘴和胸前隆起的乳房，颤巍巍的，动人心魄。那个蠕动着的小嘴太像李屋儿出门时擦的那种红了。只不过，那个红，从来就没有印在他的脸上。寒露送来的那个红红的小嘴巴，直接把三更吻得心口咚咚咚地乱跳。寒露送给她的那个红嘴唇，他看了又看，看了又看，想了又想，想了又想，这寒露，她为什么要吻我呢？她对我有那意思？不会，我不是也送她花吗？对女人，我是讲点君子风度，有点礼节才是。她对我，也是这样的吧？这样一想，三更觉得你来我往，人之常情也没有往别处想。

寒露是他在网络上独一无二的女朋友。

一天深夜，三更正要下线，一行字出现在对话框："哥哥，我想请你帮个忙，我给你一个号码，你把这人加为好友吧，你加他。"

"为什么要加他为好友呢？"

"你先别问那么多，你加了他好友我再说。你就说你是个女的，你就说你喜欢我老公了，看他怎么说。"

"我明明是个男的，我为什么要对他说我是女的呢？这样的事情我没有干过，我怎么能这样去哄你老公呢？"

"这又不是干啥违法的事情，有啥干不得？就算你是和他开个玩笑。"

"这样的玩笑，你怎么不和他开？你怎么要我和他开这样的玩笑呢？"

"我看到他就烦，我不想和他多说，我想你去套他的话。"

"套他的话？你需要我套他的什么话？你为什么不直接和你老公说呢？"

"你就说你是美女你是美女中的美女你看他怎么缠你这个美女爱你这个美女他真的有好多美女我受不了他的美女啊哥哥。"

对话框没有标点。三更想，看她急的。

女人发了一个哭的图标过来。房三更似乎听到了寒露带哭的声音。很快，一排排字从对话框里跳了出来："哥哥我知道你行你就聊诗你就聊文你就和他聊音乐聊男人聊女人聊家内家外一切事情反正你给我把他从其他美女的身边拉过来就行。"

寒露又发过来一个哭脸的 QQ 表情。

"我有过初恋的，到现在我还初恋似地爱着他。但我不知他去了哪里。我曾爱上了一个老板，他把我丢了，有一个残疾人很爱我，但我骗了他，再然后，我嫁了，可我的丈夫不是个东西，虽然是他拿着刀逼我成亲的，可……"

"现在呢？"

"现在？现在这个男人虽然有体面的职业但他仍然也不争气，他好赌，他好赌啊。我们同在一个床上你猜怎么着？我不说了，我不好意思说我真的不好意思说，他……他……他还……手那个东西……哥哥，你不逼我说了。我不说了，他不叫人！"

房三更很想帮帮她，但他不知道该怎么帮她。他查了查寒露男人的QQ，对方的网名叫"一夜情的请找我"。三更不喜欢他的QQ签名，他帮不了寒露，他不想加那人为好友。

三更那天一上网，就看见寒露的QQ是挂起的，她的头在摇动，他点了一下她的头像，他看到了寒露给他留的言："哥哥，我要来你的城市，我能见到你吗？"

"好，我来车站，要不到飞机场去接你。但你得住旅店。"

"不好！不好！你千万别来接，你给我具体的地址，我自己来找就是了。我还忙着呢，时间上说不定。"交往女人的经验值得注意，房三更上过女人两次当了，这次有些谨慎，他没有给对方电话号码也没有给对方地址。他无法给对方地址，他住的地方不是他自己的是四郎的啊。

寒露并没有来。但两人依然上网。上网时，依然一个称对方"妹妹"，一个称对方"哥哥"。

不知为什么，房三更到底怕寒露来找，从此，房三更不上QQ不上网了。

四郎再次提醒三更说："三哥，你看你的房间就成废品站了。那些东西那么脏，你能用胶水把他们粘起来？你能把它们洗出来？"

俞甜甜说："三哥有三哥的想法，你就别管三哥收来干什么了。我看他就是想把他们粘起来。"

"这东西，擦屁股都没有人要。"

四郎和俞甜甜各进各的屋子，留下三更自己收拾那些破玩意儿。

三更对旧书旧画有些研究，他知道他淘回来的东西，有的前景不可估量。就是那些能修复出来的，如果以价来论，那他不知道要赚多少倍——百倍千倍甚至万倍都可能。

三更的手被什么东西划了一下，三更看看，是一块翡翠玉石的切片，说："这东西怪了，像刀子一样锋利。"老板说："送给你，这个没有用。"三更捡起来放在包包里，然后丢出来，想一手掰断，但那东西太硬了，反把手整痛了。于是，他看看这东西颜色和造型不错，又捡起来放在包里面。

忙了一天，三更累了，倒在床上就睡。

三更醒来，外面正刮着狂风下着大雨。他忽然有了一个新的计划——

先放弃鞋摊这营生，去学修复技术，让那些破损的古书画重新焕发生命之光彩。刚想到这里，他的心不禁一阵阵发热。就在他有了这个决定的晚上，他给大哥一茶写信，请求他帮助找个师傅教他学古书画修复与装裱技术。写完信，三更舒心的睡了个好觉。

远走深圳再学艺

一茶的信来了。信上说："老三，你来学艺的事情说好了。你安排好时间来就是了。"

出发那天，三更才对四郎和俞甜甜宣布："我给你们两口子说，我要走了。"四郎和俞甜甜大惊。俞甜甜问："三哥你走？走哪去？"

四郎却说："哥，你把话说明白，谁和谁是两口子？"三更不理他。说："去大哥那，我得收拾东西了。说那些，你们不是两口子是啥？"

三更说自己要出远门，他想到寺庙觉尘那里去看看。觉尘的家过去也在樱桃街，他是三更和四郎小时的朋友。他多年前出家了。四郎一直想出家，三更怀疑四郎是受觉尘的影响。

三更很快到了一茶给他找的师傅那里。

天啊，修复字画可不像擦皮鞋补皮鞋那么轻巧简单呀。擦皮鞋，刷掉污垢细尘，清调污垢，用软布磨光，再滴几滴醋，几擦擦，几擦擦，最后打蜡，不一会就好了。皮鞋也好补，不论是大洞还是小眼，找块相同颜色的皮，剪刀一剪，锉子一锉，边缘的皮薄了，抹点胶水，贴到洞眼上去，用手一捏，丢到一角落，干上半把个钟头鞋就能穿了。可修复字画，你能拿起刷子使劲地擦擦擦？你能使劲地打蜡抛光？你能用剪刀剪块猪皮羊皮牛皮子给它粘上吗？房三更懵了。但他已经决定了。

面对一幅旧画，七十多岁的师傅要他对它们进行清洗，要覆被，要如履薄冰地对画面进行必不可少的每一个步。而这每一步的每一个动作，都可能决定一幅本就残缺了的画面再次遭受灭顶之灾。

三更意识到，自己从鞋匠忽地一下过渡到现在这修复师的角色，一下还不能适应，他得阅读一些书，得了解他手下活儿的一些历史背景。没干几天，三更就很沮丧，也很失望。干这个活儿，危险系数哪是整锁配钥匙能比的？他手一抖，价值连城的字画图画就毁了。他怕了。师傅告诉三更说："现在的东西你用坏了，可以买更好的，唯有古人留下的东西不能，它是唯一的。当你遇到这些东西的时候，你千万要救它，不然这就像一个懂得游泳的男人遇到一个不会游泳的人，你袖手旁观地不去救，你就永远有一种负罪感。"师傅还告诉他："明代周嘉胄在《装潢志》中就有'古迹重裱，如病延医……医善则随手而起，医不善则随手而毙……'的经验和教训。"

三更知道现在不需要斗胆如牛的勇气，他更需要的是心细如发的耐心和毅力，他要学习清洗、去酸、去泥斑、蜡斑、墨水斑、霉斑、加固、字迹恢复、揭裱，提高字迹的清晰度和作品的使用寿命。

在通风的情况下，他用师傅教的方法用软毛笔软毛刷轻轻地刷去表面的灰尘、泥垢和霉菌，遇到脆的地方，三更嘴含清水，有时轻一口，有时重一口，有时粗一口，有时细一口，有时远一口，有时近一口，对着面前脆弱的纸面，他像喷泉喷水又不全像。用水清洗不掉，他会在一个恰当的时机，用手里的工具沾上有极溶液混合溶液清洗顽固的污斑。墨水斑、虫斑、霉斑已经不在他的话下了，师傅早就教给他漂白剂氰胺 –T 去除。小心地，一点一点地揭去已经破败不堪的原装裱层。所有的过程他做得小心翼翼，就像当年他一点点揭去二妹和他自己烧伤后残留的那些死皮。这个环节太重要了，千分之一的一滴水处理不当，也会对面前的古书古字古画造成无法弥补的损失。当然，在这期间，他也学会了用手术刀去污。

客人的需求不一样，收藏修复的，要求补充处和原处做记号要区分，对这类画总的要求是远看一个样儿，近看又是一样。自然，不刻意掩饰，直接把碎片贴上，给人以历史沧桑的感觉。

也有客人拿来过被老鼠咬后的残缺纸片，他们需要有画得好品相，但又没有修复的资料作对比，这就要求修复师将书画画面缺失处完全补出，笔意可根据臆断填补。像这样的高难度的话儿，三更把它称为弄虚作假，画蛇添足。

干完一天的活儿，他全身像散了架的钢琴，纷乱的思维像被双手敲乱了的黑键白键，全都混乱成乱蜂飞舞。直到这时他才真正体会到修复师的工作不像自己认为的像撕膏药那样，刷地一下从皮肤上揭下来。也不像补皮鞋的疤，大了用剪刀剪，小了换块大的补。而现在，揭那一张纸，往往得持续数个小时甚至一大半天。他的手不能停下来，思想高度集中而无一丝杂念。在三更干这些活儿的时候，他的思维已与外面的世界全然无关。

三年里，他不仅学了去污、去酸、加固、修表技术，他还学会了修裱、字迹恢复与显示技术，已经学到他的活儿干得漂亮极了。每干完一次活儿，师傅总是点头含笑。再难以下手修复的残破书画，三更能把他们修复得精妙绝伦。

三年里，三更领略了书画修复的神奇，在他告别师傅的时候，师傅说："三更，你留下来吧，我需要你。"

三更说："师傅，徒弟不孝，我回去，还有些事情需要处理。以后我接您老到我那里去，我侍奉您到老。"

师傅说："房三更，你还得把'胶片修复技术'和'磁技术修复技术'学会才行。你知道当年老虎上山去学道，猫儿怕老虎狡猾，就留了一招，它没有教老虎爬树。你看现在老虎在树下就瞪眼看。如今，我是一只狡猾的猫，你看我现在不是留一手而是留了两招。你房三更为人老实诚恳，你先莫忙走，你听师傅我给你说。我教你'胶片修复技术'，是希望你在去污的基础上，再学修复好胶片，比如消除划痕、恢复褪色的黑白摄影等。你得学'磁技术修复技术'，也是在去污的基础上，去剪接或者减弱和消除或磁带复印效果。房三更感恩于师傅的真情，又留了半年。在最后半年里，师徒二人亲如父子，师徒依依惜别自不必多说。三更回来了。那年，三更四十九岁。

强按牛头不喝水，强按鸡头不啄米

三更是中午到四郎家的。这让四郎和俞甜甜高兴得不得了。三年多没有见了，三哥似乎还年轻了不少。可他带回的东西，却叫四郎瞠目结舌。

四郎说："三哥，你擦鞋补鞋还需要这些。"

三更说："怎么不需要？这是桐油，煤油，丙酮、乙醚、氧化氢、高锰酸钾、颜料、棉签，毛笔和排刷……"

"你出去学的哪门子手艺？"

"这你就别管了。今晚起，我就住你那间屋子了，我已经订了一张床了，一会儿人家就送来。至于你住哪里，我就不管了。四郎，你听着，以后我没有叫你进来，你就不要进我那屋子。你那间屋子，我住定了。哦，还有，煮好了饭，你俞甜甜也别叫我，我自己饿了出来吃就是了。下午我有事，我得出去一下。"

四郎不晓得他葫芦里卖的什么药，他和俞甜甜你看看我，我看看你。四郎答应道："好，不打扰你。"

俞甜甜见三更把四郎的东西抱到她那屋子里去，俞甜甜别说有多么高兴了。她想，我看你两兄弟，真是货真价实的不食人间烟火的怪人。一物降一物，四郎，你遇到你哥这个克星了。

三更把放在觉尘那里的东西取了回来。他给四郎和俞甜甜解释道："我怕屋里老鼠多，我把这东西放在觉尘那里了。"

四郎说："你那破东西，送我擦屁股我都不要。"三更笑。

三更晚饭进屋后，那门就再也没有打开，也没有听见他说话，四郎和俞甜甜又不便打扰。俞甜甜打了几个哈欠，四郎仍然不进俞甜甜住的那间屋。他想，强按牛头不喝水，强按鸡头不啄米，你三更想的，你以为我不明白，我今天就像你往常那样，我睡沙发。

四郎正要去把沙发打开，他的手臂忽地被俞甜甜一拉。她对四郎耳语道："死四郎，你没听三哥说什么吗？他说我们是两口子，这么多年哪个不说我们是两口子？你进来。你还怕笑不成？"

四郎进了俞甜甜的那间屋子，站起坐起都很尴尬。俞甜甜说："怎么？这不是你屋？"

"莫说那些。你睡吧，我坐着。"

"不通人性的死四郎！你去死吧！"

"你睡吧，我看几页书。"

啪，灯关了。啪，灯又亮了。

他的书刚看了不到一页，这灯，又关了。

俞甜甜把他的蒲团往地上一丢，说："你去吧，去吧，去吧！我睡了。你在我屋子里，我反而还睡不着！"她把灯线一拉又一拉。慢慢地就解开了自己的衣服，先是外，后是内。

月光洒在她的身上，像俞甜甜平时穿的碎花花衣裳。就在那个本是很平常不过的晚上，四郎心里第一次忽然藏了一窝兔子，那兔子神奇地一点儿一点儿慢慢长大，它们先是在他的心里挤来挤去，后就争先恐后地下想从他的心里跳出来。他很想用窗帘把月光关在外面，但他不好意思。他很想用手把心里的活蹦乱跳的兔子按住，可按住了这一只，那一只兔子又钻了出啦，按住那一只，这一只又钻了出来。他不知道自己怎么了。他想走出这间屋子，但他的脚就像被什么东西磁住了一样，他忽然脑门有点开了，天啊，我看到女人的身体没有想到要去呕吐了。

俞甜甜的身体是背着月光也就是背对这房四郎的。房四郎在这个时候，他忽然很想告诉俞甜甜一句话：俞甜甜，我其实一直和你同坐在一间教室里，和你同坐在一根板凳上，和你同睡在一张床上，我想清心寡欲，其实我没有做到，一直没有做到。你这个傻甜甜，我一直在想法战胜自己，我们从来就是一体的，我们从来就没有分开过，我的心思，你不知道，你不知道啊！

俞甜甜哪知道一向顽固的四郎想了这些，她说："我们各睡各的，我不挨你身体就是了。你休息吧。"

"我还是去客厅吧。我不习惯。"

"你去吧。"

"甜甜，有一件事情我得给你说，这么久了，难道你看不出来？"

"啥？"

"你没有看出我三哥也是喜欢你的？"

"神了！你啥眼睛？我是他的兄弟媳妇，三哥喜欢李屋儿。"

"他们早就离婚了。你跟我三哥走吧，我给你买套房子做嫁妆。"

"就不！偏不！死不！"

"俞甜甜，你好傻！我有性感冒。"

"我不傻，是你傻！你患的性感冒，我能把你治好疗好。你不相信？我的味道是荔枝的、葡萄的、水蜜的，还是甜的、香的、酸的、苦的、辣的，麻的？反正，你尝了我就晓得了，我就是治疗你感冒的药。"

俞甜甜把自己的手指头递上去说："来，吃药吧。"

四郎由刚才的坐着到现在的跪着，他先是捻着她的指头，再慢慢用嘴衔住她的指头……情不自禁，他的双泪掉了下来。他想："好怪呀，我没有反胃，也没有呕吐了。我的身上……滑滑的……没有了颗粒般的盐状晶体。过去除了我的脸，我身上有越来越多的颗粒般的盐状晶体，我没有对任何人说过，我说又怎么样，不说又怎么样？说了别人也不懂，我知道这是家族遗传病，我不和俞甜甜，我也是不想拖累她……难道，我治愈了？"

四郎懂医，他查过，他是得了家族性遗传疾病 cystinosis。得这种病的人全球不到三千人，而他就是其中之一。每到了半夜，他的脚，他的手臂，他的脸，他的所有的肌肉组织都在不同的部位形成一种叫胱氨酸的结晶，淡淡的，薄薄的，他一天不吃药，自己就会变成石头。他的鼻子说来也怪，有关女人身上的气味都会让他头痛、恶心、发痒。他的触觉也让他窝心，只要用手挨到任何肉体，他头就炸裂般得疼痛和呕吐。他的确想瞒过所有的人，他的瞒住，就像房三更瞒住了一茶和他们只是同母异父的兄弟一样。对于这个病的治疗，他曾悄悄地到王大福住的那个地方去过，他在那里找过不少的与他病情有关的草药。

这个晚上于四郎来说，真是太奇妙了。他虽然只接触到俞甜甜的一个手指头，而且是近距离的和她拉拉扯扯，但他没有像过去那样脸色泛白，眼泪长流，脉搏乱跳，呕吐不止。再摸摸身上，真的是光光滑滑，没有像往日那样的盐状晶体。幸福来得太忽然，四郎兴奋不已。

四郎很希望自己逐渐恢复到常人状态，他希望这是一个好兆头，不然，他怎么能去爱俞甜甜？他知道这种遗传疾病的厉害性，他不想通过婚姻把这疾病传给下一代。就为这，他不敢恋爱，不敢接触任何女性。

可这时的四郎匍匐在她的身上，他像一只温水中的青蛙，小心地在她的身上慢慢地游……慢慢地游……俞甜甜知道，她不能急，她要等待他在她的身上横冲直撞。

窗帘依然大开。月光照进来，几颗发光的金属纽扣交织在一起，像落在地上的缠绵着的几颗星星。那星星就像水里的石头，房四郎在俞甜甜小心地搀扶下，慢慢地踏着石头，快乐地淌过人生的第一条精神河流。

忽然，两人一下紧张起来，他们到这时才想起三更还在隔壁屋里。他们不知道，其实三更在晚饭后，他早就从窗子爬出去了，他要到图书馆查资料去，他得把更多的空间和时间留给他的弟弟四郎和俞甜甜。

"四郎，你有救了！"

四郎把她一推，说："啥有救无救的？别得寸进尺。"

"你是医生，你就医不好自己的病。你的病只有我能医。"

"我有啥病？你才有病。"

天亮时分，三更从外面回来，他下意识地听了听俞甜甜的房门，一男一女的鼾声此起彼伏。三更笑了，在心里骂了一句：四郎，你以为我真的带走俞甜甜呀？她是你的人呀！我带走她，我还是人？不过，我真的很喜欢她。可喜欢，并不是要她跟着我呀，你看你四郎嘴硬，这世界上，总有人把你治。唉……可怜的俞甜甜啊，你幸福就好。

姐姐，你去把心脏起搏器安了吧

三更捧着一个纸包双手递给二弦："姐姐，你看这是啥。我送你的。"姐姐接过后他就坐下了。二弦把包裹打开，吓了一跳。二弦像当年那样，抓起三更的一把头发就问："你说，你这钱从哪里来的？你怎么有这么多钱？"

"姐姐，这你放心就是了。这钱又不是我去抢来的，唉，说了你也不懂，反正，我的钱来得正大光明。"

"你说，你拿这么多钱干啥？"

"姐姐，你去把心脏起搏器安了吧。"

"不安！你不说清楚钱的来历，我就不去安！"

在二弦的追问下，三更只有如此这般的解释说他修补并倒腾了一些捡来的"漏"后，自己赚下的。

二弦按按胸口说："既然你给我了，那我就先把它用在刀刃上，不过，这钱我是要还你的。当然，得看我们什么时候有钱还。没有钱，我就只能给欠条。"姐姐这么一说，房三更心里安了一些，他怕就怕姐姐和他客气。

不久，三更用高价买回了过去曾住过的樱桃街四十五号那套房。他把这套房子的有关手续和钥匙给了四郎。

"四郎，这房子不是我给你的，是父亲和母亲留给我们的。我只做了个变通，等空了，我就把它装修出来，绝对比过去还好。"

四郎不要钥匙。他又回身交给俞甜甜。俞甜甜也不要。

三更说："凡事都有个因果。要不是我被媳妇赶出来，我也不会住在你那里；我不住在你那里，我就不会到你隔壁的废品站去；我不到废品站，我也不会淘到那些宝贝；我没有那些宝贝，我也不会去学艺；我不去学艺，就不可能搞我的"艺术品复旧吧"，我不搞"艺术品复旧吧"，就不会有顾客找我干活儿。给你悄悄说一件事情，我前年在隔壁淘得的一幅画，我赚了。四郎，你晓不晓得？那是我当年用二十块钱在废品店买来的。隔壁的华老板后来为这张画和我撕皮。他说：'房三更，我那么好的东西用那个价格就卖给你了，你怎么就不和我通通气？我当时晓得的话，你就是给我两万我也不卖给你，格老子太便宜你了。'四郎你想，这样的机密我怎么会给他说？我说了，他也不会相信。我那天对华老板说，你这是什么话？你当时还生怕我不买呢。不过，就因为我赚了，我给华老板买了一个电冰箱，算是给他弥补点损失。还有……我不给你说了。"

四朗和俞甜甜听得一惊一诧的，俞甜甜说：我们还以为你在"艺术品复旧吧"打工，结果你还是那里的老板，三哥你怎么这么闷墩，这么包得住话哦？"

三更说："别那么看我好不好？你们看得我头皮发麻心里发慌。我没有去偷，没有去抢，我给你钥匙你不要就算了，我送给俞甜甜一个人了。给，甜甜，你拿着钥匙。唉，四郎，有的东西说不清，我有了这点钱，也是我们平常说的偶然性和必然性的结合。"

四郎不同意他的说法，说："啥偶然与必然哟？你这个人，就是不服输，你以为我会服输，我也不服输，俞甜甜你说是不是？

俞甜甜看着四郎笑，答："是，是，是，是，是！你这辈子就没有服过输。"

不过，倒是俞甜甜很遗憾地告诉房三更说："唉，三哥，我一直打听李屋儿的消息我都没有打听到。真不晓得她躲到哪里去了，听说她又嫁了，但她过得不好。"

房三更说："凡事都是天意，古人说得好'命里有时终归有，命里无时莫强求'，这事你也别放在心上。"

四郎和俞甜甜眨了一下眼，说："三哥，你在我这里住我们实在不方便，你搬走，其他的，等以后再说。"

三更说："我晓得你们的意思，但樱桃街四十五号是属于我们几兄妹的，那我先搬过去吧。"

三更在等别人划给他的一笔款子了。四郎提醒三更说："哥，你不如把你的手艺传出去，将来开个大点的店子多带几个徒弟。"三更说："那我还得考虑考虑，这活儿也不是每个人都能做的，再说，哪有那么多'漏'等着我们去捡的呢？好的东西到处都能捡的话，那东西不就像草纸了吗？"

房三更起早摸黑，人显得黑又瘦。刘世昌夫妇劝他注意休息，他答道："我得等李屋儿呀，万一她想起要回来呢？"胡杏儿朝地上吐了口唾沫："呸！"

房三更见四周无人，他笑嘻嘻地对胡杏儿说："杏儿姐，我是不是该叫你一声胡孃孃？"

胡杏儿大惊："你莫乱说，你莫乱说哈！"

房三更说："麻雀飞过都有个影子，现在是天知地知，你知我知。你放心，我不会让人知道……"

胡杏儿朝刘世昌那边看看，脸红得像果子泡。

啪啪几声，这翡翠原石片就成了碎片了

房三更到店里去买烟。在包里摸零钱的时候，这摸那摸都摸不出来，他只好把包里的东西全都抖出来放在柜台上。他的臂膀忽然被一女人拉住，女人问："房师傅，你这石片从哪里来的？"

"哪里来得？捡的。"他认识这个女人叫文清素，她的丈夫就是曾和二妹相好的陆家星。不知是有意还是无意，他们两家从来没有往来过。

女人说："房师傅，你是不是到我那里去一下，我让你看个东西。"

房三更觉得好奇怪。心想，你看见我这块烂石片觉得稀奇是不是？我就是在废品店里捡来的。我跟你去看个东西？我跟你去什么地方去看什么东西？人心这么复杂，你这女人莫要设些套套儿来套我哟。

女人再三邀请，他就与她到了她给别人照看的"别墅"里。

女人拿出一块石头说："房师傅，你把你手里的石片放在这上面看看吧，就一会儿的时间，不耽误你。"

房三更把包里的石片拿出来与文清素手里的石头一合，天衣无缝地就合在一起了。房三更和文清素好不惊讶。文清素说："当年我姑婆说'这是一个信物，将来如果有人拿着另一块原石片来合这石头，大小宽窄合拢了，你的任务就算完成了。'房师傅，你看你手里的这块翡翠石片其实就是我们要找的，你得给我们说清楚，这房子可能就与你有一份或者全是属于你的也说不定。"

房三更听了吓一大跳，他说："大姐你千万别要这么说，你这一说把我尿都吓出来了。"

陆家星说："房师傅你得想清楚，这石片是不能假冒的，查出来的话，你吃不完兜着走。"

房三更听到这里，气不打一处来，他说："我捡的就是捡的，你们说的我一点也听不懂。啥真的假的，你拿斧头来，老子一锤给砸了。"

话刚说完，这翡翠石片像忽然遭到了雷击，啪啪几声，这石就成碎片了。

"还来！还来！你这石片是我们的。"陆家星拦住房三更的路。文清素踢了他一脚说："老子没有看见过你这样犯贱的家伙。你给我滚远些。这房子该怎么处理不是我们说了算。没有人来找，早晚总有人来找，虽然我们在这里住不交房租，但这总不是我们的，你晓得不？我住这好的房子一点都不踏实。今天房师傅是我请来的客。你跟老子滚。"

寒露，我没有想到你能这么想

上了半宿的网，房三更就有点累。

早上麻麻亮，樱桃街上就有了扫衣横扫落叶的唰唰声。有细而柔的口琴声先从那头吹到这头，后从这头吹到那头。偶有敲木鱼似的脚步声碰击着地面，梆梆响，也是由远而近，然后由近而远。三更刚翻了个身，想着还可睡一会儿，可他又听到"倒牛奶……"的声音响了起来。很快，自家的门铃这时也响了起来。三更想，隔壁的人才订得有牛奶我又没有订牛奶你咋又按错了？三更不理那门铃响了一遍又一遍。听不耐烦了，三更便骂门铃："格老子，你这门铃太龟孙了，叫叫叫，你也不看下时间去叫，大清八早的硬是不让人睡觉吗？"他虽在骂门铃，其实是在大骂按门铃的人。怕人听不懂，他便来得直接一些："按错按错，我都说过几次了，我没订牛奶。"可门铃，大有你不开门我绝不罢休之势。三更无奈，只好披着衣裳去开门。门一开，一女人像是被人追打似的，一下就拱了进来。三更借着门口的灯光，看清了女人被宽大的羽绒服裹住，眉心有红痣，见男人看她，她放下了手里的拉杆箱。

女人愣了。不由得张大嘴巴落不下来，鬼使神差，我怎么到樱桃街四十五号来了？"他……"不过，她很快定了定神，恢复到常态。

三更问："妹儿，你找谁？"女子扑哧一下就笑了："找霜降啊。"

"我不认识你，你找错了。"

"我是寒露！"她的声音有些沙哑，像是感冒了。

"寒露？你是寒露？你怎么来了？"三更惊讶，叠声地问。

"是我！是我，你不是霜降啊？"

"当然我是霜降，你还给我 QQ 号加那男人的呢。哎呀，我是没有想到，你几个小时前不是还和我聊天吗？我没有想到你这么快就来了。你好年轻漂亮。"他这么一说，女人就高兴了，他们像久别相逢的老朋友。两双手就自然而然地拉在一起了。三更回头看墙上的钟，四点零五分。三更退后一步看，心想，呀，这身材，这相貌多好呀！她这眼睛，太熟悉了。他想不起来在什么地方见过。

女人说："你是想不到我会来，我都没有想到我会大清早到你这里来。"

"快进来坐啊！你看我们还站起的。"她在沙发上坐下，三更递给她一床毛毯："天冷，你先围着脚，我给你做点吃的。"

"砰"的一声响，是隔壁关门的声音，"哒哒哒"，送牛奶的人由近而远。楼下，依旧又传来清扫落叶的唰唰声。

三更进厨房去忙活。很快，三更端着一碗鸡蛋面，说："寒露，不好意思，你看我是个瘸子，我过去没给你说。哦，你不知道我这个地址，你怎么知道我住这里？"

"瘸不瘸有啥关系哦，霍金先生不也是智慧英雄人生斗士吗？人家桑兰，还天天坐在轮椅上呢。相貌再好，如果……那有啥意思嘛。你住这里——我会算。"

三更说："寒露，我没有想到你能这么想。没有想到我们竟然这么有缘分。"

三更趁寒露吃面的机会，他才细细看她，寒露虽然面带微笑，但眼带忧伤和顾虑。她时不时用手去拉围巾。三更偷偷看了一眼，原来她脖子上和手臂上有几条红红的被抓扯过的伤痕。三更想，唉，女人真不容易，男人强了要欺负女人；男人弱了，女人又要护着男人。看着寒露吃面条无意中露出的更多的伤痕，三更有点不忍心，就说："寒露，现在还早，你吃完休息一会儿。"

房三更让她到自己的房间去，他说他在沙发上眯一下眼睛就行了。一抹橘黄色的灯光，从床头上暧昧地射到寒露疲乏的脸上，寒露的脸比橘黄，比蜡还黄。三更本有很多话要问，见她疲倦，他在关上房间门时便告诉了她灯盏的开关和挂放衣服的地方。寒露没有答话，只是对他笑笑。房三更觉得她的笑又相识又很好看，点点头就出来了。

三更斜躺在沙发上心里不太平静。怪了，我和寒露虽是几年前认识的，但我也好几年不上 QQ 了。可几个小时前，我刚上网就和她联系上了，我没把自己的详细地址告诉她，她居然找到我家里来了，这不叫天意又是什么？听她的声音，看她的身高，很像李屋儿，可她的相貌却一点也不像。

不管她是谁，她到我这里来干什么？才几个小时的时间，她怎么就赶到了我这里？她是来住十天半月还是见一面就走？为什么有伤呢？被男人打了？唉，女人心，一根针。这一针下去，那么小一个眼儿，真是令人难以猜测她的心思。不过，人生在世，谁不遇到点难事呢？她要是愿意，在我这里住个一年半载还是没有问题的。不择嘴，我吃啥，她吃啥，我就把当成一只猫来养。想着想着，他笑了。后就迷迷糊糊地听到窗外有麻雀在叽叽喳喳叫。

镜子上有用口红写的——沈沉香

三更的门面有个灯箱做的广告，灯箱上的字叫"艺术品复旧吧"。

被三更划为艺术品范畴的东西很广，只要经过他修复的东西，他都看成艺术品。出门前已八点多了，他提着手里的东西看看寒露："对不起，我上午与人约好了的，我上班去了。"

寒露说："你放心去上你的班，我不会偷你东西。"

"说啥话哟？我发誓没有这样想。"

寒露来了十二天了。这十二天里，三更买菜，寒露就在家收拾屋子，洗衣，做饭，剩下的时间也上上网。到了晚上，她就到床上看几张三更带回来的报纸。两人你不争，我不吵，做事两人一起上，吃饭两人一起吃。中午，寒露把做好的午饭给房三更送去，晚上去接三更回来。三更想，这日子真好，要是我家李屋儿像她这样就好了。三更睡了快半个月的沙发了。他想过，嘿，我就是睡沙发的命。可有时，他的心忽然就多了些柔软，生活也多了一些盼头，可哪里柔软，盼头是什么？他又不知道。

每天看完《新闻联播》，三更除了偶尔讲他和二妹的故事，他总给寒露讲樱桃街的余富贵、老K、刘世昌、胡杏儿、蔡大嫂等等人的故事。寒露不开口，她从来就不给他讲自己的事情。三更也想，你不讲，我也不问。一男一女同在一个屋檐下，两两相安无情事。

三更近两个晚上发现了一件奇怪的事情，寒露半夜里在悄悄哭泣。早上起来，她的眼睛红红的，肿肿的。三更问："寒露，你半夜做梦呀？"

寒露说："没有，没有，我睡得很好。"

寒露来后的第十五天上，三更发现寒露没有在家。

家里有了不大不小的一点变化。三更母亲的照片和父亲的照片挂得更拢了一些。一个鞋刷子和一根棍棍儿在他们的照片下摆得端端正正。这些，连四郎和俞甜甜都不知道三更曾经把它们带到四郎那里，又从他们那里拿了回来。屋子里的窗帘、被套、沙发套子也洗得干干净净。所有的衣服叠得整整齐齐。这些事情，房三更认为李屋儿当年就不会做。房三更不知道为什么，他总是把她想象成李屋儿。可他想象中的李屋儿到哪里去了呢？寒露没有在家，他越来越思念李屋儿了。

三更想，管他三七二十一，等寒露回来再说吧，她也许在家关寂寞了她想出去走走了。出去走走也好，老是在家里把病都要关出来。再说，我自己也得总结以往的经验，不能再轻易陷进情网了。

三更把晚饭做好了，寒露还没有回来。不会出什么事情吧？他这才到屋子里去看，没想到寒露的东西已被她全拿起走了。他希望寒露在电脑上给自己留点什么，但打开电脑一看，邮箱里，QQ 里，甚至桌面连 Word 文档也没有给自己留下只语半语。三更想，这就奇了，我待她也不薄，又没有得罪她，她走时，怎么连招呼也不给我打一个？就是住旅店，她应该销个号才是呀。这样一想，三更就觉得百思不得其解甚至还有点委屈。来无影去无踪，这人，怎么像歌里唱的像雨像雾又像风啊？

三更去洗手间，忽然发现镜子上有用口红写的三个字——沈沉香。

三更的脸上顿时有了笑意——沈沉香，沈沉香，沈沉香，她的名字叫沈沉香。

三更想，这世界上有些女人真有意思，她们老是把自己的名字改来改去。二妹是把姓都更了，我堂客又嫌李国惠名字不好听又改成了李屋儿，你寒露呢，我当然知道你一直用的"寒露"的网名，而现在你终于主动把真名字告诉我了——沈沉香。"沉檀龙麝"之"沉"，沉水之香。这沈沉香，好名字呀！

三更觉得自己没有猜错，寒露留下的"沈沉香"就是寒露写的。至于她身份证上的名字是不是这样，三更就不知道了。但他猜想沈沉香的家庭肯定是个书香家庭，要不就是一个通晓药理的专家之类。

他上网找她，她没有上线。给她电话，她关机。三更就想，这女子奇了，蒸发到哪里去了呢？她会不会像二妹和李屋儿那样都是有点不靠谱的人呢？

要干的事情多得很，有好长时间，他也就不再想来无影去无踪的寒露了。

三更最近在乡下联系了不少人家空着的地，他发动樱桃街的人去种，想种什么种什么，来去四块钱的车费他负责报销一块。

去乡下种地的那些人，有趣之极。有的养鸡，有的养鸭，有的种花，有的种草，有的直接种萝卜青菜白菜菠菜小葱蒜苗。三更联系的地，来去不过就是几十里路。种出来的东西自己吃不说，还分给街坊邻居。当然，去乡下的还有刘世昌、胡杏儿夫妇、老K和花兰卡夫妇。花兰卡夫妇在那里还修了一个小房供大家歇息歇息。来去路费的那几块钱，人家也不好意思到三更这里来报销那一块。三不两时，人家还给三更送一些蔬菜来。乡下的人也感激房三更，说他做了件好事情，那些空旷的土地被城里人利用了不少，荒芜了的土地，又葱茏着复活过来了。

那天是周末。夜色照在仅有的几片槐树叶子上，泛着窗前透出去的几点稀疏的光。三更知道再过几天，天就又要转寒了。三更取了点泡菜，取出才买的烧腊，正准备烧个汤吃饭。

"咚咚咚"，他想，谁运气这么好？赶饭来了？他急忙说："来了，来了。"

三更把门一开，惊讶地大喊："寒露？！"

"喊啥喊？别喊我寒露。以后喊我沈沉香。"

"那……沈沉香，沉香，快进来，快进来，你看你走了，我多着急呀。我在网络上找过你，没有找到，你的电话，我也老打不通。"

一条狐皮小围巾挂在她的脖子上，抹上口红的小嘴在狐狸毛里一张一合，如果不知道这是她的嘴，真像是在毛茸茸的皮毛里嵌了一颗红樱桃。她接着说道："三更，我离婚了！这是我的离婚证。""啪"的一声响，她把离婚证丢在桌子上。三更拿着本本看时，她的嘴又像红樱桃藏在毛茸茸的狐狸毛领子里了。

三更说："别急，你慢慢说，慢慢说。"

沈沉香低头看看脚，像是有点不舒服。三更一看，原来她还穿着高筒皮靴。她弯下腰，正想抱着脚脱鞋，三更急忙说："你站到，我来，我来。"

沈沉香把一只脚伸出去，直直的，像一个长长的箭头向三更的手里伸去。三更感觉她这动作自己熟悉极了。这个动作只有李屋儿才有的啊，可她不是李屋儿，她怎么会有这动作？想想，大凡脱鞋都要这样脱的嘛。于是，他一手抱着她的腿，一手把拉丝一拉。那鞋，就轻松地从她的脚上褪下来了。沈沉香又伸出另一只脚，三更又抱着她的脚，拉丝一拉，鞋又褪了下来。

刚换了鞋，沈沉香就说："三更，你千万不要埋怨我。有的事情我得先说。"

"你觉得该说就说，不该说的就不说，我们又不是外人。你说啥我都不埋怨你。"

"我家没有在广东，也没有在上海，我的家就在这座城市。你知道吗？我已经是第三次改名字了，当然还不算网名。过去认识我的人都不认识我了我也不想他们认识我，对于我过去做的事……唉。你也别问我过去是谁，我过去的名字叫什么，我过去是干什么的，你都不要问，反正我从现在起，我就是沈沉香。反正，我重新做人就是了。我今天来，就是要跟着你好好过日子。如果你相信我，你就让我留下来，如果不相信，你给我一个字：'滚！'"

房三更说："妹子，我什么也不想说，什么也不想问。我只希望你留下来。对于你的过去，我不会去问不会去追究，你说你是沈沉香，你就是沈沉香，我不过问就是了。"

当天，房三更特意多炒了两个菜，倒了点红酒，一是庆祝沈沉香回到三更这里，二是庆祝沈沉香离婚成功，三是庆祝他们从虚拟的网络回到现实生活中来。

三更收拾桌子，洗碗，扫地，全都有沈沉香帮忙。两个人做一个人的事情，飞快飞快。不知不觉就看电视到凌晨十二点。三更进屋去把毛毯拿出来放在沙发上。沈沉香一把把毛毯抱回到三更床上说："我都离婚了。你还讲究这个？你就不欺负我一下下？"

三更说："我真想欺负你一下下呢。不过……我……我怕我前妻李屋儿晓得了不高兴,你给我点时间,等……以后再说。你睡床,我睡沙发。"

沈沉香说:"三更,我不能再放跑喜欢我的男人了,你懂我的意思。"

三更愣了一下,说:"懂,……我要去洗澡休息了。"

刚打上肥皂,三更用手在身上擦,忽然,他发现身上有点异样。身上的肌肉怎么像黏了层沙子?那沙子,细细的,密密的。我长痱子啦?不可能!我长丁疮了?更不可能!三更在身上使劲搓,使劲搓,搓出了身上的汗,搓出了心里的急。三更觉得奇怪极了。今天到底是怎么回事情呀?我的手、我的腿、我的背和肚子,都是沙样的东西?背有点痒,他用背去墙上的瓷砖上摩擦,没有想到瓷砖上的污垢竟然被他的背擦得干干净净。手在玻璃上擦了几下,玻璃也有了划痕状。三更想,我这身体,可当砂纸用了。身上的这层皮该怎么褪去呢?于是,他想起用刮胡子的刀片。可刀片一刨去,新的颗粒状的东西又长出来了。房三更忽然想到他知道的隐藏着的家族病。他用水管不停地冲洗,用刀片不停地刮,可他哪知道,那沙子太顽固太脸皮厚了,沙子黏在他身上越来越多,越来越密了。用手一敲,天啊,还像锣一样当当地响。

三更不知道从浴室出来后该怎么面对眼前这个叫沈沉香的女人。他的大脑有些恍惚有些昏眩,此时的他,感觉是和一个女子坐在一只又像是车又像是小船的交通工具上,轻飘飘地向远方那一半是水路一半是旱路的天空飘去。刚开了不远,没有想到云层上空还有空中警察,空警向他敬了个礼,然后手一伸,说:"请拿出驾驶证!"三更对空警说:"哎呀,我没有车哪有驾驶证嘛?这是我的前妻李屋儿,我和她是去开复婚证的,我开好了复婚证我马上给你看?"空警说:"我行使公务,你扯复婚证之前,只能证明你现在的婚姻还不存在也不是合法夫妻,简而言之,即使你们开了复婚证或者有结婚证,但这不能代表驾驶证。"三更回了个礼说:"我要和李屋儿结婚,我就是要证明我和李屋儿是合法夫妻。"空警笑了:"那我违规把结婚证也开给你吧,免得你多跑路,你把你这车不像车,船不像船的家伙开回去。"三更像被钉子钉在那里似的挪不开脚步,他的四周全是淤泥和铺天盖地的河沙,空中飘来的不是与李屋儿的结婚证而是离婚证,很快,结婚证和离婚证交合在一起,像雪花,漫天飞。

别找了，我真的是李屋儿

沈沉香在沙发上正打开电视听张惠妹唱歌：

跌跌撞撞才明白了许多
等我的人就你一个
想到你想起我
胸口依然温热
如果你想起我
你会想到什么……

沈沉香心里有些发热，隐约又有些痛，今天是怎么了？我感觉有哪里不对。

三更出来就喊了声："寒露……"

"叫我沈沉香。"

"沈沉香，我真想叫你一声李屋儿……或者叫你一声李国惠……可你都不是。"

沈沉香一愣，说："李屋儿是你前妻的名字，我不是李屋儿。我现在叫沈沉香，网名你知道。哦，李国惠是谁？……你看我和她们长得相像吗？"

三更一边擦头一边说："你和她们长得都不像，但也像。沈沉香我给你说，我老婆就是喜欢改名字。我是和你开玩笑的，你不是李屋儿我当然叫你沈沉香。哦，我给你说一件事情，我马上要出门一趟。"

"房三更，我知道你要去找李屋儿，你找不到她，她已经死了！"

"沈沉香你不要乱说。你模仿李屋儿，你嫉妒李屋儿你不要这么咒骂她。李屋儿的确是和我离婚好多年了，但我知道她不幸福。她年轻，幼稚、不懂事，但她单纯、可爱，又活泼。给你说，我心里对她不放心，很牵挂她，我喜欢她我爱她我不会背叛她。"

沈沉香感动得有点想哭，但又没泪。她很想告诉房三更她就是李屋儿她就是李国惠，但越说越说不清楚："三更……"

"我要去收拾点东西。"

沈沉香听见房三更翻箱倒柜的响声，说："半夜找些歌来唱，这夜半三更的，你房三更到哪里去找她？我给你说，李屋儿真的已经死了。"

"警告你别乱说。李屋儿没有死，没有死。沈沉香，你别咒骂她。我给你说，今天我就是要去把李屋儿找回来。"

"房三更你是不是有毛病？我说她死了她就死了。她已脱胎换骨变成另一个人了。"

"我就是有毛病就是有毛病。我今天才发现你我都得了不可救药的绝症毛病。啥死不死的。我要出去，你跟我让开。"

房三更冲出屋子，沈沉香跟在后面。房三更走一步，沈沉香走一步。房三更退一步，沈沉香退一步。

房三更无奈，为了阻住她的脚步，说："别跟着我！别跟着我！你再跟着我的话，我就咬舌自尽。"

"房三更，你是不是疯了？"

"滚！你才疯了！"

樱桃街的夜灯下，一双大脚不停地往前走，一双高跟鞋也往前走。一双大脚停下来，一双高跟鞋也跟着停下来。

一只蟋蟀伴着房三更的脚步，它不停地在墙角叽叽地叫："李屋儿……李屋儿……"房三更听得不耐烦了，他对它们大声吼道："滚！有你叫李屋儿李屋儿的吗？"

风雨大作，雷声轰鸣。几道闪电像一支饱蘸了浓墨的铁笔，硬是在夜空中刻写了三个巨大的字母：Y-T-J。

又"轰"的一声雷响，后面有声音追上来："房三更，别找了，我是李屋儿……我是李屋儿……"

2016 年 6 月定稿

尾子

过去我所居住的古城涪陵，像一个走时精准的座钟，任其长江乌江这两条水流之针围着小城转。历史精确地记载北宋文学家黄庭坚在这里留下"元符庚辰涪翁来"，朱熹、陆游、王士祯在此留下珍贵书法手迹让后人慢慢把玩，程颐在城对面的北山坪下点注过《易经》。

自幼，我在那里享受古老传统文化对我的暗香熏陶，享受令人陶醉的文风雅气的清幽滋润；享受天马行空的独往独来，享受南岸"A调"的芭蕉雨又怎地转入北岸"D调"的杏花风。

文字的语音是个奇妙的东西，它居然能让我在远离那座古城远离那条街后的很多年里，刻骨铭心地记得乡邻们说话时的音调调儿。就拿"樱桃街"的"樱"来说，"ying"不读"ying"读"en"。"jie"不读"jie"读"gai"。当我把《樱桃街》的书稿交给出版社后的那一瞬间，我想"樱桃街"的"房三更""胡杏儿"们一定会说："哦，这是我们'五儿'写的《en 桃 gai》"。对于他们把"樱桃街"称为"en 桃 gai"，我百分之百地不会从字面上去纠正他们。因为，我本就是写的《en 桃 gai》。

"五儿"是我的乳名与昵称。在乡下落户时，只要有人在山下或浓雾遮掩的对面坡大声喊"五儿"，我绝对肯定是家人和朋友来了。我喜欢"五儿"这个乳名与昵称。就因为喜欢，我无论如何要在《樱桃街》给"五儿"开一个后门并给她一个角色——不管她是否讨人喜欢或让人生厌——我都得给她一个角色和不多不少的戏份。

有朋友戏言说要去找找"樱桃街"，我说如若真的想去找，那就有时须上坡，有时须下坎；路面有的宽如席，有的窄如柳。街上的空气味儿有点特殊，它就像房前屋后的红樱桃既酸酸又甜甜，有时还苦苦涩涩。对了，哪里有这样的路哪里有这样的味儿哪里就是樱桃街。其实，我就是在一条叫半边垣的街口出生的。好巧，难怪我不论走到哪里，我总能感受那街脉搏的跳动和血脉的流淌，感受石头盛开神圣的生命之花、尊严之花后结出的令人迷恋的红樱桃。

"樱桃街"是我的天父地母，他们义无反顾地承载着生活中的各种重压、痛苦、磨炼与伤悲。我的母亲在那条小街上活到九十六岁，她见证了"樱桃街"诸如"房三更""刘世昌"们各自的挣扎、迷茫、期待和希望。见证过从乡下进城的"张贵群""李屋儿"们的失落、苦涩、艰辛和梦幻。日转星移，人们到底还得继续生活下去追寻下去啊！"俞甜甜"不是在追寻她的"房四郎"吗？"房三更"不是在追寻他的"李屋儿"吗？就连被"樱桃核"砸过的余富贵和曾患上失忆症的刘红，不也在竭力弄清自己是谁，不也是在寻找自己未来的幸福吗？失忆的刘红如果不失忆，应该是有一些诗意的文艺女青年。但生活注定不是十全十美可谁都渴望完美。

"槐柳成阴雨洗尘，樱桃乳酪并尝新。"当我写完《樱桃街》最后一个字时，我的心还留在我所景仰的先贤们所熟悉的古城里，我思维与情感的长短针也仍顽固地指向那条满是樱桃味儿的樱桃街。我魂牵梦绕的"樱桃街"啊，你是不是早让我把身体外的另一个自己投放到如吉马朗埃斯·罗萨写的《第三条河岸》里？你是不是正策划让那些因各种原因进城的诸如"林小玲""小六子"们和一直坚守在樱桃街的老少爷们少一些波波折折？

长篇小说《樱桃街》终于与读者见面了。我感谢在创作中支持我的家人、爱好文学的朋友和老师们。感谢重庆江北区作协主席姜孝德先生和给我文学艺术指导的易刚老师；感谢重庆市江北区文学艺术界联合会对《樱桃街》正式出版的热情关注和大力支持。

汪淑萍

2016 年 7 月 1 日